樸風頌

——全国赵朴初诗词研讨会暨『朴初故里　禅源太湖』诗词大会诗文集

殷书林／主编

北京师范大学出版集团
BEIJING NORMAL UNIVERSITY PUBLISHING GROUP
安徽大学出版社

图书在版编目(CIP)数据

朴风颂:全国赵朴初诗词研讨会暨"朴初故里 禅源太湖"诗词大会诗文集 / 殷书林主编. —合肥:安徽大学出版社,2023.2
ISBN 978-7-5664-2570-6

Ⅰ. ①朴… Ⅱ. ①殷… Ⅲ. ①诗词—作品集—中国—当作 ②赵朴初(1907—2000)—文学评论—文集 Ⅳ. ①I227 ②I206.7—53

中国版本图书馆 CIP 数据核字(2023)第 001681 号

朴风颂——全国赵朴初诗词研讨会暨"朴初故里 禅源太湖"诗词大会诗文集 殷书林 **主编**
Pu Feng Song——Quanguo Zhaopuchu Shici Yantaohui Ji "Puchu Guli Chanyuan Taihu" Shici Dahui Shiwenji

---

出版发行:北京师范大学出版集团
安 徽 大 学 出 版 社
(安徽省合肥市肥西路 3 号 邮编 230039)
www.bnupg.com
www.ahupress.com.cn
印　　刷:合肥创新印务有限公司
经　　销:全国新华书店
开　　本:710 mm×1010 mm 1/16
印　　张:23.75
插　　页:0.75
字　　数:377 千字
版　　次:2023 年 2 月第 1 版
印　　次:2023 年 2 月第 1 次印刷
定　　价:66.80 元
ISBN 978-7-5664-2570-6

策划编辑:李加凯　宋执勇　　**装帧设计**:李　军
责任编辑:李加凯　宋执勇　　**美术编辑**:李　军
责任校对:龚婧瑶　　**责任印制**:陈　如　孟献辉

《朴风颂》编委会

图 1　赵朴初

图2　合影

图 3　主会场

图 4　主会场

图 5　中华诗词学会

常务副会长范诗银致开幕词

图 6　安庆市政协

副主席刘克胜讲话

图 7　太湖县委

副书记方勇致辞

图 8　中华诗词学会

副会长王改正主持主题研讨会

图 9　中华诗词学会

副会长林峰作学术总结

图 10　中佛协原研究室主任

中国佛学院教授徐玉成发言

图 11　中国社会科学院
哲学研究所教授李敏生发言

图 12　中华诗词学会
学术部副主任李葆国发言

图 13　渤海大学
客座教授孙丹林发言

图 14　安徽大学文学院院长、
博士生导师吴怀东发言

图 15　中国书籍出版社
副总编辑赵安民发言

图 16　分组讨论

图 17　诗词讲座暨“朴初故里 禅文小镇”诗词大赛颁奖会场

图 18　吟诗晚会

图 19　中华诗词学会

顾问梁东捐赠

图 20　中华诗词学会

顾问刘麒子捐赠

图 21　向赵朴初铜像敬献花篮

序

2018年10月下旬，天高气爽的秋日，来自全国各地的一百多位诗人、学者，汇聚于皖西南的太湖县，参加由中华诗词学会主办、安徽省赵朴初研究会承办的全国赵朴初诗词研讨会暨“朴初故里 禅源太湖”诗词大会。好个秋的天凉夜晚，明月临窗，华灯璀璨。诗人们纷纷登台吟诗献墨，文雅气息，浓郁诗意，感人情怀，至今回味绵长。

整个会议议程安排紧凑，组织严谨有序，在和谐热烈的氛围中圆满落幕。会后，我们出县城，过花亭湖。碧云天，黄叶地，一湖波光潋滟，两岸秋山如洗。看不尽的千重山色，万顷波光，人在画中，画在心中，快哉乐哉！至赵朴初文化公园，瞻仰朴老铜像，缅怀朴老功德。我忽然想到：佛教有“法不孤起”之说，太湖这块文化厚土、佛禅圣地，产生诗词大家、佛教领袖赵朴老，自然也就在因缘之中了。

置身于如此情境，一首小词从心底怡然流出：“幻眼开花，踏风流水。一枝一滴依声美。相拈一笑笑情真，相逢一掬知何岁。　　词句时光，曲辞风味。轻吟细读曾神会。痴心无可问归痕，只堪向梦听珠佩。”这首随意吟来的《踏莎行》，想不到随后诗人们惠填数十首和唱之作，有十多首还被中华诗词研究院收入《中华诗词发展报告2018》。每读这些和作，都会让我再次感受太湖风流，寺前诗意，说不尽的人情醇厚与温暖。

我是代表中华诗词学会来参会的，此行深感因缘殊胜。中华诗词学会与朴老结缘深厚。1987年5月31日，中华诗词学会在北京召开成立大会，朴老从西安匆匆赶回北京出席大会并发表讲话，充分表达了对振兴祖国优秀传统文化事业的重视与支持。他还应请担任中华诗词学会名誉会长。此后，他为中华诗词学会多次题签写联，时常参加学会活动，一直关注学会的发展。中华诗词学会与太湖县同样有缘。2010年，该县被中华诗词学会授予当时全省唯一的“中华诗词之乡”称号，后来又有多个乡镇跨入“中华诗词之乡”和“中华诗教先进单位”行列。

现今，安徽省赵朴初研究会决定将本次活动从全国征集来的论文及诗词作品编辑成书，公开出版，我觉得此事意义重大，可喜可贺。我再次翻读这些文字，也再次感到眼有诗境，齿有诗香，受益良多。

赵朴老一生创作诗、词、曲、联等作品两千余首(副)，以其深厚的中国古典文学根基，为中华诗词的传承和发展做出了卓越的贡献。作为佛学大师，他的作品融入了大量的佛教意象和佛教理念，成为中国佛教文化宝库中闪闪发光的瑰宝。编者从这次所征集来的研究朴老的论文中，精选40篇编入专集。这些论文或回顾赵朴老一生的创作，或着眼其某一作品，从不同角度充分论述了赵朴老韵文作品鲜明的语言特色、丰富的思想情怀、美妙的人文情趣、庄严的佛家境界，高度评价了赵朴老作品在20世纪中国文化与文学中所占有的重要地位。

太湖县作为朴老故里，山水形胜，民风淳厚，惹人才思。太湖县还是中国禅宗的发源地，二祖慧可大师于南北朝卓锡于此，使中国禅宗由此发扬光大，“一花开五叶”，光耀神州。千余年来，这里寺庙众多，高僧辈出，可谓无处不含禅意，无地不富诗情。本次活动收到以“朴初故里 禅源太湖”为主题的诗、词、曲、赋作品700多首，编者精选了206位作者的作品，其中有诗207首、词89阕、赋2篇。这些诗词曲赋也是诗人们对“朴初故里 禅源太湖”的真实写照，其雅致流于字里，其情意溢于纸外，将成为这片人杰地灵、文采隽秀之地的长久记忆。

“花落还开，水流不断。”我们的国家，我们的人民，走进了新时代。让我们把朴老文化发扬光大，为实现中华民族伟大复兴的中国梦而砥砺前行，放声高歌！

应编者意，略书心声，且以为序。

范诗银

2020年6月

（作者系中华诗词学会常务副会长）

目　　录

文 章 篇

忽见缤纷光照眼——赵朴初先生与中华诗词略说　范诗银 ………… 2

赵朴初诗词的浪漫主义色彩　林　峰 ……………………………… 7

入世之禅诗——学习赵朴初禅意诗词的一点体会　刘庆霖………… 10

骨秀风清品自高——浅析赵朴初先生诗词曲的风骨　沈华维……… 13

前辈心灯照后人——学习赵朴初先生的体会　孙丹林……………… 17

论赵朴初的诗词曲　周啸天……………………………………… 21

永难忘怀赵朴老　刘麒子………………………………………… 29

超凡入俗见清音——浅谈赵朴初散曲作品的爱国主义思想和艺术特色　李葆国……………………………………………… 34

赵朴初诗词与 20 世纪中国文化　吴怀东 ………………………… 39

生命彻悟后的愉悦与美——由《九十述怀》说赵朴初先生的禅意人生　黄复彩……………………………………………… 49

试论赵朴初歌咏五台山的诗词　邬宗玲…………………………… 58

雪侮霜欺香益烈，威光焰焰照河山——赵朴初咏周恩来诗作的搜辑与赏析　黄丽新……………………………………………… 67

《赵朴初韵文集》——一部伟大的史诗　徐玉成………………… 76

再读赵朴初先生的《某公三哭》——兼论意境与境界的实践存在论关系　宋湘绮……………………………………………… 84

乡音未改——赵朴初词用韵特色研究　李　军…………………… 90

赵朴初的家、国、天下　李　红…………………………………… 96

赵朴初诗词创作特点浅析　赵安民 …………………………………… 102
爱满天下——初探赵朴初诗词艺术　王海燕 …………………… 111
儒家思想与赵朴初的精神世界——以赵朴初的诗词创作为中心　王　勇 …………………………………………………………… 114
论赵朴初诗词中的佛学思想　何　娜　周于飞 ………………… 121
从题画诗和咏画诗看赵朴初对绘画的诠释　王泽庆 …………… 127
论赵朴初与旧体诗词创作　张体云 …………………………………… 134
浅议赵朴初新诗的历史地位　胡功胜 ………………………………… 149
招魂与留魂:赵朴初的《依样葫芦》曲　谷　卿　崔俊杰……………… 153
愿得甘泉常在手——赵朴初茶诗的丰富内涵及崇高境界孙志远 ……………………………………………………………………… 158
母兮吾土,报答未有穷已——赵朴初诗词中的爱国情怀余世磊 ……………………………………………………………………… 168
诗史互鉴:赵朴初的文物情怀　胡文飞……………………………… 182
守律不逾矩,创新不因循——赵朴初散曲研究　金长渊………… 194
论赵朴初回乡诗词曲情怀的感发　刘文奎 ………………………… 204
《片石集》里理宏纤　荀　君 ……………………………………………… 210
试论赵朴初诗词创作思想与创作实践　方承明 …………………… 214
赵朴初诗词中的国际友人　方族文 …………………………………… 227
明月清风永怀欣欣意——论赵朴初诗词曲艺术　吕小明 ……… 235
朴老的拜石精神永远激励着我们　方加法 ………………………… 248
略论赵朴初诗词中爱和平及爱祖国的情怀　邹　相 …………… 253
汉俳之父赵朴初　李德明 ……………………………………………… 258
山情水意共天长——试论赵朴初诗词的家国情怀　吴义恒 ……… 260
赵朴初的韵文创作　荀德麟 …………………………………………… 264
试惟古调为今用,更煦和风起汉俳——试论朴老韵文之继承与创新　余　翔 …………………………………………………………… 271
“诗境无穷山外山,愿随志士共登攀”——试论赵朴初“自度曲”对新诗体探索的杰出贡献　詹乐元 ……………………………… 280

诗词篇

浣溪沙·赵朴初　丁　纯(安徽安庆) …………………………… 292
仰慕朴初　马福民(云南大理) ………………………………… 292
咏赵朴初六世祖赵文楷　王　珑(安徽太湖) ……………………… 292
瞻仰安庆世太史第感怀　王　珑(安徽太湖) ……………………… 293
缅怀朴老风犹在　王世群(安徽太湖) …………………………… 293
咏朴老　王同路(河南平顶山) ………………………………… 293
赞赵朴初老先生　王仲春(安徽太湖) …………………………… 293
游文博园有感　王全再(安徽潜山) ……………………………… 294
敬悼朴公　王宇蛰(安徽太湖) ………………………………… 294
画堂春·游太湖　王丽娜(上海徐汇) …………………………… 294
状元故里漫寻诗　王启平(安徽太湖) …………………………… 294
满江红·游朴初文化公园　王松乔(安徽太湖) …………………… 295
临江仙·赞颂赵朴初先生　王和畅(安徽太湖) …………………… 295
再拜赵朴初陵园　王啸林(安徽太湖) …………………………… 295
贺全国赵朴初诗词研讨会暨“朴初故里 禅源太湖”诗词大会
王啸林(安徽太湖) ……………………………………………… 296
参观寺前状元府　王锦州(安徽太湖) …………………………… 296
访赵朴初状元府　王熙明(安徽太湖) …………………………… 296
与太湖诗友相会　王婉丽(江苏徐州) …………………………… 296
谒朴陵　牛松胜(安徽安庆) …………………………………… 297
赵朴初先生回故乡视察　方加法(安徽太湖) ……………………… 297
沁园春·赵朴初颂　方加法(安徽太湖) ………………………… 297
敬谒赵朴初陵园　方明海(安徽安庆) …………………………… 298
沁园春·怀念赵朴初先生　方承明(安徽太湖) …………………… 298
参加全国赵朴初诗词研讨会暨“朴初故里 禅源太湖”诗词
大会感赋　方承明(安徽太湖) ………………………………… 298
游安徽太湖花亭湖　玉智念(广西南宁) ………………………… 299

缅怀原佛教协会会长赵朴初先生(新韵)　艾绍喜(陕西西安) …… 299
太湖县　左会斌(安徽合肥) …… 299
文博园　左会斌(安徽合肥) …… 299
寺前镇谒朴公墓　石庆元(安徽太湖) …… 300
满江红·太湖获全国诗词之乡荣誉称号感赋
石庆元(安徽太湖) …… 300
敬瞻朴老宝像　石必中(安徽太湖) …… 300
偕太湖诗友游花凉亭水库有作　石秀华(安徽安庆) …… 300
禅湖之恋　石昌荣(安徽太湖) …… 301
南歌子·谒朴翁树葬墓　石志和(安徽太湖) …… 301
瞻仰赵朴初先生陵园　韦文华(安徽太湖) …… 301
禅湖之恋　卢小应(安徽太湖) …… 301
谒赵朴初故居　叶　静(安徽岳西) …… 302
过太湖怀赵朴初先生　叶兆辉(重庆荣昌) …… 302
赵朴初先生故里游　叶金生(江西九江) …… 302
参观赵朴初陵园　叶梅青(安徽太湖) …… 302
赞太湖人才辈出　田　昆(安徽太湖) …… 303
访寺前　田书华(安徽太湖) …… 303
缅怀朴公　田光达(安徽太湖) …… 303
亭湖秋影　吉少华(安徽太湖) …… 303
瑶华·怀念朴公(步朴公原韵)　吕小明(安徽太湖) …… 304
谒赵朴初墓　吕小明(安徽太湖) …… 304
参观赵朴初文化公园　吕庆红(安徽太湖) …… 304
人文重镇寺前游　朱生仪(安徽太湖) …… 305
赞佛图寺　朱生济(安徽太湖) …… 305
游太湖海会寺　朱立平(安徽无为) …… 305
花亭湖感怀　朱芳森(广西桂林) …… 305
咏太湖　朱海清(湖南衡山) …… 306
金缕曲·缅怀赵朴初先生　朱曙光(安徽滁州) …… 306

赞太湖　任　正(山西吕梁) …………………………………………… 306
一片禅心咏太湖　刘　杰(安徽寿县) ………………………………… 306
浣溪沙·朴初故里寺前镇　刘　晓(江苏南京) ……………………… 307
浣溪沙·太湖女　刘　峰(河北吴桥) ………………………………… 307
赞赵朴初　刘泽华(安徽石台) ………………………………………… 307
古皖太湖谣　刘战生(安徽安庆) ……………………………………… 307
禅湖之恋　刘爱民(安徽太湖) ………………………………………… 308
禅湖之恋　刘慧霞(安徽太湖) ………………………………………… 308
咏花亭湖(新韵)　刘蕴之(河南洛阳) ……………………………… 308
戊戌深秋访太湖怀赵朴初先生十唱　刘麒子(广东汕头) ………… 308
花亭湖　齐玉锁(安徽桐城) …………………………………………… 310
参加全国赵朴初诗词研讨会暨“朴初故里 禅源太湖”诗词
大会感怀　齐玉锁(安徽桐城) ……………………………………… 310
赵朴初颂　齐周梦(安徽安庆) ………………………………………… 311
花亭湖礼赞　闫自忠(安徽界首) ……………………………………… 311
文博园即笔　闫自忠(安徽界首) ……………………………………… 311
行香子·太湖　江　源(安徽安庆) …………………………………… 312
踏莎行·朴老颂　江静文(安徽安庆) ………………………………… 312
临江仙·谒赵朴初陵园　许桂初(安徽太湖) ………………………… 312
咏太湖　许维勇(重庆永川) …………………………………………… 312
忆江南·花亭湖　孙　伟(安徽滁州) ………………………………… 313
怀念朴老　孙友来(安徽太湖) ………………………………………… 313
赞朴老　严学海(江苏南京) …………………………………………… 313
恭题赵朴初文化公园　苏　俊(广东高州) …………………………… 313
谒西风禅寺　苏仲权(广东东莞) ……………………………………… 314
沁园春·太湖　李　睿(安徽合肥) …………………………………… 314
自度曲·抱琴　李　林(北京) ………………………………………… 314
鹧鸪天·禅源太湖　李支柱(天津东丽) ……………………………… 314
考察太湖诗乡创建工作有感　李文朝(北京) ………………………… 315

访寺前　李孝改(安徽太湖)　…………………………………… 315
朴老赞　李树喜(北京)…………………………………………… 315
过寺前镇怀朴老　李根华(安徽太湖)…………………………… 315
访太湖状元府　李葆国(北京)…………………………………… 316
朴初故里魅力新　杨　威(新疆石河子)………………………… 316
鹧鸪天·纪念赵朴初诞辰一百周年　杨林琦(安徽安庆)………… 316
水调歌头·赵朴初颂　杨泽林(安徽安庆)……………………… 316
清平乐·读朴初诗集思太湖　杨学敏(天津)…………………… 317
朴初故里太湖美　杨祖文(重庆璧山)…………………………… 317
画堂春·朴初故里展新颜　肖德飞(湖南临武)………………… 317
春游太湖西风禅寺　时玉维(黑龙江大庆)……………………… 317
桃源胜境颂太湖　吴天启(安徽无为)…………………………… 318
谒赵朴初先生故居　吴月英(山西朔州)………………………… 318
朴初故里太湖美　吴文凯(福建德化)…………………………… 318
颂朴翁　吴世和(安徽太湖)……………………………………… 318
临江仙·访赵朴初故居　吴永和(湖北鄂州)…………………… 319
谒朴老墓　吴伟华(安徽太湖)…………………………………… 319
忆赵朴老　吴志贵(安徽望江)…………………………………… 319
望海潮·缅怀赵朴老　吴秀梅(安徽太湖)……………………… 319
贺全国赵朴初诗词研讨会暨“朴初故里 禅源太湖”诗词大会
吴家春(安徽岳西)……………………………………………… 320
少年游·忆赵朴初先生　吴福润(安徽安庆)…………………… 320
读《赵朴初诗词选抄》有感　何士祥(安徽安庆)………………… 320
鹧鸪天·祝贺太湖县诗词书画学会成立三十周年
何怀玉(安徽霍邱)……………………………………………… 320
沁园春·太湖五千年文博园秋游即景　何怀玉(安徽霍邱)……… 321
登龙山　何大胜(安徽太湖)……………………………………… 321
参加全国赵朴初诗词研讨会暨“朴初故里 禅源太湖”
诗词大会　余　浩(安徽宣城)…………………………………… 321

西江月·朴初故里醉禅湖　余　翔(安徽安庆) …………………… 322
春到太湖　余建军(湖北孝感) ………………………………………… 322
踏莎行·咏赵朴初故里　谷元朋(山东临沂) ……………………… 322
咏朴初故里太湖　辛德迟(安徽太湖) ………………………………… 322
破阵子·缅怀赵朴初　汪　萍(安徽安庆) ………………………… 323
梧叶儿·聆听林峰会长诗词讲座有感　汪　萍(安徽安庆) ……… 323
西江月·游花亭湖　汪长才(安徽安庆) ……………………………… 323
唐多令·谒朴老陵园　汪长才(安徽安庆) ………………………… 323
赞朴初公　汪先锋(安徽太湖) ………………………………………… 324
缅怀朴老　汪华盛(安徽太湖) ………………………………………… 324
鹧鸪天·赵朴初礼赞　汪国伦(四川南充) ………………………… 324
沁园春·朴初故里太湖美　汪雪廷(安徽太湖) …………………… 324
赞颂赵朴初　汪焰明(安徽太湖) ……………………………………… 325
鹧鸪天·瞻仰赵朴初陵园　汪焰明(安徽太湖) …………………… 325
江南曲·太湖春　沈　煜(安徽合肥) ………………………………… 325
次赵朴老《天涯海角口占》　宋　伟(安徽肥东) …………………… 325
赵朴老诞辰110周年有寄　宋　伟(安徽肥东) …………………… 325
禅湖之恋　宋学凯(安徽太湖) ………………………………………… 326
天净沙·读朴老诗文　张　勇(四川射洪) ………………………… 326
诗乡太湖怀赵朴初　张克复(甘肃兰州) ……………………………… 326
参加全国赵朴初诗词研讨会有感　张克复(甘肃兰州) …………… 326
谒赵朴初陵园　张克复(甘肃兰州) …………………………………… 326
登晋熙楼　张克复(甘肃兰州) ………………………………………… 327
花亭湖上　张克复(甘肃兰州) ………………………………………… 327
游西风禅寺　张良俊(安徽安庆) ……………………………………… 327
读《赵朴初诗词选抄》有感　张国钧(安徽安庆) …………………… 327
行香子·题朴初故里太湖狮子山禅院　张春桂(湖南衡阳) ……… 327
赵朴初先生颂　张信旨(安徽天长) …………………………………… 328
水调歌头·赞赵朴初　张德新(黑龙江齐齐哈尔) ………………… 328

花亭湖泛舟　陆本领(安徽五河) …………………………………………… 328
谒赵朴初先生墓　陆本领(安徽五河) ………………………………………… 329
游朴初故里西风禅寺　陈为群(安徽宿松) ………………………………… 329
游西风寺步韵赵文楷　陈为群(安徽宿松) ………………………………… 329
纪念赵朴初　陈兰香(安徽安庆) …………………………………………… 329
途经皖地朴初故里太湖县有寄　陈光文(江西修水) ……………………… 330
禅林怀念朴初会长　陈光华(湖南湘潭) …………………………………… 330
忆《某公三哭》发表　陈剑克(新疆乌鲁木齐) ……………………………… 330
春忆赵朴初先生　妫海霞(辽宁鞍山) ……………………………………… 330
游朴初故里花亭湖　苟　君(重庆) ………………………………………… 331
参加全国赵朴初诗词研讨会　苟　君(重庆) ……………………………… 331
纪念赵朴初先生树葬十四周年　范良来(安徽太湖) ……………………… 331
减字木兰花·纪念赵朴初先生　林　岫(北京) …………………………… 331
赵朴初塑像前感恩　林斗山(安徽潜山) …………………………………… 332
朴初故里太湖吟　林锦城(广东汕头) ……………………………………… 332
缅怀朴老　欧阳乐蓬(安徽太湖) …………………………………………… 332
怀赵朴初先生　罗　伟(上海) ……………………………………………… 333
奉和梁东先生原玉赞赵朴初诗词研讨会胜利闭幕
金长渊(安徽合肥) ……………………………………………………………… 333
水调歌头·花亭湖采风　金长渊(安徽合肥) ……………………………… 333
赴太湖参加全国赵朴初诗词研讨会感赋　金长渊(安徽合肥) …… 333
游朴初公园　周光非(安徽太湖) …………………………………………… 334
禅湖之恋　周旺根(安徽太湖) ……………………………………………… 334
咏禅源太湖　周金锋(江苏南京) …………………………………………… 334
朴公颂　周学应(安徽太湖) ………………………………………………… 334
禅湖之恋　周姜民(安徽太湖) ……………………………………………… 335
缅怀赵朴初先生　周瑞杰(广东揭阳) ……………………………………… 335
朴初故里太湖颂　郑生福(安徽安庆) ……………………………………… 335
踏莎行·游朴初故里花亭湖　孟国田(安徽固镇) ………………………… 335

花亭湖秋意　赵立新(安徽太湖) …………………………………… 336
有感于赵朴初先生题署中华诗词　赵兴运(河南洛阳) ……………… 336
寺前镇谒赵朴老灵台　宣奉华(北京) …………………………………… 336
花亭湖见闻有感　宣奉华(北京) …………………………………… 336
禅湖之恋　胡太华(安徽太湖) …………………………………… 337
怀念赵朴初(新韵)　胡为娜(安徽安庆) ……………………………… 337
佛光明月照禅湖　胡为娜(安徽安庆) ………………………………… 337
鹧鸪天·颂赵朴初　胡邦元(安徽太湖) ……………………………… 337
赞朴老　胡邦松(安徽太湖) …………………………………………… 338
咏太湖　胡志毅(甘肃兰州) …………………………………………… 338
浣溪沙·朴初故里禅湖美　姜　华(安徽太湖) ……………………… 338
拜谒赵朴初陵园　姚凤岚(安徽安庆) ………………………………… 339
沁园春·朴初颂　姚新华(安徽太湖) ………………………………… 339
水调歌头·朴初故里呈新貌　姚新华(安徽太湖) …………………… 339
山情水意太湖美(新韵)　贾　毅(陕西西安) ………………………… 339
缅怀赵朴初先生　袁人瑞(上海崇明) ………………………………… 340
禅湖之恋　袁森林(安徽太湖) ………………………………………… 340
游朴初故里花亭湖　钱奕和(安徽桐城) ……………………………… 340
忆朴老(古风)　徐玉成(北京) ………………………………………… 340
朴老诗词(古风)　徐玉成(北京) ……………………………………… 341
一代文宗造化奇　殷嘉楼(安徽太湖) ………………………………… 341
纪念赵朴初先生　郭　彬(安徽安庆) ………………………………… 341
读朴初诗词感吟　郭永栋(福建上杭) ………………………………… 342
瞻仰朴公陵　唐本靖(天津) …………………………………………… 342
西江月·咏赵朴初先生书法　唐西川(安徽太湖) …………………… 342
鹧鸪天·咏朴初故里太湖县　唐秀玲(吉林伊通) …………………… 342
朴初故里太湖颂　黄　勇(山西太原) ………………………………… 342
怀念赵朴初大师　黄玉庭(江苏徐州) ………………………………… 343
浣溪沙·题赵朴初纪念园雕像　黄玉庭(江苏徐州) ………………… 343

参加全国赵朴初诗词研讨会　黄丽新(福建福州) …………………… 343
“朴初故里 禅源太湖”感赋　黄国林(安徽五河) ……………………… 344
访赵朴初故里感赋　黄昌振(海南海口) …………………………… 344
柳梢青·游花亭湖　黄贻裳(安徽安庆) …………………………… 344
纪念赵公朴初　曹艳林(安徽太湖) ………………………………… 345
太湖县诗钞　梁　东(北京) …………………………………………… 345
忆赵朴初先生　笪久明(安徽桐城) ………………………………… 345
花亭湖　笪久明(安徽桐城) …………………………………………… 346
过佛图寺　琚跃武(安徽桐城) ……………………………………… 346
题“朴初故里 禅源太湖”　程天来(安徽太湖) ……………………… 346
西江月·赞朴公　程正社(安徽太湖) ……………………………… 347
颂赞赵朴初　程立乔(安徽太湖) …………………………………… 347
禅湖之恋　程志刚(安徽太湖) ……………………………………… 347
咏“朴初故里 禅源太湖”　程侃生(安徽潜山) ……………………… 347
寺前参拜朴老陵园感赋　程侃生(安徽潜山) ……………………… 348
巫山一段云·赵朴初文化公园　程源红(安徽郎溪) ………………… 348
江城子·赵朴初故里太湖美　程源红(安徽郎溪) …………………… 348
缅怀赵朴初先生　程福星(安徽东至) ……………………………… 348
游朴初故里花亭湖　储昭时(安徽安庆) …………………………… 349
禅湖之恋　舒和结(安徽太湖) ……………………………………… 349
禅　湖　鲁甲胜(安徽太湖) ………………………………………… 349
鹧鸪天·赞朴翁　鲁加明(安徽太湖) ……………………………… 349
寺前缅怀朴老　鲁后孚(安徽太湖) ………………………………… 350
访寺前　鲁献中(安徽太湖) ………………………………………… 350
晋谒赵朴初陵园　谢清泉(安徽安庆) ……………………………… 350
缅怀赵朴初先生　路文胜(安徽太湖) ……………………………… 350
禅湖之恋(中华新韵)　路乐平(安徽太湖) ………………………… 351
鹧鸪天·朴公颂　詹书生(安徽太湖) ……………………………… 351
一剪梅·纪念朴公　詹书生(安徽太湖) …………………………… 351

朴老精神　詹先芹(安徽太湖) …………………………………………………… 351
追　思　詹诗纯(安徽太湖) ………………………………………………………… 352
拜谒赵朴初陵园感怀　蔡长宁(安徽太湖) ………………………………………… 352
水调歌头·题太湖县花亭湖兼怀赵朴初　蔡浩彬(广东东莞) …… 352
临江仙·缅怀赵朴初先生　阚新兰(安徽滁州) …………………………………… 352
怀念朴老先生　操太平(安徽太湖) ………………………………………………… 353
二祖弘法狮子山　操礼端(安徽安庆) ……………………………………………… 353
咏太湖　薛亚勋(陕西延安) ………………………………………………………… 353
登九华山怀赵朴初先生　戴炳南(福建龙岩) ……………………………………… 353
踏莎行·谒赵朴老墓园　范诗银 …………………………………………………… 354
诗友步韵奉和范诗银会长《踏莎行·谒赵朴老墓园》 ………………………… 354
蔡长云(安徽太湖) ……………………………………………………………… 354
王　珑(安徽太湖) ……………………………………………………………… 354
方加法(安徽太湖) ……………………………………………………………… 355
方国礼(安徽合肥) ……………………………………………………………… 355
方承明(安徽太湖) ……………………………………………………………… 355
石庆元(安徽太湖) ……………………………………………………………… 355
石必中(安徽太湖) ……………………………………………………………… 356
石德润(安徽太湖) ……………………………………………………………… 356
吕小明(安徽太湖) ……………………………………………………………… 356
吕国庆(安徽太湖) ……………………………………………………………… 357
李根华(安徽太湖) ……………………………………………………………… 357
李彩凤(安徽太湖) ……………………………………………………………… 357
杨彩琴(安徽太湖) ……………………………………………………………… 357
吴世长(安徽太湖) ……………………………………………………………… 357
吴世和(安徽太湖) ……………………………………………………………… 358
吴秀梅(安徽太湖) ……………………………………………………………… 358
吴国平(安徽太湖) ……………………………………………………………… 358
吴潘华(安徽太湖) ……………………………………………………………… 358

何怀玉(安徽霍邱) …………………………………………………… 359
汪　萍(安徽安庆) …………………………………………………… 359
汪焰明(安徽太湖) …………………………………………………… 359
张学年(安徽太湖) …………………………………………………… 359
苟　君(重庆) ………………………………………………………… 359
范良来(安徽太湖) …………………………………………………… 360
金长渊(安徽太湖) …………………………………………………… 360
周旺根(安徽太湖) …………………………………………………… 360
周晓传(安徽太湖) …………………………………………………… 360
胡邦松(安徽太湖) …………………………………………………… 360
姚新华(安徽太湖) …………………………………………………… 361
唐西川(安徽太湖) …………………………………………………… 361
盛文广(安徽太湖) …………………………………………………… 361
程立乔(安徽太湖) …………………………………………………… 361
路文胜(安徽太湖) …………………………………………………… 362
詹书生(安徽太湖) …………………………………………………… 362
詹乐元(安徽太湖) …………………………………………………… 362
蔡长宁(安徽太湖) …………………………………………………… 362
赵朴初赋　吕小明(安徽太湖) ……………………………………… 362
赵朴初公园赋　刘　晓(江苏南京) ………………………………… 364

文章篇

忽见缤纷光照眼

——赵朴初先生与中华诗词略说

范诗银

在即将迎来伟大的爱国主义者，卓越的佛教领袖、社会活动家，杰出的书法家和享誉海内外的著名诗人赵朴初先生111周年诞辰的时候，我们在朴老故里举办全国赵朴初诗词研讨会和诗词大会，是一件十分有意义的事情。下面，我就借用朴老《临江仙·题萧淑芳画花卉长卷》中的“忽见缤纷光照眼”为题，对赵朴初先生与中华诗词的渊源关系进行初步探讨。

一

改革开放进入第九个年头的1987年5月31日，中华诗词学会成立，无论是当时还是现在看来，都是我们国家诗词界的一件具有重要意义的大事。赵朴初先生就是这件大事的重要促成者之一。1986年11月，时任筹委会主任的姜椿芳同志在筹委扩大会议上的讲话中指出：“早在三年前，肖华同志就和甘肃省一部分同志提出了组建中华诗词协会的倡议。去年6月，在赵朴初、楚图南、钱昌照等老同志关怀下，在京部分发起人组成了筹备组，发出了《筹建中华诗词协会倡议书》。”根据《中华诗词学会三十年大事记》记载，1985年11月，筹备组领导人拜访赵朴初、楚图南、夏承焘先生，请他们出任中华诗词协会名誉会长。1986年4月，赵朴初等三位老先生同意担任协会名誉会长。11月14日，中华诗词协会筹备组在京举行扩大会议，正式成立中华诗词学会筹备委员会，推选赵朴初、楚图南、钱昌照三位先生为筹备委员会名誉会长。原已同意担任名誉会长的夏承焘先生，因病已于5月11日不幸逝世。

丁卯年五月初五(1987年5月31日)，中华诗词学会成立大会在全国政协礼堂隆重开幕。赵朴初先生发表了情谊深长的讲话。他说：“我昨天刚从西安赶回来。原来准备坐火车，因为要参加今天这个大会，特地退了火车票，改乘飞机回来。所以我是诚心诚意来参加这个大会的。”赵朴初先生还说道：“中国的古老文化，实在值得我们自豪……我们要弘扬我们民族的诗歌，我看也要古为今用。诗词学会还应当把曲包括在内，韵文都应当包括进去。要在传统基础上提高，离开传统是危险的……我们的传统是几千年的传统，从《尚书》《诗经》，下及唐、宋，悠久的传统不可轻视。”赵朴初先生在讲话快结束时动情地说：“很多国外的汉学家都重视我们的诗词，把她当作瑰宝，我们自己更应当重视、提倡。所以，今天中华诗词学会的成立，我衷心地祝贺她成功。”今天重读这些深情的话语，殷殷嘱托，切切期望，如在耳边。又仿佛看到朴老慈祥的笑容和睿智的眼神，让我们深为感动。

中华诗词学会成立的第二年即1988年，《中华诗词年鉴》出版，赵朴初先生担任顾问。1990年8月，日中友好汉诗协会会长柳田圣山筹建的峨眉山日本僧人良宽诗碑落成，中华诗词学会名誉会长赵朴初为之题诗。碑的正面刻有良宽《题峨眉山下桥杭》诗，背面是赵朴初先生的《题日本良宽禅师诗碑》：“禅师诗句证桥流，流到宫川古渡头。今日流还一片石，清音长共月轮秋。”成就了中日文化交流的一段佳话。1994年7月，《中华诗词》正式创刊出版，赵朴初先生欣然题写刊名。这也是众多诗词刊物中唯一由赵朴初先生题写的刊名。中华诗词学会对朴老题写的“中华诗词”这四个字十分珍视，一直沿用至今，也从未动过改换的念头。前段时间，学会网站升级改造，我们又从赵朴初先生的书帖中集出“学会”两个字，作为中华诗词学会网络信息中心的标志。赵朴初先生离开我们已经18年了，但他对中华诗词的关爱，无时无刻不在影响和鞭策着我们。

二

赵朴初先生是一生都在作诗的诗人，尤其是担任中华诗词学会名誉会长的十多年间，诗词创作出现了“井喷”式的高潮。据《当代名家诗词集·赵朴初卷》的《编后记》中记载，朴老一生创作的诗词曲有1870多首，其中1949年前仅21首，不足总量的1.5%；从1949年新中国成立到“文化大革命”爆发前16年间作351首，占总量的18.8%；“文化大革命”10年作189首，占总量的

10.1%;从1976年到2000年作1300多首,约占总量的70%,其中,从1986年到1995年10年间作860余首,将近占一生所作总量的一半。另有学者统计,赵朴初先生从1927年开始有诗传世,到2000年辞世的73年间,共有韵文作品1985首。赵朴初先生从有诗传世到新中国成立的22年间,仅有20多首诗,量是很小的。一般来说,20岁到42岁,应是诗人创作的高峰期。而先生诗少,其中真正原因,已无从探讨了。新中国成立后的16年和"文化大革命"的10年,前一段每年22首,后一段每年19首,差别不算大。1986年以后这段时间,每年平均80多首,恰是他担任中华诗词学会名誉会长期间。我们可以这样认为:改革开放,使中华诗词得到了复苏;中华诗词学会的成立,使老诗人们焕发了青春。朴老作为中华诗词学会排在第一位的名誉会长,擎起中华诗词的大旗,因责任与感情所系,遂诗心,放激情,乘改革开放大潮,登上诗词创作的高峰。同时,也为中华诗词的复苏与复兴,贡献了自己的智慧。

我对赵朴初先生《滴水集》《片石集》中的作品类型作了简单的统计分析:诗有230首,占两书所收全部韵文作品的45.2%;词有149首,占29.3%;曲有112首,占22%;自由体新诗有17首,占3.3%。继续分析,五绝、七绝有133首,占两书所收诗的57.8%,比五律、七律、歌行等诗体作品的总数还要多。词中的小令有125首,占两书所收词的83.8%,远远多于长调。散曲中的小令有88首,占两书所收曲的78.5%,套曲13首,自度曲11首。这些数字说明,诗、词、曲这三种题材,在赵朴初先生诗词创作中大体是平衡的,也符合他关于"诗词学会还应当把曲包括在内"的思想。在《片石集》的《前言》中,赵朴初先生认为:"曲作为我国的一种传统诗歌形式,还是颇有可为的。对于创立我国的新诗歌,还是可以起帮助作用的。"他还认为:"在传统各种诗体中,曲是最能容纳那种嬉笑怒骂、痛快淋漓、泼辣尖锐风格的。"这也难怪,在老一辈诗人中,诗、词、曲皆擅,曲又占如此大的比例,唯有赵朴初先生。因为他对曲的本质特色的认识是十分深刻的,并且对曲在形成新诗体中的作用寄予厚望。中华诗词学会郑欣淼会长也提出"诗、词、曲一个都不能少",在开展中华诗词之乡创建20多年后,又开展了中华散曲之乡创建活动,并授予了山西省原平市为中华散曲之乡,这也是全国第一个散曲之乡。这些对全国诗、词、曲的全面协调发展起到了积极的推动作用。这与30多年前赵朴初先生的设想与要求，在指导思想上和落实在工作实践中是一致的。赵朴初先生偏爱绝句和小令词，不能从体裁样式的难易程度去解释。因为朴老的律诗、长调词，都十分精彩。而套曲，包括自度的套曲，对散曲小令而言，甚至更为精彩，用精美绝伦来形容也不为过。那么，为何绝句和小令词、散曲小令又占那么大比例呢？我认为，应该从受众的角度去看待和分析。作为社会活动家，面对国际友人时，比如喜欢李白和白居易的日本友人，绝句和小令肯定是优选体裁；面对周围多是不大懂诗的人们时，律和长调词无疑理解起来难度更大些，尤其是翻译，长短的难易，立见分明。这样的思维和选择，又何尝不是慈悲之怀呢？

三

赵朴初先生1977年9月为《片石集》出版写的《前言》中，对自己的学诗经历、对诗词曲的认识，特别是曲的特点与优长、诗歌的节奏韵律和押韵韵脚、诗歌的改革等问题，进行了比较全面深刻的阐述。特别是有关“韵”的论述，对于中华诗词学会倡导的诗韵改革，具有启迪的作用。赵朴初先生赞成诗歌是要押韵的，认为要把西方所谓“无韵诗”输入我国，恐怕很难为群众所接受。这一观点，在我们的工作尤其是在办刊实践中，一直发挥着指导作用。《中华诗词》一直辟有“新诗专页”栏目，在选用新诗稿件时，都把是否押韵作为一条基本标准。去年以来，在与教育部联合举办的两届《中华通韵》诗歌征集活动中，也明确规定现代诗歌要押韵，评选出的优秀作品也都是押韵的。

赵朴初先生关于韵部划分也有自己的见解。他在分析了通行的诗韵《平水韵》和专为北曲编制的《中原音韵》的短长得失后，明确提出“我自己则倾向于大体依据京剧的所谓‘十三辙’”，并指出这样做可以减少韵部数目，放宽选韵范围，并且借助于京剧的广泛影响，便于多数人接受。这些思想，在中华诗词学会所倡导的诗韵改革中，都有积极的影响和指导作用。2001年，中华诗词学会制定的《21世纪初期中华诗词发展纲要》明确提出声韵改革和推行新声新韵。随后，陆续在《中华诗词》上刊登有关新韵改革的文章，2002年第二期发表了新疆师范大学教授星汉主编的《中华今韵简表》及《今韵说略》一文，2004年6月推出中华诗词学会副会长赵京战执笔的《中华新韵（十四韵）》。

这两本韵书的分部方案，都在一定程度上参考了《十三辙》，并吸收了其中的优点。

可以告慰赵朴初先生的是，经过两年多的研究论证，中华诗词学会受教育部委托研究起草的《中华通韵》(十六韵)，已经通过了教育部组织的专家结项鉴定，并经过教学试验和诗歌创作实践，目前已以教育部、国家语言文字工作委员会的名义，发布《语言文字规范〈中华通韵〉(征求意见稿)》向全国征求意见。《中华通韵》是新中国新语言体系中的新韵。《中华通韵》的制定以《国家通用语言文字法》《汉语拼音方案》《通用规范汉字表》等语言文字法律法规和规范标准为依据，以音韵学理论为依据，以诗词创作实践为依据。《中华通韵》与国家通用语言普通话、标准规范汉字、汉语拼音一起，成为这一语言体系中的构成要件。《中华通韵》的制定，坚持面向教育、面向现代化、面向未来，满足广大师生欣赏、阅读和创作诗词等韵文的广泛需求。《中华通韵》依据汉语拼音韵母表划分韵部，具有音韵学的理论基础。《中华通韵》的制定与实行，以知古创新、新旧并行为原则。提倡使用新韵，但尊重诗人个人选择。

(中华诗词学会常务副会长)

赵朴初诗词的浪漫主义色彩

林　峰

本人认为,浪漫是指为所爱的人或事物所做出或产生的富有诗意、充满幻想的行为和语言,以达到感动对方、愉悦双方的目的,又可以引申为纵情或任意。如宋代苏轼《与孟震同游常州僧舍》云:“年来转觉此生浮,又作三吴浪漫游。”曾巩亦有《送郭秀才》诗:“当今文人密如栉,子勿浪漫西与东。”张镃《过湖至郭氏庵》诗中也有“山色棱层出,荷花浪漫开”的描述。浪漫色彩的注入,会使文学作品灵光四射,精彩纷呈。诗词作品也不例外,无论是高山仰止的名家大贤或是传唱千年的鸿篇巨制无不散发着浪漫主义气息。诗仙李白就是浪漫主义诗词的代表人物。所以诗词不可以不浪漫,诗人也不可以不浪漫。虽然赵朴初先生是一位端严庄重的宗教领袖和影响广泛的爱国人士,但这并不妨碍他成为一名富有浪漫主义情感的诗人词家。那些激情涌动、浪漫多姿的诗词作品反而使得他的形象更加真实,更加生动,更加崇高。

1947 年仲冬,朴初先生来到杭州,拜谒鸟窠禅师塔,见塔旁桃花已开,而斯人已逝千年,不禁感慨万千,遂口占一绝云:

我来千载鸟窠空,消息人天若有通。
四面湖山风雪里,为谁错放一株红?

鸟窠禅师为唐开元至大和年间人,99 岁而殁。当年云游杭州时,曾寄宿于西子湖边秦望山一棵松树之上,故得名,且广为人知。据传白居易曾拜他为师。1947 年赵朴初来到杭州时,禅师古塔犹在,而鸟窠仙逝久矣!但冥冥之中似有天意。四面湖山环绕,身前风雪迷茫,正感满眼萧瑟之际,却见桃红扑面,花气袭人,不禁心中一喜。莫非鸟窠禅师在天有灵,知悉朴初先生来访,先放桃花相迎乎?如此作想则生机顿现,浪漫无边也。此为朴初先生之奇妙构想，亦为朴初先生火花闪烁之灵感也！不可谓不新颖，亦不可谓不独特。再读朴初先生之《印度纪行杂诗之灵鹫山》一诗：

群峰环抱认灵山，不尽云泉日往还。
恍似法筵犹未散，潮音花雨满人间。

灵鹫山为印度佛教圣地，因峰顶一石形似鹫头而得名。佛祖释迦牟尼曾在此居住近五十年。山顶有一古平台，是佛祖讲经说法和与其弟子结集之地。朴初先生崇尚佛教，故对灵鹫山心仪久矣。诗中前两句写灵鹫山之形态神貌和地理环境，笔势平坦。妙在转合之际，奇峰突起。隐约之间似乎千年法筵犹自未散，佛祖教诲言犹在耳。故佛音缠绵，法雨弥漫；吾佛慈悲，普度人间！此亦朴初先生之心头大爱——愿佛光普照，泽被苍生也。但“恍似法筵犹未散”一句，却极富浪漫色彩，如天马行空，想落天外。一如梁朝刘勰所云：“酌奇而不失其真，玩华而不坠其实。”（《文心雕龙·辨骚》）朴初先生另有《天涯海角口占》一诗最是有趣，诗中写道：

不知何处有天涯，四季和风四季花。
为爱晚霞餐海色，不辞坐占白鸥沙。

天涯海角为海南第一胜境，礁石林立，海潮澎湃，天下游人莫不趋之若鹜。朴初先生慕名而来，不惜跋涉千里。只为欣赏海上落日，竟恋恋不舍，忘了归时，以至于错占了沙滩之上白鸥栖息之地，令白鸥无处落脚。如此描摹最是逸态横生，趣味无穷。天边斜阳似火，眼前沙鸥缱绻，那种天人合一的和谐与美好在朴初先生笔下来得那么逼真生动且情趣盎然，若非天生浪漫是无论如何也写不出来的。我们在现实生活当中都能看出朴初先生的浪漫情怀。我们再来欣赏一首朴初先生的五言古诗《咏茶诗》：

七碗受至味，一壶得真趣。
空持百千偈，不如吃茶去。

古今之咏茶诗细数一番，肯定不下百千首，且历代不乏好诗名句。故朴初先生避重就轻，避实就虚，置茶之色、香、味、形等寻常业态于不顾，而从唐人卢仝之《七碗茶歌》说起，可谓顶门一针，提纲挈领，出人意表，不落俗套。

豪饮七碗琼浆，不如静品一壶佳茗来得有趣。熟读千百佛门偈语，还不如放下千头万绪，喝壶茶去来得潇洒。这就是朴初先生对茶的理解。从中可以看到，朴初先生在茶道之中渗透着禅意和佛理。何谓“禅茶一味”，由此可以概知也。然朴初先生此诗，亦不是单纯地就茶论茶，而是以茶设理，以理喻人。他在告诫僧人心注一境，虔诚修行，又在劝导众生，心平气和，顺其自然。所以“吃茶去”虽区区三字，却有万千哲理蕴含于其中，令人品味再三，余香不绝。

其他如“辛夷花张着万盏灯，丁香花洒着半天雪”（《百花令·与中国民主促进会同人游园》），“喧天爆竹是心声，共助松涛争一鸣”（《题万松图》），“耳聋不畏迅雷震，言笑能教远客亲”（《九十述怀诗》），“喜见鲲鹏变化，冲天万里云开”（《清平乐》），“杂花蔬果满田园，任君看，供君餐。且住为佳，此即是桃源”（《江城子》），“常与知己聊聊天，古也谈谈，今也谈谈”（《宽心谣》），等等，或比喻或借代，或说理或自嘲，皆圆融透彻，自然妥帖，不强作、不生造，能情与景合，心与意会，且托物寄兴，举重若轻，显示了朴初先生高超的诗词创作技巧和丰厚的古典文学修养以及精深的佛学理论造诣。难能可贵的是，先生的浪漫主义精神始终渗透在诗词作品的字里行间，成为先生作品光芒耀眼、引人入胜的经典所在。清人叶燮曾云：“惟不可名言之理，不可施见之事，不可径达之情，则幽渺以为理，想象以为事，惝恍以为情，方为理至、事至、情至之语。”（《原诗》卷二《内篇下》）幽渺惝恍之意即浪漫理想之境也。正因为这种浪漫主义风格和现实主义内容的有机融合，才使得朴初先生的作品具有了永恒的感人魅力和深远的精神内涵，使朴初先生成为我们后生小子无限景仰的文化楷模。

鉴赏、诵读朴初先生的诗词作品，学习、领会朴初先生的诗词艺术和浪漫主义情怀，对于弘扬优秀传统经典、丰厚地方文化底蕴、普及推动当代诗词创作，都会起到积极的促进作用。

（中华诗词学会副会长）

入世之禅诗

——学习赵朴初禅意诗词的一点体会

刘庆霖

我读过许多诗人的禅意诗词,但大多数是“出世”“避世”思想支配下的作品。例如:“孤云将野鹤,岂向人间住?莫买沃洲山,时人已知处!”(刘长卿《送上人诗》)再如:“栴坐云游出世尘,兼无瓶钵可随身。逢人不说人间事,便是人间无事人。”(杜荀鹤《赠质上人诗》)这样的禅诗不是不好,可是读来总觉得离现实远了些,相比之下,我更喜欢“入世之禅诗”。

朴老在继承太虚大师及其弟子印顺法师的“人生佛教”思想的基础上,大力倡导“人间佛教”思想,将佛教的理念圆融于改革开放的中国社会,与中国特色社会主义相适应,强调佛教对精神文明和物质文明建设具有积极作用。所谓“人间佛教”,星云大师作了这样的解释:因为释迦牟尼佛是人间的佛陀,他出生在人间,修行在人间,成道在人间,度化众生在人间,一切都以人间为主。也就是说,“人间佛教”是入世佛教、现世佛教,是为当世大众服务的佛教。基于这种入世之佛教的思想,朴老的禅意诗词也具有深刻的入世思想。

一是阐述人间佛教的主张。朴老作为一个在家修行的居士,时时参佛,已然修成了清净自持的品性。1986 年,他来到安徽司空山,在司空山下的店前镇,看了宣传纪录片《司空山》,写下三首绝句,其二是:“名号司空实不空,分明妙相现高峰。乡人指道如来卧,那识安禅制毒龙。”在空中看出非空,虚中看出实,无中看出有,可谓达观而又智慧,极有禅念。再如他的《浣溪沙》:“诸相真来幻影观,恍疑梦到佛生前。奇光异彩激心泉。只为深悲捐大欲,争看满月照中天。皈依歌呗遍人间。”朴老在该词的序中说:“在新德里观释迦传影戏,台前设白幕,幕后演戏,以灯光射背景与人物于幕上,变化神奇,叹为稀有。”可以说,这首《浣溪沙》集中体现了他对佛的深刻认识。佛不是天生的,“佛之初”与“人之初”并无异样。不同的是佛知舍得。舍弃大欲望,从而拥有大慈悲。佛法无边其实就是慈悲无边。朴初先生是佛教人士,对佛教有极深的研究,“只为深悲捐大欲,争看满月照中天”,所谓佛也是人修成的,这是他“人间佛教”思想在诗词中形象化的体现。

二是体现慈悲大爱的思想。朴老精研佛理,深契禅机。他的诗从内容上既反映世道人心,也深入佛之大爱度世思想。例如:“打起井中水,喜见生波澜。不惟自饮濯,亦可溉良田。”此诗以序作题云:“或问‘您何以有如此好精神’,答云‘我的精神是打起来的’,有诗为证。”“不惟自饮濯,亦可溉良田”,这种济世与大爱,与法演禅师的“山前一片闲田地,叉手叮咛问祖翁;几度卖来还自买,为怜松竹引清风”有异曲同工之妙。朴老生前的书斋叫“无尽意斋”,按佛学观点“无尽意”即圆融无碍之意。佛教中有个无尽意菩萨,他观一切事象之因缘果报皆为无尽意,从而在心中上求无尽意之诸佛功德,下度无尽意之众生。这就是朴老生前一种坚定不移的信仰——倡导人间佛教的精神。

三是展示积极有为的理念。由于种种因缘,一些人对佛教的“出世”精神不理解,以为佛教是将一切“寄托于西天与来世”的信仰。事实上佛教是“世出世法不二”的。六祖惠能说:“佛法在世间,不离世间觉。”朴老一生提倡“人间佛教”,正出自这样的信仰基础。他的禅诗也多半体现佛的积极有为之理念。例如他的《朝鲜记游诗二十二首》中有诗云:“稽首西山休静师,抗倭护国是男儿。报恩须作如来将,大勇由来出大慈。”在这首诗中,朴老高度赞扬了朝鲜历史上的西山大师率领僧众抗击倭寇的事迹,表现了朴老爱国爱教、积极有为的思想。再如《过瓯江》:“欹帆侧桅夺中流,人立波涛怒打头。阔水高山千里过,更乘风浪下温州。”此诗意象瑰奇,现场感极强。诗中塑造一个在狂涛怒卷、动荡险恶之中,操心自守、屹立船头、敢于直闯千山万水、乘风破浪的人物形象。这与“万境万机俱寝息,一知一见尽消融。闲闲两耳全无用,坐到晨鸡与暮钟”(《石屋山居诗》)的无为避世禅诗截然不同。

朴老的禅意诗词,给我们许多启示:佛教与我们社会发展并不矛盾,佛教也是积极入世的;禅诗也不必非要写得“出世”和“虚空”才好。当然,朴老的禅诗博大精深,内容广泛,我只是作了一点粗浅的研究,这次选择这个题目,也是想进一步学习他的禅诗。我有一首禅意诗《偶得》,抄在此,算是一个学习心得吧。诗曰:“尘世凡心漫洗磨,诸天色界化应多。常思朋友为明月,不把敌人当恶魔。手臂是桥还是剑,嘴唇能咒亦能歌。行藏到处伽蓝殿,一树一花皆佛陀。”

（中华诗词学会副会长）

骨秀风清品自高

——浅析赵朴初先生诗词曲的风骨

沈华维

赵朴初先生在近百年的风雨历程中，始终有诗书相伴，因而其人生绚丽多彩，成就斐然。朴初老的诗词作品特别是早期的《滴水集》，承流骚雅，取境深泓，冲澹清和，明快洒脱，具有很高的艺术水准，折射出作者渊博的知识、高尚的人格和宽广的胸怀。尤其是作品所体现的不拘一格、温柔敦厚的诗家风骨，深刻影响着每一位读者。本文就朴初老诗词作品的风骨特色谈点一孔之见，以求教于方家。

风骨是指人的气概、品格雄健有力的风格。刘勰《文心雕龙》中有《风骨篇》，其云："沉吟铺辞，莫先于骨。故辞之待骨，如体之树骸……结言端直，则文骨成焉；意气骏爽，则文风清焉。""端直"和"骏爽"都是准确和爽直的意思。又说："若丰藻克赡，风骨不正，则振采失鲜，负声无力。"是说如不直爽而臃肿，则缺乏鲜明的光彩和朗畅的节奏。还说："练于骨者，析辞必精；深乎风者，述情必显。捶字坚而难移，结响凝而不滞，此风骨之力也。若瘠义肥辞，繁杂失统，则无骨之征也。""瘠义肥辞"即意少而语言臃肿不精练，亦失于"骨秀"。这段话用今天的话来说，风骨是诗文中所表现出来的一种由内而外、内外兼备的气质、精神、风姿和仪态，是作者本人的品格和作品内容结合的结果，即审美主体与审美客体完美结合才能达到。作者良好的人品、学识和高超的诗词技巧能渗透到作品之中。风骨在诗文中起灵魂和支撑作用，是一种精神能量，它超越时空性、虚构性、情绪性，通过其内在力量，来感染、暗示、熏陶读者，发挥潜移默化的作用。朴初老诗词作品的鲜明特色就是诗风端庄、正直，直抒胸臆，不装腔作势，语言准确、精练而畅达，是其人品与诗词造诣融会贯通的体现。

一、朴初老的作品具有鲜明的崇尚自然、向美向善的仁者风骨。朴初老深受传统文化的滋养，学识渊博，作诗词善于古为今用，继雅开新，以清新优美的风姿、淳朴真挚的情感，对现实题材尤其是自己所处时代的生活，表现出极大的创作热情。1956年12月，朴初老由印度返回国内昆明，作《鹧鸪天·游昆明西山》："密翠疏红晚有姿，西山景色四时宜。科头喜沐丝丝雨，健脚轻翻滑滑泥。登绝顶，揽灵奇，晴虹神变晃滇池。归来不尽庄严相，争遣灵山海会知。"作品清丽和雅，全没有那种颓废陈旧之气，将秋冬时节昆明西山的景色描绘得形象准确，看似写景，但"一切景语皆情语"（王国维语），反映了新中国成立后祖国"密翠疏红""晴虹神变"的新变化、新气象。1958年9月，朴初老作《卧龙湖》（卧龙湖为安徽淮北地区河网化水稻化江南化先进乡之一）："迢递怨湖荒，当年苇满塘。今来河网布，望尽稻云黄。小艇宜秋月，长堤合绿杨。江南何必问，同是水田乡。"作品运用新旧对比的手法，想当年当地满塘杂草芦苇丛生，湖荒人怨，如今金黄的稻穗一望无际，连浪翻滚，丰收在望，描写优美的田园风光，表现农村生活的和平、宁静以及诗人闲逸喜悦的心情。作于1959年的《西江月·参观密云水库工程》："车走明朝海底，舟行昨日山头。翻天覆地看吾侪，信有神通在手！铁壁千寻锁浪，碧波万顷如油。密云景色冠燕州，何必风荷烟柳？"作品描写人们改造自然、利用自然的新风貌，语言朴实无华，"情真，景真，事真，意真。澄至清，发至情"（元陈绎曾《诗谱》）。1961年11月《由西安往成都车中作》："石栈天梯史迹看，车如流水走盘盘。穿岩破壁风雷过，一页轻翻蜀道难。"寥寥数语，写尽沧桑变迁，蜀道难已成历史。

二、朴初老的作品具有真实的心怀悲悯、肩担道义的文人风骨。朴初老虽然地位特殊，阅历丰富，却以一个普通人世俗化的情感，表达个人的生活体验，如喜怒哀乐、悲欢离合、生老病死、生命感悟、历史记忆、风土人情、国外见闻等，既心怀悲悯、肩担道义，又与时代同步同行、与人民群众心灵相通，观察深刻，笔锋犀利，令人回味无穷。例如《清平乐·一九五一年春节观〈江汉渔歌〉史剧》："神州禹迹，多少英雄血。百战风霜心似铁，赢得昆仑屹立。今朝喜气何多，无边壮丽山河。收拾千年公案，来听江汉渔歌。"此作写于新中国成立之初，热情歌颂无数英雄先烈流血牺牲，意志坚定，战胜千难万险，经历风霜雨雪，终于赢得胜利，使新中国屹立在昆仑之巅。祖国建设突飞猛进，取得巨大成就，神州山河壮丽，处处充满朝气，令人感到无比喜悦振奋。作品借事抒怀，健笔精思，大气磅礴，提振民心士气。《新北邙行》，诗前小序写道："一九五八年三月二十七日登洛阳北邙山，群众方开渠道，引洛水上山溉田。北邙为古时著名葬地，唐诗人张籍、王建等皆有《北邙行》诗，异代相望，境殊情异，故为《新北邙行》，以志今昔之不同云。"诗云："我来北邙山，不见古人墓。黄土何累累，云是开渠路。田畴望无尽，深沟纵横布。锄锸高下舞，邪许如潮怒。待看四月初，洛水迈高步。清流来滚滚，不舍昼与暮。昔为旱云冈，今为水稻库。孰知山川改，只在一指顾。莫种白杨树，种桃千万株。举杯邀明月，明月照沟渠。沟沟映红颜，渠渠跃青鱼。村村庆丰收，户户传欢呼。寄语地下人，万古应自娱。"这首五言古风关注社会发展，把握时代脉搏，歌颂新中国劳动人民改天换地的建设成就，揭示了"诗无邪""诗缘情"传统诗词的本质特征，达到了思想性与艺术性高度结合的境界。1956 年 12 月作《临江仙·飞行中作》："穿过层阴千百尺，喜看万里晴空。上方境象览无穷。玉峰迎旭日，银海纳长虹。忽见碧虚开下界，白云朵朵芙蓉。俯窥山色有无中。长安今咫尺，一笑过临潼。"朴初老国学根底深厚，写起来游刃有余，诗意盎然。此作把空中俯窥"上方境象""虚开下界"刻画得形象逼真，如身临其境，意味无穷。

三、朴初老的作品具有高尚的热爱和平、传播大爱的使者风骨。朴初老作为宗教界领袖，足迹踏遍五洲，在出访世界各地期间，写下了大量的诗词作品，用诗词文化传播大爱，祈祷和平，为世界和平鼓与呼，做出了突出贡献。可以说朴初老是宗教界的诗人，也是诗词的和平使者。1957 年 12 月，朴初老访问埃及期间，作《埃及纪游十二首》，现摘录三首，其一《开罗金字塔》："方锥体势重如山，战胜风沙智力兼。额手巍巍金字塔，此邦精气五千年。"其二《骑骆驼过人狮像》："头巾飞舞骋明驼，扬臂惊沙扑面多。我欲与君商一谜，田畴大漠待如何。"其三《亚历山大城》："名都建自大秦时，丝路由兹达泰西。千古风云地中海，奔涛飞梦入吾诗。"思绪千古，时空对接，想象奇特。诗中注曰："方锥体之用意，盖以其最能避免沙漠中大风之影响。""古代东方货物多由此转运罗马诸地，西方称中国通西域之商路曰丝路。"这组诗可能是较早颂扬丝绸之路的力作之一。1958 年 1 月，作《过布达佩斯夜宿多瑙河上》："竞羡天蓝好，今过多瑙河。古碉纷倒影，深意一回波。十月风云换，今宵月色多。魔氛看净洗，喜气发清歌。"诗中的"十月风云换"是指匈牙利十月事件，1956 年 10 月 23 日至 11 月 4 日发生在匈牙利的由群众和平游行而引发的武装暴动。在苏联的两次军事干预下，事件被平息，共造成数千人死亡。作者到访时，事件的阴影已过去，动乱的"魔氛"已被"净洗"，祈祷"竞羡天蓝好""喜气发清歌"，可见普世大爱之胸襟。1960 年 9 月朴初老出席在越南召开的世界和平大会，其间与日本及非洲友人受邀同游下龙湾，作《临江仙》："处处奇峰迎面起，无穷迭巘层峦。碧波流去又回环。海为山里海，山是海中山。喜见东风今作主，宾朋异国同欢。相携如梦对奇观。待看邀世界，共赏下龙湾。"这首词节奏明快，借景抒情，描写亚非人民已当家做主，摆脱霸权欺凌的局面，将诗人的"大我"放到了世界层面，难能可贵。

与诗词相比，朴初老的曲虽写得不多，但深得曲中旨趣，"却别有一般媚妩"(朴初老语)。1961 年 4 月针对美国的霸权主义行径，朴初老作《雁儿落带过得胜令·美国雇佣军进犯古巴有作》："任凭你谎话把天瞒。问群狼受的是谁人豢？翻乌云竟有飞机，犯白浪居然战舰！眼睁睁蔗竿万绿满田园，耳訇訇机轮一片响溪山；恨悠悠口边失去天鹅肉，气汹汹腹内鸣来地主冤。岂然？虎狼肯把心肠换？君看：橄榄枝横箭发弦！"语言诙谐幽默，曲味浓厚，讽刺美国霸权痛快淋漓，伸张正义，大义凛然。

（中华诗词学会副会长）

前辈心灯照后人

——学习赵朴初先生的体会

孙丹林

赵朴初先生是伟大的爱国主义者，是中国共产党的亲密朋友，是享誉海内外的著名作家、诗人和书法大师。他的一生之所以取得如此卓越的成就，是因为他无论是在风雨如磐的战争年代，还是在如火如荼的建设时期，他那熠熠闪光的心灯都明澈、闪亮，不仅照亮了自己的人生道路，而且照亮了后人的前行之路。

一、心灯仁爱放光芒

心灯是儒家和佛家的共用语。儒家用心灯指心灵的本真、本然状态，即孟子所说的仁、义、礼、智四端。孟子说："恻隐之心，人皆有之；羞恶之心，人皆有之；恭敬之心，人皆有之；是非之心，人皆有之。恻隐之心，仁也；羞恶之心，义也；恭敬之心，礼也；是非之心，智也。仁义礼智非由外铄我也，我固有之也。"(《孟子·告子上》)赵朴初先生的仁爱之心就是"非由外铄"，而是从小有之。

1914 年夏日的一天，七岁的赵朴初看到一只蜻蜓在蜘蛛网里挣扎，不一会儿，蜻蜓被越缠越紧，渐渐不能动了。年幼的赵朴初立发恻隐之心，他转身到厨房找来一根竹竿，将蜘蛛网挑开，将蜻蜓救出。母亲见了，非常高兴。第二天，母亲带他去廨院寺烧香。佛事结束后，母亲与先觉师父闲谈，说起儿子会对对子。师父一听，便指着庙中的火神殿，出了一句上联：

火神殿火神菩萨掌管人间灾祸

赵朴初想了想，立刻脱口而出：

观音阁观音大佛保佑黎民平安

先觉师父听罢，立刻开怀大笑，他从下联中看出了小小的赵朴初悲天悯人的菩萨心怀。于是对赵朴初的母亲说："这孩子将来必成大器。"

这个故事充分说明，赵朴初先生很小的时候，仁爱心灯就初放光明；这大概也可以说赵朴初先生佛缘深厚，以至于最终成为一位伟大的佛学家、慈善家。正因为如此，赵朴初先生才能够不遗余力地研究佛教理论，对"人间佛教"的理论和建设做出了独特贡献。在中国佛教发展的基本方针上，他主张"发扬人间佛教的优越性"；在佛教的社会本质上，他认为"佛教'人间净土'的思想同社会主义不矛盾"；在佛教的文化本质上，他坚持"佛教是文化而不是迷信"。

赵朴初先生的仁爱心灯照亮并温暖着后代人，人们敬仰并赞佩赵朴初先生的大爱情怀。

因此，中华孔子学会理事会副会长颜炳罡在《〈心灯〉发刊词》中说："心灯是仁爱之灯，是正义之灯，是羞恶之灯，是智慧之灯。"这段话用在赵朴初身上刚好合适。正是赵朴初先生的心灯成就了他本人光辉的一生，同样也照亮了后人前进的道路。

二、心灯信仰永不衰

南朝梁简文帝萧纲的《与广信侯书》中说："岂止心灯夜炳，亦乃意蕊晨飞。"就是说心灯如心灵，神思如明灯。赵朴初先生的信仰就是一盏无论昼夜、无论阴晴都永不衰败的光明心灯。

赵朴初生前的书斋叫"无尽意斋"，按佛学观点"无尽意"即圆融无碍之意。佛教中有个无尽意菩萨，他观一切事象之因缘果报皆为无尽意，从而在心中上求无尽意之诸佛功德，下度无尽意之众生。这就是赵朴初先生一种坚定不移的信仰——倡导人间佛教的精神。赵朴初先生以"无尽意"命名他的书斋，充分显示其"人间佛教"的毕生追求。

所谓"人间佛教"，星云大师作了这样的解释：因为释迦牟尼佛是人间的佛陀，他出生在人间，修行在人间，成道在人间，度化众生在人间，一切都以人间为主。所以赵朴初先生提出"人间佛教"，并作为他的信仰，得到了佛界人士和广大信众的认可和拥护。

先生辞世后，人们在他的“无尽意斋”发现了他生前写的一首诗，诗中写道：“不负名城十日留，太湖人作太湖游。可能敬践年年约，报答灵山未肯休。”这首诗形象地表达了赵朴初先生追求一生的信仰，其实正是一个值得彰显“人间佛教”的道场。

赵朴初先生“信仰不衰”的心灯，对我们今天则更有照耀甚至是鞭策作用。因为我们现在热切地呼唤传统文化的回归，我们期盼人们重新拾回信仰。因为一个人只要有了信仰，就有了追求，就会在心里燃一盏为之奋斗、为之操守的心灯。

自己的心灯发光、发亮，就会照亮自己的心路，就会有一个与天共明的可贵情结。从而让你不断明确目标而不迷失；让你的生命、智慧和才华不断发光发热，以此证明自己生命存在的崇高价值；赵朴初先生的信仰心灯永不衰竭，同样也照亮了我们。

三、高照心灯行路远

高照，指心理站位高端，思想境界高远。这就是俗话说的“心有多大，世界就有多大；心有多远，道路就有多远”。赵朴初先生之所以在佛学、书法、社会活动等各个方面走得如此高远，正是因为先生的心灯照得高远。社会上流传一首《宽心谣》，据说是赵朴初先生所作：

日出东海落西山，愁也一天，喜也一天；
遇事不钻牛角尖，人也舒坦，心也舒坦；
每天领取谋生钱，多也喜欢，少也喜欢；
少荤多素日三餐，粗也香甜，细也香甜；
新旧衣服不挑拣，好也御寒，赖也御寒；
常与知己聊聊天，古也谈谈，今也谈谈；
内孙外孙同样看，儿也心欢，女也心欢；
全家老少互慰勉，贫也相安，富也相安；
早晚操劳多锻炼，忙也乐观，闲也乐观；
心宽体健养天年，不是神仙，胜似神仙。

据考证，此诗并非先生所作。据说，在先生生前，有人以此诗问先生，先生表现得极为豁达，认为只要别人喜欢就行，而不在乎这冒名顶替。这首诗透着浓浓的禅意，虽非先生作，但思想与先生所持思想确有相似之处。其中既有“看破”的达观，又有“放下”的潇洒；既有“知足常乐”的睿智，又有“顺其自然”的哲理。在这样的“心灯”照耀下，当然是一切都“放下”了的自如、心安。难怪老先生在政务繁多、佛事繁多、家事繁多的有生之年能安享93岁之高寿。读先生晚年许多禅意诗词，表现类似的思想，再对照当今网络上一些所谓“防老”“养生”的“警句”“格言”，就觉得过于肤浅，过于“现实”以至于庸俗。

今天我们怀念赵朴初先生，绝不应该仅仅是弥补感情上的缺失，也绝不是因失去一位大师而感到遗憾。更重要的应该是，认真思考从古至今我国历代先贤为什么在品格上能够至高至伟，在事业上如峰如巅，在华夏精英谱上可歌可泣。我们从赵朴初先生的一生中应该能找到明确的答案，即我国历代出类拔萃的成功人士心中都有一盏熠熠闪光的明灯。这盏自燃光亮的心灯照耀着先人的心路，在心灯指引下，人们尽力、尽气、尽才、尽情地去完成自己的使命，从而证明自己的存在，证明自己生命的价值。前人的心灯照亮了我们，同时也燃起了我们每一个人的心灯——这就是纪念赵朴初先生的真正意义。

这正是：

圣贤英绩垂青史；
前辈心灯照后人。

（渤海大学特聘教授）

论赵朴初的诗词曲

周啸天

赵朴初(1907—2000),安庆市太湖县人。早年就读于江苏东吴大学,倾心于佛教。1945年参与发起组建中国民主促进会。1953年后,任中国佛教协会副会长兼秘书长、中日友好协会副会长等职。1980年后,任中国佛教协会会长、中国佛学院院长、全国政协副主席等职。一身兼有政要、社会活动家、佛教界人士等多重身份,又是著名书法家和诗人。

在中国,各大寺庙都能看到赵朴初的墨迹。20世纪六七十年代,全国重要报刊常常刊登他的诗词。毋庸讳言,这是一种特殊的待遇。20世纪的下半叶,赵朴初诗名之大,湖海罕有其匹。

赵朴初一生探索真理,追求进步,受知于毛泽东、周恩来。1951年“三反”运动,赵朴初因膺救济部门要职,被重点核查。核查结果,他所经手的巨款和物资来龙去脉一清二楚。周恩来知道后十分高兴,称他为“国宝”。

1958年赵朴初陪同毛主席接见外宾,毛主席问:“你们佛教有没有这么一个公式啊,赵朴初即非赵朴初?”又说:“那么就很奇怪了……先肯定后否定。”赵朴初答:“不是先肯定后否定,是同时肯定同时否定。”毛主席即指着他对旁人说:“这个‘和尚’懂得辩证法。”赵朴初曾写有《某公三哭》,毛主席一看就喜欢,说:“这个曲子归我了。”竟交两报一刊发表,天下争相传诵。赵朴初对毛主席、周总理,实怀感恩之心。所作挽诗甚多,一字一句,俱自肺腑流出。《周总理挽诗》(1976年)是一首代表作:

大星落中天,四海波澒洞。终断一线望,永成千载痛。艰难尽瘁身,忧勤损龄梦。相业史谁俦?丹心日许共。无私功自高,不矜威益重。云鹏自风抟,蓬雀徒目送。我惭驽骀姿,期效铅刀用。长思教诲恩,恒居惟自讼。非敢哭其私，直为天下恸。

一起一结，语语沉痛。“无私功自高，不矜威益重”是此诗的主题句。高度概括，恰如其分，活画出周总理的形象。国人一读成诵，洵挽诗之佳作也。

上自党和国家领导人，下至普通民众，以及外国人士，赵朴初可谓广结善缘，朋友遍天下。交游之际，颇有吟咏。他与陈毅元帅于诗书有同嗜焉，尝以文为诗云：“十二年前春尚寒，陈总一日招我谈，谈及主席曾有言，文艺改革诗最难，大约需时五十年。我于诗国时偶探，乍闻此语震心弦，其后屡试复屡颠，稍识其中苦与甜。……”（《毛主席致〈诗刊函〉发表二十周年纪念座谈会献词》）

又有《清平乐·围棋赠陈将军》（1952年）云：

纹枰坐对，谁究棋中味？胜固欣然输可喜，落子古松流水。　将军偶试豪情，当年百战风云。多少天人学业，从容席上谈兵。

以兵喻棋，自是妙喻。“胜败乃兵家常事”，棋亦如之。“落子古松流水”，既写棋院环境，又写人的心境，颇富意蕴。“多少天人学业”，棋道有通于天人之际，亦妙语也。作者就这样从一个小小的角度，生动地再现了儒将陈毅的风度。

1964年，赵朴初作为国务活动家，陪日本佛教界人士西川景文、大河内隆弘二位长老雨中游西湖，赋《应转曲》二首云：

好友，好友，隔海飞来携手。不辞湿透毡鞋，花港苏堤去来。来去，来去，更赏一盘春雨。

闲望，闲望，何似琵琶湖上。轻舟伴着山神，岸上樱花笑人。人笑，人笑，冲破云罗雾罩。

《应转曲》一名《调笑令》，原本是一种游戏的歌词，词中作为转折的二言句，起着和声的作用。日本人称唐粉（食品粉丝）为春雨，当日席上有此菜，“更赏一盘春雨”，一语双关，又指湖上春雨。“山神”是日本人对妻子的谑称，如汉语之“河东狮”，寓又爱又畏之意。作者信手拈来，填入词中，使人感到亲切、有趣，再书写出来，是很好的赠品。

赵诗多随兴而为，以自然为宗，古诗多于律诗，五言工于七言。然七律亦有可称者，如《赠潘受先生》：

我居北海君南海，万里何曾隔一尘。
入蜀诗篇忧国泪，校书生死故人心。
不期天外中秋节，相见楼高七十层。
广宇雄都凭俯仰，炎黄应庆有儿孙。

潘是华裔新加坡人，抗日战争中曾寓居重庆，集杜诗数十首，传诵一时。后又校印出版《潘伯鹰选集》。有人评此诗："即景生情，就友我之实，写离合之际，今昔之感。襟怀洒脱，词语超旷，对仗灵活。结句炎黄儿孙之思，亦有自然生发之妙。"（杨嘉仁）

白居易尝云："文章合为时而著，歌诗合为事而作。"（《新乐府序》）赵朴初一生不离政治，故多时事诗，集中如《庆祝中国佛教协会成立》《黄鹤来谣为武汉大桥作》《满庭芳·为人民大会堂作》《普天乐·中缅边界条约签订志庆》《满江红·悼卢蒙巴》《四海欢·十届三中全会新闻公报发布之夕喜作》，等等，以及为数甚多的挽诗，皆是。虽应时而作，亦挟兴会为之，如《报载柯受良驾车飞越黄河，以庆香港回归。中央广播电台索诗，立书付之》。"立书付之"，即见兴会。

雄心驾重车，一跃过黄河。
不徒惊技艺，忠勇实足多。
东岸晋人舞，西岸秦人歌。
香港庆回归，盛事如星罗。

自明人倡言"读万卷书，行万里路"以来，中国文人大都把这两句话作为自己的人生追求。20世纪下半叶的中国，"读万卷书"固然不易，"行万里路"尤其难得。赵朴初得天独厚，这两"万"，他都做到了。他的饱学，从诗词自注，即可见一斑。《故乡行杂咏》"可能空地狱"自注云："'我不入地狱，谁入地狱？''地狱未空，誓不成佛。'地藏菩萨之大誓愿也。"《读〈石头记〉》"人情僧梦虎"自注云："蕅益《灵峰别录》：僧梦虎，惊寤，喜曰：'非梦，几为虎所食。'既悔曰：'知是梦，何不做个人情。'"《读〈庄子〉》"外史先河大小儒"自注云："《外物》)篇中儒生盗墓故事:儒以诗礼发冢。……如此短篇小说,仅七十余字耳,而其描写之生动、讽刺之尖锐,后世之《儒林外史》无以过之。"《太虚法师挽诗》自注云:"闻人言:师数日前告人,将往无锡、常州。初未知其暗示无常也。"等等。可谓多见多闻,信手拈出,即益人心智。

韩愈《答李翊书》云:"根之茂者其实遂,膏之沃者其光晔。仁义之人,其言蔼如也。"读赵朴初诗,每令人作此想。《友人赠玫瑰花》诗(1968年)云:

感君相赠意,甘馨满床前。
而我忽不乐,思彼英格兰。
如何为此花,流血一百年。

作者不从"赠人玫瑰,手有余香"着想——虽然那样写不是不可以,而别有怀抱。自注云:"指十五世纪至十六世纪英国长达百年之玫瑰战争。其时内战之一方以红玫瑰为徽记,另一方以白玫瑰为徽记,甚至一家人中有佩不同颜色之玫瑰者。"留意此诗的写作年代,可谓如火如荼,中国的每一个屋顶下,都有派性之争,则知作者之用意深矣。

赵朴初因公去过东方很多国家,或以诗词纪历,颇有佳作。如《骑骆驼过人狮像》(1957年):

头巾飞舞骋明驼,扬臂惊沙扑面多。
我欲与君商一谜,田畴大漠待如何。

骑着骆驼在沙化的世界里行走,作者突发奇想,希望沙漠变成良田。"我欲与君商一谜",妙。作者面对人面狮身像,想起斯芬克斯之谜,或许还有德尔菲神庙前"认识你自己"那句话。诗人并没有直接说出他心中的"谜",他把这个"谜"留给了自己的同类。

赵朴初与中国历代诗人一样,热爱祖国的山河。其诗得江山之助者,杰作首推《自西安至成都车中作》:

石栈天梯史迹看,车如流水走盘盘。
穿岩破壁风雷过,一页轻翻蜀道难。

从西安至成都,是蜀道全程,李白称为"难于上青天"者。宝成铁路工程打通上百座大山，填平上百道深谷，全线隧道三百余条，桥梁千余座。火车过秦岭，得不停地钻洞。洞与洞间，或可窥见“去天三百”之太白山，还可以看见所乘火车的后半段从洞间掠过的情景，令人震惊。此诗三四两句，一张一弛，得绝句法。举重若轻，洵称杰作。郭沫若同期所作的《蜀道奇》，洋洋洒洒八百余字，极尽铺张之能事，读后印象殊浅。而赵朴初此诗，却令人过目不忘。顺便说，十年之后，作者还有一首《成昆铁路》云：“李白咨嗟蜀道难，梦魂飞不到昊天。人间奇迹今朝现，蜀道平平八表宽。”大不如前诗，可以不作。作了，可以不选。选家(《无尽意斋诗词选》)竟录后诗而弃前诗，殊失察也，殊可慨也。

赵朴初在《滴水集》序中引释迦牟尼语“要使一滴水永远不干，莫如把它放进大海里去”和“尝一滴水而知大海之味”，接着说：“这两句话是有关联的。一滴水，只有放进大海里去，然后取出来才有大海之味。我的作品，如果比譬做一滴水的话，它是不是已经放进了人民大海里去，而有了大海之味呢？我自己不敢说，但是我是这样用以自勉的。”难怪他语言浅近，贴近生活，“欲见之者易喻也”(白居易)；也难怪他对散曲情有独钟。

他说：“曲，这一体裁，和四、五、七言的诗以及长短句的词相比，灵活性较大，易于吸取群众性语言，也能容纳更广泛的内容，对于摹写新的事物，可以提供较多的方便。同时，曲的音乐性强，在形式和格律上，我觉得它对于民歌和新体诗的发展，可能有所帮助。这是我试学写曲的一个缘由。”早期之作多清新，如《调寄〈快活三带过朝天子四换头〉》(1959年)：

> 左贤王拔剑砍地，镇日价女哭儿啼。进门来惨惨凄凄，出门去寻寻觅觅。千里，万里，处处是伤心地。胡笳做弄蔡文姬，怨绪哀弦难理。遣使何为？赎身何意？我道曹公差矣！谓中郎有遗书，有女儿能诵记，只消得寄个纸笔。睦邻大计，更要将心比他意。常通声气，频传消息，何如认个亲戚？和吐番的唐太宗，和乌孙的汉武帝，都比你，有主意。

此曲以新思想做翻案文章，涉笔成趣，持论正大而曲尽人情，在语言雅驯的同时，做到了到口即消。又如《鹦鹉曲·过巫峡望神女峰》(1960年)：

> 巫山巫峡萧森处，果然有一个神女。没来由独立高峰，终日为云

为雨。

【幺篇】亿万年绝壁巉岩，想拦住大江东去。看明天涨出平湖，烟波里再来寻汝。

首曲如上场诗，以开场白的口气，交代出巫山神女石。幺篇如下场诗，船上人对巫山神女石匆匆丢下了一句话，而“轻舟已过万重山”矣。曲中不着一“过”字，却传神地写出了题目中的那个“过”的感觉。又表现了作者对三峡大坝的期望，是对毛泽东《水调歌头·游泳》的响应。难得如此生动活泼。

《某公三哭》是赵朴初在“反修”年代写的三支套曲，转为豪辣。“某公”指尼基塔·赫鲁晓夫，“西尼”指肯尼迪，“东尼”指尼赫鲁。三支曲指点风云，激扬文字。1965年初，苏联部长会议主席柯西金将访华。毛泽东说，柯西金来了，把这组散曲公开发表，给他当见面礼。于是《人民日报》予以发表，电台全文朗诵，待遇之隆如此。时过境迁，这一段历史的是是非非，自当重新评价。但这一组作品，记录了中国人的一段心路历程，故不妨立此存照。

在“文革”后期，赵朴初沿着“三哭”路数，写了一系列讽刺之作，传播之快、流传之广、影响之大，不逊于今日之名人微博。如《反听曲》(1971年)：

听话听反话，不会当傻瓜。可爱唤作“可憎”，亲人唤作“冤家”。夜里演戏叫做“旦”，叫做“净”的恰是满脸大黑花。高贵的王侯偏偏要称“孤”道“寡”，你说他是谦虚还是自夸？君不见“小小小小的老百姓”，却是大大大大的野心家，哈哈。

作于“林彪事件”发生之后，滑稽突梯，可与元人小令比美。“我是小小老百姓”是“林彪集团”中地位显赫的某人经常挂在嘴上的一句口头禅，时人厌之。此曲不啻为时人出一口恶气，是以不胫而走。

“文革”中佛教人士遭遇厄运，赵朴初得到周总理的保护，幸而躲过一劫。1976年“四人帮”倒台，赵朴初去故宫参观慈禧罪行展览，归而作《故宫惊梦·江青取经》，首曲《字字双》云：

宫门骑马带伙计，四匹。红旗车队后跟随，神气。向来佩服武阿姨，皇帝。无奈乾陵还封在山沟里，可惜。且图就近访慈禧，有理。早安排包管称心的见面礼，表意。送您一副假牙好啃童子鸡，补气。送您一副假发好和姑娘比，美丽。送您一套特制布拉吉，换季。送您一架莱卡照相机，拍戏。有人劝我把文艺大旗也送你，放屁。老娘少了它怎能混下去，哎咦！这分明是反革命的坏主意，可气。赶快给我拉出去，枪毙！

散曲是从民间勾栏产生的一种新兴诗体，其当行本色，一在插科打诨的笔墨，二在出人意表的构思，三在漫画化手法，四在揭示现象与本质的不协调，即喜剧性手法。赵朴初的这套曲，绘声绘色，为江青画像，足抵一出小品。所谓蒜酪味与蛤蜊味，指的就是这个。这种作品，冬烘先生是作不出来的。

《毛诗序》云："上以风化下，下以风刺上。"赵朴初的诗词曲从内容上反映世道人心，在艺术上走的是大众化道路，正是继承《诗经》传统。又精研佛理，五言诗深契禅机。有绝句，以序作题云"或问'您何以有如此好精神'，答云'我的精神是打起来的'，有诗为证"（1995 年）：

打起井中水，喜见生波澜。
不惟自饮濯，亦可溉良田。

诗与题有机整合，置之禅宗公案，亦上乘之作。又有古诗，题云："置白菜心一枚于碗中盛水养之，渐舒展转绿，挺生茎秆高尺馀，着叶开花，有轩昂之态。"诗曰：

花如金伞盖，叶作飞檐上。俨然七级塔，意欲逼纬象。珍此碗中春，骋我天外想。……北国冬庭空，赖兹寄神赏。所遇虽万殊，自足初无两。静观悟物理，更生得善养。永怀欣欣意，寒暑任来往。呼吸通寥廓，随心斗室广。

把一颗白菜心，水仙似的养起来，"欣欣此生意，自尔为佳节"（张九龄）。作者看了，心中欢喜，此之谓世法平等，诗心即佛心也。

赵朴初临终遗嘱是：遗体除眼球归同仁医院眼库，其他部分，凡可以移作救治伤病者，请医生尽量取用，用后，以旧床单包好火化。不留骨灰，不要骨灰盒，不搞遗体告别，不说安息吧。附诗偈一首（1996 年）：

生固欣然，死亦无憾。
花落还开，水流不断。

我兮何有,谁欤安息。

明月清风,不劳寻觅。

此偈与前二诗的精神,完全是相通的。最值得欣赏的就是他的四不主义和“我兮何有,谁欤安息”八个字。

不设灵堂,可以为活人省钱省心。资源是有限的,不要堆砌那么多的花圈。不要放哀乐干扰邻居。不留骨灰好,植树葬也不错,有益于环保。不搞遗体告别,真的想念了,可以看看生前的照片。不要以为这是小事。葬俗观念的改变,事关环保,事关世道人心,做好了,可以移风易俗,太平世界的到来也会快一些。这和很多的事一样,需要从上面的人做起。

有这样一首诗偈作结,赵朴老真是功德圆满了。

(四川大学文学与新闻学院教授)

永难忘怀赵朴老

刘麒子

一代名贤赵朴初，才高德厚世间誉。
佛门奥秘盈胸次，国学精华满腹储。
大爱常从行迹见，真情每向笔端舒。
百年谁可为风范，应是先生最感余。

图1　朴老在书房

我是1979年秋和我的老师著名书法家麦华三先生到上海做学术交流时，与近代画坛名宿吴昌硕的女婿、西泠印社社长、上海艺专原校长王个簃先生一起和赵朴老见面结缘的。赵朴老是中国民主促进会创始人之一、中国佛教协会会长、中国书协副主席、西泠印社名誉社长。他和蔼可亲，我奉赠他一本我的诗词作品《新盦集》，他很高兴，翻看了几页，高兴地说："你年纪轻轻如此大才，诗书俱佳，实在难得，是当代一大人才，诗词家。"也送我一本打印的诗词作品集。

图 2　左刘麒子，中朴老，右麦华三

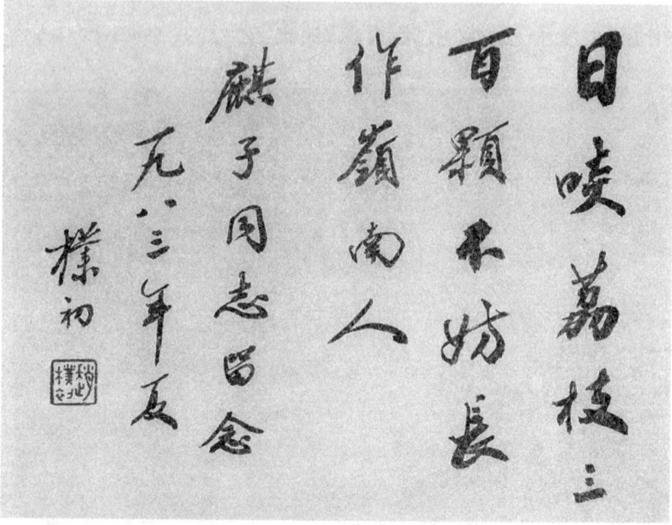

图 3　朴老书法作品

岁月匆匆，除了信札往来，1982 年初到 1983 年夏，因编写《日本书道史和中日书道交流史》，我又和麦华三老师两度赴京，两次到北京和平门外南小栓胡同朴老住所拜候他。久别重逢，他很高兴，专门泡了黄山云雾茶，一起品茗谈心。他侃侃而谈，说起近年南下广东于从化温泉客寄等往事，他对岭南各地的山水风光、人情风俗很有感情，说很想再安排时间旧地重游。我写一首怀念岭南风物的诗呈他指正，他挥毫书写咏从化温泉旧作词半阕相赠，词云："浴起温泉，凉雨过，一时涤净尘襟，未能长作岭南人。思携千嶂绿，点缀上林春。”写上“麒子同志两正”并深情地说：“岭南气候温和，长年绿树成荫，尤其是从化，的确使人留恋，能把千山绿移植到北京，那该有多好啊！”老人余兴未尽，又挥毫书写苏东坡的名句“日啖荔枝三百颗，不辞长作岭南人”赠我，并客气地写下“麒子同志留念”。朴老邀请我和麦老在客厅、书房一起照相留念，还请他夫人陈邦织到外庭院跟我与麦华三老师合影，盛情令我永世难忘。

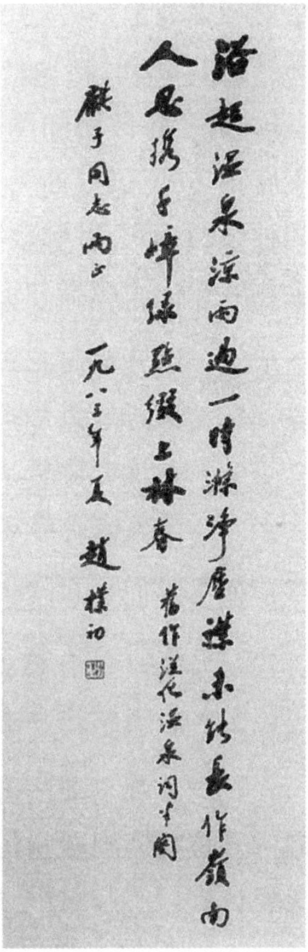

图4　朴老书法作品

图5　朴老暨夫人陈邦织与麦华三、刘麒子合影

1984年初，胡耀邦总书记视察汕头，看到被“文革”破坏的潮州韩文公祠破烂不堪入眼，指示重修。我被汕头市委、市政府派遣赴全国各地请领导同志、名人名家为重修潮州韩文公祠和韩祠碑林题词作书，承蒙若干领导同志、名人名家挥毫留下不少墨宝。赵朴初先生当然在主要邀请之列，但因他当时患病正在医院治疗，我到医院拜候他。他在病床上拉着我的手说：“麒子，这是一件大好事，说明中央领导同志对传统文化和文物保护的重视，我病愈后

争取到南方走走，一定到韩文公祠参观，亦一定题字留念。”

1986年初，朴老结合民进中央工作，同夫人等来到广东汕头、潮州、揭阳三市，汕头市政协和民进汕头市委有关同志热情接待他。他和汕头市政协副主席张华云、民进汕头市委主委蔡定、汕头大学教授兼潮汕历史文化中心顾问杜经国、汕头市佛教协会会长释定持谈说甚欢，在汕头市留下不少诗词墨宝，如《元夜次韵奉和定持法师赠别之作乞正》：

明月初圆花正开，喜看劫后现楼台。
愿祈佛力舒千臂，不舍鱼龙集众材。
利乐有情坚宿誓，庄严国土仗英才。
南天自是缘深地，念念时时待再来。

他参观汕头经济特区并题《赠古筝名家林毛根》，诗云：

潮州音乐有宗风，流畅中和听不同。
曲调宗元应有自，浪淘沙又小桃红。

朴老参观了潮汕著名胜迹潮阳灵山寺，对唐代大诗人散文学家韩愈因谏迎佛骨被贬谪到潮州任刺史后，与此寺住持大颠法师结缘而成千古美谈一事大发诗兴，题下两首七绝：

其一

禅师能智亦能悲，肯下灵山访退之。
不是辨才兼定力，怎教文伯为留衣。

其二

十载人人又火书，而今实证又何如。
一亭一塔千秋对，海客如云德不孤。

越数日，朴老参观了潮州韩文公祠，题下《咏韩愈》，诗云：

到此虚怀遇大颠，留衣亭可与祠班。
不虚南谪八千里，赢得江山都姓韩。

朴老虚怀若谷，热心佛教文化和旅游事业，先后在潮汕三市各名山、胜迹、寺庙、古刹题下不少墨宝。

尔后，我曾几度赴京，承蒙先生多次热情接见。1986年下半年到1987年上半年为筹备中华诗词学会的成立，他和钱昌照、楚图南、夏承焘、臧克家等诸多名诗人商量，呈报中央习仲勋等有关领导促成此事。他为人处世是非分明，高风亮节，为学会的成立忙得不亦乐乎。1997年香港回归，他虽多次住院，但念念不忘国家大事。我参加香港回归诗词大赛得奖赴京，他很高兴打电话给我表示祝贺，我和他感情日深。

2000年2月21日，赵朴初先生不幸因病医治无效在京逝世，享年93岁。

朴老的逝世天下含悲，万方痛悼。朴老一生思想进步，追求真理，热爱祖国，造福社会，与中国共产党风雨同舟，亲密合作，为祖国的繁荣富强、人民的美满幸福和中华民族的复兴努力工作，在人民政协积极参政议政，建言献策，同历届国家领导人的亲密友谊和社会各界人士，尤其是文化艺术界人士相亲相爱，事迹流传青史。

他的逝世，使我万分悲痛，回想忘年结谊，从1979年到2000年已22年，从上海相会到来汕头重逢，又多次在京相聚。他是全国政协副主席，在百忙中经常挥毫写诗相赠，赠书寄信，合影留念，情深似海，我悲痛中倚声作《鹧鸪天》一阕以寄哀思：

结谊忘年廿二秋，一声噩耗泪盈眸。
依依往事思风范，款款深情痛不休。
从沪市，到汕头，高山流水喜相投。
先生未厌吾卑贱，每赐佳篇共唱酬。

（中华诗词学会顾问、广东中华诗词学会名誉会长）

超凡入俗见清音

——浅谈赵朴初散曲作品的爱国主义思想和艺术特色

李葆国

赵朴初从青年时期开始，就认真研究社会主义学说，经过漫长的求索，他逐步认识到，只有中国共产党最能代表中国劳苦大众的意志和利益，中国只有走社会主义道路才能建成繁荣富强的新社会。作为新中国一代宗教界领袖，赵朴初先生把佛教的教义圆融于中国共产党领导的建设中国特色社会主义伟大事业之中，圆融于维护民族和国家的尊严、捍卫国家领土和主权的完整、促进祖国和平统一的伟大事业之中，圆融于促进中国佛教界与世界各国佛教界友好交往的伟大事业之中。他告诫佛教弟子，佛教的利益必须与人民的利益结合起来。我们的生命好比一滴水，只要我们肯把它放到人民的大海中去，这一滴水是永远不会干涸的。他的书法作品俊朗神秀，在书法界久负盛名。社会上书家和文人以得到他的书法作品为荣耀。赵朴初先生还是享誉海内外的著名作家、诗人，他对中国古典文学有着精湛深入的研究，在诗词曲和书法方面都达到了很高的造诣。他的诗词曲作品曾先后结集为《滴水集》《片石集》，其中不少名篇在国内外广泛传诵。

他在《滴水集》序中道："解放以前，我很少写诗，常常几年得不到一首。更难得写词。解放后，所作的诗词逐渐多了起来，也开始试写新体诗。一九五九年开始写曲。据我个人粗浅的体会，曲，这一体裁，和四、五、七言的诗以及长短句的词相比，灵活性较大，易于吸取群众性语言，也能容纳更广泛的内容，对于摹写新的事物，可以提供较多的方便。同时，曲的音乐性强，在形式和格律上，我觉得它对于民歌和新体诗的发展，可能有所帮助。这是我试学写曲的一个缘由。近三年来，随着世界形势的迅速发展，祖国建设的突飞猛进，自己见闻的增广和兴会的鼓舞，我写的诗歌在数量上比以前似乎也有了一个跃进。”下面，试从先生的曲作解析、领悟其深刻的爱国主义思想和高超的艺术特色。

1959年7月，继《寿阳曲·一九五九年五月五日由北京飞莫斯科途中试拟元人小令》之后，他写了《柳营曲·参观全国劳动改造罪犯工作展览会》：“改造力，难思议。改人儿也改了天和地。鬼怪狐狸，该入泥犁，都有了上天梯。北大荒金满秋畦，雪天山绿涨春池。奋身桑海换，刮目性情移。舞红旗，腐朽化神奇！”一句“改人儿也改了天和地”和“舞红旗，腐朽化神奇”道出新中国的劳教工作政随时改、人从天变的成就以及诗人作为佛教协会副会长和全国政协委员对该项工作取得成就的喜悦心情。

1959年7月，他在赴西藏考察时写了《塞鸿秋二首·咏文成、金城公主》：

一、漫等闲帝女乌孙嫁（唐人送金城公主诗云“还以嫁乌孙”），长留着王子金杯话。为的是和亲民族安戎马，为的是交欢琴瑟传文化。重任付儿家，雪岭冰川跨，论功勋岂在萧房下？

二、尽低徊拉萨双昭寺，任摩挲甥舅丰碑字（长庆会盟碑，藏族称甥舅碑，今在大昭寺前）。想象着百工众乐他年事，瞻望着雪肤花貌参差是。今朝彩带绕连枝，金桥拭目天堂俟，喜酬偿二女千秋志。

两首曲赞颂了唐代文成、金城二位公主出嫁西域的功绩。“为的是和亲民族安戎马，为的是交欢琴瑟传文化。重任付儿家，雪岭冰川跨，论功勋岂在萧房下?”两个“为的是”叠唱句式，歌颂了大唐儿女对安邦定国、民族和戎的历史贡献，同时歌颂了新中国党的民族宗教政策。

1960年11月，他写下《普天乐三首·国庆十周年献词》：

一、光耀九天惊，声震千山动，今日下林林总总，十年来烈烈轰轰。万里大风驰，千丈洪波涌，白帝仓皇群魔恐，望东方飞起红龙。几曾见这般作用？看山岳弹丸掷弄，把江河鞭策西东。

二、雪岭走风轮，铁轨通天堑。三千六百日乾旋坤转，二十四小时沧海桑田。炉火涌钢泉，溪水奔雷电，瑞草嘉禾纷神变，千仞冈鱼跃于渊。念悠悠古人不见：遍郊野兜鍪好汉，满墙头锦绣诗篇。

三、灼灼火花飞，跃跃人心奋。不枉负十年教训，到如今万里风云。

何伤日月明？且任蚍蜉逞。普天下争传着东风信。问将来是谁个前程？有弟兄携手同行，有朋友闻声相应，为和平永作干城。

以套曲的形式，三段铺陈描写，从三个不同的侧面，描述了新中国成立十年来各行业取得的巨大变化和辉煌成就。“今日下林林总总，十年来烈烈轰轰。万里大风驰，千丈洪波涌。”“念悠悠古人不见：遍郊野兜鍪好汉，满墙头锦绣诗篇。”“普天下争传着东风信。问将来是谁个前程？”在铺陈中巧妙地加了衬字和排比，使本来就长短结合的句式平添了抑扬顿挫，增添了音乐美，更加生动活泼。增加衬字，突破了词的字数限制，使得曲调的字数可以随着旋律的往复而自由伸缩增减。同时，在艺术上，衬字还明显具有让语言口语化、通俗化，并使曲意诙谐活泼，起到了穷形尽相的作用。

1960年11月，写了《百字令·延安礼赞》：

欣奔驰道，望迎前一塔，延安来到。山上延园遥指点(延园，毛主席暨中央领导同志住处，亦名枣园)，山下延河微笑。洞吐虹霓，树喧猿鸟，想见风云闹，英雄儿女，归心天下多少。争话薪胆坚心，江河浩气，岩穴神州小。旋转乾坤无尽愿，终把魔氛尽扫，下笔飞龙，燃犀烛怪，一卷人争宝。循墙抚案，壮心腾跃云表。

“洞吐虹霓，树喧猿鸟，想见风云闹，英雄儿女，归心天下多少。”“下笔飞龙，燃犀烛怪，一卷人争宝。循墙抚案，壮心腾跃云表。”一问一答，道尽扫除魔氛，成立新中国的欢喜鼓舞。

1961年4月，他在《雁儿落带过得胜令·美国雇佣军进犯古巴有作》中，以诙谐泼辣的笔触和生动活泼的句式，慷慨激昂的词语，强烈地讽刺和抨击了美帝国主义以大欺小的侵略行径，声援古巴兄弟民族的不畏强暴、英勇抗敌的大无畏革命英雄主义精神。

任凭你谎话把天瞒。问群狼受的是谁人豢？翻乌云竟有飞机，犯白浪居然战舰！眼睁睁蔗竿万绿满田园，耳訇訇机轮一片响溪山；恨悠悠口边失去天鹅肉，气汹汹腹内鸣来地主冤。岂然？虎狼肯把心肠换？君看：橄榄枝横箭发弦！（美国总统徽记为一鹰，左爪持箭，右爪持橄榄枝。）

“眼睁睁蔗竿万绿满田园，耳訇訇机轮一片响溪山；恨悠悠口边失去天鹅肉，气汹汹腹内鸣来地主冤。”一组语言鲜活传神的叠字衬字排比句式，把景物和人物刻画得活灵活现，以极其强烈的艺术感染力抒发了作者的义愤情感。散曲的语言虽不乏典雅的一面，但从总体倾向来看，却是以俗为美。衬字和俚语方言排比入曲，使人一下子就沉浸到浓郁的生活气息的氛围之中。句法讲求完整连贯，省略语法关系。较少见直接以意象平列和句与句之间跳跃接续的写法。以其明显地具有口语化、散文化的特点，使得曲作极具感染力。

1961年4月，写《得胜令二首·苏联载人飞船天外返航志喜》：

一、问太空游历谁先？如今首仗东风便。突破人天界，星河指顾间。回看，岂只见庐山面？轻圆，始识苍苍不是天。（加加林少校言：太空中甚黑暗，而地球则作天蓝色，如一大球。）

二、任白宫瞠目惊呆，竟飞去又飞回天外。无尽虚空界（佛经云：世界无尽，虚空界无尽），天衢自此开。休猜，好认识新时代。摊牌，且看人民做主来。

为社会主义阵营增强了实力，能够抵御穷凶极恶的美帝国主义而欢呼；为人类迎来新时代、人民当家做主而击节欢呼。

1960年8月，他在《一半儿四首·有赠》中写道：

一、前程无尽采莲讴，却暗恋长堤衰柳。马已装鞍鞭在手。几回头，一半儿踟蹰一半儿走。

二、海天日出涌朝霞，海燕飞翻红浪花。忽念着小窗灯火想回家。却为啥？一半儿欢喜一半儿怕。

三、高高云儿也想拿，亮亮星儿也想抓。跃进有心跑不动马。怎知他？一半儿是真一半儿假。

四、东风浩荡新天地，大海汪洋无尽际。今日与君投笔起。再不让旧东西，一半儿拉你一半儿扯你。

四组小令组成套曲，加之诙谐泼辣的语言，抒发了当时经历了大跃进之后又紧接着迎来三年困难时期的忧愁和矛盾心情，悲悯之心、家国情怀跃然纸上。

散曲的审美取向当然不排斥含蓄蕴藉一格，这在小令一体中表现得还比较突出，但从总体上来说，它崇尚的是明快显豁、自然酣畅之美，与以含蓄蕴藉为审美取向的诗词大异其趣。散曲与词一样，采用长短句式，但句式更加灵活多变。以其灵活多变、伸缩自如的句式，以俗为尚和口语化、散文化的语言风格和明快显豁、自然酣畅的审美取向为人民群众所喜闻乐见。赵朴初先生深谙散曲之道，他的曲作充分体现了散曲这三个特点，和先生的诗词作品一起，给人以真善美的感染，使人得到富有禅意的教化。

先生曾在《滴水集》序中引用释迦牟尼的话说：要使一滴水永远不干，莫如把它放进大海里去；尝一滴水，而知大海之味。这两句话是说，一滴水，只有放进大海里去，然后取出来才有大海之味。如果把先生的一生和他的作品比作一滴水的话，他已经深深地放进了人民大海里，而且具有了完全的大海之味。赵朴初先生永远值得人们尊敬和怀念。

（中华诗词学会学术部原副主任）

赵朴初诗词与20世纪中国文化

吴怀东

赵朴初先生(1907年11月5日—2000年5月21日)是从安徽走出的20世纪文化名人。他出生于安庆,5岁时随父母迁回老家太湖县寺前居住,7岁入私塾读书;1919年,13岁的赵朴初从此离开家乡到达上海;他于1922年进入苏州东吴大学附中,然后于1926年考入东吴大学学习,1927年因生病和战事而被迫终止学业,从此开始其一生漫长的修持佛法的历程并积极投身于社会运动,直至世纪之交因病去世。赵朴初先生亲身经历了晚清、民国和新中国三个时代,在家出家,以出世之心做入世之事,积极参与社会活动,是中国民主促进会创始人之一、卓越的佛教领袖、杰出的书法家、著名的社会活动家与伟大的爱国主义者。赵朴初的人生实践和文化活动,既显示了其家乡安庆底蕴深厚的历史文化印记,也反映了20世纪中国变革的曲折历程和中国文化发展的某些特征。

一、故乡的胎记:一生对诗词创作的痴迷

安庆地区从明末以来一直是文化极为活跃的地区,作为安徽建省之后的省会,文化底蕴深厚,出现了状元赵文楷、李振钧以及一大批进士,出现了父子宰相张英、张廷玉。众所周知,桐城派由姚鼐完成创派工作,而在姚鼐之前,明清之际涌现出方以智、戴名世以及方苞、刘大櫆等一大批杰出的文学家;在姚鼐之后,桐城派更演进为全国性的文学流派,开枝散叶,其文学影响和思想影响直到中华人民共和国成立。从安庆走出的陈独秀,发动了新文化运动,并最早发起组建了中国共产党,推动了中国革命的进程,从而从根本上改变了中国的命运。与此同时,从安庆走出来的宗白华、朱光潜、方东美和严耕望等,都是中国20世纪学术史上开风气的一时之杰。由此可见,安庆文风

之盛。

赵朴初先生为清嘉庆元年状元赵文楷(1760—1808)之后，他出生于清末，去世于21世纪的门槛上，作为世纪老人，一生遭遇了中国数千年未有之剧烈变革——从古代到现代、从民国到新中国、从半殖民地半封建社会到“中国人民站起来了”的新中国，他积极参与了将近百年的中国社会的变革过程，在紧张、繁忙的社会活动之余，他还给我们留下了大量的诗词创作和书法作品。赵朴初的文化活动与文学创作无疑得益于家乡悠久深厚的尚文传统，得自他从小耳濡目染并形成的兴趣爱好。

赵朴初先生不仅是卓越的佛教大师、杰出的书法家，而且是杰出的诗人。他先后在1961年、1977年、1978年出版了诗集《滴水集》《永怀之什》《片石集》等，收入了其阶段性、主题性的诗歌创作，而其身后出版的《赵朴初韵文集》[①]，就收录了从1927年到1999年间所创作的诗词作品1985首、对联279副，这个数量堪称巨大，当然，这还并非赵朴初先生的全部创作。单从数量来说，如果不考虑新世纪古体诗词写作复兴以来的情况，在赵朴初先生的同辈人中，甚至在赵朴初先生那个时代，这个数量就我对现代古体诗词创作情况有限的了解中似乎也是名列前茅的。

今存其最早的于1927年创作诗歌残句“江南五月风如酒，一路山花醉眼看”，写出了五月江南自然风景的特点——东风浩荡、天气温暖、山花盛开如火，其一个“风如酒”的巧妙比喻，既写出了气候之温暖，更写出了作者心头之温暖，构思精妙，想象丰富，意境清新，正是作者青春心态的自然流露和艺术才华的牛刀小试。我们今天能够感受这一诗句之美，正在于其内在地传承了中国人深入骨髓的审美精神。

二、诗体的成功实验:“旧瓶装新酒”

20世纪的中国文学是在救亡的背景下展开的，为了救亡，为了学习西方先进文化，因此，是以激烈的反传统的姿态进行的。在新文化运动中，提倡新文学，反对旧文学，旧体诗词被简单、粗暴地否定。在白话文攻城略地的时

---

① 《赵朴初韵文集》，上海：上海古籍出版社，2003年版。

候,创作界、学术界讨论的是要不要古体诗的问题,而当古体诗写作并没有因为白话诗大盛而销声匿迹,学术界讨论的是古体诗如何写作的问题,学术界主流的观点就是"旧瓶装新酒"。事实上,古体诗是体现汉语语言声韵特点和中华民族艺术美感特征的诗歌形式[①]。即使在新文学作家手中,古体诗词仍然是他们表情达意的重要文体,如鲁迅、郁达夫等。在共和国的开国元勋和革命家中,如毛泽东、朱德、陈毅、董必武等人,都是古体诗写作的好手。即使经过"文革"十年激烈的否定传统文化,古体诗的艺术美仍然积淀在中国人的审美感觉之中。例如,1976 年 4 月,人民群众悼念周恩来总理、批判"四人帮",有不少诗歌所采用的诗体形式就是古体诗[②]。

《赵朴初韵文集》所收全部是旧体诗词曲以及对联,最早的是 1927 年 20 岁时候的创作,而这个时候正是新文化运动之后,白话文学取得了全面的胜利,并且从此占据了文坛的主流,可是,赵朴初先生不为时风所动,他秉承了"诗言志"的古老传统,淡定地从事古体诗词创作,创作活动持续终身,从而才给我们留下了这样一笔宝贵的精神财富。

赵朴初先生并非抱残守缺者,他既坚守古体诗词的传统形式,还创制很多汉俳、自度曲等。同时,他也要求古体诗词在思想上、内容上必须改革,必须反映当下的社会生活。赵朴初先生在 1987 年说:"一九五三年,郑振铎同志也在一篇文章中谈到,中国诗的形式到现在还是一个没有解决的问题,还处在一个探索的阶段。"他主张"我们要尊重我们的传统,民族诗歌的传统,不可轻视和忽视这个传统","要尊重,要继承,要发扬的是应当从《尚书》《诗经》以来三千多年源远流长的民族诗歌传统"。他认为,民族诗歌传统形式层面上的重要特征就是有节奏,有韵律,遵守平仄规律,讲究韵脚一致的要求[③],这些具体体现就是古体诗的形式与格式规范。《片石集》《赵朴初韵文集》等

---

① 今天仍然在讨论古体诗的现代文学地位问题,参见孙志军博士论文《现代旧体诗的文化认同与写作空间》(华中师范大学文学院,2004 年)以及马大勇《二十世纪诗词研究的文献与方法》(《中国韵文学刊》2011 年第 3 期)。

② 童怀周:《天安门诗钞》,北京:人民文学出版社,1978 年版。

③ 见《诗歌及其与佛教的关系漫谈》,载安徽省赵朴初研究会编印《赵朴初研究》2018 年第 2 期。

收录的作品涵盖诗、词、散曲、俳句以及对联等古典韵文诸体式，可见他对古体诗词所包含的汉语音律之美有很深的体验、鉴赏能力，这些作品在语言上朴实而朗朗上口。

由于赵朴初先生深入地介入了20世纪中国变革的进程，其诗词生动地反映了当时的社会生活。《赵朴初韵文集》编者所云：这些诗词作品“既连接为记录作者本人漫长的世途和心路历程的生活画卷，也连接为展现上个世纪三十年代起七十年中政治风云的历史长卷。至于其众多作品中对佛学哲理的阐发、对宗教政策的表达，以及对与日本、韩国、印度、东南亚各国的佛教文化交流和友好往来的记述，则是研究当代佛教发展史、交流史的一份珍贵史料”①。赵朴初诗词创作时间之绵长、题材内容之广泛、反映生活面之广阔，在当代古体诗词创作中罕有与其匹者。

由于赵朴初先生独特的身份和经历，他的作品对20世纪某些特殊的人物有深刻的臧否，如20世纪60年代初涉及当时国际政治问题的《某公三哭》，脍炙人口，讽刺辛辣，发挥了重要的社会舆论作用，显示了他爱憎分明的政治立场和政治卓识。例如，《故宫惊梦·江青取经》(套曲)(观故宫博物院慈禧罪行展览后作)：

【字字双】

宫门骑马带伙计，四匹。红旗车队后跟随，神气。向来佩服武阿姨，皇帝。无奈乾陵还封在山沟里，可惜。且图就近访慈禧，有理。早安排包管称心的见面礼，表意。送您一副假牙好啃童子鸡，补气。送您一副假发好和姑娘比，美丽。送您一套特制布拉吉，换季。送您一架莱卡照相机，拍戏。有人劝我把文艺大旗也送你，放屁。老娘少了它怎能混下去，哎咦！这分明是反革命的坏主意，可气。赶快给我拉出去，枪毙！

【不是路】

拜访慈禧，不比寻常拜老师。真着急，一心一意想登基。问吾师，看我聪明可像唐鹦鹉？命运何如汉野鸡？请教你，怎能抓到黄金玺？有何

① 见《赵朴初韵文集》的《编辑出版说明》，上海：上海古籍出版社，2003年版，第3～4页。

秘密？有何秘密？

【前腔】

心有灵犀，老谱新翻一局棋。排异己，人头好作上天梯。不稀奇，明明肃顺诛非罪，浑浑慈安死不疑。须牢记，是非黑白管他妈的屁。全凭诡计，全凭诡计。

【前腔】

莫泄天机，结个死死帮儿事可为。须准备，教师爷还要有军师。看当时，那奕䜣能巴结上洋人共定垂帘计，那袁世凯能出卖掉戊戌维新六健儿。抓权势，弟兄们长享富和贵。安排交椅，安排交椅。

【前腔】

无尽珍奇，珠宝装成圣母仪。很便宜，一餐代价万人饥。这才知，为啥江山宁赠番邦礼，不许农奴动指儿，不是戏，赛二爷在这儿得过几天意。哎哟哟，可真福气，可真福气！

【朝天子】

慈禧，慈禧，您实际是女皇帝。莫怪咱们一见便投机，是惺惺惯把惺惺惜。您请洋人画像驻红颜，我请洋人著书卖机密，先后遥遥去泰西。管他娘，笑兮，骂兮，咱们俩，反正万古千秋矣！

【刮地风】

忽然刮地风儿起，刮到宫闱。文书宝器一齐飞，堆上丹墀。殃民利己，骄横无忌，卖国投降，罪如山积。桩桩皆铁证，个个尽情批，好个"老佛爷"，算是揭了底。

【尾声】

方才一枕空欢喜，梦魂儿被风吹得无踪迹。待上朝，来不及着朝衣。一唱雄鸡红日起。光明直向身儿逼，没奈何，且让我披上几张画皮，却又被一阵狂飙撕去矣！

一九七七年二月[①]

即使不考虑其内容，作品的韵文形式就让人读后忍俊不禁，这种形式的

---

① 赵朴初：《片石集》，北京：人民文学出版社，1978年版。

美感正是数千年通过汉语传承下来的中华民族独特的审美感知形式，而内容似乎不见古董气息，完全是现实生活的写照。

当然，赵朴初先生更多的作品是他以大爱的胸怀歌颂新中国的建设成就，还创作了不少引导佛教发挥济世作用的诗词，感情真挚，文风朴实，具有鲜明的特色。

三、"人间佛教"：悲悯与静美的境界

众所周知，赵朴初先生是著名的佛教居士，年轻时就开始佛教修行，其佛学信仰影响了他一切的社会实践活动，包括诗词创作。

王守常、钱文忠曾指出："佛教在其发源地印度的绝大部分地区，在根深蒂固的印度教和汹涌而入的伊斯兰教夹击下，早在八百余年前就销声匿迹了，印度之外诸国或地区的佛教尽管失去了原初根源，却在各自本国文化的土壤上枝繁叶茂，开花结果。其中固然有许多历史的机遇，但佛教不预设超越众生的造物主，且不舍世间的理念实在是最为主要的原因。"[①]20世纪是科学昌明的世纪，古老的佛教为了因应现代社会的需要而不断变革。谢重光认为："现代人间佛教运动，由太虚法师首倡，印顺法师发扬而光大，近一个世纪来海峡两岸的佛教界付之实践，已蔚为现代佛教发展的主流。由于人间佛教的旗帜高扬于现代，力行于现代，有人或许会认为人间佛教的思想是现代才产生的，其实这是一种误会。人间佛教不是无源之水，其思想渊源蕴含于佛陀创立的原始佛教之中，更盛行于中国两千年传播的佛教主流大乘佛教之中。"[②]这属于文化问题。与此同时，中国共产党主政后，有神论的佛教如何与马克思主义唯物论相处也是一个重大的现实政治问题。赵朴初先生立足于现实，以深湛的佛学修养和极高的智慧积极探索佛教如何与当代社会兼容，顺应了佛教化俗的大趋势，进一步发展了"人间佛教"的思想，具有重大宗教革新意义。关于赵朴初先生佛教思想的独特性，学者论之甚详：

---

① 王守常、钱文忠编：《人间关怀——20世纪中国佛教文化学术论集·序》，北京：中国广播电视出版社，1999年版。

② 谢重光：《人间佛教的思想渊源与早期实践》，载《宁德师范学院学报》2016年第1期。

赵朴初继承了大乘佛教的思想传统,明确肯定世俗性的意义。他肯定佛教团体的社会属性:"宗教是一定形态的思想信仰体系,宗教也是一定形态的文化体系,宗教还是具有同一思想信仰的人们结成的社会实体。"取大乘佛教关于灭谛"无住涅槃""涅槃与世间,无有少分别"的解释,他强调应"在因缘生灭的世界中,永无休止地做'庄严国土、利乐有情'的事,而随时随处安住在涅槃的境界";取缘起观"一切众生皆是我父母""视众生如一子"的大慈悲心的解释,强调菩萨行的人生观:"只有利他才能自利,这就是菩萨以救度众生为自救的辩证目的,这就是佛教无常观的世界观和菩萨行的人生观的具体实践,这也是人间佛教的理论基础。""为社会服务,是我们佛教徒的天职。"通过利他而自利,以救助众生为自救的方式——这种菩萨行的入世态度,亦即弘一法师所推崇的"以无我之精神,努力切实做种种之事业"的人生观,成为达到出世目的的必需环节。这样,世俗生活即是道场,世俗性就是神圣性的必要外现;当然,这种世俗性实际上已被神圣性渗透,具备了全新的本质和意义。①

面对科学思潮和各种现代思想,无论是佛教修持行为还是社会大众认知,传统佛教流派走向淡化。更值得注意的是,身为新中国的佛教领袖,既要面对国内广大的佛教流派,也要通过佛教与国外佛教流派进行友好交流,赵朴初先生更表现了他的博学与包容。修持、慈爱、宽容、平易构成所有佛教信仰者外在社会行为的最大公约数和共同特征,更是赵朴初先生基本的佛学立场,慈眉善目的微笑便成为赵朴初先生终生最经典的形象。

"人间佛教"观念既是赵朴初先生参与一切社会活动的指导思想,也是他积极参与社会的动力,还影响其诗词创作的境界与风格。在此我们要指出的是,赵朴初先生正是通过诗词,一方面实现个人精神的提升,另一方面借之以化俗,正如他一生为很多寺庙题字一样。宋人李之仪早就说过:"说禅作诗,本无差别,但打得过者绝少。"(《姑溪居士前集》卷二十九《与李去言》)赵朴初先生特别注意到佛教与古代文学的关系,显然这也是佛教重视诗词创作的传

---

① 陈二祥:《心灵转化:赵朴初人间佛教的内理分析》,载《西北大学学报》2017年第1期。

统。前文所述其诗歌内容的丰富，正是他以一位佛教信仰者关爱人间忧乐的具体而丰富的表现，他欣喜于祖国的建设成就，他对基层群众受苦受难感同身受，他关注国际和平，他关心友朋，这些诗词中的忧乐之情汩汩而出，这是一种慈悲为怀者的胸中世界。

此外，我们要特别注意佛教对其诗境的影响。赵朴初先生曾经说过："我年轻的时候写诗曾送给一位先生评看，他看过我的诗后就讲，你写的诗最大的毛病就是带有禅的意念，禅是讲'空'，讲解脱的，而诗则不同，写诗不要过分地把禅的意念摆进去，如果所写的诗带有禅的意念，就要像苏东坡的诗词那样，如同淡水中稍微加一点盐，恰到好处。"①赵朴初先生显然是站在世俗人的角度考虑，体现了他谦虚高尚的人格，其实，他人的质疑恰恰揭示了赵朴初先生诗词作品独有的佛教色彩。佛教对其诗词作品的影响，除大量的刻画佛寺、佛教故事的内容以及直接的佛教词汇之外，赵朴初先生诗词喜欢谈论佛理，足见其佛学修养之深湛，如《赠奥比斯眼科飞行医院》：

众生病有尽，大悲心光明。光明照十方，千手开千眼。②

作者将眼科医生治疗好患者的眼病，使其重见光明，与佛教发大悲心普惠世间作比，既是言事，也说佛理。在我们世俗人看来，少数即事写景咏物的诗歌，虽然用语平实，但散发出盎然禅意，具有一种空灵静美脱俗之感。如《题〈茶经新篇〉》：

七碗受至味，一壶得真趣。空持百千偈，不如吃茶去。③

如唐代德诚禅师（船子和尚）诗偈："千尺丝纶直下垂，一波才动万波随。夜静水寒鱼不食，满船空载月明归。"（《五灯会元》卷五）

1987年访日撰《八月九日，庭野日敬先生自东京来；十日，山田惠谛长老自京都来》五首之一、二，诗云：

此地即净土，此会即灵山。三人此聚首，一大事因缘。

① 《赵朴初居士释佛》，北京：中国长安出版社，2005年版。
② 《赵朴初韵文集》，上海：上海古籍出版社，2003年版，第487页。
③ 《赵朴初韵文集》，上海：上海古籍出版社，2003年版，第354页。

日浴清净水，日着清静衣。内外俱清静，浊世愿无离。

《八月十五日》诗云：

散步入松林，万绿浸形影。宾主共忘机，筛声乱复整。

这些诗用语平实，而禅意浓郁，读之令人“忘机”，正如唐代柏岩明哲禅师的体会：“法师只知欲界无禅，不知禅界无欲。”（《景德传灯录》卷七）

事实上，文学艺术与佛教在本质上也有一定的兼容性。艺术审美，就是通过感性的形象引导人超越世俗、追求真善美，而佛教超越现象，静观宇宙永恒变幻，并且引导人积德行善，二者在目的和表达手段上有一定的交叉或相同之处。德国哲学家叔本华在谈及月光之美时说：“为什么满月的景色具有这样一种仁慈的、宁静的和崇高的印象？因为月亮是一个观照的对象，却从来不是欲求的对象。”[①]艺术和宗教都具有一定的引导人摆脱物质有限性对人肉体和心灵的束缚，从而具有实现精神自由、张扬个性的共同作用。近代著名学者王国维在其名作《红楼梦评论》中也说：“美术之务，在描写人生之苦痛与其解脱之道，而使侪冯生之徒，于此桎梏之世界中，离此生活之欲之争斗，而得其暂时之和平，此一切美术之目的也。”王国维所谓“美术”就是艺术。也正是在这个意义上，赵朴初先生的诗词，包括咏叹佛理的诗词，在今天摸爬滚打于红尘之中、顶着衣食住行无涯欲望之压力的世俗人读来，无疑颇具有如“望峰息心”“窥谷忘反”之功效，自然具有一定的社会积极意义。

如今，在“中国人民站起来”“富起来”“强起来”的背景下，在新的历史坐标上重新认识中西文化关系，诗词作为中华优秀传统文化的一个部分，重新获得了认知。正是在此意义上，赵朴初先生的古体诗词创作更显示出珍贵价值，而且，在重写中国现代文学史的今天[②]，赵朴初先生的古体诗词创作，不仅出自个人爱好，也代表着他自觉对优秀传统文化一脉的诗词之美的现代传承与坚守。

20世纪是苦难的世纪，也是古老中国实现凤凰涅槃的世纪，民族解放、

---

① ［德］叔本华：《作为意志和表象的世界》，北京：商务印书馆，1982年版，第136页。

② 樊骏、黄修己、钱理群、陈思和、孔范今、范伯群以及王泽龙、马大勇、刘梦芙、曹辛华等都对此问题发表过见解，有的观点甚至针锋相对。

国家独立、社会革命、文化革新相交错，慈悲为怀的赵朴初先生积极参与社会活动，与时俱进，一生忙于救世度人，文章写作及诗词创作虽乃其余事，也不刻意追求艺术性，不过，这些诗词却不仅生动地记录了他一生度人自度的经历和真情慈怀，也是他超越俗务、静观大千世界之美的艺术创造。赵朴初先生这些古体诗词创作在20世纪中国现代古体诗词中自有其特色和成就，和其“人间佛教”思想、书法作品一起是对20世纪中国文化史的重要贡献。这些文化活动与其推动的佛教改革、济世化俗等社会功业，都值得后人永远学习和怀念。

（安徽大学文学院院长，博士生导师）

生命彻悟后的愉悦与美

——由《九十述怀》说赵朴初先生的禅意人生

黄复彩

一

1999年4月的北京街头依然春寒料峭，但寒冷毕竟挡不住春的脚步，路边的银杏树已绽露出鲜嫩的鹅黄色，给人一种冬去春来的勃勃生机。我受托前往北京，请家乡前辈赵朴初先生为我所供职的《安庆日报》创刊50周年大庆题签。

报社之所以派我前往北京，是因为我与朴老此前有过两次见面。一次是1990年9月9日九华山佛学院开学典礼结束，朴老亲切会见了九华山佛学院全体教职员工，并合影留念。我当时现场指挥摄影，未能跻身合影的行列，至为遗憾。又过了一些天，朴老视察安庆迎江寺，我以方丈皖峰老和尚方外之友身份陪同在侧。会见毕，朴老突然提出，要去迎江寺侧大士阁看看。这是事前未曾安排的内容，包括皖老在内，所有的人都有些意外，但朴老似乎早有此意，老和尚还是陪同着一起去了尚未修复的大士阁。在大士阁的那片废墟上，朴老拄着拐杖，与夫人默然肃立，前后达10分钟之久。

朴老生母不幸身亡于新中国成立前夕，灵骨即安放在迎江寺大士阁。20世纪60年代中期，"文革"劫火，迎江寺也难能幸免，老夫人灵骨也在那场劫火中不知去向，这是朴老作为人子永久的沉痛。那天上午，朴老在大士阁前默然肃立，正是一个儿子以自己的方式对母亲的无限追怀和沉痛悼念。

我去北京，还因不久前曾为中央统战部拍摄的一部对外宣传片撰稿，由此我与中央统战部一处的李处长有了交结。我所知道的是，朴老夫人陈邦织原是中央统战部干部，李处长与其是同事。听说我要找朴老题字，李处长爽快地说，这事交给我吧。

李处长安排我住在中央统战部招待所。这里既与中南海一墙之隔，且与朴老故居北京南小栓胡同一号不过20分钟步行路程。南小栓胡同一号是一处坐落在西长安街以南、国家大剧院以西的不起眼的旧式四合院。院子的东边是一片不大的竹林，西边则是几棵枣树。我去时，枣树光秃秃的枝丫开始绽出点点新绿，东边的竹林一片繁茂。阳光透过竹林，在院子里留下一片斑驳。有几只麻雀在竹林里啁啾，给这座静谧的院子带来几分喧闹。我穿行在山一样堆满了书籍和各种画册的客厅中，终于看到邦织阿姨坐在靠近窗户的一张沙发上。她示意我在她对面的沙发上坐下，我便将特意带来的几盒"天华谷尖"呈上，说："没有带什么礼物来，这是几盒家乡太湖的新茶。"邦织阿姨说："朴老一辈子没有别的嗜好，就喜欢喝茶，家乡的茶，他就更喜欢了。"

我注意到在她沙发旁边的茶几上有一本当期的《佛教文化》，便说："这一期杂志上有我的文章。"

邦织阿姨翻开有我文章的那一页，说："呵，我刚刚看到这篇文章，原来是你写的。"

谈话热烈起来，当得知我此来的目的时，邦织阿姨当即答应安排我第二天下午与朴老见面。

4月25日下午，我捧着一只花篮来到北京医院。站在201号病房门口，我看到一个熟悉的身影坐在窗前，便叫了一声："朴老，您好！"朴老回过头来，看到我手中的花篮，朴老爽朗地说："啊，好漂亮的花！"

那是一个阴云密布的下午，远处传来隐隐的雷声，1999年的第一阵春雷。而在201号病房，一缕阳光照彻我的心头。两小时的会见，气氛是轻松且愉悦的。朴老与我回顾了20世纪60年代在合肥与副省长黄岩一同品茗谈心的情景，又回忆起几年前回到家乡的见闻，谈起家乡的变化，朴老深情地说："我争取活到一百岁，争取为家乡多做些贡献。"说时，老人的脸上露出孩童般的笑容，阳光一般灿然，溪水一般澄澈。

时间不早了，我知道我该离开了。这时候，我鼓足勇气，向朴老提出一个酝酿已久的写作计划，我说："朴老，我想写一部您老的传记，记录下您伟大而不平凡的一生。"

朴老谦虚地笑了笑,说:"我有什么好写的?"

"不,您是一位伟大的爱国主义者,一位杰出的诗人,同时还是一位卓越的佛教领袖,您非凡的人生经历,应该是全人类的宝贵财富。"

一旁的邦织老人说:"你的想法不错,可你写不了啊。"

我当时错以为邦织老人对我的能力有所怀疑,便说:"我是一个作家,又是一位佛学研究者。中国比我优秀的作家很多,但他们不一定都懂佛学;中国比我优秀的佛教学者很多,但他们不一定具有我的写作能力,我是二者兼而有之。更重要的,我是朴老家乡的作家,以我对朴老的热爱和尊崇,我有义务也有能力写好这本书。"

朴老开始在抽屉中翻找着什么,但似乎并没有找到。他说:"我九十岁时曾写过一首《九十述怀》的诗,那上面写到我这一生中所做的几件大事。回头让秘书寄给你。"

我的内心充满了感激与喜悦,我知道,朴老应该是默许了我的写作计划。

从北京回来不久,即收到《人民文学》资深编辑赵国青先生寄来的朴老所写的几帧书法,一帧是为《安庆日报》创刊50周年所题写的"乘风破浪五十年,祝贺安庆日报创刊五十周年",一帧是给即将创刊的《安庆晚报》报头题签,一帧则是为我即将出版的著作《安徽佛教史》所题写的书名。几乎同时,又收到朴老秘书陈文尧先生寄来的《九十述怀》诗。捧着这几样珍贵的墨宝,我的内心无比激动,虽是傍晚,我还是禁不住给邦织老人拨去电话,再次表示我写作《赵朴初传》的决心,并希望得到她的支持。直到这时,邦织老人才在电话那头说:"我说你写不了,并非说你的能力,而是朴老的特殊身份。你明白吗?"我这才知道,要写好这样一位有着特殊身份,并且在一个特别的战线对中国革命有着巨大贡献的老人,并非我想象得那样简单。我也就是这样放弃了酝酿已久的《赵朴初传》的写作,直至今天,仍叹为憾事。

二

陈文尧先生寄来的《九十述怀》是一份复印件,但这份复印件还是让我欣赏到朴老那特有的书法魅力。这首诗由诗的主体、款识以及易纸所书长注三部分组成,诗的主体内容如下:

九十犹期日日新，读书万卷欲通神。
耳聋不畏迅雷震，言笑能教远客亲。
曾助新军旗鼓振，力摧谬论海天清。
千秋盲圣敦邦谊，往事差堪启后生。

（款识）：九十述怀诗，五六七句有长注，以小字易纸书之，三四句无注，或问其意，答云：俗云聋子不怕雷，人尽知之也。然雷有自然之雷与社会之雷，未必尽人知之。而余皆亲历之也。言笑句乃泛言己之游历与交游耳。

一九九六年十一月于无尽斋　朴初

朴老在《九十述怀》中将自己一生中三个重要的节点记录在内，且回望以往，显露出一个耄耋老者开朗而豁达的人生境界，让人感受到一位禅者于人生的暮年超脱于世俗的精神高度。《九十述怀》不仅具有重要的人文价值，也体现了朴老作为书法家的墨迹之美。虽九十高龄，字体依然遒劲稳健，不失其书风中所固有的文士之气。可以说，《九十述怀》以诗与书的结合，凝聚了其一生学问与修为，不仅是一首优美的诗歌，也是一幅珍贵的书法作品。

读着这首诗，朴老的音容笑貌活现于前。回想春天的情景，春雷自远而近，暴雨洗刷着北京的天空，而201号病房里，我与朴老却是谈兴正浓。直到现在，一想到朴老的笑容，我的内心总会涌动一股难以遏制的浪潮。朴老那春天般明媚的笑容是我一生中见到的最纯真的笑容，犹如一条清澈的溪流，碧清见底，没有一丝杂质。那是一个人经历过人生的千山万水，又回归童真时才特有的笑容，是一个彻悟了生命真相的禅者释然而平静的笑容。

一个真正的禅者认为，世上没有一物不是好物，世上没有一日不是好日，正所谓“日日是好日，年年是好年”。虽然躯体已经衰老，虽然耳聋眼花，但自性中原本的明珠，只需拭去表面年久覆盖的灰尘，露出的仍是灼灼的生命之光。这就是朴老，也即本诗中开头的四句：

九十犹期日日新，读书万卷欲通神。
耳聋不畏迅雷震，言笑能教远客亲。

我与朴老素昧平生，却仿佛在远久的过去就曾是至亲好友。我们之间相差四十余岁，但我们聊起来，却仿佛没有任何年龄或身份的障碍。我本不是一个善于交谈的人，但在北京医院的那个下午，我却当着两位老人的面侃侃而谈，谈我的人生经历，谈我在九华山佛学院担任客座教授的情况，甚至大胆提出我的写作计划。我知道，是朴老阳光般的微笑激发了我内心的灵感，打开了我幽闭的心怀，让我像面对长者亲人一样无所顾忌、畅所欲言。

一年之后，传来朴老逝世的消息，我来到迎江寺，参加了皖峰老和尚为朴老所举行的悼念活动。沉沉的佛号声中，朴老的音容笑貌清晰如初，我为失去这样一位可亲可爱的老人而痛惜，而落泪。但我知道，朴老并没有离开这个世界，并没有离开这个他一直眷恋着的故土，他不灭的灵魂必将凤凰涅槃在这如花的大地，那天空的游云、那大地的鲜花、那草地上奔跑的孩童、那天空飞翔的鸟儿，无不是朴老“化身千百亿，时时示世人”。我相信，朴老也一定会不舍众生，乘愿再来。正如他最后的诗句：“花落还开，流水不断……”

又过了几年，当一位勇敢的作家朋友终于将一部关于赵朴初的书呈现在读者面前，并因为书中的一些史实而受到批评时，我忽然想，当初朴老让他的秘书将记述了他人生几件重要大事的《九十述怀》寄给我，难道不是老人家对我写作的默许和鼓励？邦织老人的那句“你写不了啊”的话，安知不是对我一次艰难写作的激励和考验？以我的坚韧和笔力，我应该能写出更具文学意味、更翔实、更可信、更具历史价值的《赵朴初传》。可我却放弃了酝酿已久的写作，成为一种永久的遗憾。只叹我性格中驱之不去的优柔寡断，也注定让我此生不能做成任何一件大事。

三

“我九十岁时曾写过一首《九十述怀》的诗，那上面写到我这一生中所做的几件大事。”

朴老是一位杰出的诗人，他之一生写过无数脍炙人口的优美诗篇，而这首《九十述怀》，却是记录了他人生轨迹的重要诗作。我曾阅读过网上的多种手迹版本，各种手迹版本中款识内容相近，文字却略有不同，可见朴老曾多次书写这首诗，也可见他对这首诗的喜爱。他所说的三件大事，均记录在这首诗中。

“款识：九十述怀诗，五、六、七句有长注，以小字易纸书之。”

同款识一样，朴老易纸于外的长注文字也稍有不同，但内容均叙述了作者人生中可歌可泣的三件大事，除了诗的主体部分五、六、七句的内容，长注更做了详细记述，如下：

(一)抗日战争初期，余负责上海战区难民收容工作，先后收容五十万人次。集中青壮年、少年难民，予以文化教育及抗日救亡教育，部分参加淞沪抗战部队。一九三八年，遣送其中优秀者及收容所干部经温州前往皖南，参加新四军。时新四军初成立，得此助力，威势增强。余数十年后始知当时中共中央曾对此有文表扬，然不知是佛教徒之所为也。

(二)一九六一年，世界和平理事会在新德里召开前夕，印度邀请各国代表参加泰戈尔诞辰百年纪念会。印文化部长任主席，发言攻击并诽谤中国，余突遭挑战，不容犹豫，立予严词驳斥，澄清观听，揭露其祸心退席。次晨，各国代表包括印度人士，皆向我国代表团团长廖承志称贺。当时发言曾摘载《人民日报》。

(三)新中国成立后，中日邦交以日本国内外逆流所阻，久未能恢复正常。余向日本友人建议两国佛教界、文化界共同举行鉴真逝世一千二百年纪念活动。日方人士乃以一九六二、六三年为纪念“鉴真年间”，称鉴真为“日本文化大恩人”，形成全国规模的促进恢复邦交之运动，延续至一九六四年，为数年后中日邦交正常化之实现起到重大作用。

这三件大事，就是《九十述怀》中五、六、七句中之“曾助新军旗鼓振，力摧谬论海天清。千秋盲圣敦邦谊”。

1907年，赵朴初出生于安庆一个文化世家。其先祖赵文楷乾隆戊申(1788)举人，嘉庆元年(1796)殿试状元，授翰林院修撰、实录馆纂修、文渊阁校理，后任山西雁平兵备道。嘉庆四年(1799)赵文楷被选为出使琉球正使，当是当时中国外交史上的一件大事。而其“四代翰林”的家族，对于赵朴初幼年及少年时代的成长注入了浓厚的文化血脉。

1920年前后，赵朴初离开故乡，开始就读于东吴大学附中，后考入东吴大学。1927年因病放弃学业，回到上海赵家友人觉园养病。

觉园主人关炯之是上海著名的佛教居士。无从知道朴老在觉园究竟生活了多久，但无疑，觉园生活的经历，对少年赵朴初影响巨大。浓厚的文化血脉，再加上佛教的浸润，对于少年赵朴初人格的形成及精神的培养是至关重要的，才使得赵朴初日后在深重的民族危机面前将一颗爱国之心与佛教的慈悲心融合一体，终使他成为一名坚定的爱国主义者、一个出色的佛教领袖、一位杰出的外交家。

在中国延续了两千多年的佛教对中国文化的影响是毋庸置疑的，佛教中慈悲济世，尤其是大乘佛教中“不为自己求安乐，但愿众生得离苦”的利他精神，是与一切仁人志士，乃至一切先进政党的奋斗目标相互一致、相互关联、相互影响的。在中国佛教诸宗派中，禅宗无疑是最有活力、最有影响的一个宗派。正如太虚大师所说：“中国佛教的特质在禅。”唐代惠能大师的顿悟法门不仅对中国佛教的发展，乃至对唐以后中国文化的发展都起到十分重要的作用。赵朴初的书法苍劲中透着安详，奔放而不失稳健，而他的诗作，尤其是后期的诗作，在绵密的禅意中，表现出对个体生命的关爱、对生死的豁达，以及对平常生活的观照。

正如邦织老人所说，朴老一生爱茶。他晚年的诗无不深得禅语法味。

唐代高僧赵州从谂禅师以“吃茶去”开示学人，在从谂那里，茶即禅，禅即茶，茶中有禅，禅中有茶，茶与禅，体殊意不殊，是为“禅茶一味”。唐代卢仝有著名的《七碗茶》诗：

一碗喉吻润，二碗破孤闷。
三碗搜枯肠，惟有文字五千卷。
四碗发轻汗，平生不平事，尽向毛孔散。
五碗肌骨清，六碗通仙灵。
七碗吃不得也，唯觉两腋习习清风生。

赵朴初的《七碗茶》更深得“禅茶一味”之禅语法味，取卢仝之意，却更多人生的快意与超然：

阅尽几多兴废，七碗风流未坠。

悠悠八百年来，同证茶禅一味。

怪不得有人说，朴老的这首诗既有陈子昂“念天地之悠悠”的人生感慨，又极具禅者的从容豁达。只有站在历史的高山上，阅尽人间春色，方得如此开阔而深远的意境：八百年，仍不过历史的一瞬间，且不管人间有几多兴废，而永恒不变的只有“禅茶一味”。

而他的另一首关于茶的诗看上去有些直白，但在直白中透出最平常、最朴实的禅理，却又不乏幽默风趣：

七碗受至味，一壶得真趣。
空持百千偈，不如吃茶去。

这难道不正是赵州和尚“吃茶去”和“洗钵去”，以及达摩禅师“将心拿来”的又一种新解吗？

而他在生命最后时刻所写的遗偈：“生固欣然，死亦无憾，花落还开，流水不断。我兮何有，谁欤安息？明月清风，不劳寻觅。”那种对肉体生灭的超然，那种对于生死两界的自如与豁达，非对生命的本意，对自心、自性的彻悟者，绝不能得出如此诗句。

佛偈中有“阿弥陀佛身金色，相好光明无等伦。白毫婉转五须弥，绀目澄清四大海”句。“相好”，是佛经中对佛与菩萨的赞颂，一切佛与菩萨无不“相好”。而“相由心生”，什么样的内心境界，便呈现什么样的相。两千多年前的中国先哲孟子说：“存乎人者，莫良于眸子。”而此后的意大利文艺复兴时期的画家达·芬奇则将这句话进一步演绎为“眼睛是心灵的窗户”。

朴老的相，无疑是最好的，是让人一见之下即生起欢喜心的。而至晚年，朴老的笑容更让凡见到他的人都能生起愉悦与美。

从佛教的角度，一个参悟了生命真相的人、一个对生命的来处和出处了然于胸的人，他的心胸是开阔的，他的意境是深远的，而流露于表的，则是发自内心的欢欣与愉悦。“青青翠竹无非般若，郁郁黄花尽是法身”，他看人是佛，看物是佛，看世间一切，无不是般若，无不是佛。哪怕他岁已耄耋，他的面容、他的相、他的笑，无一不是美的体现，他的快乐也是显而易见的，且将他的快乐传染给一切与他相见的人，这就是《九十述怀》开头的四句：

九十犹期日日新，读书万卷欲通神。
耳聋不畏迅雷震，言笑能教远客亲。

（九华山佛学院客座教授）

试论赵朴初歌咏五台山的诗词

邬宗玲

赵朴初先生是著名的书法家和杰出的诗人。他在繁忙的工作之余，始终保持一颗诗心，从20世纪30年代到1999年一直从事诗词曲的创作，流传的作品有两千多首，题材多样，内容丰富。他在晚年亦作偈一首："生固欣然，死亦无憾，花落还开，水流不断。我兮何有，谁欤安息？明月清风，不劳寻觅。""花落还开""水流不断"，表现了个体生命的生长凋零和自然宇宙的无穷流传；而"明月清风，不劳寻觅"两句，宕开一笔，意味无穷，展示了大乘佛法的根本精髓和最高境界。"明月是朗彻的，清风是自在而纯净的。朗彻的明月譬喻究竟的智慧，自在而纯净的清风譬喻真实的生命。具有朗彻智慧的、如清风般自在纯净的生命，才是我们生命的本质、真实生命，这就是释迦牟尼赞叹不已的众生的佛性。"[③]这富有哲理的诗句，在他的作品中极为常见。学术界也认识到先生在诗词曲上的独特成就，已经认识到赵朴初先生的诗词价值，并作了一定的研究，也注意到了赵老歌咏五台山的诗词。《赵朴初情系五台山》[①]与《赵朴初与五台山》[②]两篇文章，以随笔的方式归纳了赵老与五台山的诸多殊胜因缘，如写诗词歌颂五台山，编辑《佛教常识答问》一书寄给五台山僧众，对提高僧尼的佛教素养有很大的推动作用，墨宝留题五台山，与五台山高僧之间的交往等；在论述这些历史事迹的时候，两位作者间及相关诗词，大多蜻蜓点水。对赵老撰写的五台山诗词本身的思想情感内蕴、艺术手法以及风格特色还缺乏具体深入的分析。故笔者不揣浅陋，继踵时彦前贤，拟对相关问题作一研究。

---

① 赵培成：《赵朴初情系五台山》，载《五台山研究》2000年第3期。

② 陈巨锁：《赵朴初与五台山》，载《五台山》2006年第6期。

一、丰富的思想情感内涵

赵朴初先生两次游览五台山，一次是在1959年夏天，时任中国佛教协会副会长兼秘书长的朴老陪同会长喜饶嘉措大师初登五台山；一次是在1977年8月，时已进入古稀之年的赵老游览了五台山之南禅寺、佛光寺、松岩口、塔院寺，登上了东台望海峰。两次游览，风景优美且古迹众多的五台山给诗人留下了深刻的印象，于是分别写下了两组诗词，皆用了传统的词牌《忆江南》，第一次十四首，第二次六首，足见其诗兴大发，才用联章组诗的形式表达丰富的思想情感内涵。细绎之，主要有以下七个方面的情感抒发，下面一一论述之。

（一）赞美五台山景色之美

五台山又名清凉山，气候宜人，风景绝佳，奇峰灵岩怡人耳目，宝刹佛塔俯拾皆是。面对如此的美景，赵朴初先生心随景动，写下了一首首优美的风景诗。如：

清凉地，偿梦五台山。浅紫深红花织锦，清雷急鼓水鸣滩。身在白云间。

清凉地，意态自雍容。缓岭平峰虚入浑，高山大地健为雄。灵气满长空。

清凉地，三伏已如秋。北岭风来松送磬，东林月上水明楼。清意共云浮。（《忆江南十四首·五台山杂咏·入山三首》）①

开篇之“偿梦五台山”句，反映了游五台山乃诗人多年的夙愿，曾魂牵梦绕之，今日终于如愿以偿。“浅紫深红花织锦，清雷急鼓水鸣滩”，用对仗工稳的句子，声色兼备地写出了五台山芳草鲜美与万壑争流，而尾句之“身在白云间”，让读者仿佛看到了云蒸霞蔚的仙幻之境。第二首的亮点在“缓岭平峰虚入浑，高山大地健为雄”，平峰雍容包孕灵气，厚土高山潜藏雄健，壮美与灵秀

① 《赵朴初韵文集》，上海：上海古籍出版社，2003年版。

合二为一，让人不由神往之。第三首之“北岭风来松送磬，东林月上水明楼”二句，亦用工对，清风遥送悦耳之钟磬声，明月多情照耀北岭东林，字里行间满是沉醉喜悦。

再如《观音洞》诗：

栖心处，飞阁俯奔湍。回首狂澜惊险渡，举头危磴喜先攀。一勺试泉甘。①

用“飞”“俯”“奔”“回”“惊”“举”“喜”“攀”“甘”“狂”“险”“危”等一系列动词和形容词，惟妙惟肖地写出了观音洞地势的雄奇壮丽和飞泉的清甜可口，也表达了作者对奇山异水的喜爱之情，可谓字字珠玑。

（二）追慕英雄志士之功业

赵朴初先生不仅是卓越的宗教领袖，对佛教禅理精通，而且也关注现实事功，有强烈的社会责任感和爱国情怀，积极投身于各种为国家、为民族、为天下苍生谋福利的事业。是以在观赏五台山诸多历史遗迹时，自然而然地生发了对曾生活于此处的英雄人物的追慕仰望。如《忆江南十四首·五台山杂咏》之《兴国寺》诗：

来寻处，风雨五郎祠。百战艰辛留铁棒，千秋飒爽想英姿。卓卓释迦儿。②

根据其诗下自注：“兴国寺，为宋杨业第五子出家处。佛殿左侧有五郎祠像，藏一铁棒，传为五郎故物。”杨五郎是宋代杨家将之一，杨家将英勇善战、前仆后继、忠君爱国的故事流传甚广。赵老睹物思人，用质朴的笔调歌颂了杨五郎出家前的英姿飒爽，认为他是僧众中的杰出代表。

（三）抒发对友人之怀想

赵朴初先生一生交友颇广，僧俗各界都有他的挚友。在青年时代，他就

① 《赵朴初韵文集》，上海：上海古籍出版社，2003年版。

② 《赵朴初韵文集》，上海：上海古籍出版社，2003年版。

关注中国的革命局势，冒着生命危险帮助支持处于艰苦环境中的战士们，写下了很多与革命有关的诗篇。如皖南事变后，赵老闻讯后义愤填膺，创作了一首七律诗“岂能北辙又南辕，无北无南八表昏。信有修能遭众嫉，竟教积毁铸沉冤。鸱枭在室悲弓折，魑魅甘人可理论。逼窄江南客后死，弥天泪雨望中原”①，根据自注是为新四军所作。诗中用激愤之语，痛斥国民党的消极抗日、积极反共的罪行，并表达了对无辜死去冤魂的同情和悲伤。

赵老淡泊名利的精神气质、刚正不阿的性格、博学多识以及杰出的艺术才能，使得他与毛主席、周恩来、邓小平等领导人结下了深厚的情谊，在他的诗作中，有大量缅怀赞颂他们的感人诗篇。

赵老所创作的五台山诗词，就有类似情感的表达。如《忆江南十四首·五台山杂咏》之《塔院寺》诗：

名王塔，终古倚长天。静听风铃飞八表，欣窥筹幄想当年。仰止为流连。②

诗人自注曰：“一九四八年，毛主席暨中央领导同志曾驻节寺之后院。”兹诗由景入手，“终古倚长天”“风铃飞八表”，形象刻画了古塔高耸入云之气势，含蓄衬托了新中国领导人的不朽功业；而结尾二句用动作行为以及心理描写，表达了赵朴初先生的相思敬仰之情。《忆江南六首·五台山杂咏·其四》据诗注，亦是为毛主席、周总理而作，“建军节，创业念艰难。五十年前擎义帜，千寻塔影护行辕。瞻礼梦魂攀”。用朴素真挚之语，歌颂了毛主席、周总理开创新中国的艰难，“瞻礼梦魂攀”句则抒发了友人作古后，绵绵不尽之怀思。

（四）慨叹历史之沧桑变幻

五台山作为佛教圣地，曾有无数的高僧大德驻锡于此，亦有众多的名人雅士参禅赏景。然而时光飞逝，一切的热闹都会归于寂静。面对历史的遗迹，遥想过去，作为诗人的赵先生，难免感伤之，如《忆江南十四首·五台山杂咏》之《显通寺》诗：

① 《赵朴初韵文集》，上海：上海古籍出版社，2003年版。

② 《赵朴初韵文集》，上海：上海古籍出版社，2003年版。

> 花园寺，还似北朝无？异代空留皇帝字，几人能读国师疏。消息问毗卢。[①]

显通寺，又称“花园寺”“大华严寺”，据说始建于汉明帝永平年间，现为五台山第一大寺，保存有很多的历史文物。首二句问寺庙是否还是当初的模样，仔细揣摩，有历史的变幻之感。而遗留下的，是当年皇帝御书和清凉国师所造之《华严经疏》。“异代空留”，有今昔之感，字仍存，人已逝；“几人能读”又是问句，发问中似有无限感慨。

（五）盛赞五台山之高僧大德

能海法师是五台山的现代高僧，“他深研佛理，显密皆精，著述颇丰。他长期居住在五台山，曾在吉祥寺举办金刚律院，后任五台山佛协会长，兼碧山寺方丈。赵朴初作为佛门居士，佛协负责人，与能海法师时相过从……‘文化大革命’开始后，能海法师受到冲击，于 1967 年元旦含冤圆寂”[②]。

1981 年五台山为能海法师修建舍利塔，赵老听说后立即为其撰写铭诗：“承文殊教，振锡清凉。显密双弘，遥遵法王。律屡冰洁，智刃金刚。作和平使，为释宗光。五顶巍巍，三峨苍苍。闷塔崇岳，德音无疆。”[③]1999 年，已是耄耋之年的朴老又撰诗赞誉之：

> 蔼蔼其容，矫矫其神。望之俨然，即之也温。昔年入藏，两度孤征。舍身求法，为利众生。终获宝珠，放大光明。东西南北，一音普闻。选住五台，归来文殊。现大威德，万化一如。稽首上师，一切无碍。像教长兴，威仪永在。（《能海上师像赞》）

兹二首诗偈，用四言诗的形式，简明扼要地概述了能海上师的一生事迹，赞美其严持净戒，勤修定惠，精勤博学；不畏艰险，两度入藏寻求秘法，显教与密教俱弘，培育密学僧才，庄严五台山道场等。

---

① 《赵朴初韵文集》，上海：上海古籍出版社，2003 年版。

② 赵培成：《赵朴初情系五台山》，载《五台山研究》2000 年第 3 期。

③ 《赵朴初韵文集》，上海：上海古籍出版社，2003 年版。

(六)欣喜五台山及五台县之巨变

五台山曾在新中国成立前的动荡时期遭遇了破坏,1959年诗人首游五台山,应时任碧山寺主持的能海法师之邀,写下了《游五台山杂咏》组诗,其中有诗云:

清凉地,从此证清凉。梵宇曾悲狐鼠乱,垢衣今解宝珠光。意净发心香。(《归途四首·其一》)①

兹诗首句用两个“清凉”表达了对作为佛教重要道场的五台山,清净安宁的重要性。中间二句用对仗语句,今昔对比,慨叹以前之破败荒凉,希冀今后之解经说法,欢愉之情溢于言表。又《忆江南六首·五台山杂咏·其一》等也有类似情感的表达,不再一一赘述。

(七)妙谈佛理之体悟

作为深浸于佛法的佛教领袖,赵朴初先生在五台山诗词中亦常常谈禅论道。《金刚窟》诗曰:

幽深绝,岩涧护禅关。神窟休疑真幻别,老僧漫作凡圣参。谁与解三三。②

诗尾自注云:“或云:寺内之窟非真,真窟在寺门外,有封塞之迹可见。唐无著于此遇老人,问此间佛法如何住持。老人云,龙蛇混杂,凡圣交参。又问多少众。又云:前三三与后三三。”

此处提到了无真幻之别,凡圣不二,并用一则禅宗公案对诗作作了注脚。“‘前三三,后三三’的故事,来自唐朝中后期无著禅师朝礼五台山与文殊化身对答的传说。到北宋时期,由汾阳善昭、圆悟克勤等精心加工,成为传禅的机语,并因之成为禅宗最著名的公案。其所含意蕴,从理论上来说是大乘佛教如来藏本来面目大空性、大平等。……‘三三’公案寄寓诗文,还有一种‘禅宗

① 《赵朴初韵文集》,上海:上海古籍出版社,2003年版。
② 《赵朴初韵文集》,上海:上海古籍出版社,2003年版。

美学’的意义。人心无不向往空灵、廓然大公的境界，所以，心境一旦进入该种境界，会有一种畅然宁清的状态。”①

又《归途四首》的第二、第三、第四首：

清凉地，凡圣可同参。举起锄头开净土，穿来牛鼻透重关。努力事农禅。

农禅好，国土为庄严。药圃林山多宝地，朝霞暮霭雨花天。胜会约他年。

谁曾道，空手宝山归。五顶已餐天下秀，南禅更见世间稀。挥手谢青猊。②

三首诗反复表达了赵朴初先生对五台山佛学方式农禅和南禅的赞同。农禅是富有中国特色的禅宗修行方式，完成于马祖道一禅师，这种方式将生产劳动与参禅修学结合在一起，一方面解决了僧团的基本生活问题，另一方面坚持禅修和宗教生活，对后世影响很大，新中国成立后一些寺院亦恢复了此种农禅生活。而南禅以慧能为代表，提出即心即佛，将心性自觉、心灵体验提升为自心自悟式的刹那间的自我肯定；发展到马祖道一，为防止世人对即心即佛的执着，提出了“非心非佛”，让心灵回到那“空诸所有”的恬明之境。

二、艺术特质之剖析

赵朴初吟咏五台山的诗作，除情感内蕴的丰富复杂之外，在艺术上亦独具特色。尤堪注意者，是《忆江南十四首·五台山杂咏》和《忆江南六首·五台山杂咏》两组词作。联章诗词，特别难写好，其中结构又是联章诗词最核心的要素，是联章诗词的骨架与筋脉。组词在结构上要严丝合缝，既要做到每首词各具面目，同时又要做到相互照应。《忆江南十四首·五台山杂咏》采用的是多线组词将各首词作串联成一体。外层结构是按照时空的变化达到首尾相连，前三首以《入山三首》为标题，中间七首写游览山中所见景色，尾四首又以《归途四首》为词题；而《入山三首》下的三首词，没有具体标明词作小题，

① 陈巨锁：《赵朴初与五台山》，载《五台山》2006 年第 6 期。

② 《赵朴初韵文集》，上海：上海古籍出版社，2003 年版。

但仔细分析内在结构，实颇具匠心。如前面所述，第一首侧重写五台山之鲜花与流水，第二首言高山与缓峰，第三首叹风磬与水月，皆是围绕出入五台山之景来写，从不同角度描绘了美不胜收之景。但同时三首词作又有照应，词作开头都以"清凉地"开头，第二首第二句"意态自雍容"呼应第一首尾句之"身在白云间"，突出了悠闲自在之态；第三首"东林月上水明楼"暗合第一首之"清雷急鼓水鸣滩"，"北岭""东林"二意象又是第二首"缓岭平峰""高山大地"之具象化，尾句之"清意共云浮"回应第一首的"身在白云间"。看似随意的结构，其实却颇具次第。中间七首词既是按照事件进程，以行旅的踪迹见闻为线索，又用分题分咏的形式布局，七首词题分别为《塔院寺》《碧山寺》《碧山寺午饭》《金刚窟》《兴国寺》《观音洞》《显通寺》。虽然俱是吟咏所见佛寺洞窟，但主题情感并不相同，反映特定时空中情感的多元色彩：《兴国寺》仰慕追忆友人毛主席、周恩来；《碧山寺》赞美寺庙苍然之境；《碧山寺午饭》从寻常吃饭中感悟赞叹赵州禅师的"吃茶去"的公案，于日常生活中指示参学者体悟"平常心是道"[①]；《金刚窟》宣扬凡圣不二和如来藏之大空性、大平等；《兴国寺》追慕杨五郎之英雄风姿；《观音洞》惊叹兹洞之奇险；《显通寺》发思古之幽情，又有今昔变化之感伤。《归途四首》下没有具体的标题，是以共同的情感主题，赞同五台山所坚持的修行之道，即南禅和农禅。这是一种较隐蔽的结构方式，每首描写的具体对象有所区别，方式各异，但它们拥有共同的情感指向。

《忆江南六首·五台山杂咏》的结构章法相对要明晰简单些，各首无小标题，第一首总写重回五台山的感受，"十八年间喧寂异，无穷刹那海田边"，余下五首亦是通过游览的行踪，时空的变化来安排结构的，分别写二唐寺、白求恩纪念馆、毛主席和周总理路居纪念馆、东台顶、五台县，每一首各有独立的意义，循序渐进，有条不紊，给人内容和结构上的愉悦感。简言之，诗人的游五台山诗，在写景抒情上各有侧重，针线严密，结构紧凑。用沈祖棻先生的话说是"委婉曲折，摇曳生姿，声辞俱美，情韵无穷，因而别有其动人之处"[②]。

---

① 韩焕忠：《无尽禅意赵州茶——赵朴初对赵州"吃茶去"的体悟与赞叹》，载《五台山研究》2016年第1期。

② 沈祖棻：《唐人七绝诗浅释》，北京：中华书局，2008年版。

赵朴初的五台山诗词除了讲究章法结构，亦继承传统的诗教观，非常重视诗词的现实功用，强调有感而发，“为事为时”而作，是以其诗歌具有丰富的情感内蕴。为了诗歌更好地传播、流传来引导教化世人，赵老诗词语言往往清新自然，通俗易懂。但要做到诗词内蕴的丰富，又不得不涉及时事和运用语典、事典等，这二者之间形成了天然的矛盾。于是，赵老的五台山诗以及其他大量诗作，出现了数量众多的自注，极引人注目，而学术界对此方面关注较少。其自注的形式，有题注、句注和尾注。注释的内容相当广泛，一是点明创作时间，体现了诗人清晰自觉的编年意识，他将自己的人生轨迹和诗词创作轨迹很自然贴切地融合在一起，使其诗歌具有鲜明的诗史特征，有助于读者的阅读和接受；二是对背景的注释，诗词中所涉及的名物地理、本事、语典等都有注释。比如《忆江南六首·五台山杂咏·其二》“二唐寺，瑰宝世间无”，结尾自注云“二唐寺，指佛光寺、南禅寺，皆唐代建筑”①，借由此条自注，让没有去过五台山的读者了解到二唐寺是唐代建筑，历史悠久，对后面的诗句“千劫何缘存像法？明时自不失玄珠。沉晦庆昭苏”②理解亦更深，历经历史沧桑、风云变化的古寺，今日终于迎来了平静祥和之时，怎不让人喜悦兴奋。第六首之注释“全县农林牧副渔工建设事业正迅速发展”③，就很好地诠释了诗中之“事功争做国中光，鹏翼海天长”④，让读者真切地体会到赵朴初先生始终心系国家发展，有强烈的社会责任心和担当精神。可见这些内容的添加，可以有效地还原因诗词短小而省略掉的信息，从而消除阅读障碍，让读者迅速进入诗词情景中，最大限度地保证了读者阅读的清晰和准确。可以说，赵朴初的自注在展现出其创作上的若干特征的同时，也揭示了他的作品传播意识和求为可知的热切愿望。

（重庆三峡学院文学院教授）

---

① 《赵朴初韵文集》，上海：上海古籍出版社，2003年版。

② 《赵朴初韵文集》，上海：上海古籍出版社，2003年版。

③ 《赵朴初韵文集》，上海：上海古籍出版社，2003年版。

④ 《赵朴初韵文集》，上海：上海古籍出版社，2003年版。

雪侮霜欺香益烈，威光焰焰照河山
——赵朴初咏周恩来诗作的搜辑与赏析

黄丽新

赵朴初说过:“写个人的诗词，关于周总理的诗词我是写得最多的一个，无论是总理生前，还是身后，我都写得不少。那是因为我同全国人民一样，敬重他对党和国家作出的重大贡献，敬佩他对人民大众的无限功德和他本人的高尚品格!”其实，在写过周恩来的所有旧体诗人中，赵朴初也是写得最多的。这些作品最早可追溯到 1956 年 3 月所作《印度纪行杂诗二十四首》中的《德里》，最晚则是作于 1994 年 7 月的《题香港寄来简报》，前后逾 38 年，共有 44 题 45 首。

本文将散落在赵朴初 2000 多首浩瀚诗海中的咏周总理之作予以搜辑，分为“勾勒周恩来人生历程”“生前感遇与身后哀思”与“咏邓颖超兼怀周恩来”三类，在逐一浅析的基础上，概述其总体艺术特色与所反映的周恩来多方面的精神。

一、勾勒周恩来人生历程

在求学、革命战争与国家建设的长期过程中，周恩来足迹遍及国内外；赵朴初作为我国佛教界领袖与著名社会活动家，一样长年奔走各地。两人行踪多有重叠。每当来到周恩来的旧游之地，赵朴初或专题吟咏，或散句及之；在周恩来晚年国务活动的若干时刻，赵朴初置身于现场，更留下珍贵的即席之作。这些作品始于 1956 年，终于 1994 年，勾勒出周恩来从 1919 年日本求学到 1974 年最后一次出席国庆招待会长达 55 年的革命历程。

1919 年 4 月，周恩来从东京归国途中，在京都停留时作《雨中岚山》等三首诗，诗中写道“潇潇雨，雾朦胧，一线阳光穿云出，愈见姣妍。人间的万象真理，愈求愈模糊——模糊中偶然见着一点光明，真愈觉姣妍”，表达出初步接触马克思主义真理，恰如模糊中见到光明的喜悦之情。1979年4月，赵朴初随邓颖超副委员长访日，至岚山参加周恩来诗碑揭幕典礼，抒发了“景物未随人世改，诗心长共海潮生”的豪情。次日意犹未尽，再作《岚山行》170字。这是赵朴初咏周诗中最长的一篇，其中“溪流清见底，松黛映眉宇。恍见当时人，行吟湿布屦。深思寻哲理，穿云得妙悟”等句，描摹出青年周恩来的风采。三年后的1982年5月，赵朴初为中日邦交正常化十周年纪念作汉俳十首，其八仍以《岚山诗碑》为题。再三致意，岚山成为赵朴初落笔最多的一处周恩来遗迹。

1925年到1931年，周恩来四赴潮汕。他在这里两度参与领导讨伐军阀陈炯明，领导南昌起义军南征潮汕。1986年，赵朴初来到汕头。“静听主人温往事”，感受“周朱昔日到潮州，气使三江水倒流”的革命气概。

1960年与1963年，赵朴初先后来到延安、红岩与梅园新村。他在红岩了解到，通往中共中央南方局及八路军办事处的山路，“分歧为二：一通坡上之办事处，一通坡下旧国民参政会会所，内驻国民党特务人员。来寻办事处者多以岔路口之黄桷树为标志，树之阳通办事处，人称为阳关大道，树之背通参政会，人称为阴间路，因名斯树为阴阳树云。革命纪念馆中陈列周总理当年向办事处墙报投稿诗一首，戏称邓颖超同志为‘大乐天’”，即以“识途竞说阴阳树，临敌谁如大乐天”这两个细节起头，作《升平乐·重庆访红岩村》曲。他为梅园新村作七律一首，颔联“共道人间春色满，岂忘雪里寸心丹”，充满对周恩来等革命者的敬仰之情。他礼赞延安：“山上延园遥指点，山下延河微笑。洞吐虹霓，树喧猿鸟，想见风云闹。”

五台山是文殊菩萨祖庭，也是我国四大佛教名山与世界五大佛教圣地之一。1948年3月底，毛泽东、周恩来率中央机关离开杨家岭，东渡黄河进入山西晋绥解放区。4月9日晚登上五台山峰巅鸿门岩，宿塔院寺方丈院，次日参观五台山寺庙后入河北。赵朴初1959年、1977年两度来此，各作《忆江南》一首咏塔院寺，第二次恰逢周恩来领导的南昌起义五十周年纪念日（即建军节），遂有“五十年前擎义帜，千寻塔影护行辕”之句。

1954年，周恩来访问德里，中印共同倡议和平共处五项原则。两年后，赵朴初访印,有《德里》诗记其事:“前年此地成嘉会,槃恰西拉举世闻。不负释迦之种姓,和平志业见精诚。”“槃恰西拉”是佛教术语,古人译作五戒,印度人用指五项原则。1957年2月,周恩来访问锡兰(今斯里兰卡)期间,登临西格利亚石山之巅,参观平顶上5世纪时古代帝王建造的宫殿遗址与悬崖上12世纪的壁画。1961年,赵朴初也来到这里,作《寿阳春·登西格利亚山》曲,以纪其盛。

1960年,周恩来视察海南岛,为儋县西联农场题词“儋州立业,宝岛生根”;1961年,参观云南西双版纳傣族自治州热带作物科学研究所。赵朴初在1990年、1994年也先后来到云南与海南,留下缅怀周恩来的诗篇。看到研究所中仿橡胶树芽形状的纪念碑,他感叹“特把灵苗树形象,不忘化雨洒炎边”,可谓信手拈来,情景交融。

据传,1964年,周恩来针对攀枝花钢铁基地拟选厂址的山坡地形,指示“弄一弄就平了”,后即改坪,因名“弄弄坪”。1975年,赵朴初来此,留下“倾听东风吹玉笛,不须三弄坎坷平”之句。1977年,赵朴初访云冈石窟及华严寺,“叹念周总理,大力修复千劫残”。1991年元旦,赵朴初重游昆明,来到华亭寺,吟成“像设完存文革后,护持功德念周公”,感念周恩来在“文革”中令军队保护之功。

天津是周恩来青年时代求学之地。他十分关心天津港建设,1949年秋即来此视察,1952年为新港重开赠送亲笔题词的锦旗,1973年提出“利用三年时间改变港口面貌”。1983年,赵朴初参观天津新港。在车中假寐,梦见周公,因作《河满子》一词,赞叹“新港喜开新局,十年梦见周公”。诗句显然出自孔子“久矣,吾不复梦见周公”,而流露出的则是喜悦之情。

1960年,缅甸总理奈温访华,春节达成边界协议。当时,赵朴初正随我国文化友好代表团访缅,参加使馆联欢晚会,“闻竹报”而作《喜春来》词。1972年9月,周恩来为访华的日本内阁总理大臣田中角荣举行晚宴,赵朴初躬逢其盛,即席作《相见欢》词,赞美周为中日邦交正常化所建立的“廿年填海深功”。1987年,赵朴初访日,主人出示其父参与送还中国在日殉难烈士遗骨活动时与周恩来、赵朴初的合影,赵赋五排一首,咏叹“难忘掘井人”。

1974年国庆前夕,周总理出席国宴,时总理久病,中外悬念,致辞时声音洪亮，满座宾朋，掌声雷动，经久不息，不时打断致辞。日本友人西园寺公一喜泪盈眶，对赵朴初说："总理恢复健康了。"又说"像这样伟大的总理，世界历史上是少有的"，并嘱赵即景赋诗。是夕适值中秋，赵朴初因拈《人月圆》为赠："掌声如海如潮涌，翘首听雷音。灯辉国庆，月圆人寿，万象欣欣。倾杯吐臆，良朋喜泪，感我衷情。愿君长健，观山观海，不厌高深。"这是周恩来最后一次举行国庆招待会，赵朴初以生花妙笔记录下永恒的历史瞬间。

二、生前感遇与身后哀思

除游览周恩来故地或参加国务活动而创作诗词外，赵朴初在"文革"期间，有感于周恩来的艰难处境，写过多首情辞并茂之作；在周恩来去世后，每逢生卒纪念日，或读到遗著，或观赏到有关画作戏曲，都会激起他的怀念之情，而挥动诗笔。正如赵朴初所说："父母之丧三年，而周总理的病逝留在我心里的忆念是永久的，周总理身上值得后人怀念的事情实在太多了！"

（一）感遇

据赵朴初回忆："在'文革'时期，陈伯达、王力这一班人，对周总理乱说，贴大字报。我那时候患心脏病，是阵发性的。那天我到街头上去，看到王力的大字报，攻击周总理，我回来就发病了。当时我就写了一首诗，叫《东山》。"这首作于1967年8月的《河满子》全词为："悄悄非关多病，三年不见东山。花事绸缪风又雨，更兼蜂妒莺谗。终信晓珠天上，照他红艳千般。"《东山》是《诗经》里一篇纪念周公的诗，此处指代周恩来；"花事"指国家的事情；"晓珠"引自李商隐"若是晓珠明又定，一生长对水晶盘"，即早上的太阳，显然指毛泽东。

同月，赵朴初又作《感遇》诗："忍辱负重，艰难劳止。回首丘山，折齿孺子。食草一抔，乳如江流。鞠躬尽瘁，无怨无尤。猗欤至哉，人民之牛。""回首丘山"出自杜甫"万牛回首丘山中"，表示一万头牛在拉一座大山；"折齿孺子"引用齐景公为孺子牛而折其齿的典故，鲁迅"俯首甘为孺子牛"亦引用该典故。本诗以牛喻周，用文字留下了他在"文革"中艰辛努力的身影。

1974年批林批孔运动期间，赵朴初集杜诗作《春感》，嵌入"江青"之名，隐指她连周恩来也不饶过，1976年清明，天安门事件爆发。赵朴初作《木兰花令·芳心》："春寒料峭欺灯暗，听雨听风过夜半。门前锦瑟起清商，陡地丝繁兼絮乱。人间自古多恩怨，休遣芳心轻易换。等闲漫道送春归，流水落花红不断。"词中的"门"即指"天安门"，他默誓"休遣芳心轻易换"，坚信"流水落花红不断"。

这些动乱年代的作品，因为许多衷曲不便明言，更增加了一种沉郁幽愤之美，是赵朴初咏周诗作中的精品。

（二）挽诗与周年纪念

1976年1月8日，周恩来逝世，次日，赵朴初作挽诗。此后在周恩来诞辰或逝世纪念日，他多次赋诗抒怀。

《周总理挽诗》是一首五古，全诗如下："大星落中天，四海波澒洞。终断一线望，永成千载痛。艰难尽瘁身，忧勤损龄梦。相业史谁畴？丹心日许共。无私功自高，不矜威益重。云鹏自风抟，蓬雀徒目送。我惭驽骀姿，期效铅刀用。长思教诲恩，恒居惟自讼。非敢哭其私，直为天下恸。""龄梦"典出《诗经》。传说周文王为儿子武王解梦说自己将减去几年寿给他，汉郑玄作注："文王以忧勤损寿，武王以安乐延年。""恒居惟自讼"指常常坐在家里埋怨自己。作者回忆：有一次从日本回来，周恩来批评代表团跟国际上的人交往不该吵架，应当进行感化教育，并举朝鲜电影《红色宣传员》为例，其中一个妇女用行动感化了一个很不讲道理的老头。周恩来还曾指示赵朴初拍摄一部介绍中国佛教名山的电影，他没有完成，深感内疚。

周恩来逝世时，赵朴初和群众一起送别灵车。周年之际，他感赋《金缕曲》："转瞬周年矣。念年前、伤心情景，谁能忘记。缓缓灵车经过路，万众号呼总理。泪尽也、赎公无计。人似川流花似海，天安门、尽足觇民意。愁鬼蜮，喜魑魅。古今相业谁堪比？为人民、鞠躬尽瘁，死而后已。雪侮霜欺香益烈，功德长留天地。却身与、云飞无际。乱眼妖氛今净扫，笑蚍蜉、撼树谈何易。迎日出，看霞起。""愁鬼蜮，喜魑魅"，指江青集团见民心向背而愁，因得机害人而喜。这首词多用口语，真切感人，曾被上海曲艺社等团体以多种艺术形式演唱。赵朴初在周恩来逝世九周年与十周年之际所作《满江红》《折桂令》中,都又出现哀送总理灵车的动人一幕:"回首九年前往事,犹自激人心底。泪雨川流,琼花浪涌,举国哀歌里。""十年前情景难忘,望不尽梨花,遮断红墙。泪雨迷天,哀歌动地,国瘁人亡。"作者不止一次在公开场合吟诵《折桂令》。

周恩来逝世一周年之际,赵朴初将多篇咏周旧作交《人民文学》与《诗刊》发表,并各缀新词。为《诗刊》所作四言八韵,与十年前的四言《感遇》、一年前的挽诗相比,真不胜"载悲载欣"之感。

为纪念周恩来诞辰 85 周年,赵朴初作《满江红》,写道:"思教诲、言犹在耳,终身鞭策。学向上游争到老,战非尽瘁休言歇。叹不矜、不伐更无私,如日月。"周恩来曾讲过,他认为最好的死法要么牺牲在战场,要么累死在工作岗位。"战非尽瘁休言歇"当即指此。

(三)读遗著志感

1978 年,《周恩来青年时代诗选》出版。赵朴初著文称赞:"周总理曾经是一个有甚深造诣的诗人,写过动人心弦的诗篇。""周总理在五四前写的传统旧体诗,风骨开张,才气横溢;五四后转向语体新诗,也是卓有成就,不同凡响。"并赋《临江仙·读周总理遗诗》一阕:"不负澄清天下志,平生事迹般般。真能参透死生关。生为民尽瘁,死有重于山。持荐轩辕多少血,词华和梦都捐。岂期身后见遗篇。吉光留片羽,芳泽满人间。"1922 年,周恩来在柏林得知国内战友被捕遇害,作《生别死离》,诗中有"壮烈的死,苟且的生;贪生怕死,何如重死轻生"等句,表达了献身革命的心志。作为佛教徒与诗人的赵朴初,以"真能参透死生关""词华和梦都捐"等诗句,表达了对青年周恩来的生死观与诗才的赞赏。

1981 年与 1985 年,《周恩来选集》《周恩来统一战线文选》先后出版,赵朴初分别作七律与《百字令》志感。七律前半是:"每遇艰难每忆公,每能振奋豁心蒙。不辞尽瘁抒多难,三复遗编感旧踪。"寥寥数语,写出了周恩来的品德、功业与对自己的影响。《百字令》在回忆送别总理灵车的情景之后,写道:"今朝手抚斯文,言犹在耳,隐隐雷音启。最忆广州一席话,唤醒春风桃李。改造寻根,学研到老,剖析先由己。照人肝胆,千秋万代兴起。""活到老,学到老,改造到老”是周恩来关于自我修养的名言,1962 年 3 月他在广州对全国科学工作、戏剧创作等会议代表的讲话,温暖过无数知识分子的心。

(四)观画像志感等

作为书法大家的赵朴初,雅好艺术,留下许多吟咏书画、戏曲的佳作。在周恩来逝世一周年之际,他接连为三幅与周有关的画作题诗。

他为翁如兰所作周总理画像题诗:“画图省识平生意,穆穆春风来喜气。笔有源头非妄拟,人民之喜公之喜。”“公之笑貌在胸臆,思公忆公无尽际。”为亚明画松题诗有句“老柯曾庇天下人,不必寻常伤离别”,画与诗都以松喻周。两诗都采用七古体裁,酣畅淋漓地表达了作者一腔“无尽际”的“深意”。

他还为黄胄所画《周总理指挥我们高唱〈大海航行靠舵手〉》图题《木兰花令》词:“当年革命潮澎湃,大集群英纷异彩。指挥万众唱新词,要信舵师航大海。画图照眼思忠爱,自有精神昭万代。歌声日夜绕山河,太阳不落丹心在。”此诗作于 1977 年,仍有“要信舵师航大海”之句,或因此而为《赵朴初韵文集》所删汰。

1991 年,赵朴初观看江苏省昆剧院演出,回忆起周恩来 1956 年两看昆曲《十五贯》并多次做出指示,赋赠《自度曲》:“君不见况钟见都,香君却奁,感人处,一腔正气薄云天。君记否?一出戏,曾赢得周公三夕谈。”周恩来当时特别提醒剧团,赵朴初是昆曲专家,希望多向他请教。

1994 年 7 月,87 岁高龄的赵朴初从香港简报中读到海外污蔑周恩来的消息,怒作七绝一首:“周公身后起流言,妄想攀髯得上天。谣诼安能伤日月?威光焰焰照河山。”这是赵朴初为周恩来所作的最后一首诗,展现了他性格中不为人所知的金刚怒目的一面。这时,邓颖超已去世两年,代表邓与赵朴初联系的秘书赵茂峰、赵炜伉俪不久前也搬出了西花厅,此后直到去世近六年间,赵朴初不再有咏周新作。或许他已经为周恩来流尽了眼泪。

三、咏邓颖超兼怀周恩来

赵朴初说过:邓颖超和周恩来“两个人很像”。他吟咏邓颖超的一些诗句直接涉及周恩来,许多诗句同时在写周恩来。

1983年，赵朴初读到回忆早年邓颖超的文章《李知凡太太》，作七律一首，中二联为："忘我虚怀能爱众，多才遇事每留心。和风化雨苏枯槁，朗月明霞启晦昏。"1984年2月4日，赵朴初再赋七律祝邓颖超80寿辰，颈联为："喜看重望隆高岳，善导群流汇大川。"我们如果把这些诗句看作赞美周恩来，也是完全吻合的。

1992年，邓颖超去世，赵朴初作挽诗，与周恩来挽诗一样采用五古，而篇幅恰好多出一倍。其中"公馆集群贤，恩不遗一姥。功成辅贤相，藏光不轻吐。景云增日明，美锦助衮补"，"我感翁媪知，教诲兼慰抚。因循负所期，老大滋钝鲁"，均同时写周邓。末联"非为一人哀，天下失慈母"与前诗"非敢哭其私，直为天下恸"如出一辙。

赵朴初1978年为《中日友好和平条约》签订所作的诗有"太平洋长护太平花"之句，邓颖超读到后告诉他：西花厅有此花。自此每年花开，必遣人赠送数枝。1981年春，赵曾感赋二绝。邓颖超去世近两年后的1994年5月，赵茂峰、赵炜伉俪再次以西花厅白芍药花、太平花数枝赠赵，说将迁出西花厅，这是最后一次赠西花厅之花。赵感不绝于心，爰赋《忆江南》小词以当献给周邓的瓣香之祭："重叠意，重叠素心花。昔日殷殷拈付旨，今余瓶供叹人遐。凝思望天涯。"这首词写出了他对周恩来夫妇绵绵不尽的思念之情。

四、赵朴初诗作所体现的周恩来精神与艺术特色

赵朴初曾说过："周总理是德范，道德的模范。我概括了三句话：他严肃地对待自己，认真地对待事，真诚地对待人。"在以上诗作中，赵朴初赞美了周恩来"澄清天下"的远大志向；"深思寻哲理，穿云得妙悟""参透死生关"的探索精神；"江流不转，霜欺更艳""虎穴摧凶焰""雪里寸心丹"的坚定信念；"剖析先由己""唤醒春风桃李"的化育深恩；"学向上游争到老，战非尽瘁休言歇""为人民、鞠躬尽瘁，死而后已"的奋斗意志；"庇天下人""遗爱在南天""化雨洒炎边"的爱民情怀与"忍辱负重""无怨无尤""不矜、不伐更无私"的美德修养。

这些作品体裁多样，其中四言2首，五律1首（集句），五排1首，五古3首，七绝（7题）8首，七律5首，七古2首，词18首，曲2首，汉俳1首，自度曲

1首。诗与词曲汉俳各占一半。作者善于根据内容选择合适的体裁,如《感遇》《纪事》用古雅朴厚的四言;两首挽诗与《岚山行》用舒缓而带悲凄的五古;游览之作多用风神谐畅的七绝或小令,怒斥谰言也采用斩截明快的七绝;春节祝贺达成边界协议用《喜春来》词牌,欢迎日本首相用《相见欢》,中秋国宴祝福用《人月圆》,生卒纪念则采用或绵缈或慷慨的长调;等等。

这些作品与作者其他诗作的风格总体一致,均有雅正、俊逸的特点,而更注意辞藻朴实,直抒胸臆。作者主张用韵"依照已经得到较广承认的相近音读,约略画出一个大体范围而容许小有出入","仍暂时保留入声",这在咏周诗中也得到体现。以本文引用到的诗句而论,《德里》的"闻""诚"两韵字分属十二文、八庚,《题香港寄来简报》的"天""山"分属一先、十五删,《读〈李知凡太太〉一文有作》七律中二联韵字"心""昏"分属十二侵、十三元,《河满子·东山》词的韵字"般""山"分属十四寒、十五删,固然可通押,而"谗"属十五咸,和以上几例一样,都不符合平水韵或词林正韵的押韵要求。除"闻""诚"通押读来稍觉别扭外,其他按现代汉语诵读并没有影响全诗的艺术效果;而如果拘泥于格律,改用其他韵字,效果如何反倒难以确定。作者处理平仄也遵循"容许小有出入"的原则。这些探索对目前关于新颁《中华通韵》的讨论,或有一定的借鉴意义。

总之,赵朴初为周恩来而写的诗、词、曲、俳句等各体韵文是其艺术创作的重要部分,也是学习周恩来精神的生动教材,无论是在思想上还是在艺术上,都值得珍视,并加以挖掘与普及。

(赵朴初研究学者)

《赵朴初韵文集》

——一部伟大的史诗

徐玉成

朴老的一生是光辉灿烂和波澜壮阔的。他在这一生中，诗词、书法一直是他从事社会活动、佛教工作、对外友好交流和朋友友好交往与相处的重要组成部分，为他光辉灿烂和波澜壮阔的一生增添了无限光彩，写下了浓重一笔。在各个历史阶段，他以深厚的古文功底、娴熟的创作技巧和积极乐观的人生态度，用诗词曲赋的形式记录下历史与人生。有许多诗词，他又创作成书法作品，被启功先生称为“双绝”。2003 年 4 月，由上海古籍出版社出版的《赵朴初韵文集》，收录了朴老各种文体韵文 1985 首，另附有《无尽意对联存稿》279 副，时间从 1927 年至 1999 年，时间跨度达 72 年。此外，还有大量遗珍散落在中外各地。所以，《赵朴初韵文集》是当代一部伟大的史诗。

本文对朴老以诗词形式记录的一系列重大政治事件作一梳理，就教于各位同人。

1. 1937 年 8 月 13 日，淞沪会战爆发后，赵朴初居士组织了难民收容和安置工作，到 1938 年得知抗日武装新四军成立，便从难民中挑选了部分青壮年予以文化教育和抗日教育，部分参加了淞沪抗战部队，又遣送部分优秀者及收容所干部，经过温州前往皖南参加新四军，为抗日武装输送了新生力量。曾经受到党中央的表扬。朴老写下了《黄浦江头送行》诗一首，生动记录了当时作者支持抗战的情况：

挥手汽笛鸣，极目楼船远。谈笑忆群英，怡怡薪与胆。

雄风舞大旗，万流归浩汗。同弯射日弓，待看乾坤转。[①]

2.1941年1月6日，发生了震惊中外的皖南事变。皖南新四军军部直属部队等9千余人，遭到国民党军7个师约8万人的突然袭击。除傅秋涛率2000余人分散突围外，少数被俘，大多数壮烈牺牲。军长叶挺被俘，副军长项英、参谋长周子昆突围后遇难，政治部主任袁国平牺牲。针对这一重大反共事件，朴老写《哀辛士》，表达了在日寇当前，对国民党同室操戈，杀害抗日军人行为的愤慨：

岂能南辕又北辙？无北无南八表昏。
信有修能遭众嫉，竟教积毁铸沉冤。
鸱枭在室悲弓折，魑魅甘人可理论？
逼窄江南容后死，弥天泪雨望中原。[②]
为皖南事变作。辛士，新四之谐音也。

3.同年，蒋介石使胡宗南拥重兵于陕西，以封锁八路军，号称新万里长城。朴老写《杂诗十首》，录其中第一首：

万里长城万里长，长城万里耀金汤。
防胡不若防黔首，毕竟今皇胜始皇。[③]

秦始皇修万里长城是为了防止胡人进犯，而蒋介石的万里长城却对付自己的同胞，超过了秦始皇。

4.1949年9月，中华人民共和国中央人民政府成立，赵朴初居士作为佛教界代表参加了第一届全国政协会议，参加了缔造中华人民共和国的活动。1950年10月，在民族歌舞晚会上，毛主席写《浣溪沙·和柳亚子先生》，同年12月，朴老作《浣溪沙·和毛主席民族歌舞晚会》词一首：

铜鼓芦笙响彻天，轻裾长袖舞翩跹。歌声齐唱大团圆。

---

① 《赵朴初韵文集》上册，上海：上海古籍出版社，2003年版，第2页。
② 《赵朴初韵文集》上册，上海：上海古籍出版社，2003年版，第3页。
③ 《赵朴初韵文集》上册，上海：上海古籍出版社，2003年版，第3页。

民德如今敦友爱，军威海外又喧阗。五星红旗万夫前。[①]

讴歌了新中国成立之初政通人和、人民安居乐业和民族大团结的美好情景。

5.1953年，中国佛教协会在北京成立，至此，中国佛教各宗派、各地区、各民族佛教徒有了自己的统一组织，朴老当选为副会长兼秘书长。他写《庆祝中国佛教协会成立》一诗祝贺，表达了诗人对于中国佛教协会成立这一千载难遇的大事的欣喜心情：

喜气满天下，人间净正依。群观大地动，始悟众生奇。
嘉会空千古，虚怀应万机。降魔成等觉，因果证同时。[②]

6.1961年3月，朴老代表中国赴印度出席世界和平理事会议。会议前夕，应印度邀请参加纪念泰戈尔诞生一百周年纪念会。开幕时，会议主持人突然发表了攻击中国的讲话，朴老即席发表了驳斥的言论。回国后，朴老写下了《如果泰戈尔还在》长篇现代诗一首：

如果泰戈尔还在，一定会惊讶不已。
如此庄严的日子，如此宁静的夜里，
如此友好的宾朋，如此和平的会集，
谁料到橄榄枝头，出现了阴谋诡计。
…………[③]

此诗以55行的长篇，记录了这一国际斗争的重大事件，批驳了挑衅者的错误言论，维护了新中国的尊严。

1981年5月，朴老作《没有什么了，只是我的心——为泰戈尔一百二十周年作》现代诗一首：

五十年前的一夕，泰戈尔正离开北京。
许多人向他合掌，和他拥抱，

---

① 《赵朴初韵文集》上册，上海：上海古籍出版社，2003年版，第9页。
② 《赵朴初韵文集》上册，上海：上海古籍出版社，2003年版，第14页。
③ 《赵朴初韵文集》上册，上海：上海古籍出版社，2003年版，第97页。

满天风雨和着泪儿倾。
“您有什么落下来没有?”
忽然有人问一声。
泰戈尔回答说:
“没有什么了,只是我的心。”
二十年前的今夕,
我曾经在新德里为您朗诵过祭文。
虽比不上您的美妙言词,
但努力表达了兄弟的心情。
无奈当时
满天风雨和着泪儿倾。
今夕啊,我禁不住还想问,
“您有什么落下没有?”
我记起了您的回答:
“没有什么了,只是我的心。”①

这应该是朴老对1961年那首诗的回应吧。

7. 从1959年以后,中苏关系开始出现分歧,到1963年9月6日,中苏论战进入白炽化阶段。《人民日报》和《红旗》杂志连续发表评论苏共《公开信》的文章。当时中央领导把反修论战作为立党立国的头等大事。1963年11月,朴老写了《哭西尼》,1964年5月写了《哭东尼》,1964年11月写了《哭自己》,合称《某公三哭》。

据朴老回忆,三首词写好后,他用小字行书抄好放在桌子上。有一天,一位中宣部副部长来朴老家串门,发现三首词后,经朴老同意取走了,送给当时主管理论宣传工作的领导看了。这位领导送给毛主席看,毛主席立即批准在《人民日报》头版发表。这就是当时引起轰动、家喻户晓的《某公三哭》:

① 《赵朴初韵文集》上册,上海:上海古籍出版社,2003年版,第315~316页。

哭西尼（秃厮儿带过哭相思）

我为你勤傍妆台，浓施粉黛，讨你笑颜开。我为你赔折家财，抛离骨肉，卖掉祖宗牌。可怜我衣裳颠倒把相思害，才盼得一些影儿来，又谁知命蹇事多乖。真奇怪，明智人，马能赛，狗能赛，为啥总统不能来个和平赛？你的灾压根是我的灾。上帝啊！教我三魂七魄飞天外。真是如丧考妣，昏迷苫块。我带头为你默哀，我下令向你膜拜。血泪儿染不红你的坟台，黄金儿还不尽我的相思债。我这一片痴情呵，且付与你的后来人，我这里打叠精神，再把风流卖。（一九六三年十一月）

哭东尼（哭皇天带过乌夜啼）

掐指儿日子才过半年儿，谁料到西尼哭罢哭东尼。上帝啊！你不知俺攀亲花力气，交友不便宜，狠心肠一双拖去阴间里。下本钱万万千，没捞到丝毫利。实指望有一天，有一天你争一口气。谁知道你啊你，灰溜溜跟着那个尼去矣。教我暗地心惊，想到了自己。“人生有情泪沾臆”。难怪我狐悲兔死，痛彻心脾。而今而后真无计！收拾我的米格飞机，排练你的喇嘛猴戏，还可以合伙儿做一笔投机生意。你留下的破皮球，我将狠命地打气。伟大的、真挚的朋友啊！你且安眠地下，看我鞠躬尽瘁，死而后已。呜呼噫嘻！（一九六四年五月）

哭自己（哭途穷）

孤好比白帝城里的刘先帝，哭老二，哭老三，如今轮到哭自己。上帝啊！俺费了多少心机，才爬上这把交椅，忍叫我一筋斗翻进阴沟里。哎哟啊咦！辜负了成百吨的黄金，一锦囊妙计。许多事儿还没来得及：西柏林的交易，十二月的会议，太太的妇联主席，姑爷的农业书记。实指望，卖一批，捞一批，算盘儿错不了千分一。哪料到，光头儿顶不住羊毫笔，土豆儿垫不满砂锅底，伙伴儿演出了逼宫戏。这真是从哪儿啊说起，从哪儿啊说起。

说起也希奇，接二连三出问题。四顾知心余几个？谁知同命有三尼？一声霹雳惊天地，蘑菇云升起红戈壁。俺算是休矣啊休矣！眼泪儿望着取下像的宫墙，嘶声儿喊着新当家的老弟，咱们本是同根，何苦相煎太急？分明是招牌换记，硬说我寡人有疾。货色儿卖的还不是旧东西？

俺这里尚存一息，心有灵犀。同志们啊！努力加餐，加餐努力。指挥棒儿全靠你、你、你，要到底，没有我的我的主义。（一九六四年十一月）[①]

朴老的词配合了当时国际上的反修斗争。虽然邓小平在1989年会见苏联总统戈尔巴乔夫时说："到六十年代前半期，中苏两党展开了激烈的争论……经过二十多年的实践，回过头来看，双方都讲了许多空话。"[②]但是，当时的争论在我国却是举国关注的重大国际政治斗争。

8. 1969年1月至3月，中共九大前夕，"文革"进入高潮，对于这场浩劫，赵朴初居士一直持否定态度，例如，在《闲情偶寄五首》中，他写了五首五言诗以自嘲：

变化寻常事，丸泥理可通。今朝通手黑，明日彻心红。（《抟煤球》）
细向心中检，然而有不然 。冷灰犹可拨，试看火烧天。（《捡煤核》）
何处不东风？温生凛冽中。扫尽一路白，待看万山红。（《扫雪》）
空言志澄清，何如勤洒扫。峥嵘万古尘，一洗天下小。（《大扫除》）
摧拉枯朽尽，铁骨独留枝。好诗东风信，新花众妙持。（《折纸花》）[③]

当时全国那些学富五车的专家、学者、科学家，不能从事科学研究、文学创作，不能从事任何文化活动，只能被送到五七干校改造劳动。朴老因身体原因没去五七干校，在北京广济寺干着"抟煤球""捡煤核""扫雪""大扫除""折纸花"等，美其名曰劳动改造。

在"文革"中，朴老还写下了《临江仙》一首：

夜梦江上有巨舟载云旗鼓楫而过，舟中男女老幼，皆轻裾广袖，望若神仙。中有一人，似小时无猜之友，方欲招之与语，忽空中落花迷眼，转瞬舟逝，怅然久之。醒作此词以志异。

不分相逢悭一语，仙舟来去何因？弥天花雨落无声。花痕还是泪？襟上不分明。信是娟娟秋水隔，风吹浪花千层。望中缥渺数峰青。

① 《赵朴初韵文集》上册，上海：上海古籍出版社，2003年版，第140～142页。
② 《邓小平文选》第三卷，北京：人民出版社，1993年版，第291页。
③ 《赵朴初韵文集》上册，上海：上海古籍出版社，2003年版，第164页。

抽琴旋去轸，端恐渎湘灵。

当时慑于"左"倾路线的淫威，反对"文革"的诗词意思必须隐晦，如果容易被人理解就会招来麻烦。1997 年 8 月 28 日朴老补注如下：

一，此词乃记"文化大革命"之事实，非纪梦也。"轻裾广袖"，古装也，巨舟中男女老幼皆着之，谓皆已作古也。"弥天花雨落无声"者，谓伏尸流血，举国若狂，不用枪炮之内战也。"抽琴""去轸"者，欲弹而不能弹，谓欲言而不能言、不敢言也。末三句指江青。①

这期间，朴老还写了《反听曲》《大院曲》《反听曲之二》等词，限于篇幅，此录一首为例：

反听曲之二

听话听反话，一点也不差。"高举红旗"，却是黑旛一片从天挂。"公产主义"，原来是子孙万世家天下。大呼"共诛共讨"的顶呱呱，谁知道，首逆元凶就是他。到头来，落得个仓皇逃命，落得个折戟沉沙，这件事儿可不假，这光头跟着那光头去也。这才是，代价最小、最小、最小，收获最大、最大、最大，是吗？（一九七一年九月）②

这是对"林彪事件"的一种记载，同时也揭露了当时存在的说空话大话、不说真话的现象。

9. 1972 年 9 月 25 日，日本内阁总理大臣田中角荣访问中国，9 月 29 日中日两国签署了《中华人民共和国政府与日本国政府联合声明》，宣布从即日起建立大使级外交关系。朴老在参加周总理举行欢迎田中首相的宴会上，作《相见欢》一首，表达他对中日恢复邦交的欣喜之情：

廿年填海深功，忆群朋，赢得今朝欢宴一堂同。
兄与弟，千秋意，万年红，待赏春光华雨又和风。③

---

① 《赵朴初韵文集》上册，上海：上海古籍出版社，2003 年版，第 167～168 页。
② 《赵朴初韵文集》上册，上海：上海古籍出版社，2003 年版，第 175～176 页。
③ 《赵朴初韵文集》上册，上海：上海古籍出版社，2003 年版，第 181 页。

10. 1976年1月8日，周总理逝世，举国悲痛。朴老次日写《周总理挽诗》一首：

大星落中天，四海波澒洞。终断一线望，永成千载痛。
艰难尽瘁身，忧勤损龄梦。相业史谁俦，丹心日许共。
无私功自高，不矜威益重。去鹏自风抟，蓬雀徒目送。
我惭驽骀姿，期效铅刀用。长思教诲恩，恒居惟自讼。
非敢哭其私，直为天下恸。（一九七六年一月九日）①

1976年7月7日，朱德委员长逝世，朴老写了《朱德委员长挽诗》一首：

春初读公诗，意深而味永。笃信导师言，丹心见耿耿。
电视近传真，雍容气深稳。谓当享期颐，孰知变俄顷。
中宵噩耗传，万眼终夜醒。回思创业艰，老辈存已仅。
堪伤一载余，叠见众星陨。峨峨井冈山，巍巍杨家岭。
长庚傍日明，大旗凌霄炳。史垂不朽功，人勉征程迥。
绕床想英烈，无语泪如绠。（一九七六年七月八日）②

1976年9月9日，毛主席逝世，朴老写《毛主席挽诗二首》，录一首：

当年立志拔三山，终见神州奋翮翰。
更遣风雷驱鬼蜮，普教天地为回旋。
人心早有丰碑在，真理争从宝藏探。
满月中天瞻圣处，遗言永忆勖登攀。（一九六六年九月九日）③

限于篇幅，不再一一举例。综上，赵朴初居士在长期社会活动中，用他的诗词曲赋，记载下许多重大政治历史事件，当人们读到这些诗词曲赋时，就自然回忆起当时的情景。因此，朴老的诗词不愧为一部伟大的史诗。

（中国佛教协会原综合研究室主任）

---

① 《赵朴初韵文集》上册，上海：上海古籍出版社，2003年版，第227页。
② 《赵朴初韵文集》上册，上海：上海古籍出版社，2003年版，第228页。
③ 《赵朴初韵文集》上册，上海：上海古籍出版社，2003年版，第237页。

再读赵朴初先生的《某公三哭》

——兼论意境与境界的实践存在论关系

宋湘绮

如何认识“诗与现实”的关系，是写出好诗的关键。历经20世纪历史风云，在大是大非面前，赵朴初先生政治立场的艺术表达，巧妙回答了这个问题，值得我们借鉴。

一

20世纪60年代，国际政治舞台上，有“三尼”的身影：一是美国总统约翰·肯尼迪；二是苏共第一书记尼基塔·赫鲁晓夫；三是印度总理尼赫鲁。这“三尼”与中国都不友好。如何针砭时弊，表达心声呢？赵朴初先生以“哭三尼”塑造了栩栩如生的艺术形象，营造了耐人寻味的意境。

什么是意境？施议对先生提出过一个明确的公式“意境＝意＋境＝(人＋事)＋(时＋空)”。[①] 艺术家创构的人和事，发生在特定的时间和空间里，表达其心目中独特的意义、价值、梦想，就是该作品的意境。“人＋事”，创构了独特之“意”；“时＋空”，建立了独特之“境”。

王国维把“意境、境界”作为文艺的评价标准，认为“大诗人所造之境，必合乎自然，所写之境，亦邻于理想”[②]，“意境、境界”有不可或缺的现实根基和理想之维。“合乎自然”，即合乎“本然”；“邻于理想”，即靠近“理想人性、理想人生、理想社会”，靠近“应然”。因合乎“本然”，诗词艺术比说教、强制更容易被接受；因“邻于理想”，更令人神往，能够促进“本然”走向应然。诗词艺术不

---

① 施议对：《论“意＋境＝意境”》，载《文学遗产》1997年第5期。

② 王国维：《人间词话》，上海：上海古籍出版社，2004年版。

能直接作用于社会,但被艺术改变的“人”,会有力推动社会发展。这就是艺术和现实的关系。赵朴初先生的《尼哭尼》就从现实入手,诙谐、幽默地讽刺了他们之间讨好卖乖、兔死狐悲的行径,委婉地表达了自己的政治立场、和平心声 。

1963年,国际形势动荡。先是肯尼迪遇刺身亡,赵朴初写了《哭西尼》。半年后,尼赫鲁去世,赵朴初写了《哭东尼》。又过半年,苏联的勃列日涅夫等把赫鲁晓夫赶下了台,赵朴初又写了《哭自己》。

1963年11月,约翰·肯尼迪被刺杀,赫鲁晓夫失了“主子”。赵朴初创作了《哭西尼》:

> 我为你勤傍妆台,浓施粉黛,讨你笑颜开。我为你赔折家财,抛离骨肉,卖掉祖宗牌。可怜我衣裳颠倒把相思害,才盼得一些影儿来,又谁知命蹇事多乖。真奇怪,明智人,马能赛,狗能赛,为啥总统不能来个和平赛?你的灾压根是我的灾。上帝啊!教我三魂七魄飞天外。真是如丧考妣,昏迷苫块,我带头为你默哀,我下令向你膜拜。血泪儿染不红你的坟台,黄金儿还不尽我的相思债。我这一片痴情啊,且付与你的后来人,我这里打叠精神,再把风流卖。

“我这一片痴情啊,且付与你的后来人”,是赵朴初看出赫鲁晓夫会向美国新总统继续讨好卖乖的贼心。约翰·肯尼迪在西方,所以叫“西尼”;尼赫鲁在东方,所以叫“东尼”,“谁料到西尼哭罢哭东尼”。

1964年5月,在约翰·肯尼迪死后半年,印度总理尼赫鲁死了。在1960年印度制造中印边界武装冲突后,赫鲁晓夫曾发表声明,偏袒印度。此时,赵朴初又写了《哭东尼》:

> 掐指儿日子才过半年儿,谁料到西尼哭罢哭东尼。上帝啊!你不知俺攀亲花力气,交友不便宜,狠心肠一双拖去阴间里。下本钱万万千,没捞到丝毫利。实指望有一天,有一天你争一口气。谁知道你啊你,灰溜溜跟着那个尼去矣。教我暗地心惊,想到了自己。“人生有情泪沾臆”。难怪我狐悲兔死,痛彻心脾。而今而后真无计。收拾我的米格飞机,排练你的喇嘛猴戏,还可以合伙儿做一笔投机生意。你留下的破皮球,我

将狠命地打气，伟大的、真挚的朋友啊，你且安眠地下，看我鞠躬尽瘁，死而后已。呜呼噫嘻。

该曲形象地写出了赫鲁晓夫兔死狐悲心态。中共“九评”苏共《公开信》发表后，赫鲁晓夫的名声扫地。苏联内外矛盾交织，1964 年 10 月，勃列日涅夫等把赫鲁晓夫当替罪羊赶下了台。但在对国际共产主义运动和中国问题上，他们和赫鲁晓夫是一样的立场。此时，赵朴初写了《哭自己》：

孤好比白帝城里的刘先帝，哭老二哭老三，如今轮到哭自己……说起也希奇，接二连三出问题。四顾知心余几个，谁知同命有三尼？一声霹雳惊天地，蘑菇云升起红戈壁。俺算是休矣啊休矣！泪眼儿望着取下像的宫墙，嘶声儿喊着新当家的老弟，咱们本是同根，何苦相煎太急？分明是招牌换记，硬说我寡人有疾。货色儿卖的还不是旧东西？俺这里尚存一息，心有灵犀。同志们啊，还望努力加餐，加餐努力。指挥棒儿全靠你、你、你，耍到底，没有我的我的主义。

这三首曲子传到了毛泽东主席的手上。1965 年初，苏联部长会议主席柯西金将要访华。毛泽东有话要说，想起了这三首曲子，说：“柯西金来了，就把这组散曲公开发表，作为给他的见面礼。”

二

毛主席为这三首曲起了个总标题《某公三哭》，吩咐把《某公三哭》刊发在《人民日报》上。艺术和现实的关系，不是表现和被表现的关系，而是精神生产和物质生产的关系。艺术创作是马克思所讲的“精神生产”，艺术对现实的改造体现在艺术作品的意境对现实的影响上。

诗词靠意境动人心弦，什么是意境？王国维吸收叔本华思想，对意境的“意”，提出自己的解释，认为“意即欲”：生命是一种意志，“欲”既是中国传统文化中“七情六欲”的“欲”，又是人生、社会发展的动力。王国维的“境界说”，通过“意即欲”揭示了诗词艺术发生的原理：艺术家通过“合乎理想，邻于自然”的“写境、造境”，将诗词作品的意境与“人”的实践、存在，与理想人性、理想社会的建构密切关联起来，撬动读者的精神世界。诗词不能直接改变现实,但可以改变创造现实的"人"。"人"与他人、与社会、与世界是相互建构的,诗词作为精神生产的力量,在其中发挥着"无用之大用"。

赵朴初先生的"哭三尼"生动塑造了"某公"这个艺术形象,通过特定的"人+事",以及特定的时间和空间,表达了在特定政治环境中,作者爱憎分明。这三曲以鲜明的艺术形象,印证了"意境=意+境=(人+事)+(时+空)"。赵朴初先生如何创造了这样耐人寻味的意境?这是当代诗词理论研究要思考的问题。

意境等于境界吗?王国维、宗白华等美学大家在他们的著作中,都没有严格区分这两个词。境界其实包含"疆界、意境、境外之境"三层意涵①。一是疆界,一个边界及边界圈定的艺术世界。"哭三尼"首先塑造了一个艺术世界。二是意境,即作者的"意即欲"所创构的人、事、时、空,是一个独特的精神载体。"哭三尼"承载着作者的立场、态度、情意。三是境外之境。这是作品超越现实,所引发的宇宙、人生、历史感怀。"哭三尼"的艺术魅力,凝聚在文本中,来自作品带来的"境外之境"。何为"境外之境"?李煜写的"雕栏玉砌"是境内,而"春花秋月"则是境外;20世纪60年代的国际风云是"境内",而赵朴初创作的《某公三哭》的"哭声"则穿越到"境外"。方寸之间,"究天人之际,通古今之变",意在言外,使人产生了丰富的人生、历史感怀。

以前,我们往往把境界作为一个认识对象。这种认识延误了我们进一步追寻诗词境界从何而来。这是当代诗词创作的一个难题。境界是认识的对象,是不断变化、逐渐生成的。下面我们以实践存在论,来分析赵朴初作品的意境的来源。

实践存在论与传统认识论相比有三个转变:一是圆融的"一体观"。从"感性—理性""主体—客体"二分的思路,变成"人—世界""实践—存在"主客一体的整体观。二是动态的"生成观"。人与自然、人与社会、人与人是相互构建的,一切都是动态的、生成的,变化的。三是优先的"关系观"。传统诗词研究优先文与道、技法传授,遮蔽了人的实践存在之维,实践存在论把审美关

---

① 宋湘绮、施议对:《疆界·意境·境外之境——王国维境界说访谈录》,载《学术月刊》2018年第8期。

系作为优先视角，人和世界在审美关系中“建构、生成”。实践存在论认为，人在实践中存在，在存在中实践。这个实践不仅指物质生产，还包括精神生产。赵朴初先生 27 岁参加江浙佛教联合会，一生参与许多社会活动、政治活动、宗教活动……他同毛泽东、周恩来、邓小平等都有着亲密的友谊。这些实践体现在他的履历中，体现在他一生的功业中；他的诗词作品则是一种精神生产，为他的实践提供了源源不断的精神动力，而物质实践又反哺他的精神生产。赵朴初先生多次以团长身份出席禁止原子弹氢弹、保卫和平的大会，始终关心祖国的和平统一大业，积极开展同中国台湾、香港、澳门和海外华侨佛教界的友好交流与联系。这些实践活动与他诗词的精神生产是息息相通的，《某公三哭》的艺术形象和意境来源于作者的人生境界。

三

在实践存在论看来，诗词意境仅存在于诗词作品中，作者境界的提升伴随其人生历程，作品的意境是见证作者境界提升的“脚印”。当前文艺创作有高原，缺高峰，根源在于忽视了境界的生成性和理想性，忽视境界生成贯穿于“人生在世”全过程这一实践存在论精髓。文艺高峰与作者的境界有密切关系。作者的境界是伴随着作者的“实践存在”而动态发展的生成过程，需要一生修为。意境是“脚印”，境界是“历程”，实践存在论境界观促进我们在创造作品意境的过程，一生修为，不断精进。诗词是创造意境的精神生产，是诗人生命意志的升华，是打通现实与理想的桥梁。精神生产与物质生产有深层一致的结构。马克思说：“人们的意识，随着人们的生活条件、人们的社会关系、人们的社会存在的改变而改变……精神生产伴随着物质生产的改造。”[①]后一句强调的就是常常被忽视的“精神生产”。可以说，赵朴初先生的一生是追求和平的一生。从“哭三尼”中爱憎分明的立场，到晚年在遗嘱中营造的“境外之境”，这些都指向和平。

“生固欣然，死亦无憾；花落还开，水流不断；我兮何有，谁欤安息；明月清风，不劳寻觅。”

① 马克思、恩格斯：《马克思恩格斯选集》第一卷，北京：人民出版社，1995 年版。

赵朴初先生历经世纪沧桑，抵达“生固欣然，死亦无憾”的超然境界，将自己与大自然融为一体。“我兮何有，谁欤安息”，不再有世事纷扰，随花开花落，与清风明月同在，乃人类理想家园，亦是人生最高境界。赵朴初先生一生不懈追求，创造了20世纪诗词的一个境界标杆，为我们树立了典范。

赵朴初先生的“哭三尼”对当代诗词创作有两点启示：

第一，“哭三尼”意境来源于作者的人生境界。诗词创作和接受是典型的精神生产，精神生产与物质生产构成了我们的人生实践。“境界”以精神的力量，通过“人生实践”，间接影响“世界”。意境是境界操练的结果，是与人的实践存在密切关联的，是生成的，是动态的。赵朴初先生一生修行，不仅成就了他诗中大美之“和”，也铸就了和平事业。

第二，如何把握现实和诗词的关系？一个重大的事件，在诗人眼里转化成艺术语言，离不开意象，离不开一系列意象塑造的艺术形象。常人看的是“雕栏玉砌应犹在”，而诗人看的是“春花秋月何时了”；常人关注的是一时一地，诗人关注的是“究天人之际，通古今之变”。

诗词创作要有饱满的情感和丰富的想象力，说到底，一流的诗词艺术是思想的花朵，而不是现实之花。诗人打通世界和境界，从实然超越到应然，写出“境外之境”，才能诞生“合乎自然、邻于理想”的有境界的好作品。

（中南大学文学与新闻传播学院教授）

乡音未改

——赵朴初词用韵特色研究

李　军

赵朴初先生生于安庆，长于太湖，早年求学东吴大学，后长期在上海、北京两地任职。在长期的社会活动过程中，谱写了大量诗词。关于他在诗词曲方面的成就，周啸天的《明月清风不劳寻觅——说赵朴初的诗词曲》等文章有介绍。本文主要据《赵朴初韵文集》之《赵朴初词集》所录的405首词，对其押韵特点进行研究，从而探讨赵朴初先生词作所遵循的押韵规则及其所反映的不同时期赵朴初先生语音使用的特征。

一、赵朴初词韵部归纳

根据对405首词，460个韵段韵脚字的系联①，我们可以把赵朴初词作归纳为15个韵部：东锺部、江阳部、庚真部、山咸部、支微部、哈皆部、鱼模部、歌戈部、麻遮部、宵豪部、尤侯部、曷洽部、薛德部、屋烛部、觉药部。各韵部中古来源及例外情况如下：

表1　赵朴初词韵部及中古来源

韵部	韵段	中古来源	例外情况
东锺部	44	冬、东、锺	梗摄唇音及合口三四等字：朋$_2$、鹏、荣、嵘、炯、永、兄$_2$
江阳部	22	唐、阳、江	—

① 同一首词上下两阕押同一韵，算一韵段。同一阕换韵，如只有声调的区别，仍算同一韵段，如《西江月》上下阕押同一韵部，但平仄有别，算同一韵段。

续表

韵部	韵段	中古来源	例外情况
庚真部	101	登、蒸、庚、耕、清、青，真、谆、文、欣、魂、痕，侵	梗摄合口：横$_3$、永$_1$
山咸部	109	寒、桓、删、山、先、仙、元，覃、谈、咸、衔、盐、严、凡、添	—
支微部	50	支、脂、之、微、祭、废、齐	蟹摄合口一等字：回$_2$、雷$_2$、摧；对曾梗臻深三四等入声：汐、识、觅、滴、力、的、戚、觅、惜、积
哈皆部	16	哈、泰、佳、皆、夬	蟹摄合口一等：回、会、推
鱼模部	28	鱼、虞、模	通摄入声：绿、曲
歌戈部	7	歌、戈	入声字：昨、落、国、错、帼
麻遮部	21	麻二、三	蟹摄：挂$_4$、涯$_4$、他$_2$、话$_3$、佳、画$_3$、罢、大； 入声：塔、挖、甲
宵豪部	21	豪、肴、宵、萧	—
尤侯部	25	侯、尤、幽	—
曷洽部	2	山咸摄一、二等入声	—
薛德部	14	曾梗臻摄一二等入声，山咸摄三四等入声	山摄合口一等：阔
屋烛部	1	通摄入声	—
觉药部	1	宕江摄入声	—

二、赵朴初词用韵与《词林正韵》十九部及现代曲韵《十三辙》的比较

因为作词不是古代科举的考察技能，历来用韵比诗韵宽，宋人填词，大多依据实际语音。因此，词韵历来没有统一的标准，后人填词，仿宋词者较多。清代学者戈载《词林正韵》将宋人词韵归纳为十九部。赵朴初词作韵部与《词林正韵》十九部有一定的差异。比较如下：

表2　赵朴初词作韵部与《词林正韵》十九韵部的比较

<table>
<tr><th>赵词韵部</th><th>词林正韵</th><th>赵词韵部</th><th>词林正韵</th></tr>
<tr><td>东锺部</td><td>第一部(东冬)</td><td>歌戈部</td><td>第九部(歌戈)</td></tr>
<tr><td>江阳部</td><td>第二部(江阳)</td><td>麻遮部</td><td>第十部(麻遮)</td></tr>
<tr><td rowspan="3">庚真部</td><td>第十一部(庚青)</td><td>宵豪部</td><td>第八部(宵豪)</td></tr>
<tr><td>第六部(真文)</td><td>尤侯部</td><td>第十二部(尤侯)</td></tr>
<tr><td>第十三部(侵深)</td><td>曷洽部</td><td>第十九部(合洽)</td></tr>
<tr><td rowspan="2">山咸部</td><td>第七部(寒先)</td><td rowspan="2">薛德部</td><td>第十七部(陌质)</td></tr>
<tr><td>第十四部(覃盐)</td><td>第十八部(物月)</td></tr>
<tr><td>支微部</td><td>第三部(支微)</td><td>屋烛部</td><td>第十五部(屋烛)</td></tr>
<tr><td>哈皆部</td><td>第五部(哈皆)</td><td>觉药部</td><td>第十六部(觉药)</td></tr>
</table>

赵朴初词用韵与《词林正韵》十九部差异表现如下：

1.赵朴初词庚真部包括古曾梗臻深摄四摄，《词林正韵》分属三部，即古曾、梗摄为第十一部，臻摄为第六部，深摄为第十三部。赵朴初词“庚真部”押韵情况如下(曾梗摄以ŋ尾表示，臻摄以n尾表示，深摄以m尾表示)：

表3　赵朴初词庚真部押韵情况

押韵情况	m	n	ŋ	m—n	m—ŋ	n—ŋ	m—n—ŋ
韵段数	1	10	12	6	2	39	21

以上通押情况各举一例如下：

(1)《前调·前题·四月二日，星云法师招宴于雨花精舍四首》：音、人、因。(一九九三年)

(2)《忆江南·前题·普陀礼赞》：深、生、音。(一九八七年)

(3)《前调·奉题周南同志诗词选集》：君、能、英，横、群、人。(一九九六年七月)

(4)《前调·前题·游太极洞二首》：迎、峋、心。(一九九五年)

2.赵朴初词山咸部包括古山咸两摄，《词林正韵》山摄属于第七部，咸摄属于第十四部。赵朴初词山咸部109韵段，其中，山摄字独押73韵段，山、咸字押韵36韵段，咸摄字内部无独押现象。山咸摄字押韵举例如下：

(5)《西江月·题吴南敏同志刻画》：间、鞭、艳，端、烟、现。(一九七七年)

(6)《江城子·访浙江岱山蓬莱仙岛慈云庵有作》:千、山、仙、严、蓝。然、参、颜、言、观。(一九八九年十月二十日)

3.赵朴初词薛德部包括古曾梗臻一二等入声,山咸摄三四等入声。《词林正韵》曾梗摄入声以及臻摄三等入声属第十七“陌质”部,臻摄一等入声与山咸摄三四入声属于第十八“物月”部。赵朴初词薛德部押韵情况如下(曾梗摄入声以 ek 表示,臻摄入声以 et 表示,深摄入声以 ep 表示,山摄三四等入声以εt 尾表示,咸摄三四等入声以εp 尾表示):

表4　赵朴初词薛德部押韵情况

押韵情况	ek	et—ek	εt—ek	et—ep—ek	εp—εt—ek	εt—ep—ek
韵段数	2	3	5	1	1	1

举例如下:

(7)《菩萨蛮·答谢沈尹默先生惠赠法书》:得、说。(一九六五年)

(8)《贺新郎·新年献词,为〈人民日报〉作》:页、叠、设、越、国、热,发、黑、杰、业、阙、月。(一九六六年元旦)

显然,赵朴初词韵遵循的不是宋人词韵的标准。同时,与北方曲韵《十三辙》也有一定的差异。自明末清初以来,北方方言一直是官话的标准音。《十三辙》原是北方京剧、曲艺度曲所用,它简练好记,韵宽辙广,使用方便。近现代声乐界研究歌词的格律韵辙及唱法上的收声归韵,大多依据《十三辙》进行的。不过从赵朴初词韵来看,与《十三辙》也有很大差异,如赵朴初词韵有入声韵部,北方曲韵《十三辙》入声韵消失,分别归入“发花、梭波、乜斜(niéxié)、一七、姑苏”等韵辙。赵朴初词古通摄和曾梗摄不混,《十三辙》同为中东辙;赵朴初词古曾梗摄和臻深摄同为庚真部,《十三辙》臻深摄独立为“人辰”辙。赵朴初词韵蟹摄一、二等同部,曲韵《十三辙》蟹摄开口二等多读“乜斜辙”。麻韵二、三在《十三辙》分别归入乜斜辙与发花辙,赵朴初词同为麻遮部,如:

(9)《庆长春》:马、洒、假、雅、者,下、罣、野、也。(一九七一年三月)

三、赵朴初词的用韵基础

从以上对比来看,赵朴初词用韵既不是遵循传统词韵,也不是北方曲韵,与现汉汉语也有一定区别。唯一的可能，就是他的方言母语。赵朴初是安徽太湖县人，太湖方言属于赣方言区，韵母的主要特点表现在：

1. 咸、深摄阳声 m 韵尾并入山、臻摄阳声 n 韵尾，曾、梗摄阳声ŋ韵尾并入臻摄阳声 n 韵尾。山咸摄字韵母分别读on、uon、an、uan、iɛn、yɛn，相当于赵朴初词的山咸部。曾梗臻深摄字韵母分别读en、un、in、yn（徐建《安徽太湖方言语音研究》，广西师范大学硕士论文，2011 年），相当于赵朴初词的庚真部。

2. 现代太湖方言麻韵二、三等分韵，主元音分别读a、ɛ，但部分三等字仍保留a的读音，如斜、遮、蔗、奢等字（徐建《安徽太湖方言语音研究》，广西师范大学硕士论文，2011 年）。这种差异应当是太湖方言新老方言的差异。赵朴初先生所依据的应当是近百年前的太湖方言。

3. 现代太湖方言没有保留入声韵，也不保留入声调。清声母与次浊入声归阴去，全浊入声归阳去。不过临近的宿松、岳西等县，清声母与次浊入声还保留为一个声调。赵朴初词韵保留入声韵同样应当是太湖老派方言，太湖入声韵的消失是晚近持续发生的事情。不过从入声韵的读音情况来看，赵朴初词入声韵押韵情况与太湖方言基本一致，如臻曾梗摄一、二等入声主元音与山咸摄三四等入声主元音一致，同读ɛ，如：国、北、墨、得、特、黑、刻、惑、百、陌、拆、格、客、璧、摘、责、册、核、获等字。臻深曾梗摄三四等入声也有部分字主元音读ɛ，与山咸摄三四等入声主元音一致的情况，如：涩、虱、瑟、鲫、侧、测、色、液、腋、射等字。

部分入声与阴声韵例外押韵情况，则反映了方言读音的变化对赵朴初先生词用韵的影响。如部分入声字出现了和阴声韵去声押韵的情况。

支微部就包括了臻深曾梗摄三四等入声字“汐、识、觅、滴、的、戚、力、觅、惜”等：

(1)《如梦令二首 · 印度漫写 · 甘地墓》：地、里、力、的、的、弟。（一九六一年二月）

(2)《虞美人 · 鹦哥海盐田》（《片石集》）：地、汐。（一九六二年一月）

(3)《蝶恋花 · 杨花》：是、地、积、帝，戚、力、觅、惜。（一九六七年十一月）

通摄入声字“绿、曲”与鱼模部押韵的情况：

(4)《定风波 · 读张文达〈香江梦痕〉》：绿、据。（一九九六年八月）

山咸摄一二等入声“甲、塔”与麻遮部押韵情况：

(5)《如梦令·苏联“新宪法”》：甲、挂、挂、挂、霸。（一九七七年十月）

(6)《武陵春》：亚、塔。（一九六〇年二月）

(7)《千年调·挽宋庆龄名誉主席》：过、昨、落、国，错、帼、个。（一九八一年六月三日）

以上入声字均与去声字相押，与现代太湖方言入声读去声的特征一致，韵母读音也与现代太湖方言相同。

部分入声字的押韵情况则反映了普通话对赵朴初先生词韵的影响，如：

(8)《采桑子》三首之二：家、家、他，家、家、挖。（一九六五年七月）

(9)《卜算子·前题·渔村及湛山宾馆》：改、宅，百、盖。（一九八八年六月六日）

“挖”的太湖方言读阴去，与“家”等阴平读音有别，现代汉语“家、挖、他”同读阴平，韵母主元音相同。“宅、百”现代太湖方言读ɛ，与“改、盖”等读ai不同，现代汉语“宅、百”读ai，与“改、盖”韵母相同。

四、结语

赵朴初先生405首词的用韵特点反映，赵朴初先生虽早年就离开了太湖，去外地求学、从事社会活动，但乡音未改，其词韵的押韵基础就是20世纪初的太湖方言。虽然在长期的社会工作中，汉语普通话不可避免地对其语音的使用会有一定的影响，但方言是根深蒂固的。1984年，赵朴初先生曾作《浣溪沙·题段云同志〈旅踪吟拾〉》一词，写道：“格律从来若准绳，翻愁拘泥失天真。诗称天籁发心声。佳句行吟兴水调，奇思来往起山灵。豪情千古忆苏辛。”正因为不拘泥格律，以天籁之音抒发心声，赵朴初先生才能在词作方面取得杰出的成就，给后人留下了丰富的作品，也让我们更能体会一位伟大的民主、爱国人士的家国情怀。

（南昌大学中文系教授，博士生导师）

赵朴初的家、国、天下

李　红

“现世完人护教为国存续文化丰功留青史，当代大老弘愿树德阐扬佛理遗泽在金莲”，这是世人对赵朴初先生的高度评价。赵朴老是著名的社会活动家、杰出的爱国领袖，还是一个有血有肉、心系苍生的赤子。赵朴老有一颗赤子之心，纯正、忠诚、热切。他将自己置身于“民”，为民为苍生，终生不悔。他的赤子之心系于家、国、天下，并在他的诗词中体现出来。

一、孝为先，亲人之所亲

人伦是人类对自己存在方式进行反思而充分意识到人之为人的原因，它规定了人与人之间的各种关系，以及处理这些关系的原则和价值。钱穆说：“中国文化，全部都从家庭观念筑起。”[①]血缘结合是人类历史上最古老、最自然的结合方式，人伦精神最重要的体现就是中国的“孝”文化。佛教在“孝”的问题上，一度与儒家的伦理观有所分歧，佛教以人生为苦，把追求人生的解脱作为目标，宣扬脱离家庭，六大皆空。在文化的撞击中，佛教通过寻找佛经中的“孝”论，来提倡对家庭伦理关系的重视，特别是对侍奉父母等人伦道德开始大力宣扬。明代佛教四大师之一的智旭，撰写了《孝闻说》《广孝序》等文章，大力宣传孝道，他说：“世出世法，皆以孝顺为宗。”[②]“儒以孝为百行之本，佛以孝为至道之宗。”[③]“孝”与亲情成为中国社会的精神核心。

赵朴老心系天下，仍不忘初心，笃守亲情。他曾说：“父母的家永远是孩

---

① 钱穆：《中国文化史导论》，北京：九州出版社，2011年版。

② 智旭：《孝闻说》，见《灵峰宗论》卷四之二。

③ 智旭：《题至孝回春传》，见《灵峰宗论》卷七之一。

子的家。”1991年除夕，赵朴老写下《题〈篝灯课读图〉》(自度曲)：

自古来，寸草春晖，永远有说不尽的恩情话。

问何处是天堂，它就在母亲的膝下。

短短的几句诗，道出了赤子的缱绻之情。寸草春晖，典出孟郊的《游子吟》:“谁言寸草心，报得三春晖。”孟郊以反问结句，留白于世，让人思考。因孟郊的诗是建立于“临行密密缝”的场景之上，所以万千言语不用表达，泪凝于眼，情哽于喉，一切都在不言中。赵朴老的小诗，开篇即直抒胸臆，将孟郊含蓄的表达变为直陈，表达了自己对母亲的依恋。《篝灯课读图》本身就是场景，是慈母在豆油灯下教儿的写照，场景留给读者想象，诗词就突出了情、韵、义，用语言来营造气氛。赵朴老博学多才并潜心佛学，都来源于母亲的潜移默化。儿子依在母亲身边，说着闲杂的家常话，就是最大的幸福。诗贵于情不贵于形，娓娓道来，用最普通的文字表达最深的情，表达了赤子纯正真切的思念之情。

1993年，赵朴老又写下一首《拜石赞》，“拜石”是赵朴老母亲的笔名，为了缅怀和纪念母亲，他写下了这首诗。这首诗将“石”人格化、生命化，将“人情”寄于“物情”，物我情融，是诗词写作中较为高超的手法。物也有情，山川草木、日月星辰在形态色调上的差异，使人产生某种共同的印象，仿佛它们本身便具有性格和感情一样。这固然出自人的想象，但又是长期以来所公认的，带有一定的客观性，与诗人临时注入的感情不同，所以诗人把它们当成物境本身固有的性格和感情来看待。赵朴老贴近物情，巧妙地表达了对母亲的赞美。

不可夺，石之坚；天能补，海能填。不可侮，石之怪；叱能起，射无碍。其精神，其意态，俨若思，观自在。友乎师，石可拜。

赵朴老在贴近物情的同时，化用了“米芾拜石”的典故。米芾是北宋的书画家，崇尚奇石，见有一块矗立的奇石便拜，称石为“兄长”。

二、国为家，重国之所重

赵朴老是享誉社会各界的著名爱国宗教领袖。自青年时期起，他始终将其爱国的情怀与宗教信仰的热忱相融合。作为全国佛教界领袖人物，开创性地提出了“爱国爱教”的响亮口号，圆融地表达了中国佛教徒之家国情怀与信仰情愫，并以更为具体的“庄严国土，利乐有情”理念进行阐述。

赵朴老1938年任上海文化界救亡协会理事等职。1945年，他参与发起组建中国民主促进会。在国家饱受践踏、国民受尽欺凌的岁月里，赵朴老为救国救民竭尽全力。抗战结束后，他又投身于反对内战的爱国运动中。他以佛家的大无畏的精神为苍生谋福利，因此他更能理解独立自主的国家的重要性，更加热爱新成立的人民的国家。

1950年12月，他写下了对新中国成立的欣喜。

浣溪沙·和毛主席民族歌舞晚会词

铜鼓芦笙响彻天，轻裾长袖舞翩跹。歌声齐唱大团圆。

民德如今敦友爱，军威海外又喧阗。五星旗指万夫前。

这是和毛泽东主席的词。最先起于柳亚子：

火树银花不夜天，弟兄姐妹舞翩跹。歌声唱彻月儿圆。

不是一人能领导，那容百族共骈阗。良宵盛会喜空前。

毛泽东的和柳词如下：

浣溪沙·和柳亚子先生

长夜难明赤县天，百年魔怪舞翩跹。人民五亿不团圆。

一唱雄鸡天下白，万方乐奏有于阗。诗人兴会更无前。

三首词对比来看，柳词的主旨除了歌颂“弟兄姐妹舞翩跹”和“百族共骈阗”之外，还有对领袖毛泽东的赞美：“不是一人能领导，那容百族共骈阗？”而毛泽东的和词除了对“百年魔怪”的诅咒之外，更主要是讴歌各兄弟民族的和睦、团结与欢乐，赞颂“大团结之盛况”。这显然表现了国家领导人的历史观、民族观。

赵朴老的词从民主人士的角度表达了广大民众的民族自豪感。“铜鼓芦笙响彻天，轻裾长袖舞翩跹。”这是民众梦中的繁华景象，这是和平、幸福的体现。中国的民众生活在水深火热之中实在太久了，作为佛教人士，怎么不希望世界和平，民生无难，众生平等？怎能不欣喜表达“歌声齐唱大团圆”？中华民族不再受凌辱，新生的国家“民德如今敦友爱，军威海外又喧阗”。这是赤子眼中的国家，祖国强大是赤子的荣耀。火红的“五星红旗”也映出了赤子骄傲——“五星旗指万夫前”。

赵朴老以国家民族的命运为己任，他所讲的爱国不是抽象的，而是具体的。对一个爱国爱教的佛教徒而言，其真正的爱教不仅包含坚守政治、法律基础，而且内在地含有肩负对其信奉教义做出与时代社会进步相一致阐释的义务。他从“入世”的角度，倡导“自利利他，自觉觉他，正是菩萨道，也正是修行。修行并不只是念佛、参禅、诵经、礼拜而已，一切为众生作饶益的事业都是修行”。他着力于发挥佛教所具有的正面社会功能，号召释家也要为国尽力。

忆江南十四首·五台山杂咏·兴国寺

来寻处，风雨五郎祠。

百战艰辛留铁棒，千秋飒爽想英姿。

卓卓释家儿。

这首词看似记景，实则表达了对释家为国尽力的赞叹。这首词里引用了杨五郎的典故。杨家将忠心报国，肝脑涂地。杨五郎虽然出了家，但仍然坚持每天练功习武，因佛家不便使用刀、枪、剑、戟等兵器，便请人打造了一根 81 斤重的大铁棍，并在庙里组织起一支僧兵。当国家有难，五郎脱下袈裟，点僧兵 500 人，保家卫国。五郎为佛门豪杰，五郎之后，更有僧人胜于五郎。《清凉山志》载：“五郎之后，真宝，代州人，以义为质，能外死生，钦宗厚遇。靖康之乱，宝为金酋所获，庭抗不乱。金不忍杀，百方劝诱，终不顾。且曰：‘吾许宋皇帝以死，为佛弟子，岂当为妄言耶。’怡然受戮。”佛门弟子崇高的民族气节，永远为人们所敬仰和怀念。赵朴老以此激励佛门中人，重国之所重，为国效力，为民求福。

三、天下为公，系苍生于天下

赵朴老说：“佛教的四谛教义实施于社会则是以慈悲平等、智慧为主的利他精神。”人类只有用慈悲为怀的同情心、众生一体的平等观和明辨善恶的态度为生活的指导原则，才能改善人际关系，实现和平共处。任何发展变化都是仗因托缘而起，任何事物都是相互依赖、互为条件的，在时间上表现为因果相续，在空间上表现为彼此相依。人类本来就是一个因果相续、自他相依的整体。国与国、种族与种族都是平等的。赵朴老一生致力于和平友好事业，让佛教架起友谊的金桥，结出和平的硕果。

日本侵华战争带给了中华民族无尽的灾难。化解民族仇恨，实现睦邻友好，具有重要的外交意义。赵朴老带领佛教协会通过两国佛教界的交流，打开了两国邦交正常化的大门。1952 年，赵朴老代表中国佛教界赠送给日本代表一尊药师佛像。因为药师佛是东方净琉璃世界的教主，是“大医王佛”，有着消灭灾难和拔除众生痛苦的大愿。赵朴老的诗词中也一再表达了对和平友好的期望。

访日本杂诗(选)

一九五五年八月二日，由京起飞，途中遇雨，过后霁色转佳。

奋翼朝阳天气新，宾朋挥手祝和平。

云围雨阵都冲过，更喜天空分外青。

这首诗的立意极为巧妙，还用了双关的手法。双关以此说彼，一显一隐，富有情趣。诗的表面似乎只是描述途中遇雨的情形，实则是在说，中日两国经历过风雨，历史上的不幸已经终结；“云围雨阵都冲过”，今天新中国成立了，翻开了新的历史篇章；“奋翼朝阳天气新”，我们中华民族不计前嫌，愿意建设一衣带水的睦邻关系，中日交往将开始新的局面；“更喜天空分外青”，希望中日两国共建和平大业，“宾朋挥手祝和平”。这样的双关手法，在《飞过琉球》中再次体现：

飞过琉球

星槎吾祖昔曾游，诗卷惊涛浩荡秋。

百五十年无限事，飞鸿一瞬过琉球。

赵朴老的和平观来源于他的“人间佛教”的思想。赵朴老认为，“人间佛教”是对佛教人本立场、利生精神的概括。“以人为本”是佛教的根本立场，利生济世是佛教的根本精神，佛法持重人生安立问题，以人们的幸福诉求为终极关切。战争的荼毒，让佛家的悲世悯人更加强烈。赵朴老的视野广大，着眼于世界和平，他的和平世界是面向全人类的。

对日本，他的诗词数次提到了“和平”，“去杀胜残凭众力，大家携手唱平和”，“识得和平为佛事，十方世界共扶持”，“人间净土非难得，为取和平万万年”等。赴印度，他写下了“二千年史分明道，中印人民是兄弟”；去缅甸，他咏叹“和平海，浩荡汇群流”；在越南，他描述了“争欢呼兄弟祝千秋”的美好景象……

“若令众生生欢喜者，则令一切如来欢喜”，这便是赵朴老的愿望，众生欢喜，天下有序，苍生平安。物换星移，世事变迁。在今天，“人类命运共同体”的概念被提出，“这个世界，各国相互联系、相互依存的程度空前加深，人类生活在同一个地球村里，生活在历史和现实交汇的同一个时空里，越来越成为你中有我、我中有你的命运共同体”。世界好，中国才能好；中国好，世界才更好。这也是赵朴老倡导的“人间佛教”的宗旨。

一生为公，一生无我。重情重义，知恩图报。广结善缘，缘结五洲……他把这一切都当作自己的使命，从不当作自己的功劳。

（首都师范大学文学院教授）

赵朴初诗词创作特点浅析

赵安民

2000年5月31日《人民日报》所刊《赵朴初同志生平》说:"赵朴初同志是享誉海内外的著名作家、诗人和书法大师。他对中国古典文学有着十分精湛深入的研究,在诗词曲和书法方面都达到了很高的造诣。"这里对赵朴老的古典文学诗词曲方面的造诣的评价是十分精当的。

20世纪中期,赵朴老诗词曲曾先后出版了《滴水集》《片石集》。这两本集子是赵朴老生前自己选编的,书前有作者自己写的《序言》或《前言》,说明自己写作经历和创作经验,其中有十分宝贵的理论观点,值得学习,对当前诗词创作具有重要指导意义。2003年出版的《赵朴初韵文集》汇编其诗词曲1985首。这是迄今公开出版的最全的赵朴老韵文集子。(据说赵朴老存世诗词曲应当有近4000首。数量巨大,令人惊诧。)

就个人从报刊书籍(主要是《滴水集》《片石集》《赵朴初韵文集》)和网络等途径接触到的赵朴老韵文的粗浅印象,这里姑且谈谈对赵朴老诗词曲创作特点的看法。

一、题材丰富,入时切事

倪强、黄成林著《赵朴初传》说,《赵朴初韵文集》"共收录了他的诗词曲1985首。不可讳言,还有大量作品未收、漏收其中。在现代诗人中用'旧瓶装新酒'即用旧体诗、词、曲写出如此数量表现现代人生活、情感的作者,只有赵朴初一人"。这里结论下得很果断。数量多是一方面,对其后半句"表现现代人生活、情感"说赵朴老是第一人,我有共同感受。我感到赵朴老大量的诗词反映了丰富多样的题材,并且是表现作者生活与情感的即时即事的题材。因为作者地位之高,参与国家社会工作面之广,所以他写自己的经历、见闻、感受的作品自然涉及他所处时代的国家、社会甚至国际大事件；加之赵朴老诗思敏捷，勤于笔耕，写作及时，数量巨大，因此其作品题材丰富多样且入时切事。“题材广泛是赵朴初诗歌的第一大特点。他写了国家领导人毛泽东、周恩来、朱德、邓小平、陈毅、邓颖超等老一辈无产阶级革命家；写了刘胡兰、雷锋、王杰、王进喜等英雄人物；也写了公共汽车售票员、民航飞机乘务员、工人、农民、战士、人民教师等普通劳动者；甚至家里的保姆去世都使他心绪久久不能平静，只好写诗抒发悼念之情……就地域空间来讲，不说那些歌颂祖国大好河山的诗，只说全世界范围内从东瀛的富士山到埃及的苏伊士运河、从印度首都新德里到美国的普林斯顿，到处都留下他的诗作。”（《赵朴初传》第386页）《赵朴初韵文集》主编陈邦炎先生在《编读〈赵朴初韵文集〉散记》一文中将朴老的1985篇韵文从内容上划分为七个方面：(1)为时、为事而作的篇什，如《哀辛士》《某公三哭》《凤凰晒翅》《观杂技二首》等；(2)咏史、论文、评艺之作，如《云南博物馆观担当和尚画》《答沈尹默先生所著〈二王书法管窥〉相赠》《读〈庄子〉十一首》等；(3)表述佛教文化、阐述佛教教义之作，如《拟寒山二首》《玄中寺法会，和高阶珑仙长老二首》《一九五七年国庆节，和无文禅师》等；(4)表达友情、亲情、乡情之作，如《相见欢》《咏天华谷尖茶》《返故乡太湖作》《哭鸣初姊》以及诸多悼念诗；(5)纪事、纪行之作，如《黄浦江头送行》《如果泰戈尔还在》《汉俳十首·为中日邦交正常化十周年纪念作》等；(6)写景咏物之作，如《浙东纪行诗五首》《忆江南五首·峨眉山纪游》《邓尉观梅》《钱塘江观潮》等；(7)题赠酬答之作，如《次韵答龙榆生先生见寄》《题〈田汉诗词选〉四首》《题〈王昆仑诗集〉五首》等。

由此可见，赵朴老韵文创作题材之广泛，反映社会生活之丰富，确如他自己在《片石集·前言》中说的：“生当世界形势与国家形势都发生着空前巨变之际，新事物、新问题纷至沓来。外界刺激之强烈、个人感受之深刻与内心思绪之复杂，不仅是前人所未道，并且还是前人所未知……我由于个人爱好，对于所谓新旧这两种诗体都曾作过若干尝试，而结果则都不大理想。新事物、新情感、新思想，是否可以入诗？如果可以，应当如何写？旧形式是否还可以用？如果可用，应当如何用？这些都是常在脑筋里盘旋的问题。”从题材上来看，赵朴老用旧体形式描写新事物、新情感、新思想的作品数量很大、十分成功。

陈邦炎先生在《赵朴初韵文集》的《编辑出版说明》中说:“他又是一位与国运同休戚、与时代共呼吸的作者。读此集,每可读到美刺分明的为时、为事而作的篇章……今通览从其毕生所作选编入此集的近两千首作品,既连接为记录作者本人漫长的世途和心路历程的生活画卷,也连接为展现上个世纪三十年代起七十年中政治风云的历史长卷。至于其众多作品中对佛学哲理的阐发、对宗教政策的表达,以及对与日本、韩国、印度、东南亚各国的佛教文化交流和友好往来的记述,则是研究当代佛教发展史、交流史的一份珍贵史料。”我们翻开《赵朴初韵文集》,可以欣赏到大量的有关佛教的禅意的诗词,或者是专门的佛教题材,或者其个别字句涉及佛教;另外还可以看到不少咏茶的诗词作品,这或许与茶禅一味、佛门颇好饮茶不无关系。佛教题材方面的作品可谓赵朴老诗词题材的一大特色。

赵朴老韵文数量既多,而所写又都是他参与的重大活动及其相关内容,因此,其入时切事的特点十分突出。

二、感惠徇知,内容生动

唐代书法家孙过庭《书谱》总结书法创作影响因素为“五合五乖”。“五合”是有利条件,其中的第二合是“感惠徇知”,简单解释就是感人恩惠、酬答知己。诗人敏感,触景生情,知遇感恩,兴感之际,发言为诗,生动感人。赵朴老诗作之此种特点尤为突出。天地生人之恩,祖国乃至世界大好河山之美,新中国社会发展欣欣向荣,共产党主张宗教信仰自由,支持佛教发展,维护世界和平,建设美好生活,赵朴老置身其中,感惠徇知,发言为诗,留下大量赞美大好河山、讴歌美好生活、抒发爱国热情的诗篇。赞美河山的如《登天台山》:

昔人仙境梦天台,今我飙轮绝顶来。
路转峰回看不尽,江山幅幅画图开。

讴歌生活的如1975年6月写的《西南行杂诗》11首,都是对新中国新景象新生活的描写,如其中《矣六公社广卫大队》:

宝树琼花遍北冈,金鳞玉藕满南塘。

群夸寸壤千锺地，谁识当年九旱乡。

不尽辛酸闻父祖，无边丰乐到儿曹。

村翁舞手连声道：芝麻开花节节高。

抒发爱国热情的作品特别多，比如《浣溪沙·和毛主席民族歌舞晚会词》：

铜鼓芦笙响彻天，轻裾长袖舞翩跹。歌声齐唱大团圆。

民德如今归友爱，军威海外又喧阗。五星旗指万夫前。

赵朴老领导中国佛教界参与多种国际活动，架中外友谊之桥，铺世界和平之路，留下大量相关主题诗词；而亲朋挚友之间多留有赵朴老感情真挚的诗词书法作品；在续佛慧命、重振宗风的几十年佛教事业生涯中，走遍各地古刹寺庙，交往大德高僧，也留下深情诗书作品；而抑恶扬善、爱憎分明的赵朴老对国内外大事关切备至，无论抗美援朝、怒斥达赖叛国集团、反对国际反华势力，还是剪除四凶、揭批法轮功等国内事件，皆投掷以批判与讽刺的匕首、投枪。赵朴老的作品以深刻思想和生动内容发挥了巨大的淑世扬善、挞凶斥恶的社会功能。

三、语言平易，雅俗共赏

赵朴老于1961年10月创作的《金缕曲》，概括其韵文创作经验与旨趣：

奖许惭文藻。几曾能、蝉清旧曲，莺流新调？浅涉藩篱唐与宋，偶试元人令套。知变化、鲲鹏有道。雅什民谣相会处，认前途、要把榛芜扫。忘鄙拙，且研讨。

江山无尽供吟稿。十年来、荡胸五岳，骋怀八表。万紫千红争烂漫，不弃凡花小草。敢道是、时言乐笑。滴水倘能呈海味，庆东风、鼓吹何辞闹？谨拜手，愿承教。

其中有句："雅什民谣相会处，认前途、要把榛芜扫……敢道是、时言乐笑。"这里道出了诗人对于韵文创作中语言运用的主张，所谓"雅什民谣相会"实际上就是认可并遵循毛泽东提出的"古典与民歌结合"的道路，也就是雅俗结合的道路，认准这个前途，才会"时言乐笑"，适时之言、入时之言、紧跟时代的语言，读者才乐于接受。(《赵朴初韵文集》该词赵朴老原注——《礼记》："时然后言，人不厌其言；乐然后笑，人不厌其笑。”）

赵朴老韵文语言基本特色是清新明快而不失典雅含蓄，直抒胸臆而又诙谐幽默。这样的特点是与赵朴老探索用旧体形式着力表现新生活、面对大众而创作的倾向有关，也与他多用词曲体式，尤其较多尝试自度曲的特点有关，其最为脍炙人口的自度曲《某公三哭》，就典型地反映出赵朴老清新明快、诙谐幽默的语言特色。然而，赵朴老的古典文化尤其是古典文学修养深厚，这就不由自主地会时时将古代经典语言运用于创作，所以说其诗词语言又不失典雅含蓄。赵朴老诗词用典不多，但又并不忌讳用典，一旦用典则多含化无痕，就如上面说的这首《金缕曲》所化用《礼记》语言的“时言乐笑”，即使读者不知其用典之源，也照样能够理解其含义。这种用典是诗词语言用典的最高明处。当然，要分析赵朴老如此大量韵文作品的语言特色，远非此三言两语所能概括，比如其如何运用修辞方法，如何炼字炼句，如何讲究节奏韵律，等等，还可以从多方面予以分析研究，每一个方面都可以做一个大课题，我这里只是浅尝辄止，抛砖引玉而已。

面对当前诗词界初步繁荣、良莠杂陈、良少莠多的形势，中华诗词研究院2018年10月15日举办“2018重阳论诗座谈会”，其主题安排中提出探讨诗词创作经典化的课题，是非常及时的。笔者在会上提出拙见，认为诗词经典化涉及很多问题，但是诗词语言经典化是核心问题，诗词语言如何经典化，只有向历代中外经典诗词去寻找答案。赵朴老诗词在实现诗词民族化、大众化、现代化有机结合的经典化效果的成功经验值得大力研究，值得借鉴和学习。

四、体裁多样，善于创新

赵朴老韵文这个方面的特点尤为突出，并且其在体裁创新方面大胆尝试，古为今用、洋为中用，成绩突出。赵朴老韵文，从体裁上大体可以分为诗、词、曲、汉俳等四大类。其中诗又可分为古体诗、格律诗和新诗。古体诗包括三言诗、四言诗、五言诗、六言诗、七言诗、杂言诗（歌行体）、铭、赞、颂、引等；格律诗包括五绝、五律、七绝、七律等齐言诗和其他杂言诗。曲又可分为按照古代曲牌和自定曲牌作的曲，朴老称后者为“自度曲”。汉俳系赵朴老仿照日本俳句创制的三句诗体。另外还有日本和歌这种体裁的创作实践。

赵朴老在1961年作家出版社出版的《滴水集·序言》中说:"1959年开始写曲。据我个人粗浅的体会,曲,这一体裁,和四、五、七言的诗以及长短句的词相比,灵活性较大,易于吸取群众性语言,也能容纳更广泛的内容,对于摹写新的事物,可以提供较多的方便。同时,曲的音乐性强,在形式和格律上,我觉得它对于民歌和新体诗的发展,可能有所帮助。这是我试学写曲的一个缘由。"他在《片石集·前言》中又对曲这种体裁的特点、优点,对其历史渊源和发展脉络,对自己采用古代现存曲牌作曲和自制曲牌作曲的想法、经验,用数千言的篇幅做了非常详细的介绍和分析,是对当代文人运用曲这种体裁进行创作实践的最有说服力的专论,值得我们诗词研究者大力研究,对于当前诗词界创造新诗体的尝试具有最大的、最直接的指导意义。这里限于篇幅不做长篇引用,也由于个人缺乏研究,这里暂时无力进行分析论说,仅简单涉及之。

自度曲的创造,是赵朴老尝试得最多也最为成功的一种诗歌体裁。赵朴老在《片石集·前言》中自叙采用自度曲形式进行创作的心路历程:"经过一段时间的尝试,受到了许多同志的鼓励,愧感之余,觉得应该倍加努力,不负大家的属望,所以继续摸索下去,渐渐又产生如下一种想法:既然不再是为'配乐'而写曲,既然撇开了种种为'合乐'而制定的传统曲律,那么又何必一定非沿用传统'曲牌'不可呢?于是我尝试着自定调式、自定调名,姑且名之曰'自度曲'。'自度'一词也来自古人,不过古人的'自度',指的是自己制腔,自己作词,而我则仅作词,不制腔,原因是,自己并非音乐家,只是一名为新诗歌探索道路的工作者而已。至于这种无'律'之曲,非'曲'之曲,是否也可以就叫做一种体诗呢?自己没有任何把握,只好留待人民和时间来作鉴定了。"

他在这种思想指导下创作了大量曲作特别是自度曲作品。其中最著名的是讽刺当时国际反华势力的《某公三哭》那三首长调自度曲,是20世纪60年代初陆续创作,1964年经毛主席改定题目,推荐给《人民日报》刊行,后为多种报刊电台转载,一时风行全国、蜚声中外政治界、文艺界乃至全社会,传为诗坛佳话。由此可见,这是赵朴老锐意创新韵文体裁形式的极其可贵而又颇为成功的探索。

赵朴老对选用韵文体裁形式进行过多种实践。我们创作诗词,一个题目一首绝句体量太小,往往就写多首绝句,就是重复多遍同体裁的方式进行表现,这样的方式古今都有,如杜甫论诗《戏为六绝句》就是。赵朴老此类诗作也很多,比如 1974 年作《读韩非子七首》就是七首长短不一的五言仄韵古诗(其中两首为四句,可以算作古绝句)。另外比如同题三首用不同体裁,如下例用一首齐言竹枝词、一首杂言词、一首杂言曲赋写同一个题目,表现力自然丰富一些,由此看得出赵朴老是在特意进行尝试。

1959 年 7 月所作《观演〈蔡文姬〉剧有作三首》:

一、竹枝

黥头刖足语堪哀,不道成书有女回。

了却伯喈千古恨,九原应感郭公才。

二、鹧鸪天

碧玉明珰望俨然,骊歌肠断草原天。忍抛稚子三千里,换得胡笳十八篇。

家再破,梦初圆,中郎志业几分传。和亲肯遣王姬嫁,毕竟唐文汉武贤。

三、快活三带过朝天子四换头

左贤王拔剑砍地,镇日价女哭儿啼。进门来惨惨凄凄,出门去寻寻觅觅。千里,万里,处处是伤心地。胡笳做弄蔡文姬,怨绪哀弦难理。遣使何为?赎身何意?我道曹公差矣!谓中郎有遗书,有女儿能诵记,只消得寄个纸笔。睦邻大计,更要将心比他意。常通声气,频传消息,何如认个亲戚?和吐番的唐太宗,和乌孙的汉武帝,都比你,有主意。

赵朴老对于诗歌体裁形式的运用,进行了极其广泛的尝试。就个人浅见分析,赵朴老采用的诗歌体裁大体可以归纳为两种情况:第一种就是采用现存各种体裁进行广泛尝试,如上述诗、词、曲、铭、颂、赞的各种类别都有写作;第二种是对国内外诗歌体裁进行改造使用,国内的如自度曲,国外的如借用日本诗歌体裁改造为汉俳的尝试。汉俳是赵朴老仿照日本俳句创制的三句诗体。中日邦交正常化之后,1980 年 5 月,中日友好协会首次接待日本以大野林火先生为团长的“日本俳人协会访华团”。当时日本诗人还送来松尾芭蕉、与谢芜村、正冈子规等历代俳人的诗集。在两国诗人欢聚一堂之际，赵朴老诗兴勃发，参考日本俳句十七音，依照中国诗词传统的创作声法、韵法、律法等特点，即席赋汉俳三首。诗曰：

上忆土岐翁，囊书相赠许相从。遗爱绿荫浓。
幽谷发兰馨，上有黄鹂深树鸣。喜气迓俳人。
绿荫今雨来，山花枝接海花开。和风起汉俳。

朴老在注释中说：“俳句，是日本诗体之一。每首三句，共十七音节，首尾各五，中七。又每首均须点出季节。奈良东大寺清水公照长老近在宴会上诵其在扬州所作俳句，译员口译其意，余依俳句格律改为汉文云：‘遍地菜花黄，盲目圣人归故乡。春意万年长。’此余为俳句之始。用汉文写俳句，或是余首创，余名之曰汉俳。所不同于日本俳句者，余所作，句句有韵，而日本俳句则无是也。”由此可知，汉俳是赵朴老按照日本俳句首创的诗体。安徽省赵朴初研究会主办、澳洲塔州中国佛学院助印《赵朴初研究动态》2016年夏季刊《赵朴初禅意韵文作品赏析(十)》载录《汉俳二首·庆祝大西良庆大长老茶寿之庆》等汉俳作品9题24首。

赵朴老广泛采用历代现有的和自己改造国内外的诗词体裁形式，运用于反映生活、表现情感、歌咏时代的诗歌创作实践，形成了其丰富多彩的作品体裁。正是因为他所采用的体裁多样，各体都有押韵的共同特点，所以他自己将带总结性的诗歌作品集命名为“韵文集”而不是诗词集或者别的名称。见《赵朴初韵文集》书前影印赵朴老给编者陈邦炎的书信。

赵朴老对于诗歌体裁的创新尝试取得了巨大成功。他的丰富经验是十分宝贵的财富，值得我们今天发展繁荣诗词文化的同志们好好研究、总结和学习。

以上从四个方面简单论述了我所接触到的赵朴老部分韵文的创作特点，虽然参考了多种著作，但未及通读，更无深究，略谈浅见，就教方家，诚惶诚恐，请赐批评。最后附上拙词一首：

卜算子·读赵朴初诗书

言志善挥毫，叙事长摛藻。感惠徇知爱憎明，肝胆诚相照。
大爱洒人间，佛教敦廊庙。古韵新风绿意浓，禹甸春难老。

（中国书籍出版社副总编辑）

爱满天下

——初探赵朴初诗词艺术

王海燕

赵朴初是享誉中外的爱国宗教领袖、著名诗人、书法大师。他热爱祖国，关注社会，关爱世人。他的诗词也反映了他广阔的胸怀，富含禅理，深沉清劲，给人以启迪，发人深省，净化人的心灵。

赵朴初自幼喜爱诗词，笔耕不辍，留下了《片石集》《滴水集》等诗词作品集。在这些诗词作品中，有大量反映他爱国、护国、报国的作品。朴老一生修习佛法，提出了“人间佛教”的思想，他以慈悲为怀的心关爱他人，关注社会，关心国家，追求和平。同时，他的诗文中也有大量的佛教题材，包含了佛家情怀及感悟。

一、了知禅意是诗心

朴老继承发展了人间佛教的思想，他时时参禅，修成了清净自持的品性，使禅意也渗透于他的诗词等韵文的创作之中。

朴老写的关于司空山的绝句：“无相真成无相寺，观空观坏得安心。愿于空后能成住，不负当年立雪人。”

“无相”“空”“坏”“成住”是佛教术语，朴老把佛法熟练地运用在诗中，佛法的根本原理是缘起性空，万事万物由各种因缘合成，现象有生有灭，世界有成、空、坏、住。正如“色即是空，空即是色”，朴老从司空山之空，看出有相无相之别，认识到空的意义，于空寂中有了成住的愿望，才能不辜负当年立雪人。句带禅味，意浅味深，读来让人有幡然领悟之感。

二、艺术源于生活又高于生活

朴老的诗词写得浅显易懂，使之产生“蝉清旧曲，莺流新调”的效果。刘勰云：“诗者，持也，持人性情。”诗的本义是写性情，性情存在于生活中。诗依情而产生，而情又是朴老赤子之心。这也体现了朴老诗词艺术的本质。他在创作题材上注意写小人物、小事件。风云雨雪、花鸟鱼虫、自然风光等小题材的诗词创作都表现了他非凡的思想内涵和超群的艺术效果。

朴老的《天涯海角口占》：“不知何处有天涯，四季和风四季花。为爱晚霞餐海色，不辞坐占白鸥沙。”

不仅把风景——和风、花、晚霞、海色描绘得生动形象，如身临其境，如沐和风，霞光溢彩，海色缤纷，从而表达了作者热爱自然、珍惜生命、珍惜生活的美好感情和独到的艺术视角、清新脱俗的艺术表现。这首诗给人一种真真实实的温暖，动人心扉，令人向往。

三、赵朴初诗词中体现出的爱国情怀

朴老是著名的社会活动家，一生都在爱国爱教，奔走呼吁，在他的诗词作品中有热爱祖国、报效国家的感人诗句。

朴老的《归字谣·庆祝香港回归》：“归。百载阴霾逐浪飞。香水海，共仰五星旗。华。吾土庄严还到家。港人治，玉振紫荆花。”这首词作于香港回归祖国之时，朴老把喜悦之情抒发在词中，认为香港回归洗刷了百年的耻辱，五星红旗终于在香港的上空迎风飘扬，香港终于回归祖国的怀抱，香港人民终于回归祖国的大家庭了，港人治港是伟大的创举，有利于国家的统一、民族的安定。从诗中可以看出朴老对祖国的无限热爱，对人民的关爱之情。

四、赵朴初诗词中体现出的对家乡故土的热爱

朴老的《自度曲·书赠太湖县人民政府》：

老大始还乡，惊见人天尽换装。喜学舍工房，新兴穷镇，茂林佳橘，旧日荒岗。更雄心，三年五载熙湖，绿遍东西南北方。

神驰远景无疆，尽尽情领受，千重山色，万顷波光。不教往事惹思

量，任故宅水深千尺，抑又何伤。问还余几多光热，报我乡邦？

这首自度曲字字珠玑，情真意切，催人泪下，感人肺腑！“不教往事惹思量，任故宅水深千尺”，朴老不计过往，这是多么广阔的胸怀啊。朴老对家乡的变化发展由衷地高兴，由衷地欣慰，“问还余几多光热，报我乡邦”是想为魂牵梦绕的故乡做些事情，奉献自己的光和热。

这首诗语言质朴，情感真挚，寄托着美好的愿望，表达了朴老博大的胸怀和赤子之心，有让人奋发向上的力量，值得我们学习。

朴老曾告诉世人：“生固欣然，死亦无憾。明月清风，不劳寻觅。”他高尚的品格和无私的精神将长留天地间！细读朴老的诗词作品，从中可以体味他的家国情怀及明月清风般的高尚情操。朴老就是照亮我诗词道路上的明灯！

（安徽省淮南市凤台县四中教师）

儒家思想与赵朴初的精神世界

——以赵朴初的诗词创作为中心

王　勇

赵朴初先生是近代的文化名人，其佛学修养之厚、书法造诣之深，受到世人的瞩目。学界对此讨论得比较充分。然而作为在旧时代生活过的文化人物，其思想中包含的传统因素还未被充分注意。赵朴初出生在一个传统的旧式知识家庭，儒家思想对其精神世界产生了不可忽视的影响。本文拟从这一视角出发，通过对赵朴初的人格塑造、人生选择以及诗词创作的考察，揭示出儒家思想对于赵朴初的意义，以期丰富学界对赵朴初精神世界的认识。

一、儒家道德观念与人格塑造

赵朴初生于清末一个旧式知识家庭，自他的六世祖赵文楷始，连续四世出任翰林。这是清代中后期典型的以科举起家的家族。因此，他们最为重视儒家经典，这从赵朴初幼年接受的教育可见一斑。赵朴初在开蒙后主要学习《四书》，他在幼年时期即熟练诵读这些经典。这些经典构成了赵朴初知识体系与思想世界的基础。我们在他的诗词中可以看到这些经典的痕迹，例如：

> 九十犹期日日新，读书万卷欲通神。（《九十述怀》）

此句用了《大学》的语典："汤之《铭盘》曰：'苟日新，日日新，又日新。'"

> 知止有定，自重则威。（《镇纸铭》）

上句出自《大学》："大学之道，在明明德，在亲民，在止于至善。知止而后有定；定而后能静；静而后能安；安而后能虑；虑而后能得。"赵朴初年幼学习此篇即可背诵全文，并通晓其大义。[①] 下句则出自《论语》"君子不重则不威，学则不固"。赵朴初先生十分熟悉《论语》，儿时阅读六世祖赵文楷的文章，一眼便可道出题目出自《论语·学而》。[②] 在赵朴初日后创作的诗词中可以见到大量引用、化用《论语》之处：

> 吾爱竹风翁，子闻而直谅。（《罗竹风先生纪念辞》）

典出"益者三友……友直，友谅，友多闻，益矣。"（《论语·季氏》）

> 北辰星拱，钟山云作。民主旗开，声教远播。四十曰强，四十不惑。（《贺民主促进会南京委员会成立四十周年》）

此处化用"为政以德，譬如北辰居其所而众星拱之"及"三十而立，四十不惑"两句。

> 导之以政，民主先须彰法令。（《天下乐令》）[③]

这句典出《论语·为政》："导之以政，齐之以刑，民免而无耻。"从这些诗句我们可以看到，赵朴初对儒家的基本经典是熟悉的，这是他幼时学习《四书》奠定的知识底色。儒家经典所承载的道德思想，对赵朴初的人格塑造产生了很大影响。

儒家思想中最高的理想人格是"圣人"，其次是"仁人"。自宋明理学以来，"拟圣"成为了士人立身行事的最高追求。在孔子的思想中，"仁"是最高的道德境界，虽然"仁"内涵比较丰富，总其要者来看，无非是两点：一是求诸己；二是推及人。

> 仁者如射，射者正己而后发，发而不中，不怨胜己者，反求诸己而已矣。（《孟子·公孙丑章句上》）
>
> 行有不得者，皆反求诸己，其身正而天下归之。（《孟子·离娄章句上》）

---

① 倪强、黄成林所著《赵朴初传》提到，在赵朴初幼年时，廨院寺住持先觉和尚就曾考他《大学》的文义，当时赵朴初对答如流，十分熟悉。详见倪强、黄成林：《赵朴初传》，北京：人民出版社，2017年版。

② 见倪强、黄成林：《赵朴初传》，第28页。

③ 《赵朴初韵文集》卷六，第378页。

我们看到赵朴初在立身处世方面,“求诸己”的意识十分浓厚。赵朴初在不同场合曾反复强调“求诸己”的意义:

一个团体,一个政党,一个国家,遇到事情,首先查查自己,不要先去怪别人,这很重要……遇到困难,也应反求诸己。[①]

古人有一句经验之谈,叫做“反求诸己”。这便是,遇到什么为难的事或不如意的事,首先看看自己方面有没有什么问题。[②]

现在仍然有人认为宗教或者佛教是封建迷信……为什么人家说我们是封建迷信呢?这个问题我们自己要检查一下,古人有一个经验之谈,叫做“反求诸己”。[③]

不如意的事会经常碰上,碰上了怎么办?应先找一找自己有什么缺点没有?[④]

从这些谈论可以看到赵朴初先生对“反求诸己”这一观念的认同,他也是以此来规范自己的。赵朴初曾自撰一联用以自励“菩萨无恐怖,圣人不怨尤”。据此,一方面可以看出他沟通儒释的努力,另一方面可以看到在他以“反求诸己”来要求自己,这实际上是要从内建立起道德自律。

我们从赵朴初的诗词中可以寻找到很多儒家的道德观念,如:

其执事也敬,其与人也忠。(《徐伯昕同志挽诗》)

谦谦居处恭,恳恳执事敬。(《叶圣陶先生从事教育事业整七十年,赋此为贺》)

在孔子的道德训教中,“恭”“敬”“忠”都是从属于“仁”的道德规范。《论语·子路》云:“樊迟问仁。子曰:‘居处恭,执事敬,与人忠。虽之夷狄,不可弃也。’”赵朴初对孔子的这则教训十分认同,“恭”“敬”固然是用来评价叶圣陶先生的,但是作者自言“圣老吾所师”,表明这一道德规范也是自己认同的。1986年,赵朴初为《职业教育》题词:“认真对自己,谦恭而严格。认真对待

① 倪强、黄成林:《赵朴初传》,第422页。
② 倪强、黄成林:《赵朴初传》,第422页。
③ 倪强、黄成林:《赵朴初传》,第423页。
④ 倪强、黄成林:《赵朴初传》,第423页。

事，勤学而敬业。认真对待人，忠诚而尽力。”这一段就是赵朴初对孔子“恭”“敬”“忠”思想的注解。

二、“内外兼修”与赵朴初的人生选择

儒家思想并不主张将个体的道德孤立封闭起来，“道德”与“事业”是“内”与“外”的统一关系。在《论语·宪问》中，孔子表达了他对道德修养与社会责任的看法：

子路问君子。子曰：“修己以敬。”曰：“如斯而已乎？”曰：“修己以安人。”曰：“如斯而已乎？”曰：“修己以安百姓。修己以安百姓，尧舜其犹病诸？”（《论语·宪问》）

在孔子看来“修己”是要进一步“安人”“安百姓”，个体的道德修养要外化。在儒家的思想体系中，学习的终极追求就是通过自身的德行修养进而外化为不朽的事业，《大学》集中地表达了这一追求：

大学之道，在明明德，在亲民，在止于至善……物格而后知至，知至而后意诚，意诚而后心正，心正而后身修，身修而后家齐，家齐而后国治，国治而后天下平。（《大学》）

学习的宗旨在于自我的修养，在于发扬光明的德行，在于革新自省，在于达到完美的人格境地。至此，还要进一步，要与“齐家”“治国”“平天下”这些事业贯通。从这个角度来说，儒家的德行与事业不是割裂的，而是统一的。许慎《说文解字》释“德”曰“外得于人，内得于己”，其实就是这个意思。汉末的士人正是践行了这一思想，于是才有了“以天下名教是非为己任”的清流抗争。到了宋代，理学家主张“蕴之为德行，行之为事业”（周敦颐《通书·陋》），也是继承了兼重“内”“外”的思想传统。

大乘佛教强调以解脱众生苦厄为追求，这与儒家以天下为己任的思想是合拍的。赵朴初的一生，弘扬佛法、布道传业只是其中的一面，他一生都在关注家国天下。1939年，赵朴初即与一些同道在上海组建了抗日救亡组织“益友社”，还秘密传阅进步书刊，散发传单。这些行为已经越出了一个佛教徒对众生苦厄的关注，在民族危难之际他并没有选择避世，而是不计自身的安危

投入抗争。在抗日战争结束后的内战时期，赵朴初又积极筹建“中国民主促进会”，为了争取民主、反对独裁统治而努力。在这些人生选择中，赵朴初不避危险，面对诸多“不可为”的事情，他义无反顾。这些行为已经很难以佛教徒的普世关怀来解释了。赵朴初的选择正是出于他对“家国天下”的关怀，也是践行儒家思想中“君子有所为”的信条。

我们还可以透过赵朴初钦仰的人物来观察他的“内外兼修”的理念。在赵朴初的诗词作品中有一部分是缅怀周恩来的，对周恩来的德行与事业均表现出钦仰之情。赵朴初为周恩来所作挽诗“无私功自高，不矜威益重”①，着重突出周恩来无私谦逊的人格，“不负澄清天下志，平生事迹般般”②，“艰难尽瘁身，忧勤损龄梦”③，又称道其“以天下为己任”的崇高志向和“鞠躬尽瘁，死而后已”的献身精神。在赵朴初看来，周恩来完美地实现了儒家所提倡的“立德”“立功”“立言”，这是宋明以来儒学家主张的，也是赵朴初遵奉的“内外兼修”理念的模范。

三、儒家诗教与赵朴初的诗词创作

我们认为儒家的道德观念塑造了赵朴初的人格，而儒家主张的“内外兼修”理念对他的人生选择产生了重大影响。从这两个方面，我们看到了儒学对赵朴初影响的真实存在。我们还注意到赵朴初的诗词创作也受到了儒学的渗透。

《尚书·尧典》曰“诗言志，歌永言”，儒家诗教认为诗歌是作者表达内心世界的手段。屈原说“发愤以抒情”（《九章·惜诵》），作者在愁思郁结、愤懑无告的情况下通过诗作倾吐心声。这些指出了诗歌的功用以及创作的动机。儒家诗教也十分重视诗歌的美刺作用，《诗经》中很多作品就是对政治情况进行赞美和讽刺，《诗大序》也说“上以风化下，下以风刺上”。可以说，言志与美刺是儒家诗教的重要内涵。赵朴初的诗词也继承了这一传统。

面对重大的政治事件与变革，赵朴初并没有完全沉默，他以诗来表明心

---

① 《赵朴初韵文集》卷四，第226页。

② 《赵朴初韵文集》卷五，第268页。

③ 《赵朴初韵文集》卷四，第226页。

迹,并对当时的一些政治事件与人物进行了批评与讽刺。以两首“文革”期间的诗作为例:

如来佛胡授记,姜太公乱封神。吃一顿涮羊肉,便硬派做回民。(《鲁迅翁诗云“西游演了是封神”,善哉,善哉。谨拈一偈》)①

春寒料峭欺灯暗,听雨听风过夜半。门前锦瑟起清商,陡的丝繁兼絮乱。

人间自古多恩怨,休遣芳心轻易换。等闲漫道送春归,流水落花红不断。(《木兰花令·芳心》)②

这两首诗都是讽刺“四人帮”,前一首的“授记”指的是佛陀对菩萨或发心修行之人给予将来证果、成佛的预记,“封神”指的是《封神演义》中姜太公分封众神。以“如来佛胡授记,姜太公乱封神”来讽刺当时“批林、批孔”运动中“四人帮”罗织罪名的荒谬行径。周恩来去世后的清明节,群众自发在天安门广场举行悼念活动,这被“四人帮”定性为“反革命事件”而遭到镇压。赵朴初难以抑制不满与愤懑,他以“春寒料峭”来形容当时的政治氛围,以“灯暗”来描绘周恩来去世后正义力量的衰弱。虽然形势令人忧愁,但赵朴初认为“芳心”不可轻易更换,表明自己的心迹。他笃信“春归”之后一切重回正轨,人间仍是一派“流水落花红不断”的景象。赵朴初在《片石集·序言》中说“用诗歌语言表达内心感受”③,我们可以看到,诗歌的确是他抒发感受的方式,他借助于诗歌表达志向,并以诗歌来讽刺时政,这正是儒家诗教的传统。

四、结语

赵朴初是一位出现在新旧社会交替时期的著名人物,也是一个具有多元身份的文人。他在民国乱世中积极进行慈善事业,在国民党统治时期参与学生运动,为争取民主而奔走,在新中国成立后又积极投身国家的建设事业。可以说,这些身份的转换与人生的选择,透露出其思想的复杂与多元,值得学

① 《赵朴初韵文集》卷四,第188页。

② 《赵朴初韵文集》卷四,第227～228页。

③ 赵朴初:《片石集·序言》,北京:人民文学出版社,1978年版,第2页。

界重新审视。从其诗词创作中,我们发现作为一个生长在中国传统知识家庭的士人,其思想观念受到儒家的深刻影响。儒家思想主张立身与经世并行,将个体价值的实现、人的主体精神的彰显与社会责任的承担融合在一起。以此视角来检视赵朴初的人生,不难发现这与他人生的重大选择乃至他遵奉佛教都是贯通不悖的。

(安徽大学文学院讲师、文学博士)

论赵朴初诗词中的佛学思想

何　娜　周于飞

赵朴初的一生波澜壮阔，从艰苦的战争岁月到中华人民共和国成立、发展，他都身临其中且最大限度地贡献了自己的力量。从他从事佛教工作开始，他就一直坚守戒律、宣扬佛法，发慈悲心为中国人民排忧解难，为国家前途殚精竭虑，他的一生可谓是践行“人间佛教”思想的一生。

赵朴初是一位古典文学爱好者，尤爱写诗填词，这一是因为家学熏陶，二是由于他与很多的文化界人士交往颇深。从现存的赵朴初诗词集来看，他每有遭逢，兴之所至，便会题诗一首。

赵朴初是赵文楷的后人。赵家亦算是“钟鸣鼎食之家，读书簪缨之族”，以诗书传家，赵朴初深受影响。在觉园生活之时，他与陈曾寿交往颇多，曾虔诚地拜学于陈曾寿门下。陈曾寿是当时著名的诗人，是赵朴初母亲陈仲瑄的亲戚，也是关䌹之的朋友，赵朴初十分仰慕他的文采。后赵朴初向陈曾寿请教诗文创作的诸多问题，陈曾寿对他说过：“学佛以解脱为贵，作诗以不解脱、极黏滞为贵，你写诗带有禅的意念，禅讲空，讲解脱，诗则不同，不要过分把禅的意念带进去。”赵朴初铭记于心，而他的诗也是如此作的。赵朴初的诗中有大量的佛教题材，包含了佛家情怀，大致如下：

（一）诗中有禅意

何为“禅”？赵朴初在《佛教常识答问》一书中做过解释：禅是禅那的简称，汉译为静虑，是静中思虑的意思，一般叫做禅定。此法是将心专注在一法境上一心参究，以期证悟本自心性，这叫参禅，所以名为禅宗。禅的种类很多，有声闻禅，有菩萨禅，有次第禅，有顿超禅。禅学方面，在中国有一支异军突起，那就是所谓“教外别传”的禅宗。这个宗所传习的，不是古来传习的次第禅，而是直指心性的顿修顿悟的祖师禅。禅诗是诗与禅的结合，在思维的顿悟上和内容的明心见性、难以言传的微妙性上都是相似的。故而赵朴初曾有诗言“了知禅意是诗心”。

赵朴初作为一个在家修行的居士，时时参佛，已然修成了清净自持的品性。1990 年，赵朴初应安徽岳西县的领导之邀来到司空山。在 10 月 1 日，赵朴初一行人驱车到司空山下的店前镇，看了宣传纪录片《司空山》，便要赶往司空村。这时，因为雨过天晴，司空山上青岚环绕，为这座山增添了几分景致。赵朴初用望远镜远眺，联想到二祖慧可立雪断臂的故事，又想到即将离开，诗兴大发，便作了三首绝句：

其一

早闻太白读书堂，梦想登观恨未尝。
不意耄年行脚到，谪仙不见见空王。

其二

名号司空实不空，分明妙相现高峰。
乡人指道如来卧，那识安禅制毒龙。

其三

无相真成无相寺，观空观坏得安心。
愿于空后能成住，不负当年立雪人。

这三首诗中，每一首里面都有很多佛教术语，比如第一首里面的“行脚”“空王”；第二首里面的“空”“妙相”“如来”“安禅”“毒龙”；第三首里面的“无相”“空”“坏”“成住”，可见赵朴初对佛法的熟悉程度。佛法的根本原理是缘起性空，万事万物由各种因素因缘和合而成，现象有生有灭，人和动物都有生老病死，植物有生住异灭，世界有成、住、坏、空，但空并不等同于无。空是“于空寂处见流行，于流行处见空寂”，在空中看出非空，虚中看出实，无中看出有，正如《心经》所言“色不异空，空不异色；色即是空，空即是色”。色与空本就是一回事，不可执着于一端。故而修行必须要持之以空寂清灵之心，在精神境界上达到相当的高度，才可能从纷扰的客观自然中求得真谛。赵朴初从司空山之“空”中，看出有相无相之别，更深地认识到“空”的意义，许下“成住”

的愿望,可谓达观而又智慧,极有禅念。

(二)诗中长含慈悲心

释迦牟尼出家本是为了寻求解脱生老病死痛苦之道,佛教的教义也是苦集灭道,苦即世间之苦,集为苦的原因,灭指苦的消灭,道乃灭苦的方法,这四者也就是所谓"四圣谛"。菩萨所许四弘誓愿之一便是"众生无边誓愿度",度化众生脱离生死苦海,这也就是"慈悲",而这样的慈悲为怀的菩萨心肠在赵朴初的诗词中也是多有展现。修菩萨行则要做到四摄六度,这在赵朴初诗词中的表现即为肯定善行,赞颂功德。如他为鉴真大师东渡日本传播佛法,以及称赞大师在当代为中日文化交流所作的贡献作《金缕曲·鉴真大师像回国巡展礼赞》:

像在如人在,喜豪情、归来万里,浮天过海。千载一时之盛举,更是一时千载。添不尽、恩情代代。还复大明明月旧,共招提两岸腾光彩。兄与弟,倍相爱。　　番番往事回思再。历艰难、舍身为法,初心不改。"民族脊梁"非夸语,鲁迅由衷感慨。试瞻望,是何意态。坚定安详仁且勇,信千回百折能无碍。仰遗德,迎风拜。

上阕写鉴真像归国盛事,使中日兄弟相亲相爱,点明了鉴真在中日交流当中所做的巨大贡献;下阕写鉴真舍身为法,引得鲁迅这般人物称赞其遗德。弘扬佛法,引人向善。不仅是对佛教有功德的人表示赞扬,对俗世中人也是如此,譬如赵朴初曾为修都江堰水利工程的李冰父子写过称颂的诗词,不仅是出于慈悲之心,也是因为如此才更加具有宣扬佛法的现实可行性。

赵朴初晚年曾去拜访过九华山,参观了九华山的各处寺庙,喜得灵感,作词一首:

临江仙

影静心苏山色里,是何意态雍容。朝霞暮霭映群峰,神光离合处,秀出九芙蓉。　　安立道场端正好,清泉清磬清风。众生无尽愿无穷,可能空地狱?三界佛香中。

这首词的上阕描写了九华山的景色,朝霞夕阳照映群峰,仿佛是佛光浸照，整个九华山因此而显得安静祥和，云卷云舒自有一番意境，颇见禅意。李白曾写诗："昔在九江上，遥望九华峰。天河挂绿水，秀出九芙蓉。"赵朴初化用李白诗句将九华山描写得丰神俊彩。词的下阕由写景转写情叙事，写出了九华山这一道场的主人地藏菩萨许下的宏愿：地狱不空，誓不成佛。正所谓众生无尽愿无穷，地狱能否空呢，是否可以变成人间净土呢？词人并没有给出明确的答案，而以"三界佛香中"回应，给人以希望。

赵朴初的前半生生活在战争频繁的中华民国时期，流血伤亡时有发生，佛家有不杀生之戒，赵朴初是如何看待杀敌除害的呢？对佛教研究颇深的尤智表居士曾说："据菩萨戒本，凡持菩萨戒的，如破除我见，但为利益众生故，虽行杀盗淫事，亦不算恶，反而是善。"依赵朴初的行事和诗词来看，与这位居士之言倒是有契合之处。赵朴初晚年写过一首《九十述怀诗》回顾自己的生平：

九十犹期日日新，读书万卷欲通神。
耳聋不畏迅雷震，言笑能教远客亲。
曾助新军旗鼓振，力摧谬论海天清。
千年盲圣敦邦谊，往事差堪启后生。

这包括了抗战初期他作为上海慈联会主要成员救助一批青年难民赴浙江温州参加新四军；1961年在泰戈尔百年诞辰纪念大会上驳斥卡比尔而为国家挽回尊严；以"纪念鉴真"为突破口，打开中日邦交正常化的轨道，并为促进中日韩三国佛教文化交流事业做出努力，使得三国之间的"黄金纽带"得以熠熠生辉。可见他对人民为抗击外国侵略所做出的牺牲是肯定与赞扬的。这并不是涉及母国而言的辩解之词，在《朝鲜记游诗二十二首》中有诗云：

稽首西山休静师，抗倭护国是男儿。
报恩须作如来将，大勇由来出大慈。

赵朴初高度赞扬了朝鲜历史上的西山大师率领僧众抗击倭寇的事迹。这首诗也是对赵朴初爱国爱教、能对佛法融会贯通的映照。

(三)追求和平

佛教认为众生平等,主张止恶修善。《地藏菩萨本愿经》云:“诸恶莫作,众善奉行,自净其意,是诸佛教。”这体现了佛教基本的道德精神。那么,在赵朴初所处的现世当中,战争起,诸恶为,故而呼吁和平、反对战争无疑也是佛教徒的心声。中国佛教协会的前会长圆瑛法师也曾说过:保卫和平是最大佛事。赵朴初为此也曾写过诗《访问日本杂诗二十首》(第十三):

普门一念同回向,礼赞香花忏悔词。
识得和平为佛事,十方世界共扶持。

这是1955年日本佛教界为中国在日殉难烈士及中国佛教协会已故会长圆瑛法师示寂三周年举行的法会上,赵朴初感念圆瑛法师慈悲而写的与日本佛教界人士相互勉励的诗,表达了自己爱好和平的愿望。因赵朴初长期任职中国佛教协会的领导,故而与日本、韩国、朝鲜、越南等国的佛教人士交集颇多。每当发生了国际冲突,赵朴初总会写诗,以或劝导或怒骂或讽刺的口吻表达和平之于世界无比重要的理念。

不仅在国际,在国内也是一样。中华人民共和国成立以后,一些民族问题偶尔引来摩擦,赵朴初也经常记录在自己的诗中,劝告人民追求和平。这种呼吁和平、反对战争的思想,其实也是赵朴初“人间佛教”思想的实践。佛教徒们修行不可能离开尘世,他们要自利利人,以求解脱成佛,他们需要努力去创造一方人间净土。

赵朴初的一生是波澜壮阔的。他自小受儒家思想影响,以修身、齐家、治国、平天下为己任,面对日寇侵略,敢于争先为国家之事业贡献自己的力量,后因缘际会,入觉园养病,佛缘悄至,学佛法,入佛门,日日严守佛门清规戒律,不断修行,看淡生死,求得自利。如只是为了自我解脱,非赵朴初修习佛法之目的,这是小乘佛教教徒的追求。赵朴初修习的是大乘佛教,追求的是自利利人,他一直秉持着一颗慈悲之心,关爱他人。身为一个中国人,赵朴初很关心国家的未来,他认识到中国共产党的先进之处,不顾自己的生死保护地下共产党员,为共产党输送年轻的人才。1949年以后,他利用自己在佛教界的影响力,促进中国和周边国家的邦交正常化,加深彼此间的佛教文化交流。在外交场合,面对他国的挑衅和攻击,赵朴初能以理服人,维护国家尊严。在面对我国的佛教发展时,赵朴初多方支持,促进了多处寺庙佛像的修建,引导佛教徒们修习佛法,一心向善。

赵朴初的佛学思想适应了新时代、新社会,为佛教的发展注入了新的力量,为佛法普济众生提供了现实的路径。赵朴初的一生用他的思想与实践做到了自利利人,当得起世人所称他的"活菩萨"。

(何娜,南昌大学人文学院中文系中国古代文学专业2017级硕士研究生;周于飞,西南科技大学文学与艺术学院中文系讲师)

从题画诗和咏画诗看赵朴初对绘画的诠释

王泽庆

赵朴初先生一生留下许多诗作，著有《滴水集》《片石集》等。赵朴初诗作题材丰富，其中有不少题画诗和咏画诗，约有半百首。题画诗一般是指直接在画作上题的诗歌，有的是画家本人题的，也有的是请他人题的，如赖少其《万松图》上的题画诗，就是赵朴初题写的。有学者对题画诗和咏画诗作了区分，咏画诗是对他人画作有针对性的歌咏，但不直接题在画作上。[①] 赵朴初的咏画诗，有《田家英同志收藏书画展观后感》等。赵先生精通佛学、文学和书法，曾在中国佛教协会、中国作家协会和中国书法家协会担任领导职务。作为宗教领袖、著名作家、诗人和书法家，他的题画诗和咏画诗体现了他对画作的具体认识和对绘画的一般性了解，由于身份和境遇的特殊，赵朴初对绘画的诠释有不同于他人的地方。

一、佛教视角

中国古代历史上有不少课读图，形象地描绘了母亲陪伴儿女读书的时光。通过这些画作，我们可以看出母亲对孩子教育的重视，她们的远见卓识和教子有方令人敬佩不已。另外，据徐雁平考证，有相当一部分的课读图是反映了寡母抚孤的现象。[②] 母亲的辛劳和不易由此可见一斑，她的恩情永远也报答不了。《篝灯课读图》是清代道光年间的费耕亭请王世绂所绘，并请众师友题跋，以表达对母亲徐氏的恩情。因题跋的空间有限，他的儿子费幼亭

---

① 周金标：《题画诗和咏画诗》，《光明日报》2017 年 8 月 7 日第 13 版。

② 徐雁平：《清代世家与文学传承》，北京：生活 · 读书 · 新知三联书店，2012 年版，第 167 页。

后来再请吴平斋画第二幅《篝灯课读图》，并请名儒名吏再次题跋。赵朴初的《题〈篝灯课读图〉》（1991年除夕），应是指第一幅《篝灯课读图》，诗作注释明确指出这一点。诗作具体内容：

> 可贵处，不在画。先看题，后读跋。啥缘由，许多名吏名儒都给它作了高评价？自古来，寸草春晖，永远有说不尽的恩情话。问何处是天堂，它就在母亲膝下。

对于这幅画，赵朴初明确指出题跋比画作本身更为重要，众多名吏名儒的评价都是围绕母亲的恩情，赞誉母德，并对费耕亭“嘉其志而勉其行”。比较著名的就有林则徐、梁章钜、王引之、张之洞和翁同龢等人。如翁同龢的《题费耕亭〈篝灯课读图〉为屺怀作》：“立孤多涕泪，遗训更深沉。慈孝一门事，饥寒天下心。科名兼仕宦，循吏合儒林。差喜灯灯续，声华直到今……”可以看出，费耕亭的母亲也属于寡母抚孤，慈母孝子让人感慨不已、敬佩不已。

大部分题跋的内容都集中在养育之恩伟大和报答等方面，而赵朴初的题跋不同于其他人的地方在于“问何处是天堂，它就在母亲膝下”。赵朴初的题画诗，先指出“自古来，寸草春晖，永远有说不尽的恩情话”，再进一步指出母爱即天堂。这种观点，实际是他人间佛教思想的体现。在佛教看来，持五戒修十善的人进天堂，《坛经》中就有“常行十善，天堂便至”之句，而犯十恶五逆者则要下地狱。天堂就在母亲膝下，是指在慈母的关爱下，对孝子来说，天堂已在世间。这种思想也与赵朴初的人间佛教思想有很大关系。如果能够持五戒十善，做到母慈子孝，和平安乐的世界就是天堂。人间佛教思想可以说是继承了禅宗传统，《六祖坛经》就说：“佛法在世间，不离世间觉，离世觅菩提，恰如求兔角。”

在赵朴初的眼中，万物都是平等的，都是众生，都要去爱。这从他另外几首题画诗和咏画诗可以看出，如《题胡林同志〈虾趣图〉》（1994年9月）：

> 庄子知鱼乐，君今识虾趣。同其乐，谐其趣。
>
> 无臂胜千手，有口绘毫素。物我同春，推恩泛爱长相护。

庄子知鱼乐，我们可以具体看《庄子·至乐》中庄子与惠子游于濠梁之上的故事。庄子对惠子说：“鲦鱼出游从容，是鱼之乐也。”但惠子并不认可这一点，他说:“子非鱼,安知鱼之乐?”庄子反问他道:“子非我,安知我不知鱼之乐?”惠子解释道:“我非子,固不知子矣;子固非鱼也,子之不知鱼之乐,全矣!”庄子最后说:“请循其本。子曰‘汝安知鱼乐’云者,既已知吾知之而问我。我知之濠上也。”对于这一段话,苏东坡有诗曰:“欲将同异较锱铢,肝胆犹能楚越如。若信万殊归一理,子今知我我知鱼。”苏东坡的逻辑是基于庄子《齐物论》的思想,我和鱼一样,我能感觉到快乐,鱼儿自然也会感觉到快乐。但是赵朴初更进一步指出,“物我同春”,即“万殊归一理”。他的重点在于泛爱,将老庄与佛教思想进行了融合。赵朴初说过“庄子荆公皆我友”,他在1987年泰国国际佛教学术交流会上指出,佛教在中国与其他教派、学派(如儒学、道教)的关系在发展过程中可以说是互相渗透、互相促进的。他曾说:“活泼泼的虾多好,谁忍心去伤害他?有一次宴会,我见他们端出活虾来吃,心里真难过,人怎么可以这样?”[①]人见群虾生趣盎然,而忍见其汤镬之烹乎?这是他泛爱或普度众生思想的真情流露。不仅对虾如此,其他动物也是这样,如他的《辛未夏,奉酬莲涛先生惠赠〈猫蝶图〉》(1991年7月):

九十有童心,犹耽猫蝶戏。
丹青拜嘉惠,挂壁增春气。
平等视冤亲,待登欢喜地。
号痴良非痴,画中无尽意。

除了这首诗,还有《题丰子恺〈松间明月长如此〉画》(1982年3月8日):

明月松间照,天伦物我均。抚兹一幅画,感君三代情。

丰子恺的《松间明月长如此》这幅画,并没有收在他出版的《护生画集》中,有学者认为是模仿古诗意境的茶画[②],但是赵朴初还是把它看作护生画。据说,此画是丰子恺为外孙女所作,后来丰一吟将它寄赠赵朴初,赵朴初回信说:“此画借观三年后,当原璧奉还。”三年后,在画上题诗,并写了一段跋:“余爱子恺先生护生画,曾向一吟同志乞其集外遗稿,一吟商之其女,以此画见

① 李家振:《菩提一叶》,上海:上海辞书出版社,2003年版,第30页。
② 陈文怀:《茶之趣》,杭州:浙江摄影出版社,2002年版,第81页。

贻，盖曩年恺翁为外孙女所作者。余报以此诗，且言将璧还。今已留观三年，当践宿诺矣。遂题诗而寄归之。”在庄子看来，天地一指也，万物一马也。护生，在赵朴初看来是护众生，不仅包括人和动物，还包括明月、松树等，即泛爱。他是从这个角度理解丰子恺的画，在《恺翁作画有殊征》(1984年冬)中就写道：

恺翁作画有殊征，笔下常存恻隐心。
世界缘缘无有尽，三生松月庆堂成。

二、诗画禅一律

说赵朴初诠释绘画，注重诗画禅的结合，先要从诗画一律说起。赵朴初不仅从佛教的视角去阐释绘画，而且从诗的角度去阐释，其理论依据是传统的诗画一律，如苏东坡用“诗中有画，画中有诗”去评价王维的作品。1963年，赵朴初在《题傅抱石画》中就写道“可读画中诗，可观诗外画”。赵朴初不是画家，但他是诗人，可以用诗心去体悟画意，如他的诗作《中国画研究院成立献词》(1981年11月1日)：

山川辉映生花笔，日月光华照砚池。
广辟神州新意境，深参摩诘画中诗。

在赵朴初看来，当代绘画要出新意，除了要描绘神州的新貌，还需要在继承传统的基础上，达到画中有诗的境界。画中有诗实际上可以让有形的物质层面上升到无形的精神层面，如赵朴初的《题张宝松临摹法海寺壁画长卷》(1988年5月23日)：

是临摹，是创造。竭其诚，探其道。契其神，会其妙。面壁坐，有止观。定生慧，现庄严。

一幅临摹作品是否成功，关键就看临摹者能否在原作的基础上，“探其道”“契其神”，达到创作的目的。当代著名画家吴冠中钦佩的“画中有诗”观点，其要点是画境应与虚实相生的诗境一样，写象外之象、味外之味。据说，有一次，有人带了一位画虎的画家来访，并称赞他的画是“画得很像，每一根老虎毛都画得清清楚楚”，但是赵朴初并不看好此画，没有用像与不像的标准来评价一幅画，而是引用石涛的话“诗画图章本一体，精雄老丑贵传神”，并表示中国画的优劣不是看你画得有多细，而是贵在传神。他对陈从周墨竹图却赞誉有加，写有“壁上风来声簇簇，数竿潇洒遗尘俗”诗句。赵朴初很看重画有诗的意境①，这件作品具体说是有禅诗的意境。

绘画要达到诗的境界，离不开创作者在精神层面的修养。传统文人画家一直强调“腹有诗书气自华”(苏轼)、“读书明理”(沈宗骞)和“读万卷书”(董其昌)，就是这个道理。对创作者来说是如此，对接受者来说也是如此。赵朴初有一首诗《田家英同志收藏书画展观后题》(1993年)：

观其所藏，知其所养。余事之师，百年怀想。

观其所藏，知其所养，通过收藏的作品，基本上能看出收藏者的精神状态，因为艺术作品不仅是现实世界的描摹，而且是创作者精神状态的折射和流露。

赵朴初尊崇诗画一律的理论，以诗歌的标准要求绘画，一方面他是认可文人画的创作理念，一方面还与佛教思想有很大关系。这一点可以从《广元上人书画展观后敬拈一偈》(1991年9月)中可以看出：

景云画松师画竹，善以幻笔舞红绿。
看朱成碧理可会，佛性本来无南北。
观画如观摩诘诗，水流花开人不知。
师之书法亦通禅，不枯不狂静而安。

“观画如观摩诘诗”，不仅以“画中有诗”的标准来要求，更要画作体现出禅趣：“水流花开人不知。”虽然赵朴初明确说“师之书法亦通禅”，实际上也是对其画的赞誉。为什么画中有禅趣？一方面是因为画家自身的境界所致，王维的作品，不仅是诗中有画，画中有诗，而且是诗中有禅，画中有禅，是诗画禅的结合；另一方面是因为“佛性无南北”。赵朴初对这一句做了注释，师以朱笔绘竹一幅见惠，题云“翠竹黄华含佛性”。可以看出，佛性不仅没有地域的限制，

---

① 张华庆主编：《中国大书法·流水今日　明月前身》，上海：上海书画出版社，2016年版，第12页。

而且没有众生有情与无情的限制，人有佛性，动物有佛性，山川、草木、大地等无情众生也有佛性。从这个角度上看，画家和绘画表现的对象具有佛性，画中有禅趣是可能的。

赵朴初在《云南博物馆藏担当书画(二首)》(1975年6月)中写道：

担当书画皆清绝，着手难寻笔墨痕。开卷千峰寒色满，了知禅意是诗心。

扫尽千林诛马阮，不留寸草刈洪吴。披霜手笔山如剑，画里真能见董狐。

对于僧人担当的书画，赵朴初以“清绝”来形容，虽然看不出他笔墨的痕迹，但能看出他画中有诗心，即禅意。

书画禅合一，赵朴初本人在创作中也积极践行。赵朴初在诗歌创作中注重画意的追求，1927年回到家乡时，写下“江南五月风如酒，一路山花醉眼看”诗句；1956年乘飞机过秦岭时，又写下“碧空为海云为浪，点点青峰画镜开”的诗句，等等。[①] 他的诗歌中有禅意，如《游灵岩山，呈谢孝思画师暨诸同志》(1980年3月18日)：

欣随谢公屐，重上吴王台。湖山观意态，林木感兴衰。梵呗断还续，慈乌散复来。柳条见春色，画境逐云开。

还有《天净沙·题大悲禅师墨牡丹画》(1960年2月)：

禅师底事铺张？一枝浓墨凝香。扫尽红妆粉样。缁衣本色，花王长供空王。

这两首诗词中，“柳条见春色，画境逐云开”，“缁衣本色，花王长供空王”，禅趣十足。

三、结语

赵朴初曾经求教于陈曾寿，陈告诫他说，学佛以解脱为贵，作诗以不解

---

① 朱洪：《赵朴初佛教思想研究》，见安徽省哲学社会科学规划办公室编：《安徽省哲学社会科学规划项目成果摘编》，合肥：安徽大学出版社，2011年版，第461页。

脱、极黏滞为贵。写诗带有禅的意念，禅讲空，讲解脱，诗则不同，不要过分把禅的意念带进去。[①] 对此，赵朴初认为这是禅与诗的矛盾，他提出的解决方法如同淡水中稍微加一点盐，盐即禅意。在绘画中也存在禅与画的矛盾。禅以无相为体、“诸佛妙理，非关文字”（《坛经》语），而艺术必须要通过一定的形式来表达，这是两者最大的差异。但是禅与艺术形式并不必然隔绝，“色不异空，空不异色”，只是让人不要执着于“色”。禅可以作为诗的表现对象，也可以成为画家的表现对象，或者成为追求的境界。所以，从佛教视角和诗画禅结合的角度去诠释绘画未尝不可。

对一幅绘画作品的诠释，不可能脱离诠释者自身的境遇，还与诠释者本人的知识结构和专业素养有关系。对一个文本的解读，不仅不同时代的人解读结果不一样，即使是同时代的人也不一样。鲁迅说过，一部《红楼梦》，经学家看见《易》，道学家看见淫，才子看见缠绵，革命家看见排满，流言家看见宫闱秘事。对于鲁迅的这段话，我们不仅要认识到每个人的诠释都是有限度的，同时也要看到诠释的个性化特点，它彰显了不同诠释者的境遇与视角的差异性，也揭示了作品意蕴的丰富性和多样性。一千个读者就有一千个哈姆雷特，实际上文本中的哈姆雷特只有一个，之所以出现了一千个哈姆雷特，是因为读者的诠释不同而已。从这个角度上看，诠释是具有敞开性的。赵朴初对相关画作的阐释丰富了这些作品的意蕴。

（安徽大学文学院教授）

① 谷卿、汪远定：《赵朴初传：行愿在人间》，北京：东方出版社，2014年版，第57页。

论赵朴初与旧体诗词创作

张体云

赵朴初先生“对中国古典文学有着十分精湛深入的研究，在诗词曲和书法方面都达到了很高的造诣”①。他勤于写作，笔耕不辍，一生与传统诗歌结缘，为我们留下了丰富的、形式多样的、风格各异的诗词曲作品。下面笔者就所见《滴水集》《片石集》《咏怀之什》，结合《赵朴初年谱》《赵朴初传》等相关文献，谈谈笔者对赵朴初先生的诗词曲创作的认识。不妥之处，请各位贤达批评指正。

一、赵朴初先生的古典诗词之缘

赵朴初先生的古典文学修养来自他得天独厚的成长环境，他的出生地、他的家庭环境和学校教育以及一些亲友都给了他重要的古典文学熏陶和滋养。

第一，他出身于太湖翰林世家。太湖县就其地理环境而言，向称“屏蔽荆楚，襟带江淮”“山川深秀，风土清美”。“太湖县文风昌盛，元代始建县学，元统年间县人黄信一状元及第，明代有社学八所，还建有同春、正学两所书院，可容听众2000多人”②。此地在元明清三代，“有文武进士82人，文武举人342人，尤其有清一朝，可谓人文鹊起，科甲蝉联”③。可见，自元以来，太湖就是个重视读书、文风昌盛之地。赵朴初六世祖赵文楷是此地产生的三大状元之一，作为宋皇室后裔的赵氏家族，从第七世祖开始，在读书方面渐成习气，

---

① 《人民日报》，2000年5月31日。

② 余世磊：《母兮吾土——赵朴初与故乡安徽》，合肥：安徽教育出版社，2010年版，第2页。

③ 余世磊：《母兮吾土——赵朴初与故乡安徽》，合肥：安徽教育出版社，2010年版，第2页。

第十三世祖赵文楷高中嘉庆元年状元，太湖赵氏，遂成当地有名的书香门第。从赵文楷开始，赵家成为清代后期有名的“四代翰林”之家。

第二，父母对赵朴初古典文学的熏陶。赵朴初的父亲赵恩彤“自幼聪颖过人，涉猎颇广”，曾师从桐城文派著名学者严复。“生活倜傥，不计名利，无意宦海浮沉”，“一直赋闲在家，以读书、习字、写诗、填词、作画自娱自乐”①。父亲的生平爱好及其对赵朴初早期的熏陶和引导，对赵朴初影响很大。“赵朴初晚年曾对人谈起父亲如何手把手地教自己写字、作诗，感恩之情溢于言表。”②赵朴初的母亲陈仲瑄也出身于官宦世家，“作为封建官僚家庭出身的女性，陈仲瑄自幼并没受过正规教育。但她受家庭文化的熏陶，刻苦自学，博览群书，作诗、填词厚积薄发，往往一挥而就，且遣词优美、用典确切”③。赵朴初先生说她的母亲：“坚持自学”，“坚持晚睡早起，做完家务不是写字、抄书，就是看书，主要是文学方面的书。有些诗词，她倒背如流。有时她同我比赛背诗，不懂的地方就问父亲。母亲的自学精神深深地影响了我。”④赵朴初的母亲文学修养很高，对古典诗词有浓厚的学习兴趣，并写了不少作品，可惜幸存者少。但已足够让我们看出赵母的文学修养和才华。赵母对赵朴初的影响，不仅只是自学精神的影响，更有诗词兴趣的培养。朴老在他的《片石集·序言》中称：“幼年时，由于家庭和环境关系，胡乱读过一些古诗词，逐渐受到了感染，发生了兴趣。”⑤可见，幼时的家学对于赵朴初诗词爱好的影响是非常直接和深刻的。

少年赵朴初被母亲寄养到好姐妹关静之处。关静之也是书香人家出身，“受家庭熏陶，广览群书，博闻强记，精诗词，有深厚的古典文学功底”⑥。关静之与赵朴初情同母子，对赵朴初的人生发展影响很大。

第三，名师的影响。在东吴大学读书期间，赵朴初有幸遇到两位让他“获

① 倪强、黄成林：《赵朴初传》，北京：人民出版社，2017年版，第13页。
② 倪强、黄成林：《赵朴初传》，北京：人民出版社，2017年版，第13页。
③ 倪强、黄成林：《赵朴初传》，北京：人民出版社，2017年版，第15页。
④ 倪强、黄成林：《赵朴初传》，北京：人民出版社，2017年版，第16页。
⑤ 赵朴初：《片石集》，北京：人民文学出版社，1978年版，第2页。
⑥ 倪强、黄成林：《赵朴初传》，北京：人民出版社，2017年版，第30页。

益颇深""终生难忘"[①]的安徽籍老师薛灌英和著名作家学者苏雪林。苏雪林老师每周6小时的诗词课及其独特的研究思路,对赵朴初影响很大。赵朴初在学生时代是苏雪林的粉丝,她的"研究学问要不遗余力、独辟路径、不拾别人牙慧、不断创新的"治学精神对赵朴初影响很大,被他作为座右铭牢记在心,并"终生努力实践"。由于苏雪林老师的引导和影响,年轻的赵朴初"经常小试牛刀",试作诗词。[②] 他还向清末著名的遗民诗人陈曾寿"请教诗词知识,并执弟子礼"。[③]

第四,国家领导人的影响。赵朴初先生早年就追求进步,积极团结在中国共产党周围。[④] 新中国成立后,接受周恩来总理的邀请,参加第一次全国政协会议,当选为全国政协委员,这一政治身份的转变使他对共产党的政策、思想、学说,都有了更进一步的了解。后来,随着在佛教界身份的不断提高,他在国家统战工作和利用佛教对外交流方面都发挥着巨大作用。当时国家领导人毛泽东、周恩来、陈毅等人都是古典文学修养深厚的人,且都爱写诗,他们之间经常也有诗词往来,尤其是毛主席文艺思想的指引和毛主席对赵朴初诗词曲作品的肯定,给了赵朴初很大的鼓励和激励。

第五,丰富复杂的社会现实生活的感召和壮美的大好河山的激发,给朴老诗词创作带来了灵感,提供了题材。

二、赵朴初先生不同时期诗词曲创作情况

赵朴初先生是一位世纪老人。他一生经历丰富。从20世纪初到20世纪末,经历了辛亥革命、抗日战争、解放战争、社会主义大建设、"文化大革命"和改革开放新时期。他一生以极大的热情积极拥抱生活,在人生的不同时期,他都有一定数量的诗词创作。朴老的诗词创作时间跨度很长,朴老一生

---

① 倪强、黄成林:《赵朴初传》,北京:人民出版社,2017年版,第30页。

② 倪强、黄成林:《赵朴初传》,北京:人民出版社,2017年版,第3页。

③ 倪强、黄成林:《赵朴初传》,北京:人民出版社,2017年版,第47页。

④ 据《赵朴初传》,朴老在东吴大学期间交到几位进步的好朋友,如梅达君、孙起孟和张梦白。梅、孙两位思想比较进步,上学期间就与共产党有接触,他们还经常向赵朴初讲共产党的事情。赵朴初早年就是通过他们了解了共产党和马列主义学说(见倪强等著《赵朴初传》,第38页),但并没有直接接触。

在诗歌方面是勇于探索的，他不断地接受新事物、新体式。他一生的创作可以分为四个阶段。

第一个阶段为新中国成立前。主要经历的是中国旧民主主义革命和新民主主义革命时期，文学界主要受五四新文化运动的影响，“抛弃旧体诗词”。但由于这一时期是抗战和内战相继爆发的时期，国家多难，生灵涂炭。作者此期主要从事佛教工作和慈善事业，在政治身份上属于进步分子、民主党派。此期创作特点是数量少(据统计，只有21首)，只是偶尔为之。但这一时期写作多是有感而发，有针对性，作品的思想和艺术价值都比较高，如《宁沪列车中作》《黄浦江头送行》《杂诗十首》等。其《哀辛士》一诗，被称为其前期诗歌的代表作。

岂能北辙又南辕，无北无南八表昏。信有修能遭众嫉，竟教积毁铸沉冤。

鸱枭在室悲弓折，魑魅甘人可理论。逼窄江南容后死，弥天泪雨望中原。[①]

这首诗是皖南事变后写作的，表达了朴老对以蒋介石为代表的反动派言而无信、单方面发动皖南事变、残害共产党官兵的卑劣行为的愤恨，同时也表达了他对阵亡新四军将士们深深的哀悼之情。另外有《杂诗十首》(其一)：“万里长城万里长，长城万里耀金汤。防胡不若防黔首，毕竟今皇胜始皇。”(原注：蒋介石使胡宗南拥兵于陕西，以封锁八路军，号称新万里长城。)[②]这首七绝用自然的语言和叠字手法，使整首诗节奏明快，音韵爽朗，有力地讽刺了国民党的卑鄙行为，乃上乘之作。此类与当时社会政治环境和政治大事密切结合的作品，体现了他“有为而作”的现实主义写作风格。他在《片石集·序》中说：“生当世界形势与国家形势都发生着空前巨变之际，新事物、新问题纷至沓来。外界刺激强烈，个人感受之深刻与内心思绪之复杂。”随着他对社会生活认识的逐步深刻，他“渐懂世事，用诗歌语言表达内心感受的愿望不禁油然而生。这也许就是古人所谓‘言之不足，故嗟叹之，嗟叹之不足，故咏歌之’的

① 赵朴初：《滴水集》，北京：作家出版社，1961年版，第155页。

② 沈去疾编著：《赵朴初年谱》，上海：上海辞书出版社，2008年版，第19页。

意思吧"[1]。

第二个阶段是新中国成立后至"文革"时期，文学史上称为"十七年文学"时期。这一时期作者的政治身份有了很大变化，他参加了全国政协第一次会议，并当选为第一届全国政协委员。后来，由于他在佛教事业中的特殊地位，屡次参加国内外重大会议和重要活动。他到过亚洲众多国家如缅甸、印度、锡兰、日本、韩国等，还出访过欧洲和美洲等众多地方，所到之处，走访了无数的风景名胜。这一经历极大地开阔了作者的心胸，也开拓了作者的诗词写作视野。他这一时期的写作视野更加开阔，他的作品呈现出题材多样、内容丰富的特点。据学者统计，这一时期赵朴初先生作有诗词作品 351 首，占其一生创作总量的 18.8％。凡纪游、赠答、记事、咏怀、写景，五言、七言，绝句、律诗、古体，汉俳，散曲中的小令、套数，甚至自度曲等各种体式和题材的作品都有。这一时期创作总体风貌与"十七年文学"总体精神一致。具体表现为"政治标准第一，艺术标准第二"，"为无产阶级政治服务"，"为阶级斗争服务"，以"表现工农兵为核心"[2]，以热情歌颂新中国宏大的社会主义建设事业，歌颂新中国、新时代、新生活，或切齿痛骂美帝和反党反社会主义的反动势力，具有很强的战斗性。赞成什么，反对什么，立场非常鲜明。经过充分领会毛主席《在延安文艺座谈会上的讲话》[3]精神并仔细揣摩毛泽东本人创作的诗词作品，赵先生这一时期的诗词曲创作极富时代色彩。如在诗词语言的选用上，他学习新中国成立前解放区文学和延安文学的特征，尽量用老百姓能够接受的通俗的文字去记事、写景、抒情。这一时期的政治抒情诗比较多，大多作品壮怀激烈，热情澎湃。他还学习毛泽东诗词里所表现出来的那种睥睨乾坤的豪迈气概，于是，他的作品既有白居易、杨万里式的通俗，也有毛泽东诗词里的大气磅礴。这一时期他认真思考过传统文化和古典诗词的继承与发展问题，并作了一些有意义的探索。1959 年起，在毛泽东思想的引导和激发下，为更好地反映当时火热的社会主义生活和崭新的社会主义

---

① 赵朴初：《片石集》，北京：人民文学出版社，1978 年版，第 2 页。

② 朱栋霖、朱晓进、吴义勤主编：《中国现代文学史 1917—2012（下）》（第二版），北京：北京大学出版社，2014 年版，第 138 页。

③ 毛泽东：《在延安文艺座谈会上的讲话》，见《毛泽东文集》第二卷，1993 年版。

建设事业，更好地为工农兵服务，他创造性地写起了很贴近生活的散曲和散套，甚至自度曲，获得了毛主席的肯定和表扬。这一时期是他不断开拓自己写作领域和写作形式的时期，在语言形式、声韵、诗体形式上都有大胆的尝试和创新。

第三个阶段是“文革”时期。在这时期，作者和周围的人大部分都被“四人帮”迫害过，知识分子和文人的生存环境异常紧张，文人思想和身体自由都受到了很大的影响。赵先生生活在这样的一个时代，自然也免不了受到干扰和影响。在“文革”期间，由于“四人帮”的干预，文人的写作空间是非常有限的。赵先生在这一时期也被劳动改造过，在时代风霜面前，他深居简出，与外界交往大幅度减少，这一时期创作数量比前后两期都要少一些。这一时期的诗词创作据统计近 190 首，占总量 10.1%。这一时期主要创作了咏怀诗，表达对国家领导人，如毛泽东、周恩来、陈毅等人的热爱之情，也有一些强烈控诉和批判“四人帮”集团的作品。受特殊时代氛围的影响，作品风貌比前期沉郁冷静，依然爱憎分明，感情表达上趋向含蓄，但不乏犀利。他在 1977 年出版了《咏怀之什》，他此时的诗歌标准和价值取向都是非常政治化的非私人的写作倾向。

第四个时期是“文革”之后。“四人帮”集团被粉碎后，以《片石集》的整理出版为标志，赵朴初先生的人生和创作生涯进入了一个新时期。这一时期中国政策发生重大转变，“从突出政治到强调经济，从禁锢意识到解放思想，从以阶级斗争为纲到按客观规律办事，从打倒一切到鼓励个人创造，从有意封闭到鼓吹开放，从教条主义到实事求是”[①]。全国人民在邓小平同志的领导下，开启了改革开放新时期。这一时期的中国文坛以 1979 年 10 月 30 日召开的第四次全国文艺工作代表大会为标志，中国文艺界“全面解冻”，“新时期文学从恢复迅速走向创造”[②]。这一时期，赵朴初先生的工作更加繁忙，面临的工作环境更加宽松愉悦，和新中国成立初期一样，他又有了频繁的国内和

① 朱栋霖、朱晓进、吴义勤主编：《中国现代文学史 1917—2012(下)》(第二版)，北京：北京大学出版社，2014 年版，第 140 页。

② 朱栋霖、朱晓进、吴义勤主编：《中国现代文学史 1917—2012(下)》(第二版)，北京：北京大学出版社，2014 年版，第 140 页。

国际考察和交流活动,这些变化再一次激发了他的诗词创作热情。年过七十的朴老迎来了诗词创作的新高峰。有学者统计,从1976年到2000年,赵朴初先生创作的诗词有1300多首,约占总量的70%,其中从1986年到1995年创作860余首,占一生所作总量的将近一半。这一时期,阅世无数、历经沧桑的朴老,无论是对政治、对佛教,还是对人生的其他方面,都有了更深刻的领悟和体会,他对亲情、友情、爱国之情,以及宗教情感都有了新的升华。他这一时期的创作更真实,更具个性化特征,因而更感人。这一时期的作品多警语、多智慧语、多逍遥语。

三、赵朴初先生诗词创作特征

(一)灵活多变的用韵方法

在诗词传统上,朴老是主张继承的,他认为历史是不能割断的,如诗歌的"言志"传统;诗歌的音乐特性,诗歌的平仄和押韵都是必须继承的。但是他也认为,时代在变,生活在变,诗词要在继承的基础上,"结合民歌,吸取世界文化中先进部分,随着时代的前进和人民生活的需求,走自己民族文化发展的路子"[①]。他本人在创作实践中,对传统的诗词用韵系统并不墨守,有继承有突破,有时候为表达现实生活的需要,他会积极改变、创新。他在跟青年学者谈论中华诗词时,就特别强调,自古以来诗词是变化的,诗体形式由二言、四言、五言、七言,由杂诗、民歌、楚辞、汉赋,到唐诗,到宋词,都在不断地变。在特定的生活年代,时代变化,传统的形式和现成的规则已经不够用了,就需要创新。"宋人创新了很多词谱,到元代再变化为曲,曲比诗词又灵活多了,它可以'摊破'、'换头'、'添字'。为了打诨,前后又可以插'民言'、'俗语'、'旁白'。但它都是在继承的基础上发展。是随着时代的人民生活的语言的发展而变化的。"[②]

---

① 孟超:《清风明月悼朴老》,见《赵朴初传(缅怀篇)》,北京:团结出版社,2002年版,第8页。

② 孟超:《清风明月悼朴老》,见《赵朴初传(缅怀篇)》,北京:团结出版社,2002年版,第128页。

赵朴初先生在谈自己的诗歌写作经历时说:“世界形势与国家形势都发生着空前巨变之际,新事物、新问题纷至沓来。外界刺激强烈,个人感受之深刻与内心思绪之复杂,不仅是前人未道,并且还是前人所未知。许多心情,许多概念甚至很难从传统辞汇中找到适当的表达方式,于是在诗歌中内容与形式之间就出现了圆凿方枘,互不相入的情况。”①他在写作过程中不可避免地遇到内容和形式统一的问题。

传统诗歌写作,习惯采用《诗韵》来处理平仄和押韵,但自唐宋以来,诗体的韵部分类出现了好几种,除《平水韵》外,还有《广韵》《中原音韵》《十三辙》《中华新韵》等。在这个摒弃传统,追求创新的时代,朴老诗歌在声韵处理上相当复杂,主要体现在“平仄”与“押韵”的处理上,他做了大量的创新探索。下面笔者以朴老前期的几首代表作为例,重点谈谈他在声韵方面的探索。

如20世纪20年代的《宁沪列车中作》:“冷意初凝借茗浇,重围袭耳语嘈嘈。空山践约知何日?独向人群味寂寥。”这首诗的特点是押韵方面没有用《平水韵》的韵部,用的是《十三辙》(第八部:遥条)和《中华新韵》(十一、高标韵 ao,iao)的韵部分类。又《黄浦江头送行》:“挥手汽笛鸣,极目楼船远。谈笑忆群英,怡怡薪与胆。雄风舞大旗,万流归浩汗。同弯射日弓,待看乾坤转。”这首诗押的是新韵,但平仄方面比较自由,基本可当古体诗处理。但1941年写作的《哀辛士》则是格律严整的近体诗。

岂能北辙又南辕,无北无南八表昏。信有修能遭众嫉,竟教积毁铸沉冤。

鸱枭在室悲弓折,魑魅甘人可理论。逼窄江南容后死,弥天泪雨望中原。②

这首诗也被称为其前期诗歌代表作,用的是《平水韵》的韵部和押韵规则。另外《杂诗十首》(其一):“万里长城万里长,长城万里耀金汤。防胡不若防黔首,毕竟今皇胜始皇。原注:蒋介石使胡宗南拥兵于陕西,以封锁八路军,号

① 赵朴初:《片石集》,北京:人民文学出版社,1978年版,第2页。

② 赵朴初:《滴水集》,北京:作家出版社,1961年版,第155页。

称新万里长城。”[1]这也是一首格律严整的七绝小诗，依《平水韵》而作。这首诗语言自然，运用叠字，节奏明快，音韵爽朗，讽刺国民党卑鄙行为干净有力，为上乘佳作。

笔者在赏读朴老的诗词作品时，发现他在平仄和押韵处理上，有以下几种情况：

1. 借用方言中语音

如《索居》：“风起花非昨，螺旋古又今。玄黄龙战野，汗雨风晞翎。高阁蝉书旧，弥天象教新。索居吾已久，问难向何人？（一九六八）”这首五律诗韵脚分别是“今”“翎”“新”“人”，翎是“十一庚”，其他字都是“九文”，翎字出韵。此处应是作者将其当作前鼻音了。安庆方言“令”“翎”统读为“令”，前鼻音。朴老在这里就借用了方言中的发音规则。这种偶尔借用方言语音的情况，在朴老的其他作品中也有。如他 1960 年游峨眉山时也作过五首《忆江南》，其中有一首是这样的：

> 来寻处，不见抱琴僧。且任客心洗流水，不劳挥手听清音。拄杖仰停云。

这首《忆江南》按《词林正韵》来分析，在押韵上存在三个问题：来寻处，不见抱琴僧。【僧：第十一部】（不押韵）且任客心洗流水，不劳挥手听清音。【音：第十三部】（不押韵）拄杖仰停云。【云：第六部】（不押韵）平仄上也存在三个问题：第 13 字“洗”应平；第 14 字“流”应仄；第 23 字“拄”应平。这首词的韵脚，不符合《词林正韵》的分类，如果用普通话语音来分析，也不在一个韵部，但这几个字如果按太湖方言中发音来判断，“僧”（sen）“音”“云”，这三个字就不算出韵了。其押韵规则符合《十三辙》韵部分类要求。

2. 改音现象

江南好

> 江南好，流水绕人家。浅盏芬甘尝芡实，曲栏清艳倚莲花。往事记些些。

---

① 沈去疾编著：《赵朴初年谱》，上海：上海辞书出版社，2008 年版，第 19 页。

江南好，吹梦落花风。小阁诗来人去后，高楼箫起月明中。逸兴与谁同。

这是赵朴初学生时代的作品，在其所有诗词作品中，年代最早。作为一名在校学生，能够填出意境相对完整的词，已经很难得。当然在词谱上，稍微存在一点出律的地方。如上下片最后一句的第一个字"往""逸"都是仄声，而唐宋人该谱此处基本都是平声字。如白居易二十七字《忆江南》小令最后一句是"能不忆江南"，第一字是平声"能"。欧阳修也有《忆江南》，双调五十四字，前后段各五句、三平韵，上下片最后一句的第一字分别是"天""长"，也是平声。为了更好地表情达意，朴老把这里平常的平声字改成了仄声字，保证该词片尾部分语意流畅和整首词意境的完整。他在另外一首《忆江南》中也使用了同样的方法。

1960年朴老游峨眉山写的《忆江南》其五如下：

天下秀，低首让峨眉。极处赵州登不到，我今亦复半山回。此意普贤知。

此词依白居易《忆江南》体。但后面两句中之"亦"和"此"二字处作者都将"平声"字改成了"仄声"字。

朴老改音现象在其他词牌中也有，如《江城子·读王杰日记》：

遗文字字铸精忠，学雷锋，是雷锋。见危授命，仓卒愈从容。烈火纯钢诚不负，终万古，振英风。（一九六六年二月）

此词用韦庄体，单调三十七字，依《词林正韵》和《中华新韵》。此词第一句第三字"字"当为平声，但作者为表情达意需要，不避嫌地用了仄声，提升了词意表达效果。

3. 借音普通话现象

还以1960年朴老游峨眉山时写的《忆江南》为例。其一云：

危磴上，步步入云峰。山色千重眉鬓绿，鸟声一路管弦同。真到画图中。

按《词林正韵》进行分析，此词在押韵上没有问题，但在格律上还是有个别地方平仄不谐。“山色千重眉鬓绿，鸟声一路管弦同”这两句中原本“千重”对“一路”意义上是完美的对仗，但在平仄上却出格了。因为在中古时期，“一”字是仄声字。“一”宜改为“平声”。但朴老却依据普通话中“一”这个字的发音变化，坚持使用了“一路”。（普通话中“一”字在去声字前会发生音变，读二声，调值为“35”。）

而在其四中，也有这种情况，原词云：

疑无路，飞栈绝崖悬。上有青冥窥一线，下临白浪吼千川。屏息对奇观。

这首词，第四句平仄当为“平平平仄仄平平”，第一字可平可仄。第三字平声，但朴老此处用的“白”字在唐宋时期是仄声字，但在普通话中“白”为二声（阳平）。在这里，他也是借用普通话语音来处理的。

他读报载英雄四排事迹，感赋词一阕。因为这首词写的是军人的故事、英雄的故事，他选用了《满江红》词牌，让人联想起南宋著名抗金英雄岳飞及其词《满江红》（怒发冲冠），体现出英雄奋不顾身的战斗精神。词云：“革命旗飞，扫万古尘埃一空。凭挥手战场驰骋，奋勇前冲。卫国不辞肝脑裂。爱民誓与死生从。甚铸成忠骨与刚肠？唯大公。”

4.杂用不同声韵系统的现象

朴老作诗作词，既懂得传统的声韵系统，又兼用新韵。有时在同一首词中，为表情达意的需要，他会兼用不同的声韵系统。如《西山小休杂咏十二首》其一《临江仙》：

忘却纷纭尘世事，清泉真个清心。携筇石径且行吟。纳新频数息，破寂听鸣禽。

松柏沿途香扑鼻，四周苍翠深深。野花迎笑不知名，西山难得到，两日作闲人。[1]

这首词，平仄用的是《词林正韵》，押韵用的是《中华新韵》。下片第三句最后一个字“名”，也是借方言中的语音进行押韵。

---

[1] 赵朴初：《赵朴初韵文集》，上海：上海古籍出版社，2003年版，第677页。

又如《相见欢》词：

廿年填海深功，忆群朋。赢得今朝欢宴一堂同。

兄与弟，千秋意，万年红。待赏春光华雨又和风。（一九七二年九月）

这首词，双调三十六字，前段三句三平韵，后段四句两仄韵、两平韵。《词林正韵》上片第二句韵脚“朋”不押韵。如果用《中华新韵》来要求，“赢得”之“得”宜改成仄声字。平仄用《词林正韵》比较合适，韵脚用《中华新韵》来分析就符合要求。这些现象反映出朴老写作遵循传统，又不为传统所束缚的勇于创新的精神。

而下面这首《临江仙》词：

坐看屏山开曙色，四围花气氤氲。好音远近送林禽。跃鱼飞瑟响，搅乱一溪云。

浴起温泉凉雨过，一时涤尽尘襟。未能长作岭南人。思携千嶂绿，点缀上林春。

依的是贺铸《临江仙》（巧剪合欢罗胜子）体，采用的则是《中华新韵》。当然朴老如果认真严肃、板起面孔来，也能写出规矩谨严的作品。如下面这首晚年作品：

江城子·题司空山（1986 **年题**）

久萦魂梦故乡山，赤岩悬，彩云间。太白书声，流水听潺潺。欲问可公消息在？空谷石，与心安。

这首词用的是韦庄体，单调三十五个字，格律和押韵都符合《词林正韵》词谱，十分谨严。

以上情况表明，朴老在诗词创作实践中既遵守传统又勇于开拓创新，在继承中发展。

（二）咏词牌或曲牌的写作习惯

诗词曲都是合乐而唱的，朴老对这一点认识很深刻。虽然诗和词的写作在后面都渐渐摆脱了音乐束缚,但他的词和曲在形式上与音乐的关系依旧密切。如词必须要求词牌,曲必须有曲调。在词写作初期,比如唐朝时,词的内容基本上与词牌自身意义所指有密切关系。如《浣溪沙》咏西施事,《渔歌子》咏渔夫事,一般来说,词牌具有一定的内容指向性,而且唐人大部分都遵守这种规则,叫咏调名。到了宋朝以后,词人对词牌和词调的限制意义渐有突破,如同样一个词牌,可以写悲情的,也可以写欢快的;可以是婉约的,也可以是豪放的。如苏轼《江城子》(十年生死两茫茫)与《江城子》(密州出猎),同一个词牌,在同一词人笔下,风格差异极大。正如朴老所言,词在写作过程中不论是词格还是词调,甚至感情色彩,都在不断地发生变化。但朴老在诗词写作过程中,继承唐人写作态度,非常重视词牌或曲牌的喻示意义。他在针对某些事情和情感写作时,会选用具有特定意义的词牌或曲牌来进行写作。其词牌或曲牌的意义,大多能做到显而易见,顾名可以思义。如在庆贺越南人民取得战争的胜利时,他采用《遍地花》词牌名。原词云:

遍地花·喜越南南方军民新春大捷

一部人民战争论,显神威四海春雷震。创新奇遍地开花,攻要害八方合阵。

望南天焰焰红旗,庆东风洋洋喜讯。更牢牢掣住鲸鱼,作京观看看日近。(一九六八年二月)

这首词的词牌名就让人有喜洋洋、乐开花的感觉。再如《相见欢·周总理欢迎田中首相宴会上作》,原词云:

廿年填海深功,忆群朋。赢得今朝欢宴一堂同。

兄与弟,千秋意,万年红。待赏春光华雨又和风。(一九七二年九月)

此词写中日两国,在断交20年之后,两国领导人在恢复邦交时见面的情景,这当然是一场“相见欢”。词牌本身的指示作用很明显,也是一首咏调名的作品。又如在歌咏革命女英雄刘胡兰时,他用《胡兰子》为名,指示性很明确。1965年2月6日,发生了两件重大事情:一是美帝国主义的多批喷气式飞机由越南南方侵入广平省及其他地方时,被越南军民击落四架;二是苏联部长会议主席柯西金到达河内进行访问。为了抒写这两件事，朴老选用了《雁儿落带过得胜令》为曲牌名。“雁儿落”喻含美国飞机被击落败北这样一个事实。越南人民获得胜利，苏联部长的访问，都预示着社会主义阵营的胜利，所以在曲牌名上又添加了“带过得胜令”。同样，在美蒋特务飞机被我军击落时，作者也用这一曲牌写了一支散曲。他这样做是为了实践毛主席的指示精神，为人民而写作，为工农兵而写作，让老百姓喜闻乐见，能够轻易看得懂。又如《不是路》套曲，题漫画《美国商船出洋记》，喻示美国商船的出洋不得人心，肯定没什么好结果。强烈的爱憎感在曲牌名上就得到了体现。

有时，为了使词牌名与作品内容吻合，他甚至自行改调。如《贺新星——为我国第一颗人造地球卫星作》，词云：

> 飞电中宵发，报新星、神州飞起，冲开天阙。三十亿人齐仰首，眩目光芒驰射。更盈耳、曲音清越。天上人间频唱和，东方红、红满西南北。遍大地，欢声彻。照临山水多奇绝：湄公河、洪波骤涌，长鲸猛掣；富士峰头腾怒焰，大漠天方风烈。遍六合、赤旗高揭。白虎大熊俱丧胆，看长空、夺尽妖星色。应远胜，荒寒月。（一九七〇年四月）

自注云：《贺新郎》调，别名甚多，皆宋人取己词意为之，今亦援例，易其一字。这首词采用的原本是《贺新郎》的词谱。因为是为我国第一颗人造地球卫星而作，遂将词牌名更改一字，为《贺新星》，使调名与词所写的内容能产生明显的联系。这种情况在朴老的词曲作品中比较多。

朴老作品中词牌名与主题内容往往有密切联系，如他写从化温泉诱人的自然环境时，用《临江仙》词牌，让人感受到一种置身仙境的飘飘欲仙之感。早年写蒋介石阴谋诡计必定失败，作者也用了《如梦令》这个词牌名，让人不由得联想起：老蒋啊，你的一切阴谋打算，不过是做梦罢了。

四、结语

综观上文可知，赵朴初先生是一位有着特殊宗教信仰的爱国民主人士，他一生为党的事业和新中国社会主义建设事业鞠躬尽瘁。他不仅是一位政治家，而且是一位诗人。在他将近一个世纪的人生旅途中，他不断地用诗词这一古老文学艺术形式抒情言志，在继承传统的基础上不断开拓创新，在古典诗词的创造性继承和创新性发展方面，为我们做出了最好示范。

（合肥学院中文系副教授）

浅议赵朴初新诗的历史地位

胡功胜

赵朴初的新诗创作，内容丰富，纪游、咏史、哀悼、感怀、讴歌、唱和、赠答等应有尽有，不过数量最多的还是歌颂伟大的社会主义建设，赞美祖国的壮丽河山，记录朋友之间的亲密交往。新中国、新时代、新生活的方方面面都在他的作品中得到淋漓尽致的表现。如何评价赵朴初的新诗创作，我认为首先得把他还原成一个普通的诗人，从时代的文学潮流中去把握他的审美品格，从而完成对他的历史定位。

让我们从中国新诗的发展谈起。中国早期新诗的发展像一个“钟摆”一样，两边摇晃：左边是中国传统的变种，也就是“词化新诗”或“曲化新诗”，它们脱胎于旧式诗、词、曲，旧瓶装新酒；右边是“欧化”新诗，它们彻底地抛弃了旧诗词格律，而追求自然美的节奏，唯西唯新是从。胡适的《尝试集》把诗的“散文化”与“白话化”统一起来，试图让诗体“大解放”，《蝴蝶》是其名篇。这种开新文学运动风气之先的白话诗被文学史家称为“胡适之体”。后来出现的以闻一多、徐志摩等代表的新月派（朱湘也是重要代表）走的是一条中间道路，他们不满于五四以后“自由诗人”忽视诗艺的作风，提倡新格律诗，主张“理性节制情感”，反对滥情主义（如郭沫若的《女神》）和诗的散文化倾向。可以这么说，自由化与格律化的对立统一问题一直是中国新诗发展的焦点问题，写诗的人都绕不开，赵朴初当然也不例外。

赵朴初的创作虽以古体诗词为主，但也自觉不自觉地被裹挟进了新诗的发展潮流中，甚至希望自己“由学古而渐想到创新，希望能在我国新诗歌的创建中起一点‘探路人’、‘摸索者’的作用”。他对这个问题有过深入的思考：“我由于个人爱好，对于所谓新旧这两种诗体都曾作过若干尝试，而结果则都不大理想。新事物、新情感、新思想，是否可以入诗？如果可以，应当如何写？

旧形式是否还可以用？如果可用，应当如何用？这些都是常在脑筋里盘旋的问题。”（赵朴初《片石集》）这是他在时代潮流中的主动探索。赵朴初说过，毛泽东的《在延安文艺座谈会上的讲话》启发了他，使他认识到诗歌创作要力求内容与形式的统一，要让人民群众喜闻乐见。

这种思考结出了硕果。20世纪70年代出版的《片石集》中，有个谈诗的长篇《前言》，堪称赵朴初诗歌的美学宣言。他的“基本想法”是：“诗歌与散文有一个很大的差别，就是诗歌要求有节奏，有韵律（不是韵脚）……格律可以突破，可以推翻，但推翻之后又必须有新的格律取而代之……在全新的、比较成熟了的、能够得到广大群众真心喜爱欣赏的诗歌形式产生之前，应该怎么办呢？所以我又有这样一个设想：可否还是酌采人民原已熟习的传统的诗体，即诗、词、曲的形式，先解决群众的需要问题，并借此提高一般群众对诗歌语言的接受水平，同时，通过实践，检查在古典诗歌中究竟有哪些是还可以继承或者可以借鉴的东西，为创造将来新诗格局寻找途径。”

正是基于“为创造将来新诗格局寻找途径”的考虑，赵朴初对传统诗、词、曲等艺术形式展开细致的对比分析，最后的结论是对“曲”情有独钟。为什么呢？至少有三点理由：第一，曲兴起较晚，比较接近现代人的情感与语言，具有很好的群众基础；第二，曲是应用于舞台的，为刻画人物形象服务，长于画刻社会各阶层的人情世态；第三，曲在格律、语调、字数上都相当灵活，尤其是专供阅读的“散曲”。赵朴初认为，“曲”作为我国的一种传统诗歌形式，对于创立我国的新诗歌是大有可为的。“自己并非音乐家，只是一名为新诗歌探索道路的工作者而已”，既然不是为“配乐”而写曲，又何必一定非沿用传统的“曲牌”呢？于是他尝试着自定调式、调名，完成了所谓“自度曲”。至于这种无律之曲，非曲之曲，是否可以叫做一种新体诗呢？赵朴初说：“自己没有任何把握，只好留待人民和时间来作鉴定。”从文学史的角度来评价，其实这就是一种新格律诗，是以旧形式表现新思想的新诗创作的可贵探索，并成为众多探索路径的重要分支和主要成果。

新中国成立后，赵朴初尝试用“曲”来庆祝党和国家的重大活动。同时，他也深知，在各种诗体中，“‘曲’是最能容纳那种嬉笑怒骂、痛快淋漓、泼辣尖锐的风格的”，所以他多次用“曲”作为讽刺声讨帝国主义和各种邪恶势力的工具。此类作品最有名的有《某公三哭》和作于“文革”中的《反听曲》(三首)。1963年年底至1964年年底,短短一年时间内,美国总统约翰·肯尼迪遇刺,印度总理尼赫鲁逝世,苏共第一书记尼基塔·赫鲁晓夫下台。这三人的名字中都有“尼”字,故称“三尼”。这“三尼”与中国都不友好:印度发起边界战争,美、苏都试图支配世界。《某公三哭》,用苏联总书记尼基塔·赫鲁晓夫之口吻,“一哭西尼”——饮弹身亡的美国总统肯尼迪,“二哭东尼”——不幸逝世的印度总理尼赫鲁,“三哭自己”——不幸下台的赫鲁晓夫。曲词构思奇妙,人物形象跃然纸上,作者的辛辣嘲讽自然流畅,对散曲文体形式的驾驭达到了炉火纯青的境界,一般专业的曲作家都难以与之比肩。毛泽东非常喜爱这组散曲,把它推荐到《人民日报》发表。据说,这首散曲当时的社会反响太大了,人们奔走相告,神州大地一时“洛阳纸贵”。

通览赵朴初的韵文代表作《片石集》,其中曲所占比例虽仅六分之一,但它们带来的社会影响是其他作品都难以比拟的。也许可以下这么一个结论:赵朴初的“自度散曲”,不是一种简单的“曲化新诗”,它不但摆脱了传统格律诗的束缚,又没有现代自由诗的散漫,成为一种非常成熟的格律化新诗,自由而又有法度,传统而又现代。这是中国新诗格律化的一种独特尝试,是对中国新诗发展的一份特殊贡献,在中国新诗史上应该占有重要的一席之地。

也许有人会问,一个信佛的居士,为什么要写这些东西?这些带有明显情感倾向性的文字与佛学教义是不是有冲突?答案恰恰就在赵朴初的“人间佛教”思想中。这种“人间佛教”思想的基本内容包括五戒、十善、四摄、六度……要求奉行五戒、十善以净化自己,广修四摄、六度以利益人群,认为自利、利他结合好了,就会自觉地以实现人间净土为己任,为社会主义现代化建设这一庄严国土、利乐有情的崇高事业贡献力量。爱国与爱教是这种信仰的一体两面,他提倡人间佛教思想,就是为了让佛教更好地担当新的历史时期的“人间使命”。所以,赵朴初的诗词很多都以国家大事为题材,从战争到和平,再到艰难曲折的社会主义建设,无一不在他的诗词中有所体现。

同时,赵朴初又把“人间佛教”精神贯穿始终,以诗意的语言将这种社会理想和理想社会的深刻内涵充分表达出来。一方面强调“佛教”的人间性,恰如六祖惠能云“佛法在世间,不离世间觉”,认为佛教必须担当“人间”使命,为人间净土的建设提供精神支持；一方面强调“佛教”的宗教性和神圣性，认为只有“出世间”才能更好地完成“自觉觉他”“自度度人”的人间“使命”，实现佛教觉悟人生、智慧解脱的根本宗旨。赵朴初的新诗创作又与中国诗歌“禅”的传统接通，他或宣扬佛教因果业报，或讽刺世态炎凉，或针砭社会时弊，或赞美大自然，殊途同归，无不把人性度向旷达与超脱，比如写于“文革”期间扫大街时的《闲情偶寄二首》，其中第一首《大扫除》写道：“空言志澄清，何如勤洒扫。峥嵘万古尘，一洗天下小。”他面对历史的风云和现实的责难，把佛家的境界、禅的超脱尽情显现在这空灵悠远的诗句中，直指人的内心，有如高僧禅定。类似的诗句在赵朴初的创作中不胜枚举。从这个意义上来说，赵朴初的新诗创作又是他的人间佛教理论的具体实践和审美表达，是当代中国禅诗的重要代表，对当代佛教文学的发展产生了重大影响。

（安徽省社科院文学所研究员）

招魂与留魂:赵朴初的《依样葫芦》曲

谷 卿 崔俊杰

近见赵朴初1965年手稿一种,内容是一首自作曲子,移录于下:

依样葫芦·克里姆林宫招魂

【急急如律令】魂兮归来啊,不须怕,不须惊,要知道咱们一片至诚心。踢开的是躯壳,要的是灵魂。切莫乱奔乱撞像个没头蝇,切莫一阵轻烟散得无踪影。吩咐三神五丁,碧落黄泉把你寻。太上老君急急如律令!归来啊,咱们亲爱的魂。

【依样葫芦】烧书何必太担心?药方儿有的是"烧灰存性"。你不见黑、白、灰、黄,一批批新本本,依然是三个"和平",依然是两个"全民",依然是向西尼化身,向东尼后人,拍肩招手相勾引。只不过花枪耍得更机灵,明里冤家暗里亲。魂兮归来啊,换上衣衫搽上粉,依然是齐齐整整,袅袅婷婷,卖风流,好结前身未了因。

【骂东风】无奈杨花飞不定,咬牙独把东风恨。干什么越吹越紧?吹得洪波涌起,吹得烈焰飞腾,全不顾咱们——这条路上的行人欲断魂。哦哟,断了魂。

【行不得】魂兮归来,早说东方不可行。地雷坑道天罗阵,看多少明智之人儿送命。魂兮归来,劝君莫向南方进。卢蒙巴的投枪认得人,算账儿,你有分。魂兮归来,爱慕的西方莫久停,黑旋风有股蛮强劲,会卷起高楼百二层,会教你同归于尽。魂兮归来,咱们北方街上也难蹲。露了真形,兵卫森严对学生,水龙加上拳和棍,也够你烦神。还是这儿深宫内院好藏身。闷慌时凑几桌扑克牌应应景。

【尾声】这江山,拚命儿也要把它坐稳,把它坐稳。归来啊,咱们的魂。

一九六五年三月六日戏作未定稿

此稿写成小横幅样式，引首处钤“只可自怡悦”印，落款处钤“朴”“初”连珠小印，均为朱文。因系“未定稿”，故有不少修改痕迹。如其中“交得一步偏财运”句，改写为“露水因缘八九成”，似觉不妥，又于其侧写下“好结”“今生”“未了”“露水因”“前身未了因”等词，最终圈除“今生”和“露水因”，定为“好结前身未了因”；又如多处“依旧”均改为“依然”。可见赵朴初在用字方面颇多斟酌。

《依样葫芦》手稿创作时期相对较早，是今日可见赵朴初“文革”前为数不多的墨迹之一，对于研究其书法及文学风格的形成和变化具有参考意义。由于这首《依样葫芦》是一首政治意味强烈的曲子，隐语甚多，故相比赵朴初晚年那些风格较为典雅精熟的抒情诗词，一向未受关注，此处不妨略作析论，以为献曝。

赵朴初在1950年代以后频繁出访外国，留下不少纪游诗，这首曲子初看似为访问苏联克里姆林宫所作，实际是一篇申明政治立场的宣言。克里姆林宫代表和象征的是共产国际的中心，而在这个共产国际的中心高唱“魂兮归来”，其含义可知。

曲中有三个“依然是”值得注意，即“依然是三个‘和平’，依然是两个‘全民’，依然是向西尼化身，向东尼后人，拍肩招手相勾引”，所指当是1963年3月30日，苏共中央给中共中央来信，特别提出苏共的“三和”“两全”和“三无”的国际共产主义总路线。所谓“三和”，即“两种社会制度不同的国家实行和平共处，进行和平竞赛，最终在资本主义国家实现没有暴力革命的和平过渡”，“两全”即“全民党和全民国家”，至于“三无”，是说建立一个“没有军队、没有武器和没有战争”的世界。

毛泽东和中共对此的反应是，以《人民日报》和《红旗》编辑部的名义，相继发表九篇评论苏共中央《公开信》的文章，将“赫鲁晓夫修正主义”拿到台面加以批判。“九评”系列文章指出：“中苏不是在某些问题上的原则分歧，而是对当代世界革命一系列根本问题上的原则分歧。这种分歧的实质是要不要1957年宣言和1960年声明的革命原则的分歧；要不要马克思列宁主义和无产阶级国际主义的分歧；要不要革命，要不要反对帝国主义的分歧；要不要社会主义阵营团结和国际共产主义运动团结的分歧。”两党之间有关“原则”的争端也由此升级为国家争端，中苏两国关系进入历史最低点。

借此反观《依样葫芦》，就易于明白赵朴初文词中的隐喻了，曲中核心词“魂”也就是马列主义，“要知道咱们一片至诚心。踢开的是躯壳，要的是灵魂”，正是强调中共在主义问题上的坚持和毫不动摇。

正当中苏论战白热化之际，赫鲁晓夫突然在1964年10月被赶下台，勃列日涅夫成为苏联的最高领导人。此时北京试图与莫斯科修补关系，周恩来因此特地前往莫斯科参加庆祝十月革命四十七周年的活动，但最终并未达到希望达成的目的，中苏关系彻底破裂。在毛泽东和中共看来，苏联已不再是社会主义国家，走的是“没有赫鲁晓夫的赫鲁晓夫路线”，中国则是反帝反修的世界革命中心。

《依样葫芦》写作于1965年初，曲牌名为“依样葫芦”，讽刺的正是苏联在当时赫鲁晓夫下台后所走“没有赫鲁晓夫的赫鲁晓夫路线”。首句“魂兮归来啊”直入主题，通篇也都在围绕一个“魂”字做文章。在民间思维和观念里，“魂”是可怕的东西，所以接后笔锋一转，“不须怕，不须惊”，既然是一片赤诚招来的“魂”，也必定是不得不招的“魂”。比起行尸走肉，灵魂至为稀罕，套用俗语就是“触及利益比触及灵魂还要难”，躯壳犹在，灵魂不存，这恰是没有信仰，醉心于利益之所在。赵朴初要强调的是，不能光看宣传什么，更要看其做了什么，失了“魂”的“苏修”，正“乱奔乱撞像个没头蝇”，而“一阵轻烟散得无踪影”。

赵朴初曾作《某公三哭》，传唱海内，他笔下的“三尼”分别是美国总统约翰·肯尼迪，苏共第一书记尼基塔·赫鲁晓夫及印度总理尼赫鲁，其中《尼自哭》（发表时题目被毛泽东改为《哭自己》）即模拟下台后的赫鲁晓夫的语气，自哭自叹，最后写道：“分明是招牌换记，硬说我寡人有疾。货色儿卖的还不是旧东西？俺这里尚存一息，心有灵犀。同志们啊！努力加餐，加餐努力。指挥棒儿全靠你、你、你，要到底，没有我的我的主义。”所谓“没有我的我的主义”，即喻指“没有赫鲁晓夫的赫鲁晓夫路线”，语带讽刺，批判意味颇重。在这首《依样葫芦》里，赵朴初又提到“西尼”和“东尼”，批评苏联对美、印等国的实际态度并非如其表面,是“明里冤家暗里亲”,而“花枪要得更机灵”,意则在中国。尽管赵朴初囿于特定的历史年代和政治氛围,使笔下这些词句偏于政治意味,但将复杂国际形势和政治内涵融汇于词句之中而不堕于直露恶俗,自有高明之处。

《依样葫芦》的“行不得”,显然是预言苏联当时的那种路线是走不通的。苏联居北方,横跨东西亚欧大陆,曲中言其“早说东方不可行”,又说“劝君莫向南方进”,实际上已经把“爱慕的西方”点了出来。“卢蒙巴的投枪”是以刚果(金)民族独立运动领袖卢蒙巴代言第三世界国家,之所以拈出其人,也是因为1960年卢蒙巴遇害后,赫鲁晓夫特意在苏联创立了一所以其名字命名的卢蒙巴人民友谊大学,专为第三世界国家培养青年共产党员。至于“黑旋风有股蛮强劲,会卷起高楼百二层,会教你同归于尽”等句,看似诅咒,实际上是赵朴初基于对国际政治力量对比的判断所发出的警告,没有了“魂”,自然没有底线,因此才会有“兵卫森严对学生”,才有“水龙加上拳和棍”,这也是赵朴初怀着“咱们一片至诚心”写这首招“魂”之曲的原因。

1978年,赵朴初的诗词集《片石集》由人民文学出版社出版,首印20万册,王府井书店于当年4月18日正式发售,遭到抢购,两天以后不可再得。这首《依样葫芦》即收在《片石集》中,但对比最后的发表定稿和未定手稿,若干词句存在一些出入。最显著的是,标题“克里姆林宫招魂”变成了“克里姆林宫留魂”,而起句“魂兮归来啊”则改作“魂兮别走啊”。“魂兮归来”虽然是人们相当熟悉的成语,但因出于先秦时代的《楚辞》,文字尚存典雅基因,与整首曲子谐谑的风格似不完全统一,“魂兮别走”则更加口语化,甚至更为俏皮,效果颇佳;至于变“招魂”为“留魂”,则尤见主体性和主动性,显示出中共比苏共更能代表共产主义——中国才是共产主义者的理想社会和世界革命的中心。

2003年4月,收录赵朴初各体韵文1985首、对联279副的《赵朴初韵文集》由上海古籍出版社出版,就内容区分,作品主要有七个方面,第一类便是为时、为事而作的篇什,《某公三哭》即在其中。这些韵文有不少是自度曲,寓政治批判于嬉笑怒骂之间,口语化较强,但“今典”颇多,处处隐晦,也有很强的现实意义,可被视作“新乐府”。这首《依样葫芦》却未见于《赵朴初韵文集》。赵朴初很早就提出，诗歌的“美”与“刺”两个方面的功能不能偏废，但又感叹，此类“俳谐体”的“讽刺之作，究非大雅”（1977 年致陈邦炎函），故晚年曾多次谈及，对早年《滴水集》《片石集》中所收作品应有所删汰，虽然家中尚有存书，却不再赠人。有关这首《依样葫芦》及类似韵文是否收入作品集的情况，颇能看出赵朴初文学审美和政治观念的变化。他早年对政治敏感而热忱，所作与时事相关的文学作品，在戏谑调笑的背后，其实都是非黑即白的较为简单的思维模式和立场宣言。但随着阅历渐多，入世渐深，佛学修为日益精湛，赵朴初回顾旧作，显然觉得不少谐谑之作失于浅薄。今日读者对比赵朴初前后期创作的不同风格的韵文，也自会感受到这种明显差异及其所蕴含的时代气息。

1989 年东欧剧变，苏联真正“魂飞魄散”，“招”也无方，“留”也无方。赵朴初在此前二十多年就以一个党外观察者的身份，看出无“魂”则江山不稳，“这江山，挣命儿也要把它坐稳”必须要有“咱们的魂”，令人感慨。剧变之后，当赵朴初再度看到自己当年写作的这首《依样葫芦》之时，不知又会作何感想。

（谷卿，中国艺术研究院中国文化研究所副研究员；崔俊杰，首都师范大学政治学院副教授）

愿得甘泉常在手

——赵朴初茶诗的丰富内涵及崇高境界

孙志远

赵朴初自诩为“茶篓子”，亦被人称作“茶圣”。他食素，唯爱品茶。作为诗人的赵朴初，写了大量茶诗。在《赵朴初韵文集》里，收录与茶相关的诗有80首左右。这些茶诗抒发了诗人内心丰富的情感，涉及社会生活的诸多方面，有着极为丰富的内涵。更重要的是，茶于赵朴初诗里绝非只是闲情雅致，而是被他提高到报众生恩、行愿无尽的至高境界。

一、赵朴初是位别具一格的茶人

赵朴初是位别具一格的茶人，因为他并非茶叶专家，亦非茶道大师。赵朴初从事佛教事业和各种社会活动，对茶叶种植、生产有所了解，但不是一门深入。而在饮茶上，赵朴初也是一个不甚讲究的人。在赵朴初的家乡——安徽省太湖县，茶叶自古有名，至今茶叶产量仍然很大，是当地百姓的重要收入。在赵朴初的家乡，人们喝茶比较随便，即使待客，也不过取个茶杯泡上一杯而已。赵朴初幼小生活于此，大约也是受了影响，喝茶也是很随便的。

赵朴初工作繁忙，社会事务很多，没有时间和精力去亲身体会和践行茶叶的种植、生产以及茶道艺术，但他对这些一直是很重视和推崇的。他曾与在京乡亲多次谈到家乡的茶叶，希望在茶叶的烘焙、成型等制作环节上多下功夫。他每到一处茶乡，用诗书推介本地茶叶，关注茶叶的生产乃至流通，希望茶叶能造福一乡。他十分注重不同地区茶文化的交流，以此促进文化的繁荣、经济的发展、社会的和谐乃至人类的和平。他组织成立中国茶禅协会，并在中国佛学院开设茶禅课程，让青年法师们学习茶道。他积极邀请日本里千家、远洲流茶道名家来中国传播茶道文化，促进中国茶道的恢复和繁荣。他对中国茶道艺术的发展和世界茶文化的交流，做出了很大的贡献。

赵朴初极大地丰富了中国茶文化的内涵，提高了中国茶文化的品位和境界。他爱茶、懂禅、能诗、善书，其所留下的以茶为内容的诗文、书法作品，包括一些题名题词，以茶表禅，借茶抒情，内容不仅写到中华茶，还写到世界各地的茶，展现出美好而多样的人间万态、异域风情，不仅是中国茶文化宝库中的瑰宝，也是佛教、文学、书法宝库中的瑰宝。他将中国佛教文化中"茶禅一味"，融入文学、书法领域，提升、丰富、凝练成为一种"茶禅诗书一味"，让人品味无尽。这种"茶禅诗书一味"不是个人的闲情逸致，而被他提高到报众生恩、行愿无尽的至高境界。

二、赵朴初茶诗的丰富内涵

赵朴初以诗写茶事，抒茶情，涉及中国各地乃至世界各地不同的茶品种、制茶技艺、茶的风味、茶与禅的关系、茶道艺术等等，展示了丰富的茶文化，抒发了个人爱茶之情，同时也表现其高深的禅学修养，洋溢着深厚的佛禅之意。下面略析其茶诗内容和艺术特色：

（一）写尽人间茶风情

赵朴初是著名的社会活动家，他的足迹遍及世界多地，特别是与佛教相关之地。他以他的生花妙笔，记录下不同地区不同类型的茶叶，包括茶叶生产、制作、味道、民情风俗等，让读者大开眼界。

1990年秋，赵朴初在游罢故乡安徽后，再游福建。武夷山的茶真是美妙无比，让赵朴初开怀畅饮。他记述在御茶园饮茶：

云窝访茶洞，洞在仙人去。
今来御茶园，树亡存茶艺。
炭炉瓦罐烹清泉，茶壶中坐杯环旋。
茶注杯杯周复始，三遍注满供群贤。
饮茶有道亦宜会，闻香玩色后尝味。
一杯两杯八九杯，百杯痛饮莫辞醉。
我知醉酒不知茶，茶醉亦如酒醉耶。

只道茶能醒心目，那能朱碧乱空花。

饱看奇峰饱看水，饱领友情无穷已。

祝我茶寿饱饮茶，半醒半醉回家里。

——《御茶园饮茶》

赵朴初不是美食家，但绝对可算上一位美茶家，真正领略到饮茶的绝妙境界，饮到尽醉而归。这首诗写茶艺，写饮茶的感受，笔随兴动，畅快淋漓，勾起读者一种强烈的作此一饮的冲动。

1955年，赵朴初第一次去日本，写在日本八芳园夜宴中饮茶：

天青瓷碗漆花盘，白饭清茶佐泽庵。

领略禅家风味好，东京诗境八芳园。

——《八芳园夜宴口占》

日本佛教朋友招待赵朴初，虽曰夜宴，但饮食极为简单。吃的是白饭，饮的是清茶，佐以酱萝卜(泽庵)，用青瓷碗和漆花盘盛装，这样的氛围是赵朴初喜欢的。全诗洋溢着一种清新可人的诗味和禅意。

赵朴初在许多诗里都写到茶艺，特别赞美日本茶道表演所蕴含的丰富禅意：

礼失求诸兄弟邦，清心端坐领茶香。

展巾拭碗观和敬，始识禅风意味长。

——《赋赠里千家访华青年之船》

短短的四句诗，描述日本茶道的过程，让读者充分领略到“禅风意味长”。

1960年，赵朴初访问缅甸，缅甸的吃饭、饮茶又是另外一种风味：

南国话，饮食有多方。湖岸行吟餐竹饭，橡林坐话啜椰浆。清味嚼茶姜。

——《访缅杂咏》

泰国、缅甸和云南地区风俗相似，习惯吃“腌茶”，将生茶腌制成酸味制品，吃时拌入食盐、生姜、花生之类，干嚼佐餐。诗用白描手法，俨然勾勒出一幅南天异国的风情画。

赵朴初还饮过西藏的酥油茶，让他一直到晚年都念念不忘：

酪干细嚼苦茗送，不殊西藏酥油茶。
妙味得来添法喜，昔年曾饮上人家。

——《十二月二十三日，早餐得句》

嚼着酪干，以浓茶饮之，宛若多年之前饮酥油茶。茶是妙味，再添得法喜，就是妙上加妙了。

（二）品茶味禅得诗意

赵朴初生病期间，茶与书成了他最好的伴侣：

饮茶领略闲中味，闭户抄书意兴长。
不觉嚏声惊隔室，藿香惠我胜炉香。

——《七月一日，感寒疾小休》

容易淹留两载余，茶香朝夕药香俱。纷来万事不排除。
游目庭前深浅绿，骋怀案右古今书。老年乐事复奚如？

——《浣溪沙·病院偶占》

茶，代表着美好，代表着清闲。对于忙碌一生的赵朴初来说，病中这样的清闲，无疑是最富有诗意和禅意了，值得好好品味。他在病中往往诗情奔涌，而茶也常常成为其咏叹的对象。与朋友们一起饮茶，谈友谊，抒情怀，是一件多么快乐的事情：

相逢白首老娃娃，前进终输历史车。
阅世但当开口笑，举杯相劝太湖茶。

——《与述之兄晤聚于方行、辛南伉俪家，谈笑竟日，述（之）兄以故乡新茶相赠，漫成一绝，以博一笑》

在这首诗里，洋溢的是一种豪情与洒脱，展现的是另外一种充满自在的禅意。

赵朴初还常去寺院饮茶。寺院庄严的佛教氛围，让作为佛子的赵朴初倍感亲切而欢喜，往往抑制不住内心的诗情：

普茶饭，倍情亲。一堂早课随钟磬，真个是万里香花结胜因。三百载一家心印。

——《东行杂咏·黄檗山》

日本黄檗山万福寺为明末福建高僧隐元禅师所建。寺院以茶招待常住和十方信众，谓之“普茶”。因为前世结下的胜因，赵朴初从中国来到这里饮茶，心中感受到那种美好的禅意，与三百年前隐元禅师所感受相同，故说“三百载一家心印”。

（三）以茶说禅妙趣生

在赵朴初的笔下，寺院的茶充满禅味，与俗世的茶是不一样的：

清凉地，清福属僧家。至味蔬羹香积饭，深禅盐笋赵州茶。心地发奇葩。

——《五台山杂咏·碧山寺午饭》

饭是香积饭，茶是赵州茶，没有世俗的荤腥、铺张和客套，让赵朴初心中充满了禅悦，如同心地里开出许多奇妙的花来。那种禅悦，是不可言说，只可用心体会的。

赵朴初把茶作为佛法的代表，从茶里学佛，在茶里参禅：

茶有诸宗派，种制各有异。
但以喜心饮，一一有禅意。

吾爱荣西师，茶禅一味语。
和敬与清寂，四海来今雨。

——《病房生活》

不同的茶，代表着佛教的不同宗派，代表着禅的五宗七家，但以一颗禅心去饮，就无处不是禅了。

手边的一碗茶，也成为赵朴初为世人解禅说佛最好的用具了：

七碗受至味，一壶得真趣。

空持百千偈，不如“吃茶去”。

——《题〈茶经新篇〉》

平生用不尽，拂子时时竖。

万语与千言，不处“吃茶去”。

——《敬题〈赵州禅师语录〉》

当年，赵州和尚以一句“吃茶去”，教导世人斩断一切知见，明心见性。赵朴初借茶解禅，也教世人“吃茶去”。特别是现代社会，纷繁复杂，时时处处，不要迷失了自我，这是世人需要经常警醒自己的。禅是无需用言语去说的，也不是可以去寻觅的，禅就在最平常的吃茶或工作中，保持一颗平常心，这就是禅。

（四）深情细味世间茶

赵朴初爱茶，以茶寄情，在他的茶诗里，蕴含着极其丰富的思想感情。

赵朴初最爱的是故乡茶。故乡茶未必品质最好，但故乡茶里有着亲人的气息，带着故乡的味道，这是任何地方的茶所没有的，总能让赵朴初魂牵梦绕。

1986 年，茶叶专家陈椽教授来太湖县创制了天华谷尖茶叶，其形如稻谷，色泽绿润，清香持久。同年底，太湖县有人进京，给赵朴初送去两斤天华谷尖。赵朴初饮后，十分赞赏，赋诗一首：

深情细味故乡茶，莫道云踪不忆家。

品遍锡兰和宇治，清芬独赏我天华。

——《咏天华谷尖茶》

为了便于人们理解诗意，赵朴初在诗后还特别加了一个“注”。字里行间，不难看出，赵朴初对家乡茶充满了深情的眷恋，也有对家乡茶着意褒扬、向外推介的意思。这首诗极大地提高了天华谷尖茶的文化品位和知名度。

1999 年，赵朴初病住北京医院。某天，有安徽老乡送了些黄山茶给赵朴初，令他想起了当年安徽省委书记曾希圣赠茶与他，想起了母亲制作荷花茶

的情景,感而赋诗:

昔者曾希圣,每逢春夏日,
赠我黄山茶,清芬妙无匹。
今饮黄山茶,老大忽思家。
吾母撮新叶,轻手藏荷花。
翌晨开线裹,妙香无复加。
八十余年过,追攀感无涯。
我曾游黄山,饱饮黄山茶。
今如遇故人,缥缈梦云遐。

——《黄山茶》

因为是家乡的茶,联想到亲人故友,让赵朴初倍感亲切而动情。

朋友或晚辈知道赵朴初喜欢茶,经常以茶相赠。每次收到别人的茶,赵朴初总是以诗作为回馈:

殷勤意,新茗异常佳。远带洞庭山色碧,好参微旨赵州茶。清味领禅家。

——《安上法师赠碧螺春新茶》

法师所赠之茶,于赵朴初看来,充满深情厚谊,亦有禅家的清味。这种清味也充满在赵朴初的诗句里。

君年七十八,我已八十七。
不敢自居兄,比肩差可以。
平生蔬食惯,老不知肉味。
佳茗及香菇,拜赐大欢喜。

——《得王翘松寄赠铁观音茶、香菇》

茶与香菇皆是清雅的素物。诗也写得极其平淡。非常谦虚的赵朴初真诚地把对方当作朋友,直抒深深的谢意。而禅意,就是这清雅与平淡中,淡淡地散发了出来。

其实,无论哪个地方的茶,都是让赵朴初喜爱的。他的茶诗里,寄予的不仅是爱乡情、爱友情，更多的是爱国情、爱佛教情、爱众生情、爱世界之情：

东瀛玉露甘清香，楞伽紫茸南方良。
《茶经》昔读今茶史，欲唤天涯认故乡。

——《题〈中国——茶叶的故乡〉》

不管日本（古称东瀛）的茶，还是斯里兰卡（古称楞伽）的茶，都是好的。而这些茶的故乡都在中国，作为一个中国人，是为之自豪的。

三、赵朴初茶诗的崇高境界

赵朴初从小受家庭的影响，特别是受作为虔诚佛教徒母亲的影响，在心中早早植下佛种慧根。成年之后，在表舅关䌹之带领下，成为一名真正的佛教徒，从事佛教工作。他谨遵佛陀教诲，发菩萨心，修菩萨行，上求佛道，下化众生，成为佛弟子的楷模。他严于律己，一言一行，无不谨慎，努力做到自利利他，自觉觉他。写诗写书法，对他来说，绝非谋利的手段，他一生不曾卖过一幅书法。他以诗词与书法还债、报恩，有诗曰："谈天助人和，涂鸦亦佛事。（《应世》）""文债寻常还不尽，待将赊欠付来生。（《文债》）"因此，喝茶对他来说，同样是佛事，是要用来利乐有情、广度众生的。这些表现在其茶诗里，极大地提高了诗的思想境界，从而也提高了中国茶文化的思想境界。下面，以具体的诗来简略析之：

无事是有福，负暄睡无梦。
饮茶气清新，吸氧神飞动。
温良喜友朋，贤劳感卫从。
洗身复洗心，为作温泉颂。

——《十二月二十九日、三十日，温泉宾馆》

对于赵朴初来说，但以一颗欢喜心观之，生活中似乎到处都是诗，多得可以信手拈来。只是他太忙了，没有时间和精力去捡拾。

1990年，赵朴初赴云南西双版纳视察南传佛教，召开南传佛教工作会议。诸事忙毕，从西双版纳返回昆明的宾馆，闲了下来，把生活稍作捡拾，就是一首诗了。"无事是有福，负暄睡无梦。饮茶气清新，吸氧神飞动。"这些在我们看来是平常生活，被赵朴初吟来，诗意盎然。

“温良喜友朋，贤劳感卫从。洗身复洗心，为作温泉颂。”赵朴初以“知恩报恩”为毕生行愿，而他最看重的是报众生恩。正是因为众生的劳作和付出，才有了我们的一切。他感谢众生，并去报答不止。每次外出，他感谢随从者、接待者；病住医院，他感谢医护人员，为他们写诗、赠书法。在他的诗文集中，有许多就属于这样的感恩作品。

这首诗也是感恩之作，当赵朴初享受着轻闲和快乐之时，他首先想到的是他人，正是得益于有那么多朋友热情安排，得益于随行者、工作人员的精心服务、保卫，不能不感谢他们。不仅是众生，一切都值得感谢，有这样好的温泉，洗身又洗心，舒服之极，但拿什么来感谢温泉呢？只能做一首这样的温泉颂了。

饮茶亦如此，感谢种茶、做茶、沏茶的人。这样的茶人、这样的茶诗，思想境界就远远高于普通的茶人、茶诗了。

> 愿得甘泉常在口，愿得青莲常在手。
> 不辞千载住人间，天花一任沾襟袖。
> ——《三十六年前，有友人绘图索题，余题其卷首曰“人间仙境”，系之以诗。今偶忆之，嘱毅夫绘图卷书之》

这首诗写于1996年6月9日。这一年的年初，赵朴初生了一场大病，险些不治。一直住在医院，身体渐有恢复。因病，人事少了许多，难得有空闲，手捧一碗茶，回首从前，许多遗忘之事偶然记起。这天，他突然记起了以前写的这首诗，即命毅夫绘图书之。

“愿得甘泉常在口，愿得青莲常在手”。前句中“甘泉”即茶也，后句中青莲喻佛法也。这句诗的大意：希望此生能常有茶饮，滋润心田，希望常能奉持佛法，普度众生。对于这个物质极为丰富的世界，赵朴初所愿，不过一碗茶而已。

“不辞千载住人间，天花一任沾襟袖。”赵朴初这里借“天花着衣”的公案，来表达自己的行愿。在这个公案里，天女认为：各位菩萨身上都不沾着鲜花，那是因为他们断除了一切分别之想。而大弟子舍利弗，由于烦恼使结习未除尽，所以天花沾着身上。如果结习除尽，这花要沾也是沾不住的。这好比有人心中恐惧，鬼魅一类的非人便要趁机利用他的恐惧心。同样的道理，若佛弟子怖畏生死，则色、声、香、味、触等就会趁机作祟。如果遇见的是除离这种怖畏的人，一切五欲便不能得逞了。舍利弗听天女所说，自知修行不足，愈加精进努力。在这里，赵朴初谦虚地认为自己就像舍利弗，身上还有很多积习未除，报众生恩、自我成就的路还很漫长，赵朴初不愿成佛成菩萨，而愿永住世间，做个普通的护法居士，度化众生无尽，一任天花沾满襟袖。

作为佛子的赵朴初从一碗茶里，抒发出广度众生的大愿，不能不为其行愿而赞叹。全诗意象优美，境界广大，充满禅悦，堪为茶诗的佳作。

四、结语

一碗茶，在赵朴初那里，装满了诗意，装满了禅悦，装满了真诚、善良、美好的品德，装满了服务众生、利益社会的行愿。

赵朴初的茶诗是他留给后人的宝贵财富，是中国茶文化宝库中的闪光瑰宝。我们可以从这些茶诗里，欣赏赵朴初丰富的文人情趣，学习、效仿赵朴初的人生风范，提升自我的精神境界。在平凡的生活中，广行自利利他、自觉觉他的菩萨道。

佛教徒视赵朴初为菩萨再来，是人间菩萨。我们也可以说，他就是一位茶菩萨，爱茶，以茶以诗度化世人、净化人间。

（赵朴初研究学者）

母兮吾土，报答未有穷已

——赵朴初诗词中的爱国情怀

余世磊

2000年，赵朴初在北京去世后，党和国家给予其极高的评价："赵朴初同志是著名的社会活动家，伟大的爱国主义者，是中国共产党的亲密朋友。他一生追求进步、探索真理，孜孜以求，矢志不移。在近七十年的漫长岁月中，他与中国共产党风雨同舟，亲密合作，为中国人民解放事业和社会主义建设事业，为造福社会、振兴中华，做出了不可替代的卓越贡献。"①爱国主义成为赵朴初辉煌人生的核心思想，也是贯穿赵朴初诗词作品的主旋律。赵朴初作为诗人、佛子、社会活动家，他的爱国精神，糅合了多种品质和情怀，比一般人显得更加丰富而深刻。这些在赵朴初的诗词作品中得到充分的体现。这种爱国情怀在不同的历史时期，表现也略有不同。

一、儒家报国献身的伟大抱负

赵朴初生于安徽省太湖县一个文学氛围十分浓厚的家庭。赵氏家族祖上赵文楷状元及第，"四代翰林"名闻海内外。赵朴初父母都能诗擅词，很小就教赵朴初习字写诗。加上赵朴初天生的诗人气质，使赵朴初从小就走上诗词之路。正如他自己所说："幼年时，由于家庭和环境的关系，胡乱读过一些古诗词，逐渐受到了感染，发生了兴趣。年龄稍长，惭懂世事，用诗歌语言表达内心感受的愿望不禁油然而生。"②

赵朴初虽习诗较早，但在新中国成立之前公开发表的作品并不多。《赵

① 《赵朴初同志生平》，见《人民日报》2000年5月31日。

② 赵朴初：《片石集·前言》，北京：人民文学出版社，1978年版，第2页。

朴初韵文集》收录仅22首，加上发表于民国报刊的一些作品，共30首左右。从这些作品中不难看出，催生这些诗的应是赵朴初心中报国献身的抱负和忧国忧民的意识。

宁沪列车中作

冷意初凝借茗浇，重围袭耳语嘈嘈。

空山践约知何日，独向人群味寂寥。[①]

这首诗作于1932年，当时赵朴初随其表舅关䌹之在南京工作一段时间后，返回上海。在火车上，天气很冷，赵朴初只有靠喝茶来驱逐寒意。这时，他遇上了一位故交挚友，本以为可以像从前一样开怀畅叙，共话理想，谁知那位朋友满嘴都是生意经，谈起如何投机赚钱滔滔不绝。车厢里的乘客吵吵嚷嚷，莫不如斯。"空山践约知何日，独向人群味寂寥。"古代仁人志士不愿与世俗同流合污，归隐深山，保持自己高尚的品格。赵朴初曾经也与朋友有这个愿望，但在这个时代里，能保持独立人格者已是越来越少，共同的理想和追求渐渐改变。这个时候，年轻的赵朴初心中感到一种不可言说的寂寥，对于自己的人生将走向哪里，他似乎还不明确。

这种寂寥，正是包括赵朴初在内的当时进步的中国知识分子对国家命运的迷茫和对时局的忧虑。

赵朴初生于安庆，4岁至14岁在老家太湖县寺前河接受启蒙教育。那里地处山区，偏僻而安宁。赵家家族在太湖县繁衍数百年来，崇儒信佛，耕读传家。赵朴初从小就生活在浓厚的儒家文化氛围里，后入私塾，接受的是正统的儒家文化教育。儒家提倡"孝亲敬祖""忠君报国"，推崇"志气""节操"，形成了五千年荡气回肠的爱国思想。在赵朴初身上，这些思想得到了很好的继承。当时的中国，外侮内困，积贫积弱，当他离开家乡，到苏沪求学，"男儿立志出乡关"，是怀抱"治国平天下""为中华之崛起"的抱负的。正如《赵朴初同志生平》所评述："早在大革命时期，年轻的赵朴初同志亲眼目睹在帝国主义的野蛮侵略下中华民族备受欺凌，在封建地主的残酷剥削下广大农民蒙受

① 本文中所选诗作，均选自《赵朴初韵文集》，上海：上海古籍出版社，2003年版。

苦难,从而立下救国救民的远大抱负。”[①]

赵朴初离开家乡,来到上海,负笈于东吴大学,视野大为开阔,接触到许多民主、科学等进步思想。赵朴初心中深受儒家文化浸润的爱国精神受到现代先进思想的熏陶,爱国的动力、目标和形式又有了改变。在东吴大学,他积极参加安徽同乡会,表现出振兴家乡的强烈愿望。“五卅运动”发生,他积极参加游行,捐款支援上海工人、学生。1927 年初,他因病离开东吴大学,回到上海觉园关家养病,在表舅关䌹之的带领下,走上从事佛教工作的道路。20 世纪 20 年代,军阀混战,蒋介石背叛革命,国家依然动荡不安。而“九一八”事变的发生,日本对中国虎视眈眈,让赵朴初感到困惑、不安。而他又不愿像身边某些人一样醉生梦死,丧失理想。这首《宁沪列车中作》,正是赵朴初这种心境的表现。

面对内困外患,一批优秀知识分子表现出强烈的爱国情怀。这也极大地激励了年轻的赵朴初投身救国浪潮。赵朴初自己说过,像鲁迅、马相伯、吴耀宗、沈钧儒对他影响很大,“我以我血荐轩辕”的心与他们是相通的。1937 年 8 月,当日寇的铁蹄踏进上海,赵朴初无所畏惧地走上了抗战的前列,冒着日寇的炮火救助难民无数。他与地下党人形成默契,把一大批优秀青壮难民送到皖南新四军,壮大了新四军的力量。而驱使赵朴初这样做的,是根自于孔子“尊王攘夷”的报国献身的抱负,是对中国共产党人的敬重。这首《黄浦江头送别》把这种报国献身的抱负表现得淋漓尽致:

黄浦江头送别

挥手汽笛鸣,极目楼船远。
谈笑忆群英,怡怡薪与胆。
雄风舞大旗,万流归浩汗。
同弯射日弓,待看乾坤转。

赵朴初将青壮年难民送上轮船,希望和他们一起“同弯射日弓,待看乾坤转”,赶走侵略的日寇,建设强大的中国。

---

① 《赵朴初同志生平》,见《人民日报》2000 年 5 月 31 日。

抗战结束，苦难深重的中国又陷入内战的深渊。赵朴初积极参加爱国民主运动，痛恨国民党的反动统治，虽身处黑暗，但对迎来光明充满希望。这种爱国思想在其早期的诗作中表现强烈，如《杂诗十首》《得圣华书却寄》《雨雪》《一九四三年元旦》《杭州访鸟窠禅师塔，时方仲冬，塔旁桃花已开》等。

二、新中国建设所催生的强烈激情

真正激发赵朴初诗情的，是在新中国成立以后。正如他所说："新中国成立以来，社会主义事业的突飞猛进，广大人民的意气风发，时时都鼓舞着我，鞭策着我。可惊、可喜、可歌、可泣的人和事，不断在内心中引起了强烈的激情，愈来愈觉得非倾吐出来不可。"①

新中国百废待兴，赵朴初担任华东民政部、人事部副部长，为恢复华东地区和上海的经济和安定群众生活做了大量工作。1953年，赵朴初联合全国高僧大德，共同发起成立了中国佛教协会，一方面，号召佛教徒与全国人民一道，紧密团结在中国共产党和人民政府周围，为国家建设而努力奋斗；另一方面，他遵照周总理指示，利用中国与周边国家深厚的佛教因缘，积极开展民间外交，促进新中国外交事业发展和世界和平。20世纪五六十年代的赵朴初，像一只和平鸽，飞向南亚、东南亚和东亚的许多国家，还远赴埃及、瑞典等。这个时候，也是新中国佛教国际文化交流的一段黄金时期。他的诗情奔涌，佳作频出：

赴印度过昆明游西山（三首选一）

应是分茅自众香，千红万紫绕禅房。
我来不见维摩老，眩目天花雨道场。

1956年3月，赵朴初赴印度出席纪念佛陀涅槃2500周年大会，过云南昆明游西山写下此诗。古代封诸侯，以茅盛土授予之，称为"分茅"。"众香"，来自佛经，经中有佛国名"众香"。昆明西山诸寺，花木之美，他地所不及。筇竹寺正值落花，纷飞似雪，明艳如霞，奇丽之观，得未曾有。在诗人眼里，一如

① 赵朴初：《片石集·前言》，北京：人民文学出版社，1978年版，第4页。

《维摩经》中的场景：维摩居士在说法，天女散下无数天花。

飞过秦岭

碧空为海云为浪，点点青峰画境开。
不是险巇过秦岭，却从缥缈看蓬莱。

1956年5月，赵朴初再赴缅甸参加第六次佛经结集大会，坐飞机往昆明过秦岭，途中写下此诗。每次坐上飞机，面对窗外空中妙境，令诗人赵朴初浮想联翩。这类写坐飞机见闻感想的诗有多首。

以上两首诗内容不同，但表达的情意是相同的，体现了赵朴初五六十年代诗歌的一个重要特色：无论身在国内还是异域，面对新中国建设欣欣向荣、日新月异的面貌，赵朴初激情澎湃。在他的眼里、心里，充满生气的新中国就是佛经中所描绘的众香佛国、人间净土，就是神话传说中仙人居所、蓬莱之境。诗歌展现出一派庄严富丽的佛教境界，充满了法喜禅悦，洋溢着浓郁的浪漫主义情怀。而隐于其中的是赵朴初内心如海潮般的激情，是对新中国和人民的无限热爱。正是在这种激情与热爱的驱动下，赵朴初不知疲倦地奔忙着，以身许国，奉献不止。

改革开放，中国社会拨乱反正，各项事业走上健康发展之道，呈现出一派生机勃勃。经历"文革"十年的赵朴初，其诗词作品再度奔涌出那种浩荡如春、奔腾如潮的激情，展现出那种庄严境界、浪漫情绪，流淌出那种赤子心中滚烫的爱国情怀：

喜春来二首·新春小令

澄清四海宣和气，顾盼神州驰壮怀。万紫千红欣欣待看百花开。端自在，宜唱喜春来。

枝头喜鹊饶春意，墙角梅花送暗香。规划十年今朝开笔大文章。抬眼望，神炬耀金羊。

这两首词写于1991年春。"规划十年"指的是：1991年2月25日—3月1日，国务院召开全国经济体制改革工作会议。会议讨论了《经济体制改革"八五"纲要和十年规划》以及1991年经济体制改革的要点。"神炬耀金羊"指的是：1991年为辛未年，辛属金，未属羊，藏历称辛未年为金羊年。古代有灯,金铸,羊形,名“金羊灯”。赵朴初面对国家制订的经济改革政策和十年规划,对国家发展充满了信心和希望,以满怀的激情和喜悦,蘸墨写下这两首词,欢快、浪漫、激情溢于纸外,一气呵成。一个对祖国和人民缺乏热爱和激情的人,一个只注重个人名闻利养的人,绝对写不出如此热烈的诗行。

三、对党和人民的无限忠诚

赵朴初逝世后,中国共产党评价他是“亲密朋友”,这一评价是恰如其分的。赵朴初对待党和人民,不仅是爱,更是无比地忠诚。

赵朴初最早对中国共产党的认识,来自他的同学梅达君等人,听梅达君说起党和红军的故事,对红军北上坚持抗日的主张敬重有加,而反对国民政府“攘外必先安内”的政策。在抗战期间,一批地下党人来到赵朴初身边,协助他做好难民工作。党的所想所做,也正是赵朴初所想所做;地下党人“铁肩担道义”的精神,受到赵朴初出自内心的敬仰。他们团结合作,把大量难民送往新四军,成为中国共产党历史和赵朴初人生中的光辉篇章。

赵朴初因对党敬重而逐渐成为党的亲密朋友。在抗战期间,他冒着极大的生命危险,利用其所主持的难民收容所和流浪儿童教养院,掩护了许多共产党人。抗战胜利后,他追随马叙伦等,成立中国民主促进会,支持中国共产党的正义之举。他利用其佛教徒的身份,为党做了大量的工作,把许多物资通过各种途径送往解放区,为中国革命的胜利做出了极大的贡献。

1947年秋,赵朴初帮助地下党王辛南、万流一等,在杭州凤林寺开设凤林医院,作为党的秘密联络站的临时转移点。中共中央上海局领导刘晓等曾在这医院“休养”过。这年冬天,赵朴初来到杭州,办理事务,他趁机去拜访了鸟窠禅师塔,写下这首诗:

杭州访鸟窠禅师塔,时方仲冬,塔旁桃花已开

我来千载鸟窠空,消息人天若有通。
四面湖山风雪里,为谁错放一株红?

四面湖山,风雪交加,一枝鲜红的桃花迎风盛开。桃花本应开在春天,却在仲冬开放,是一片奇景。在赵朴初心中与鸟窠禅师心中的禅是同样的,是不可言说的，二人心心相印。诗人以为，正是这种心心相印，鸟窠禅师在天看见诗人前来，特意为诗人安排了这一美景。而这“一株红”，又何尝不是赵朴初一颗心的比拟呢？在那白色恐怖的日子，赵朴初对党和人民的信任与忠诚不正像这一株桃花开放在风雪里？赵朴初坚信，党所带领的道路是正确的，中国革命一定会取得胜利。

正如《赵朴初同志生平》所评述的：“在民族危亡时刻，在新中国建立的过程中，赵朴初同志义无反顾地与中国共产党和全国人民站到一起，同国家、民族的命运紧密相连，展现了他热爱祖国、热爱人民、热爱中国共产党的高尚情操。”[①]而一旦选择了站在党和人民一起，赵朴初就坚定不移地跟定党和人民，与国家、民族同呼吸共命运，成为党的一个真正的有情有义的“亲密朋友”。

新中国成立后，赵朴初带领佛教徒，紧跟中国共产党走，在社会主义道路上阔步前进。在新中国的每一个时代，赵朴初总是站在最前列。而他在不同时代写下的诗词作品，不仅抒发了他对党和人民的忠诚与热爱，也成为他为时代擂响的战鼓。20 世纪 60 年代，国内外风云变幻，帝国主义反华势力不断膨胀，作为伟大的爱国者，赵朴初对这些反华势力是不可容忍的，必然要予以反击，以此来护卫国家，如同佛放出狮子击退魔军。1961 年，在印度纪念泰戈尔诞辰百年纪念会上，面对反华势力，他义正词严地予以驳斥，还写下了新诗《如果泰戈尔还在》，以刀剑般的文字和语气，给反华势力以迎头痛击。他借一些有关联的国际事件写下了著名的《某公三哭》，以散曲的形式，嬉笑怒骂，涉笔成趣，得到毛主席的好评，然后在《人民日报》发表，甚至在新闻节目上广播，可谓享受中国文学作品至高待遇，赵朴初也由此名闻全国。据说，毛主席的《念奴娇·鸟儿问答》都是受了赵朴初散曲的影响。那个时代，赵朴初写下了大量类似作品。在今天读来，这些作品未免时代和政治色彩过于浓烈。赵朴初作为一名诗人、一个伟大的爱国者、一个对党和人民无比忠诚的人，在那个时代，表现在思想上的一些激进，呈现在作品中的这种色彩，是可以理解的。作为那个时代共有的心声，这些作品受到读者的喜爱，被油印、抄

① 《赵朴初同志生平》，见《人民日报》2000 年 5 月 31 日。

印传播，更有大量仿写托名的赝品。“文革”后，赵朴初反思这些作品，并不满意。“在一九七七年曾致函编者(陈邦炎，赵朴初内弟，上海古籍出版社编辑)，自评其在此以前所作部分散曲、套曲云，此类‘俳谐类’的‘讽刺之作，究非大雅’；晚年并多次谈及，对《滴水》《片石》两集中所收作品应予删汰。”①笔者以为：这些作品也不必删汰，它们是那个时代的回声。如果忽略时代与政治的内容，其中的艺术特色仍是值得学习的；更重要的是，其中展现了赵朴初对国家、对党和人民的忠诚与热爱，洋溢出一个文人爱憎分明的情怀，在今天读来仍然是那么热烈而感人。

置身滚滚的历史洪流中，个人和家庭都难免会受到一些不应有的冲击和损失。赵朴初的亲人就曾受到过一些不公正的待遇，但赵朴初没有计较个人的得失，而始终把国家、党和人民的事业、利益放在至高位置，表现出极大的忠诚、理解，但愿国强人民乐，何妨独茹人间苦，把爱国情怀上升到一个更高的层次。

“文革”中，赵朴初同样受到冲击，被关进了牛棚，从事劳动改造。人不堪其苦其辱，赵朴初却写了这样的诗：

闲情偶寄五首

抟煤球

变化有鲲鹏，丸泥理可通。今朝通手黑，明日彻心红。

捡煤核

细向心中检，然而有不然。冷灰犹可拨，试看火烧天。

扫　雪

何处不东风？温生凛冽中。扫尽一路白，待看万山红。

大扫除

空言志澄清，何如勤洒扫。峥嵘万古尘，一洗天下小。

拆旧纸花

摧拉枯朽尽，铁骨独留枝。好待东风信，新花众妙持。

---

① 《赵朴初韵文集》的《编辑出版说明》，上海：上海古籍出版社，2003年版。

面对“文革”中社会的乱状，党的路线发生曲折，赵朴初对时局表现出忧虑，对“四人帮”之流的倒行逆施表现出愤慨，但从来没有对党这位挚友表现出怀疑和怪罪，而是以一个禅者的心态，来化解眼前的困境和心中的困惑，坚信寒冬过去春天必来，党必将走上正确之路。“扫尽一路白，待看万山红”“好待东风信，新花众妙持”，寄予了对未来美好的希望，读来充满了幽默与轻松。

“文革”结束，党和政府拨乱反正，赵朴初积极协助党和政府落实宗教政策。1986年早春，赵朴初到广东视察佛教工作，他写下这首词：

临江仙·二月八日，访六榕寺，赠云峰和上

缘谢缘生观万法，休嗟剩水残山。参天榕树尚存三。塔波留胜迹，十地许登攀。

昔日须弥今芥子，开颜平等相看。虚空无尽愿无边。一花还一叶，念念现庄严。

经历“文革”十年，六榕寺和全国寺院一样，都遭到严重破坏。赵朴初以禅意理解之，认为这些都是佛教自身的因缘所致。心中还是感到欣然，这里榕树尚存，塔波尚留。对待任何物事，如果都以这种因缘观和平等观来看待，就没有什么可悲可愤的。我辈能做的，是尽自己所能，去努力庄严国土，利乐有情。赵朴初没有去回想、评述那十年，也没有叹息和责怨，心中有的只是对党和人民满腔的忠诚和希望，只是佛子的觉悟和智慧。这种思想体现在赵朴初20世纪80年代大量的诗词作品中，展现了赵朴初独有的爱国情怀。

1999年4月15日，赵朴初病住医院，生命已经所剩不多了。他写下这样的心声：

老人何所好

老人何所好？陈醋与新茶。
陈醋助饱食，百忧驱海涯。
新茶荡心胸，文思发奇葩。
我生曾遇两皇帝，军阀混战乱如麻。
外寇吞噬如狼虎，救亡许我一臂加。
幸遇共产党，创建新中华。

每过天安门,意气干云霞。
虽老不倚老,犹愿献尘沙。
北友许我醋,南友许我茶。
与俗同酸苦,洋洋乐有加。

由感谢朋友的馈赠,回忆90多年的一生,"幸遇共产党,创建新中华",对党和人民、对国家的忠诚与热爱经过时间的洗礼愈加纯粹而深厚。

四、佛子的慈悲心与报恩愿

赵朴初夫人陈邦织先生生前曾告诉笔者:"赵朴初的爱国心与慈悲心是连在一起的。"无时不在的慈悲济世、知恩报恩之行愿,成为赵朴初爱国情怀的重要组成部分。

赵朴初生于一个崇儒信佛之家,母亲陈老夫人和几位亲人都是虔诚的佛教徒。小时候,住寺前河,母亲就经常带赵朴初到附近寺院上香礼佛,给赵朴初讲佛教知识,在赵朴初幼小的心中早早植下佛种慧根。后来,母亲将赵朴初送往上海关家,大姨关静之和大舅关䌹之都是虔诚的佛教徒。在关䌹之的带领下,赵朴初不仅成为一个真正的佛教徒,还走上了从事佛教工作的道路。

慈悲是佛教基本教义之一,也是四无量心的基础。在大乘佛教中,佛、菩萨以追求慈悲及智慧为最高目标。当这颗慈悲心与爱国心结合在一起,使赵朴初获得更大的无畏,敢于冒着日寇的炮火,带领大量的难民寻找安身立命之地。也正是这颗慈悲心的驱使,赵朴初在难民工作结束后,担起了上海净业流浪儿童教养院这副重担。1942年的上海,出现缺粮大恐慌。日伪当局强制推行"限价限卖""疏散人口"等措施,市民以玉米粉(俗称"六谷粉")、马铃薯、山芋等充作主食。赵朴初家境不错,老家又时有支持,本来日子过得不错,但教养院那一大群孤儿嗷嗷待哺,给了赵朴初从未有过的压力。他四处发动募捐,想方设法填饱孩子们的肚子,为孩子们补充营养,而自己只能节衣缩食,这首《雨雪》正是他当时生活的真实写照:

雨　雪

雨雪雨雪亦既甚,朔风卷地万口噤。

重衾覆首心不温，一夜枭声愁到枕。
出门惘惘欲何适？有鸟向人骄其翅。
市中梨橘罗眼前，归家但觅萝卜食。

这首诗描绘了1942年冬上海缺食少食的惨象。“重衾覆首心不温”，赵朴初的那颗慈悲心，想到教养院那一大群孤儿的生活问题，即使盖着很厚的被子，仍然感到很冷很冷，一夜鸟叫，让他无法安睡，满枕愁绪。“出门惘惘欲何适？有鸟向人骄其翅。”出门去办事，有些昏然，不知将往何处？此处鸟骄其翅，比喻有钱人得意的样子。市中梨橘很多，但为了孩子们的生活，赵朴初却不敢花钱去买，只能回家吃萝卜。

赵朴初更多地怀着一颗拔除众生之苦的悲心，勇敢而无畏地投入抗日救亡的浪潮，又在抗战胜利后，投入反对国民党独裁的爱国民主运动。新中国成立，人民当家作主，生活走向安康。赵朴初投身新中国建设的和平事业，其诗词也一改低沉、悲悯，而变得活泼、欣喜。这时，他怀着一颗慈心，希望给国家和人民以欢乐。

1952年，有人曾向赵朴初提出一个关于新中国佛教的问题，赵朴初写了这首诗来回答他：

答　赠

世间出世学无涯，尽吸西江气足夸。
革命大旗翻万古，破心微义阐三车。
生龙活虎慈悲力，换骨移胎智慧花。
本地风光尽歌唱，人民宫殿法王家。

赵朴初以一颗充满慈悲的心来看待、来感受新中国建设和人民的生活，而生出这样热烈的赞叹和美好的诗情。世间出世都是新气象，有着尽吸西江之水的气魄和气象。革命事业前所未有，佛教教义得到弘扬。人们生龙活虎展现出慈悲之力，社会换骨移胎犹如绽开智慧之花。这社会就像庄严的佛国一样，美好风光可以尽情地歌唱。赵朴初写了很多佛教题材和意味的禅诗，特别是新中国成立初期，其禅诗与爱国、爱社会主义、爱人民相结合，从而获得了一种从未有过的新审美境界，充满了一种改天换地、移山填海的豪情壮志，气象宏大，气魄宏伟。

知恩报恩，也贯穿了赵朴初一生的言行。知恩报恩，也是大乘佛教的重要精神之一。佛云："是故诸比丘，当如是学：知恩报恩。其有小恩尚报，终不忘失，况复大恩？"①

进入80年代，赵朴初在佛教界特别强调"知恩报恩"。他给中国佛学院写的校训即"知恩报恩"。他有个书斋，自名"无尽意斋"，"无尽意"即报众生的恩未有穷尽。他用这三个字时时提醒自己，勉励自己，作为努力的目标。他不止一次、也不只在一个场合，要求佛弟子要"知恩报恩"："最重要的，要问自己，学习、工作是为什么？这是关系到立志问题，关系到有什么理想的问题？你学习和工作是为自己的名闻利养，还是为了报众生恩、报国家恩、报三宝恩、报父母恩？最近有一位日本朋友让我写'知恩报恩'四个字，我认为他的请求很好。"②其在诗词中也反复展现出这种报恩愿望。以报恩的形式来爱国，使得赵朴初的爱国情怀又提升到一个新境界。

1989年，赵朴初为新中国成立40年填了一首词：

千秋岁·人民政协四十周年颂

百年奋斗，果三山尽拔，妖氛净洗。四十年前狮子吼："中国人民站起！"谈笑千秋，豪英四海，意气无伦比。天安门上，人天皆大欢喜。

弹指沧海桑田，山河改造，旧貌今余几？纵有风狂兼浪骇，猛志顿超千里。众桨齐飞，同舟共济，圣哲殷忧启。母兮吾土，报恩无有穷已。

"母兮吾土，报恩无有穷已。"在赵朴初的眼里，伟大的祖国就是母亲，把自己养育，对于儿子来说，报此恩是无穷无尽的。赵朴初以年迈多病之躯，忙于佛教和各种社会事务，这些对他来说，都是为报国家恩、报三宝恩、报众生恩、报父母恩，即使他做得再多，也报不尽这份恩情。

特别是进入生命的最后几年，赵朴初因病经常住在医院，而他深感不安的不是自己的生与死，而是觉得自己还有太多的深恩未报。

---

① 《杂阿含经》卷四七。

② 《年轻僧人要善于工作、善于学习》，见《赵朴初文集》，北京：华文出版社，2007年版，第777页。

1996年1月，赵朴初大病一场，险些不治，他在醒后，即口占一诗：

大病几殆，口占

一息尚存日，何敢怠微躯？

众生恩不尽，世世报无穷。

1998年11月5日，赵朴初过92岁生日，写诗抒怀：

九十二生日·赋答诸亲友

病室偏饶春色，好花流入如川。良辰喜值二千年，嘉音西北至，美意迓东南。

深重四恩难报，犹思贾勇余年。敢将退笔写华笺，不辞歌《下里》，随兴乐当前。

正因为这“众生恩不尽”“深重四恩难报”，赵朴初即使在病中，仍在工作不止。只要病稍好，就走出医院，应付纷繁人事。1999年5月21日，是香港佛教四众弟子和广大信士大喜的日子。北京西山灵光寺的稀世国宝——佛牙舍利，将乘专机赴香港受供奉瞻礼。这是香港回归祖国后，中国佛教协会和香港佛教联合会进行的第一次大规模的佛事交流活动。香港的佛教四众希望赵朴初能参加这次活动。长期住院的赵朴初按照自己的身体状况，绝对不宜长途旅行，更不适宜坐飞机。但为了报国家恩、报三宝恩，为了香港的繁荣稳定，他毅然决定亲自奉送佛牙去香港，参加了在香港举行的一系列活动，回来后，再度住进医院而再没走出医院，为国家、为人民、为党的事业奉献出了自己的全部。

五、结语

赵朴初作为伟大的爱国者，为后人树立了光辉的榜样。今天，读赵朴初诗词，重温赵朴初的爱国情怀，可以激发我们更加去爱国、爱乡、爱生活、爱这个时代。我们要认真学习、传承中华优秀传统文化，从包括赵朴初在内的无数中华仁人志士的身上去汲取爱国的力量和智慧。我们要积极投身时代的洪流，在国家日新月异的变化中，焕发内心的爱国热情。我们要走出小我的圈子，始终对国家、对党和人民满怀忠诚与热爱，不要因为一些个人的得失而丧失信仰，动摇自我的信念。不管我们是不是佛弟子，我们都要培养助人济世的慈悲心，发下知恩报恩的大愿心，特别是要知国家恩，报国家恩，心中常把国家和人民装在心中，如范仲淹“先天下之忧而忧，后天下之乐而乐”。在当下，我们要以习近平新时代中国特色社会主义思想为指导，脚踏实地，努力奋斗，为实现中华民族伟大复兴的中国梦贡献我们的力量和智慧。

（安徽省赵朴初研究会副秘书长）

诗史互鉴:赵朴初的文物情怀

胡文飞

一直以来,诗史互鉴即为行之有效的文史研究方法之一。作为蜚声中外的著名作家,赵朴初一生创作甚丰。他熟读典籍,精通国学,才思敏捷,往往于工作、学习、生活中灵感迸发,信手拈来,倚马立就,故其作品以叙事记事为主。研读《赵朴初韵文集》1985 首作品,更能让我们全面深入了解诗人波澜壮阔、光辉伟大的一生。

中华民族有着悠久、灿烂的文明发展史,在漫长的文明发展进程中,先民们为我们留下了许多弥足珍贵的文化遗存。而这些遗物或者遗迹又是中华文明重要的历史文化遗产和历史的重要见证,也成就了当今蓬蓬勃勃的文物事业。赵朴初是中国传统文化的推崇者与践行者,故而对新中国的文物事业十分关注并给予极大的支持,同时又身体力行积极参与文物事业的建设发展。本文试图从赵朴初韵文着手,旁证以史料,以文物为视角,全面客观地解析朴老的文物情怀。“滴水傥能呈海味”,“谓予是耶非耶”(赵朴初诗句)。

一、赵朴初与三位文物大咖

众所周知,新中国文物事业的奠基和创始离不开两个关键人物,那就是郑振铎和王冶秋,而他们俩和赵朴初有着非同寻常的友谊。赵朴初在一次公开场合曾这样说:“我个人和文物局的最早领导人郑振铎同志是老朋友和好朋友。五十年前,抗日战争时期,我们常在一起。解放后,我和国家文物局郑振铎局长和他的继任者王冶秋同志合作得很好……”“实在地,我至今还常常想念着他们。”①

① 赵朴初生平陈列馆藏资料 346 号《关于寺观的属性、职能和归属问题》打印修改稿。

郑振铎是中国现代杰出的爱国主义者和社会活动家、作家、诗人、学者、文学评论家，也是著名的训诂家、收藏家，是新中国的首任文物局局长。1949年11月1日，中央人民政府文化部成立，16日政务院任命郑振铎为文物局局长。1958年10月17日，郑振铎担任中国文化代表团团长，率团前往阿富汗与西亚等国访问，飞机在苏联境内的卡纳什地区失事，不幸遇难。惊闻噩耗，赵朴初赋词《云淡秋空·哀郑振铎》：

风急天高，何期一别，万古云霄。手抚新编，神痴诗句，曾费推敲。廿年往事如潮，风雨夜，盘飧见邀。肝胆文章，和平志业，耿耿星遥。[①]

词下有注，其一是说郑振铎在启程出国的前一天，主持了全国政协会刊的编辑会议。在会议闲暇间，翻阅了赵朴初的诗稿，并商酌其中一字的改动，演绎了一段贾岛、韩愈推敲的千古佳话；其二是说抗日战争期间，赵朴初和从事抗日工作十余名同志常常在郑振铎家聚会，贤淑的郑母总是以福建美食招待他们(郑是福建长乐人)，名为聚餐会，实为一起商讨抗日大计。由此他们结下了深厚的战斗友谊。

据《中国民主促进会简史》，抗战胜利后，赵朴初和郑振铎共同投入反对内战、反对独裁、反对出卖国家主权的爱国民主运动中。他们和马叙伦、王绍鏊等进步民主人士一起座谈时局，携手联合战斗，终于在1945年12月30日正式宣告成立中国民主促进会，赵朴初等26人出席成立大会。1946年1月2日，中国民主促进会第二次会员大会，尽管郑振铎未参加大会但仍当选为第一届理事会理事；1946年2月3日，民进在上海召开第三次大会，赵朴初等三人担任联络部联络员并任经济委员会委员。2月6日民进理事会决定“开办人文科学补习班，由陈巳生、赵朴初、严景耀三人负责，并拟聘请严景耀、郑振铎、雷洁琼、王绍鏊、林汉达、陈巳生、周建人、冯仲足、吴大琨、蔡尚思、金仲华、沙千里、黄任之、马叙伦为教授”。[②] 为推动上海爱国民主力量的大联合，在中共上海地下党的领导和帮助下，中国民主促进会与上海各界52个团体组织于5月5日成立了上海人民团体联合会，联合会简章的草案是由

① 《赵朴初韵文集》第47页。

② 《中国民主促进会简史》第2版第23页。

王绍鏊、赵朴初和梅君达负责起草。而郑振铎、马叙伦、周建人等则分别在《民主》《文萃》《文汇报》上发表文章或谈话，痛揭国民党反动派独裁统治。尤其是李公朴、闻一多惨案后，郑振铎在其主编的《民主》40期，辟出“敬悼李公朴、闻一多先生”专栏，刊登进步人士文章，抗议反动派暗杀民主人士的卑劣行径，痛悼为民牺牲的烈士。这种血与火的战斗，更进一步加强了赵朴初和郑振铎的友谊，并一直持续到新中国的成立。1949年开国大典，赵朴初和郑振铎分别以宗教界人士代表和文化界人士代表参加第一次中国人民政治协商会议，并且郑振铎作为筹备会议第二小组成员负责起草了《中国人民政治协商会议组织法》；赵朴初与王绍鏊则在会议期间共同担任大会《政协组织法》草案整理委员会委员，赵朴初和郑振铎同时为新中国人民民主政权建设献计出力。尽管在此后一段时间两人工作岗位不同，但他们的友谊不断升温。1954年11月赵朴初进京，他们工作、学习、生活交流更为便利。今天，我们在温州市沧河巷郑振铎纪念馆仍可见赵朴初赠予他的书法作品，这是他们友谊的最好实证。

王冶秋和赵朴初是安徽同乡，一个是安徽霍邱人，一个是安徽太湖人，地域均居皖西大别山区。王冶秋是新中国文物事业的主要开拓者和奠基人之一，周恩来总理曾赞扬他把文物当作自己的生命。由于王冶秋的求学、革命生涯都是在北京度过的，故而赵朴初与这位小自己两岁的乡贤交往应在移居北京之后。1994年3月，赵朴初作《怀王冶秋同志》诗，详细记述了两人工作友谊，其文为：

> 古寺富文物，护持赖僧侣。可叹小器人，轻侮而自诩。往往见欺凌，豪夺或巧取。吾爱王冶秋，坦坦心无私。重光白马寺，仗其竭力资。五台二唐寺，庄严世绝伦。欢喜谓我言，守护惟两僧。勤谨常精进，胜我三十人。可悲言在耳，法像遽见侵。金陵藏经版，数量冠寰宇。法宝归十方，义不受妄与。十年遭世乱，风义可概见。感慨怀斯人，心香以为奠。[①]

① 《赵朴初韵文集》第642页。

赵朴初诗下有注，点出了王冶秋与其交往中三件大事：一是“文革”后为恢复洛阳白马寺，苦于佛教法器缺乏，赵朴初遂与王冶秋相商，王冶秋无私地将故宫大佛堂全部佛教法器赠予白马寺；其二是山西五台山的南禅寺和佛光寺，殿宇佛像均建于唐代，保存完好，是我国现存的最古老的文物建筑，王冶秋视察后大为赞赏并大发感慨，说守护二寺的两个和尚胜过文物部门干部二三十人；其三是金陵刻经处在“文革”后恢复之时，有人主张将其所藏经版十二万块全部移交文物局，王冶秋不同意这个方案，而是坚持将经版留在刻经处，发挥其应有的作用。

王冶秋逝世于1987年10月，赵朴初在7年之后写下这首诗，既是抒发对老朋友的怀念之情，又是对“文革”结束后落实党的宗教工作的种种努力表示感佩。

与赵朴初交往较深的文物界另外一个人物是俞伟超，著名的考古学家，曾任中国历史博物馆馆长、学术委员会主任、三峡建设委员会文物保护组组长。因为三峡工程文物保护问题，俞伟超曾多次请教赵朴初，兹录赵朴初一复函如下：

致伟超馆长同志：

大函奉悉，关于三峡工程文物保护问题，自属重要，谨当追随诸公之后，勉竭微劳。

专此函复，顺颂冬安。

朴初

95.11.28

寥寥数语，既道出了赵朴初对三峡文物保护工作的高度重视，又亮明了自己将对三峡文物保护工作竭力予以支持的态度，更体现了这位耄耋老人谦逊礼贤的高尚品德。

二、赵朴初的文物缘

1959年8月，作为新中国成立十周年十大建设之一的中国历史博物馆竣工落成，赵朴初欣然命笔：

其一

意态何如大会堂？巍巍泰岱两相望。

天安门外庄严海，寰宇名都未有双。

其二

燧人取火非常业，世界从兹日日新。

五十万年过一瞬，还看今日北京人。[①]

诗人以泰山来比喻人民大会堂和历史博物馆之巍峨庄严，认为这些举世无双的建筑将充分展示中华民族悠久的历史，并引领其走向光辉灿烂的未来。中国历史博物馆是中国历史、文物展示的重要平台，诗人吟诗颂歌，至少旗帜鲜明地亮明了态度，即对中国文物事业的关注。

赵朴初重视文物工作，可以从以下诗中得以印证。1985年诗人游曲江，登狮子山岩，访马坝人遗址，曾赋诗：

温故知新知未来，勤劳改造勉吾侪。

残枝片石须珍重，无尽星河自此开。[②]

马坝人遗址是12万年前的人类早期文明，诗人用“珍重”二字更进一步表明了相关保护工作的重要性和必要性。

晚年的赵朴初，身兼各种社会要职，其中一项是北京市文物古迹保护委员会委员。曾有一则有趣故事：

北京市文物古迹保护委员会第11次全体会议，拟定于1988年12月12日上午9时召开，地点是东城区府学胡同36号北京市文化局礼堂，通知是该月7号发出。谁知辗转到赵朴初手中，已是12月12日下午。赵朴初用铅笔在通知右上批注“时过已　朴初　12.12下午”，并在“时过已”上划上重重两道杠，既表达了对通知延迟耽搁的不满，又流露出对此会议高度重视的态度。[③]

---

① 《赵朴初韵文集》第63页。

② 《赵朴初韵文集》第393页。

③ 赵朴初生平陈列馆馆藏资料。

1989年5月,《北京文物报》在头版头条刊登了署名吴文的文章,标题为《朴老关心文物事业二三事》,内容如下:

今年二月下旬的一天,全国政协副主席、中国佛教协会会长、著名书法家赵朴初先生应《北京文物报》编辑之请,欣然挥毫,为我市文物工作的宣传喉舌,写下了"北京文物报"五个大字。字体结构美观,笔力劲拔,朴老还郑重地署名并加盖印钤,极为珍贵。

朴老对北京的文物保护工作特别关心,早在八十年代初就曾亲自主持在著名的法源寺内举办的"鉴真大师像回国巡展",效果大、影响深,同时法源寺内的展陈得到了充实,古建也进行了修缮,为北京增添了一处佛教图书文物参观场所;原藏在东城区柏林寺内的清代雍正、乾隆年间敕刻的七万余块大藏经版,在朴老与社会知名人士及有关单位的支持下开始刊印,这是继承和弘扬祖国传统文化的好事,所印刷的"龙藏"堪称当今出版物之最。正如朴老在"重印龙藏序"中所言:"情采旁搜,包罗宏富,超轶前代,为国重宝。实集佛学典籍之大成,为华夏文化之丰碑。"

再如对北京房山区石经山云居寺与石经的关注,也倾注了朴老的不少心血,他率先为修复云居寺捐赠专款,支持出版有关云居寺与石经的学术著作,高度评价了该项文物的重要价值,誉其为"北京的敦煌"。想到朴老对北京文物之关心重视,使我们敬仰之情油然而生。①

这篇署名"吴文"的作者经考证真名为吴梦麟,山西定襄人,古建筑专家、辽金元史专家、北京石刻艺术博物馆研究员,对北京地区文物极为熟悉。故而她能对赵朴初关心北京文物事业的事迹娓娓道来。也许是受篇幅限制,吴梦麟记述得过于简单,很有必要做一下补充。一是关于中国佛教图书文物馆设立;二是关于《房山石经》和云居寺;三是补漏赵朴初对北京佛牙舍利精心保护问题。

中国佛教协会成立以后,赵朴初用很大的精力,抓佛教文化事业的建设。在长期的工作实践中,他深深地感到,中国佛教两千年的悠久历史,遗留了丰

① 赵朴初生平陈列馆馆藏资料013号。

富的古老佛教文化，保留了许多具有重要价值的文物，弥足珍贵。因此在他的主导下，于50年代即设立佛教图书文物室，陆续搜集、整理佛教书籍17654部51310册，包含各种版本的《大藏经》、线装孤本典籍，另有藏文经典830包，还有一批雕塑、绘画、法器、拓片、照片等。1980年5月在图书文物室的基础上正式成立了中国佛教图书文物馆。

自1956年起，图书文物室就承担了对北京房山石经的调查、整理、研究、拓印、照相制版、编辑出版发行这一浩大而系统的工程。《房山石经》分辽金和隋唐两部分共30册，它不仅为研究中国佛教史和佛教典籍提供了重要资料，也为研究中国古代经济、政治、文化、艺术、书法提供了宝贵的资料。而这项浩繁工程实施的过程，离不开赵朴初的悉心关怀，从人力、物力、财力上给予的大力支持。1998年，《房山石经》辽金刻碑回埋之际，赵朴初作颂：

辽金宝藏，应机出现。拓印流通，光耀赤县。宏愿深心，永怀列祖。功德今圆，还归故土。①

在此，诗人流露的是喜悦和自豪，《房山石经》的整理出版是一件惠及子孙、功德圆满的大事，它将光耀中国文化史册。

云居寺的修复亦全赖赵朴初之功。1985年赵朴初作《修复云居寺颂》：

锲而不舍历千年，石经宝藏冠人间。
云居昔日何巍然，护持文物集众贤。
一朝颓坏哀烽烟，空留碑碣对尘寰。
今逢盛世希有缘，愿观众力复庄严。②

云居寺始建于唐，兴盛于辽。1942年遭日军侵略轰炸毁坏，其修复的背后还有一个不为外人所知的故事。80年代初，北京市委主要负责同志于清明节邀请赵朴初到云居寺植树，闲暇间这位主要负责同志恳请赵朴初主持云居寺的修复，并答应修复后归还作为佛教场所。于是赵朴初带头捐款并得到海内外信众的响应，云居寺修复工作顺利进行。尔后，这位领导人食言而肥，

① 《赵朴初韵文集》第729页。
② 《赵朴初韵文集》第441页。

赵朴初派人协调七八次都没有结果。1987 年 10 月，云居寺作为社会历史类专题遗址博物馆对国内外游人开放；1995 年改为云居寺石经陈列馆。不管结果如何，云居寺的修复是赵朴初对北京文物事业的一大贡献。

北京佛牙舍利既是佛教圣物，又是极为珍贵的文物，堪称国宝。佛牙舍利最初藏在北京西山灵光寺画像千佛塔内。八国联军入侵北京，塔毁于炮火，后寺僧清理瓦砾使其重见天日。其石盖铭文与辽史记载一一吻合。1955 年在赵朴初主持下，佛牙舍利被恭迎供奉于广济寺舍利阁。当年及 1961 年先后应缅甸和锡兰两国政府和佛教界请求，护送出国，接受两国广大佛教徒的瞻礼。1957 年，在周恩来总理的支持下，中国佛教协会成立了“佛牙舍利塔修建委员会”，赵朴初担任主任委员。1960 年春舍利塔建成，赵朴初特作《重建佛牙舍利塔颂并记》：

> 宝相辉金，飞檐焕碧。庄严国土，天壤今昔。昔庚子坏，今庚子成。一坏一成，观国之兴。既睦我邻，既敦我族。利乐众生，千灯永续。[①]

1964 年 6 月 25 日，中国佛教协会在佛牙塔隆重举行了开光典礼，成为当时佛教界一件盛事，赵朴初为佛牙塔撰写了《北京佛牙塔塔铭》。从此，北京佛牙舍利得以在新塔中供奉，既得到周全的保护，又受到中外信众的瞻礼，充分发挥了佛教文物特有的作用。

同例，陕西法门寺 1987 年也发现四枚佛指舍利，一枚为佛真身灵骨，三枚为影骨。赵朴初在法门寺唐代重大文物发布会上，高度评价了这批文物是“国之重宝”，并撰写《扶风法门寺佛指舍利出土赞歌》[②]，其中有“玉棺启见佛指骨，曾使唐皇泪盈目”，“骨影非一亦非异，了如一月映三江。金银琉璃众宝器，精微工巧辉煌极。金缕袈裟待展开，天衣遍覆无边际。勤劳智慧叹先民，妙手所到如有神”等句，既肯定了这批文物极其珍贵，又回答了某些质疑的声音，更歌颂了古代人民的勤劳智慧。赵朴初非常关注法门寺佛指舍利安全问题，先后对佛指舍利的保管、保护中出现的问题和纠纷提出不少重要意见。他为这枚佛教珍稀国宝的保护可谓殚精竭虑，费尽心血。

---

① 《赵朴初韵文集》第 75 页。

② 《赵朴初韵文集》第 449 页。

赵朴初对中国文物事业的另一大贡献是对南京金陵刻经处的两度拯救。1994年3月21日赵朴初再访金陵刻经处，曾撰词："刻金处，墓塔拜仁山。今日版藏过十万，卅年两度救颓残，法宝护龙天。"金陵刻经处馆藏经版12万余块，这是赵朴初协调沟通从扬州、重庆、苏州、北京、天津等处收集获得，这些经版皆是文物精品。赵朴初分别于1950年和"文革"后两度拯救濒临倒闭的金陵刻经处。可以说，没有赵朴初，就没有金陵刻经处的重生。2006年，金陵刻经处以"金陵刻经印刷技艺"成为首批国家级非物质文化遗产保护单位；2009年又被联合国教科文组织列入《人类非物质文化遗产代表名录》。金陵刻经处也因此成为濒临失传的世界非物质文化遗产——"中国雕版印刷技艺"的传承保护单位。

以上所述虽为几个案例，但足见赵朴初对祖国文物之钟爱。不唯如此，当他在各地访问之余，最爱去的地方就是文化遗址和博物馆，且留下了大量的诗篇。此仅录《观埃及古代文物》：

其一

厚葬今应谢古人，洋洋文物耐研寻。
何年鸟篆洛阳纸，谁氏袈裟天竺僧？

其二

藏舟故事由来久，出土钟彝莫或先。
浸教羲和夸六辔，人家争坐太阳船。

其三

彩画浮雕所见希，堪惊文采夏殷时。
为陵为谷宁多事？赢得千年木乃伊。

其四

百柱峨峨古庙堂，论年阿育是孙行。
初开曙色人世间，浩荡尼罗未可双。[①]

古埃及是四大文明古国之一。诗人对巍峨的金字塔、百柱神庙、彩画浮

① 《赵朴初韵文集》第41、42页。

雕、千年木乃伊充满了赞叹敬佩之情，认为古埃及文明是举世无匹的人类文明之源。同时他又提出“洋洋文物耐研寻”，研寻什么呢？如鸟篆（象形文字）、天竺僧、钟彝、太阳船与鞍辔，世界不同地域或不同时期的文化彼此契合或者相互影响，都值得深入探讨和研究。

1978年，赵朴初抵临日本京都，考察京都古迹保护经验。是年京都举办世界第一届历史都市会议。京都在公元794年至1868年一直作为日本首都，是世界上连贯时间最长的古都，它是仿洛阳和唐长安规划布局而建，有着非常重要的历史价值，享有“东方传统文化博物馆”的美誉。赵朴初对此深感震撼，他对前来车站迎接他的清水寺104岁大西良庆长老称赞道：“堪称此邦不忘本，保护文明到无形。”[①]他山之石可以攻玉，汲取别人的文物保护经验，实行传统文明与现代发展的融合，走可持续发展之路，这是赵朴初给我们的又一点启示。

三、赵朴初的文物观

1993年暮春，赵朴初游秦始皇陵兵马俑有感而发，赋诗“桓桓武士始皇陵，千载如闻叱咤声。六国与秦皆电逝，幸留文物耀先民”。此诗极其鲜明地表达了他的文物观，即文物是历史的见证，是重要的历史文化遗产。他对新中国文物事业的悉心关注，对文物事业的巨大贡献是无可争辩的事实，尤其是他对文物管理工作的一些思考，至今仍具有指导意义。

（一）坚定文化自信做传统文化踏实守望者

赵朴初一生对中国传统文化的不懈追求，特别是对佛教文物的保护、挖掘、整理和研究，做了许多艰苦的工作，做出了巨大的贡献。赵朴初认为佛教、道教的文物是我国历史文物宝藏中的主体。两千年悠久的佛教历史，留下了许多具有价值的佛教文物，如重要的寺庙及其建筑、宝塔、石窟、佛像、经典、字画、法器等等。针对“文革”十年遭受的破坏，拨乱反正后赵朴初以自己的人格魅力去感化打动每一个人，以肃清左的思想流毒，落实党的宗教政策，

---

① 摘自王锦思《日本行中国更行》。

既维护了宗教的一份净地，客观上又对佛教文物的保护起到了极大的推动作用。可以说，祖国各地都遍布了他辛勤工作的足迹。这种"鞠躬尽瘁，死而后已"的精神将永驻长存，激励后进。

（二）提倡文物保护途径多样化，藏宝于民

1990年，赵朴初访黄山西递村，见明代屋宇保存完好，遂赋诗："万年不改水流西，百代犹存花萼意。因之导之信赖之，护持文物此上计。"①

同年游福建涌泉寺，他也有诗："明版经存南北藏，丹崖字刻宋元题。护持须仗禅师力，佛日增辉万劫期。"②

这两首诗无一例外地、鲜明地表达了赵朴初的观点，即文物保护不能文物部门独家春光占尽，而要举全社会之力，共同参与到文物的保护和收藏中来，这才是"上上之策"。赵朴初这种前瞻性的观点很有现实指导意义。据国家文物局统计数据，全国博物馆数量为2010年3415家，2011年3589家，2012年3866家，2013年4165家，2014年4510家，2015年4692家，2016年4873家。截至2017年，全国文物机构拥有文物藏品5096.32万件，其中博物馆藏品3938.32万件（套），占文物藏品总量的77.3％。在这些快速增长的博物馆中，有相当的一部分为民营或私人博物馆，收藏门类也五花八门，大有百花齐发之势。这就是赵朴初期许看到的文物保护的繁华春天。

（三）正确处理文物保护的"义"和"利"

新中国成立后，文物事业得到飞速发展，但文物保护工作属于偏门和冷门，文物保护工作需要耐得住寂寞，守得住清贫，要有一份恒心和执着。就佛教而言，许多重要佛教文物的保护离不开政府宗教部门和文物部门的大力支持，尤其在"文革"中，许多重要佛教文物交由文物部门管理，得以幸免于难。这是文物部门对历史和社会的一大贡献。然而在拨乱反正之后，面临佛教界的正当诉求，政府部门（包括文物、旅游、园林部门）却不愿释手相让，彼此矛

① 《赵朴初韵文集》第540页。

② 《赵朴初韵文集》第548页。

盾冲突愈演愈烈。针对此种怪象，1989 年赵朴初提请中央召开相关部门的座谈会，并撰写了一篇发言稿《关于寺观的属性、职能和归属问题》，赵朴初以理说事，依法说事，据理力争，从而加速了国务院相关文件政策的出台，佛教、道教的利益得到了维护。但客观上也导致少数思想偏狭的既得利益者对他有怨怼情绪，但清者自清，赵朴初不是为一己之私而争，而是为还佛（道）教一份净土而争，为落实党的宗教政策而争，其言诤直，其行磊落。时隔 30 年，当年赵朴初所痛斥的现象在部分地区仍时有发生，既伤害信众的感情，也有损党和政府的形象。信众需要一方修行的净地，部门管理人员亦需一处心灵的净土。如此一来，才能实现社会的和谐。

（安徽省太湖县赵朴初文化公园管理处原主任）

守律不逾矩，创新不因循

——赵朴初散曲研究

金长渊

一、引言

赵朴初先生是著名作家、诗人和书法大师。他对中国古典文学有十分深入的研究，在诗、词、曲和书法方面，都达到了很高的造诣。我对朴老仰慕久矣！早在40年前，当时我还在从教期间，《片石集》刚刚出版，甫一上架，我便毫不犹豫地花了月工资的1/50(8角钱)购买了一册。回忆起来，更早知道赵朴初大名，应该是1965年初。当年我们在读初三，《人民日报》发表赵朴初先生的散曲《某公三哭》(《哭三尼》)，也引起了我们学生的浓厚兴趣。记得当年班上组织的“每天读报”活动，就曾专门朗诵过他的《某公三哭》。1978年高考，我到县城参加监考，就是带着《片石集》以备闲暇阅读的(那时没有手机)。2012年，当年网络上还没有《片石集·前言》的文字发表，我曾根据藏书，将朴老在《前言》中关于诗词论述的文字录入电脑，以《赵朴初谈诗词》为题，发给太湖诗词学会李彩凤，编入当年的《熙湖诗词》。

鉴于朴老生前的《滴水集》和《片石集》收录有相当分量的散曲，本文想在这里专门对赵朴初散曲的思想性和艺术性做一探讨，谈谈本人的学习体会，算是对朴老诗、词、曲整体韵文系统研究作一专题探讨。

二、赵朴初的散曲观

唐诗、宋词、元曲是中国韵文的三大高峰。出生于翰林世家的赵朴初深谙音律。他不但喜爱吟诗填词，还善于度曲，写下了大量脍炙人口的佳作名篇。

他在早先出版的《滴水集·序》中曾说道："一九五九年开始写曲。据我个人粗浅的体会，曲，这一体裁，和四、五、七言的诗以及长短句的词相比，灵活性较大，易于吸取群众性语言，也能容纳更广泛的内容，对于摹写新的事物，可以提供较多的方便。同时，曲的音乐性强，在形式和格律上，我觉得它对于民歌和新体诗的发展，可能有所帮助。这是我试学写曲的一个缘由。"

1978 年 3 月人民文学出版社出版的赵朴初《片石集》，其中《前言》一共 7500 字。在《前言》中，他除了谈诗歌创作背景，专门谈诗词曲内容的文字约 5500 字，而其中关于散曲创作的文字就有 2000 字，超过三分之一还强。

在《片石集·前言》中，他在谈了对于诗和词这两种诗歌体裁的创作观后，着重谈了古典文学中所谓"曲"的问题。他说，曲和词一样来自民歌，后来与音乐和舞蹈相结合，成为我国古典戏剧的主流，占据我国舞台七八百年之久，从 19 世纪起，它才逐渐退出舞台，因而也就脱离音乐、舞蹈，和"词"一样成为仅供案头欣赏的一种文学品种了。

朴老进一步阐述了作为诗歌品种"曲"的一些优点。他总结道，第一，曲兴起较晚，脱离群众的时间也不太长，因而比较接近现代人的情感与语言，具有较大的吸收力，可以从更广泛的范围内汲取各种新的词汇乃至表达方法，而不至过于扞格。第二，由于它是应用于舞台的，须要如实地刻画各个社会阶层的人情世态，逼真地模拟各种人物的神气、口吻，因之可以更自由地使用一切足以取得预期效果的各种表现手法与作风，而不受正统教条的束缚。例如，所谓尖新、刻露、俚俗、泼辣等等，在"诗"与"词"里是被视为瑕疵、引为禁忌的，在"曲"中则不仅容许，反而认为"出色当行"。这确实是不小的解放。第三，"曲"不仅在句型上突破了"诗"的整齐单调（仅指典型的五、七言），并且突破了"词" 的字数限制（自由使用衬字）；甚至在调型上也相当灵活，突破了"词调"的句数限制，许多曲调的句数可以顺着旋律的往复而自由伸缩增减。作者长说短说、多说少说，随意所向。

朴老对曲子做了深入的研究后，也客观地指出"曲"也有其特殊的限制。他说："所谓曲律，有一些律甚至严过诗与词 。首先，南曲与北曲——这是乐理上两个截然不同系统的牌子，不能混用，混用了就如京韵大鼓中插入一段苏州评弹。同一南曲或北曲中的不同宫调的牌子不能混用，混用了就如二黄中夹几句西皮。假如要求更高、更细一点的话，麻烦就更多了。例如在关键地方字音的升降急徐(即平仄)必须与唱腔的高低转折相适应，于是同一平声还要分阴与阳，同一仄声还要分上与去(北曲无入声)，如此等等。但是我觉得，这一切问题都由配乐而起，为了便于歌唱，提出这些要求，未尝不无理由。如果只是把曲作为一种诗体，不再演唱，即不再配乐，则合律问题也就自然消失。只需照顾到一般平仄，使读来顺口，听来入耳，似乎就可以通得过了。根据上述各个优点，我认为，曲，作为我国的一种传统诗歌形式，还是颇有可为的。对于创立我国的新诗歌，还是可以起帮助作用的。”

在《前言》的结尾，他指出，“曲”在我国传统文学中常被贬为不登大雅的“小道”，甚至被斥为伤风败俗的“淫词”。官修正史始终不肯给予“曲”一点地位。这固然是旧时代卫道之士们的偏见，但也必须承认，过去的曲作者也有应负之责。从元明清留存下来汗牛充栋的曲作品中，消极、颓废、污秽、荒唐的东西盈篇累牍，剔不胜剔，数量大大超过诗与词。他们自己不尊重自己，又哪能得人尊重？这是由于曲的兴盛时期差不多正处在我国封建社会趋向腐朽阶段，是社会败坏了曲，而不能说是“曲”败坏了社会。连正统五、七言诗也未完全幸免，更何况本来就是流行市井的曲？我们今天谈继承遗产，必须严格区分其精华与糟粕，对于曲，尤其应当如此。为了对青年负责，此点必须郑重提出。

这就告诉人们，在散曲创作过程中，如何扬长避短，注意内容选材和语言运用的问题。

朴老在传统诗歌方面，有理论，有实践。如果《前言》中的文字算作理论的话，那么，收入集子中的55支散曲(含重头和套曲)，就是他散曲创作的实践和成果，其分量占《片石集》近300首作品的六分之一强，如果连同以前《滴水集》中的散曲，可能要占其诗词曲作品总量的五分之一还要强。由此可见，他对散曲这一文学样式的喜爱。

“文章合为时而著，歌诗合为事而作。”(白居易语)前面说过的朴老散曲《某公三哭》，那犀利的讽刺艺术，那质朴自然而又饶有韵味的语言风格，确实深得散曲艺术的精髓而达到了炉火纯青的地步，真可谓嬉笑怒骂皆成妙文，令我们拍案叫绝。后来我们才知道，写此等内容，要取得如此效果，在诗、词、曲三种体式中，非散曲一体而莫能办。此外，如赵朴老的《雁儿落带过得胜令·击落U-2飞机、全歼美蒋武装特务志喜》、自度曲《依样葫芦·克里姆林宫留魂》等也都是脍炙人口的妙作。

赵朴老的散曲作品影响很深远，在特殊的时代环境中延续着散曲文学的命脉，其意义是重大的。赵朴老用散曲这一传统诗歌体裁，记录了20世纪中期重大时事。其作品体现着鲜明的时代特色。

通过对朴老散曲的系统阅读研究，我对赵朴初散曲有个整体印象——守律不逾矩，自由敢创新。

三、守律不逾矩

首先，作者标注了什么曲牌，就严格依据那曲牌的律式去写，绝不因自己的名人地位而随意突破。尽管在目录和正文中，没有使用方括号“【】”、间隔号“·”表示，但正文的句式、句法、平仄和韵脚，都恪守《中原音韵》的律式。例如朴老作品中的《天净沙》《喜春来》《寿阳曲》《鹦鹉曲》《塞鸿秋》等曲牌，都是守律不逾矩。无规矩不成方圆。格律诗词（包括散曲）之所以叫格律，就是因为其本身有一定的规格和律式。就像有人填词，标榜自己的长短句为《满江红》，而在音韵、句法、对仗等方面与真正的《满江红》大相径庭，有人讥之为《满江黑》。

1961年，朴老访问柬埔寨，曾经写过一组《天净沙》。天净沙在北曲中的宫调属于越调，以元人马致远的《秋思》和白朴的《春夏秋冬》组曲最为著名。朴老柬埔寨之行一连作了五首，足见诗人对散曲《天净沙》这种诗歌样式的喜爱。这支曲子五句，单调，二十八字，分别为六、六、六、四、六句式，每句皆有规则地押韵。曲牌格式为：中平中仄平平（韵），中平中仄平平（韵），中仄平平仄平（韵）。平平中仄（叶），中平中仄平平（韵）。

朴老的第一首曲云：“前宵炉怯霜寒，今朝汗湿衫单。三日行程几远？熏风不断，闹红喧绿扶南。”

朴老在此曲中，平仄和押韵都是很工稳的。前二句相对，“前宵”对“今朝”，“炉怯”对“汗湿”，“霜寒”对“衫单”，很工整。在炼字方面，一“闹”一“喧”，借鉴前人“红杏枝头春意闹”和“竹喧归浣女”中的动词，用拟人笔法和对比的手法，把异域景物特色写活了。其中的音韵平仄，与唐圭璋先生介绍的《元人散曲小令》以及《元曲鉴赏辞典》对照起来，都是很吻合的。《天净沙》有几种格式，有鼎足对的也有两句相对的，甚至也有不对仗的。例如于右任参观成吉思汗陵墓时曾赋《越调·天净沙》："兴隆山上高歌，曾瞻无敌金戈，遗诏焚香读过。大王问我：几时收复山河？"1959年5月，朴老到过拉脱维亚共和国首都黎珈，也写过两首《天净沙》(载《滴水集》)，不仅格调合律入式，而且曲境优美，值得玩赏。"窥一斑而知全豹"——在此就不再逐首分析了。

在《片石集》中，还收录了他的两首《鹦鹉曲》。《鹦鹉曲》一名《黑漆弩》，元人小令入【正宫】调，一共八句，五十四字，1、2、4、6、8句末五个仄韵。3、5、7、8句前三个字短暂停顿。其律式如下：

平平中仄平平仄，中中仄中仄平仄。仄平平/中仄平平，中仄平平平仄。

仄中平/中仄平平，仄仄仄平平仄。仄平平/中仄平平，仄仄仄/平平仄仄。

朴老的两首《鹦鹉曲》，分别是1960年12月和1969年9月写成的，前者是过巫峡望神女峰而作，后者是一首有感而作的小令。请看第一首：

巫山巫峡萧森处，果然有/一个神女。没来由/独立高峰，终日为云为雨。

亿万年/绝壁岩石，(想)拦住/大江东去。看明天/涨出平湖，烟波里/再来寻汝。

不需笔者逐句分析，细心的读者大概可以看出，除了第六句前衬了个"想"字，作者对《鹦鹉曲》的平仄、句法、韵律的把握既严又工。至于其内容和意境，应该是和毛泽东《水调歌头·游泳》下片中"高峡出平湖"有些语素是差不多的。但是，伟人是用词来写的，朴老是使用散曲来表达的。这叫做异曲同工。

《喜春来》是散曲中的小令，调入【中吕】，又名阳春曲，五句，三平韵，29字。这曲牌非常适合喜庆场景的表达。1960年春节，访缅甸文化友好代表团参加我使馆联欢会，朴老在会上作了两首，歌颂了中缅两国之间的胞波友谊。其一曰:“连宵歌扇倾城赏,万里星槎两国欢。和风和雨酿花天。闻竹报,佳兆喜联翩。”其二曰:“椰浆好当鹅儿酒,花信初来燕子湖。天涯乐事弟兄俱。歌祖国,佳节倍欢娱。”两支曲子皆清丽流畅,情境俱佳。

我们再来看看他的《满庭芳》。满庭芳既是词牌,又是曲牌。在《片石集》中出现两次。作为散曲,有两首是为人民大会堂作;作为词牌的《满庭芳》副标题是“木麻黄赞”。二者所不同的是,词牌《满庭芳》,又名《锁阳台》,九十五字,前片四平韵,后片五平韵。过片二字,一般用暗韵。也有不叶韵连下为五言句的。朴老的《木麻黄赞》一词,与宋代张炎《满庭芳》律式相同。而作为曲牌的《满庭芳》,又名《满庭霜》,调入【中吕】,正格为五十二字,唐圭璋先生在《元人小令格律》中明确说道:“与词中《满庭芳》不同。”全曲句式字数为四、四、四、七、四、七、七、三、五,两个七字句多用上三下四句法。试看1959年朴老是如何写当年刚落成的人民大会堂的,其一:“天惊地动,移山奇迹,倒海神通。一弹指/顷恒沙涌,楼殿重重。望廊柱/何来落帽风?步玉堂/疑踏带霞虹。看万座如云拥。雕龙刻凤,陋矣帝王宫!”其二:“气吞大千,天安门外,泰岱庄严。帝王宫/争比得人民殿?凌跨无前!听各族/山呼一语言,看远朋/海会异衣冠。遍世界东风眷。人民万岁!长庆百花天。”散曲允许衬字。作者在正字外,相应的句子中衬了字,读来更加生动流畅。

可以说,迄今为止,在描写歌颂人民大会堂的诗歌作品中,尚未见到有超过此曲的。

朴老对散曲很有研究。他说:“散曲有一调独立的‘小令’和数调组合的‘套数’。小令可以是单章,也可以是联章,套数可长可短,可多可少,可以异调组合,也可以同调叠用(以‘前腔’或‘幺篇’表示)。作者可以随自己的方便,或作速写式的即兴小品,或作畅所欲言的鸿篇巨制,伸缩幅度很宽,可以适应各种题材、各种时地的需要。”

上面列举的《喜春来》《天净沙》《满庭芳》《鹦鹉曲》都是小令。下面来谈谈套曲。熟悉文学史的朋友都知道,唐代的骆宾王曾经用骈文写过一篇《为徐敬业讨武曌檄》,全篇538字,对武则天篡夺大唐王朝政权进行口诛笔伐,非常有名,被收进了“二十四史”,编入了《古文观止》。那是一篇讨伐武则天的战斗檄文。1977年2月,粉碎“四人帮”才三个月,赵朴老参观故宫博物院慈禧罪行展览后，写了一组套曲，题为《故宫惊梦·江青取经》，共558字。让我们再度欣赏一遍：

【字字双】宫门骑马带伙计，四匹。红旗车队后跟随，神气。向来佩服武阿姨，皇帝。无奈乾陵还封在山沟里，可惜。且图就近访慈禧，有理。早安排包管称心的见面礼，表意。送您一副假牙好啃童子鸡，补气。送您一副假发好和姑娘比，美丽。送您一套特制布拉吉，换季。送您一架莱卡照相机，拍戏。有人劝我把文艺大旗也送你，放屁。老娘少了它怎能混下去，哎咦！这分明是反革命的坏主意，可气。赶快给我拉出去，枪毙！

【不是路】拜访慈禧，不比寻常拜老师。真着急，一心一意想登基。问吾师，看我聪明可像唐鹦鹉？命运何如汉野鸡？请教你，怎能抓到黄金玺？有何秘密？有何秘密？

【前腔】心有灵犀，老谱新翻一局棋。排异己，人头好作上天梯。不稀奇，明明肃顺诛非罪，浑浑慈安死不疑。须牢记，是非黑白管他妈的屁。全凭诡计，全凭诡计！

【前腔】莫泄天机，结个死死帮儿事可为。须准备，教师爷还要有军师。看当时，那奕䜣能巴结上洋人共定垂帘计，那袁世凯能出卖掉戊戌维新六健儿。抓权势，弟兄们长享富和贵。安排交椅，安排交椅。

【前腔】无尽珍奇，珠宝装成圣母仪。很便宜，一餐代价万人饥。这才知，为啥江山宁赠番邦礼，不许农奴动指儿。不是戏，赛二爷在这儿得过几天意。哎哟哟，可真福气，可真福气！

【朝天子】慈禧，慈禧，您实际是女皇帝。莫怪咱们一见便投机。是惺惺惯把惺惺惜。您请洋人画像驻红颜，我请洋人著书卖机密，先后遥遥去泰西。管他娘，笑兮，骂兮，咱们俩，反正万古千秋矣！

【刮地风】忽然刮地风儿起，刮到宫闱。文书宝器一齐飞，堆上丹墀。殃民利己，骄横无忌，卖国投降，罪如山积。桩桩皆铁证，个个尽情批，好个"老佛爷"，算是揭了底。

【尾声】方才一枕空欢喜，梦魂儿被风吹得无踪迹。待上朝，来不及着朝衣。一唱雄鸡红日起。光明直向身儿逼，没奈何，且让我披上几张画皮，却又被一阵狂飙撕去矣！

由于散曲的语言特点是通俗易懂，没什么高深晦涩之处，因此，我们阅读时容易心领神会。这是一篇讨伐江青的战斗檄文。有人说："诗庄词雅曲俗。"是的！如果用律诗或词牌来写，无论是从语言上还是从篇幅上，都难以奏效，难以取得预期效果。正如朴老在《片石集·前言》中提及散曲的写作手法和功用——如实地刻画各个社会阶层的人情世态，逼真地模拟各种人物的神气、口吻，因之可以更自由地使用一切手法而不受正统教条的束缚。所谓尖新、刻露、俚俗、泼辣等等，在"诗"与"词"里是被视为瑕疵，引为禁忌的，在"曲"中则不仅容许，反而认为"出色当行"。朴老的这个套曲，读起来让人们感到有滋有味，通篇都是漫画笔法，从头到尾全是讽刺，一步一步都是尖酸刻薄。由此可见，阴谋家的祸国殃民、狼子野心、非法行径是多么不得人心。一种古老的诛伐方法，影响到佛门里去了。

顺便解释一下，其中的【字字双】【不是路】【朝天子】【刮地风】都是散曲的牌调，例如"字字双"中，十四个长句后面，都紧接着双音节词素，并且叶韵。【前腔】是接着沿用前面的腔调（牌调），其体式，有着一定的平仄、句法和声律要求。所不同的是，在正字外，加上了一些衬字。需要强调的是，套曲从头开始，一韵到尾，不得换韵。《故宫惊梦》很好地体现了这个特点。《中原音韵》一共是十九个韵部，该曲用的是第四部齐微韵。

四、创新不因循

我曾对赵朴老《滴水集》和《片石集》中所有曲作进行过仔细辨别，其中有近十首自度曲。什么叫自度曲呢？就是在旧有曲调外，自行谱制新曲。通晓音律的词人，自撰歌词，又能自己谱写新的曲调，这叫做自度曲。对于自度曲，有些因循守旧者似乎不屑一顾，甚至嗤之以鼻，连对诗词界名家丁芒先生等前辈的成功探索也持否定态度。其实，自度曲的传统由来已久。南宋姜夔，在他之前，早就有很多定格词牌，但他却根据表达需要，平生曾创作过17首自度词。比如他写合肥的《淡黄柳》小序中写道："客居合肥南城赤阑桥之西，巷陌凄凉，与江左异，惟柳色夹道，依依可怜。因度此阕，以纾客怀。"这里的"因度此阕"，就是自度。曹雪芹在《红楼梦》中的《枉凝眉》和写金陵十二钗的曲子，都属于自度。他们对传统曲调不是不懂，也不是没有创作过，而是为了更自由顺畅地表情达意而已，有什么值得指责的呢？可以说，没有自度词、自度曲，词曲就不会有发展，不能繁荣。赵朴老曾经说过，既然不是为了配乐，又何必一定非沿用传统曲牌不可呢？于是尝试着自定调式、自定调名，姑且名之曰“自度曲”。“自度”一词也来自古人，不过古人的“自度”指的是自己制腔，自己作词。像集子中的自度曲《反听曲》等读来很过瘾，但内容较长，为控制篇幅，本文不拟引用。我们来看看他1976年8月自度的一首《冰轮引》，是为冰心老人当年闰八月中秋前生日写的祝寿曲，呈给冰心老人夫君吴文藻的。曲词如下：

寿昌南极老人星，日日堪称庆。况值难逢生日真，中秋又为才人闰。酒盈樽、祝康宁，文心长似海湖生，万里清波潋滟冰轮净。五色笔，百花馨，藻绘江山岁岁春。

我们赏读时，体味到曲牌名称就很雅致，契合冰心这个笔名，“冰轮”又是月亮的别称。（如苏轼《宿九仙山》诗：“夜半老僧呼客起，云峰缺处涌冰轮。”）“引”，带有曲牌印记，散曲曲牌有《天香引》《太常引》《清江引》《兴隆引》《梅花引》等。该曲句句押韵，平仄互押，是散曲用韵的通例。再看，遣词造句用语非常契合生日吉祥喜庆的祝福气氛。冰心老人比作者大七岁，作者在自度曲中，充满着对寿星的尊敬。曲子写好后，呈送给吴文藻，结句“藻绘江山岁岁春”嵌入一个“藻”字，自然贴切，妙合无痕，真乃神来之笔！

正是从这一层面上说，朴老在深谙格律的基础上，敢于创新，不因循守旧。只有像赵朴初先生这样，中国的诗歌才有希望！

由于朴老的特殊身份和社会地位，他的散曲作品在全国产生了深远的影响。20世纪末，我省有几位20年代出生的老诗人写起了散曲，并在全国各地诗刊发表。21世纪初，山西、陕西等省率先办起散曲专刊。2011年，专门选编刊登散曲的杂志——《中国当代散曲》在全国范围内出版发行。朴老家乡的安徽省，散曲创作如火如荼，庐州诗词学会散曲创作研究室活动走向正轨。2017年，《中国当代散曲大典·安徽卷》在全国率先编辑成功，2018年发行。散曲——这一闪耀着中华传统文化光芒的诗歌体式，在赵朴初先生的辛勤努力下，当年撒下的种子，如今开了花，结了果。若朴老泉下有知，应该感到无比欣慰。

（安徽省诗词学会顾问、合肥市庐州诗词学会副会长）

论赵朴初回乡诗词曲情怀的感发

刘文奎

赵朴初心怀天下，情系苍生，为中国人民解放事业和社会主义建设事业，为造福社会、振兴中华，做出了不可替代的卓越贡献。

他在世人的心目中，是慈善的化身、和平的使者、清正的楷模、忠诚的典范。对祖国、对人民，尤其对家乡的父老，怀着一颗赤子之心。

著名宋代文史研究专家、在京工作的同乡孔凡礼先生，在《母兮吾土》一书的《序言》中说："朴老生命的最后十年，为了家乡的建设和发展，可谓不遗余力，发尽光热。小到要搞一辆汽车，大到找项南要千万元的项目，他都是认认真真去办，苦口婆心写信找有关部门，顾不得年老体弱。朴老还私人捐出数十万元，奖学扶贫。凡是家乡人，找他题字、题词，更是近水楼台。我们太湖的子孙后代都不能忘记朴老这份乡情，要像朴老一样热爱家乡，建设家乡，那样我们家乡何愁不富，这也是朴老最大心愿！"①

孔凡礼先生的这段话，记述了朴老在生命的最后十年间，更是心系家乡，努力工作，实现他对家乡"问还余几多光热，报我乡邦"的诺言。

1990年9月25日，朴老离别家乡64年后第一次回到故乡。"少小离家老大回"，朴老踏入安庆这片生于斯养于斯的热土，到10月2日离开家乡太湖，在短短的7天行程里，创作了8首诗词曲。这8首诗词曲是朴老在家乡7天7夜情怀的"感发"，道出了朴老"知恩报恩""报恩无尽"，热爱家乡之情，以自己全部的光和热，支持家乡各项事业的发展，在家乡人民的心目中，树起了一座情深似海、意高如云的丰碑。

朴老在家乡的时间虽短，但创作出8首情深义重的诗篇，其中七言绝句

---

① 余世磊：《母兮吾土》，合肥：安徽教育出版社，2010年版，第4页。

5首，五言绝句1首，词1首，曲1首。“凡是最好的诗人，都不是用文字写诗，而是用自己整个生命去写诗的。”①

朴老这8首诗词曲，每一首都是一个新生命，从呱呱落地，就唱响出对家乡的热爱，对逝去亲人的缅怀，对家乡山水变化的欣慰，对家乡建设发展的支持，无不体现在这些有生命的诗篇中。

朴老回乡的第一站是安庆市，是他出生的地方，也是由于工作需要，曾经匆忙路过。所以朴老这次入乡后思绪难平，在安庆四五天没写过一首诗，临离别时，给市政府写了一首词。此后回到家乡太湖，诗兴大发，一夜间创作了五六首诗和曲。

9月25日的傍晚，朴老偕夫人陈邦织回到故乡安庆。第二天一早就去父亲的墓地祭拜，回来顺路到天台里——世太史第，参观自己出生的地方。第二天走访亲友，参观百年老店与集贸市场，先后两次来到迎江寺，视察寺庙，祭奠母亲和姐姐。因为母亲和姐姐的骨灰曾在迎江寺大士阁内保存，“文革”期间，大士阁被破坏，母亲和姐姐的骨灰下落不明，朴老很伤心。第三天由市政府的领导陪同，特意到陈独秀的墓地拜谒。

下午，朴老不顾几天来参访的疲劳，挥毫填词，写下《临江仙》一首，赠安庆市人民政府：

> 三十年曾一过，再来惊换新颜。万间广厦耸天空。地平思掌喻，浪阔唤心雄。　　星拱北辰今益信，移山自有神功。江天万里看飞鹏。昔人如可作，感奋应无穷。

朴老在这首词里说，三十年前曾匆忙回来一次，这次再回来看，“惊换新颜”。改革开放的时代潮流，焕发出安庆这片热土“浪阔唤心雄”的伟大感召力。千万颗明星拱北斗，增添了人民群众的信心，弘扬“愚公移山”的精神，看“江天万里飞鹏”，古人是难做到的，“感”人民群众有无穷无尽的创造力。感发了几天来对安庆这片故土的赞美情怀。

9月29日，朴老离开安庆的生身之地，驱车来到故里太湖县寺前镇的老

① 叶嘉莹：《说汉魏六朝诗》，北京：中华书局，2015年版，第1页。

宅状元及第府。朴老考察了家乡的建设，乘舟湖上，过默初姐墓地，上岸致礼。

这一天，对朴老来说悲喜交加，心潮难平，久久不能忘怀。悲的是四姐病逝于抗战。由于朴老当时忙于为前线的将士筹款纳粮，奔忙于淞沪抗战第一线，未能回来看望病重的四姐，现在四姐的坟墓又被湖水掩盖，诗人的心情在喜悦与悲伤中荡起波澜，连续写了两首诗。一首七言绝句赞美家乡，一首五言绝句悼念已逝的四姐。

朴老看到家乡建设和经济发展的变化很大，情不自禁地为区政府赠送一首七言绝句，并在款额上表明，受乡人殷勤接待，“感激之余草成一绝”：

桑田沧海一弹间，六十四年归故乡。
文教交通惊八变，山情水意共天长。

诗人对家乡的发展巨变非常高兴，并祝愿家乡美好山水与天地长存。因为诗人所接触的不仅仅是山水草木，接触最多的还是父老乡亲。亲人的离世是人间一件悲痛不已的事情。朴老在此情景之下，创作出纪念四姐的五言律诗：

悲思吾四姊，敏慧过常人。
默默劳先众，怡怡意倍亲。
燃须虚宿愿，停棹别孤坟。
何处寻踪迹？青天望片云。

这首悼念四姐的五言律诗表达了诗人思念四姐的手足之情。四姐聪明敏慧，在家孝敬父母，任劳任怨。由于四姐小时候因不慎摔跌而造成失语，虽不能与家人用语言交流，但四姐用一颗真诚的心对待家中的每一个人。她性格敏而仁厚，勤于家务，“兄弟怡怡”。诗人借唐代李世勣为姐姐煮粥而燃其须的故事，表达对四姐的一片思念之情。舟行到岸，诗人才猛然醒悟过来，四姐的坟墓在湖中，是无法看到的，何处能寻找到四姐的“踪迹”呢？只有举目望青天，远处飘来几片淡淡的白云，以寄托对四姐的哀思！

国庆节这一天，朴老顾不上休息，驱车来到司空山，察看二祖寺重修规划事宜。

朴老在10月1日上午视察了司空山，下午回宾馆后，不顾身弱年高，回想起上午在司空山的所见所闻，不禁诗兴大发，写下了访司空山的绝句三首。对这三首诗细细品味，如含英咀华。“其妙处透彻玲珑，不可凑泊。如空中之音，相中之色，水中之月，镜中之花，言有尽而意无穷也。”①反映出“谪仙不见见空王”，与“分明妙相现高峰”。最后的落笔点在“不负当年立雪人”。虽然这些都是画龙点睛之笔，但都达到了“以景寓情”，“意与境浑”，“意境两忘，物我一体”。既写出了真景物，又抒发了真感情，把逼真传神的写景和诚挚真切的感发有机结合在一起，耐人寻味地体现出朴老思想艺术的最高境界。

晚上，乡人在宾馆庭前燃放烟花，并做素馅月饼置于桌上，朴老与家乡亲友共同欢度国庆节。朴老看到“火树银花不夜天”，于是“诗人兴会更无前”，挥笔写下七言绝句一首：

月饼圆圆满桌盛，火花焰焰满园明。

乡人情意重如山，皓首犹兴壮士心。

朴老在这首诗中没有用典，但他直接倾诉了自己的一片赤子之情，诉说着远离家乡的游子回到故里，对乡人深情厚谊的感动，壮心不已。

夜深沉，朴老依然兴奋不已。他要为明天离别家乡、离别父老乡亲时，作点自己力所能及的事。于是在深夜时分，朴老写出一首《自度曲·书赠太湖县人民政府》：

老大始还乡，惊见人天尽换装。喜学舍工房，新兴穷镇，茂林佳橘，旧日荒岗。更雄心，三年五载熙湖，绿遍东西南北方。　神驰远景无疆，尽尽情领受，千重山色，万顷波光。不教往事惹思量，任故宅水深千尺，抑又何伤？问还余几多光热，报我乡邦。

朴老临别家乡之时，采用“自度曲”的文学形式，表达对家乡发展的肯定和赞美之情。

---

① 张健：《沧浪诗话校笺》，上海：上海古籍出版社，2012年版，第157页。

刘熙载《艺概》卷四《词曲概》说："曲之名古矣。近世所谓曲者，乃金元之北曲，及后复溢为南曲者也。未有曲时，词即是曲；既有曲时，曲可悟词。苟曲理未明，词亦恐难独善矣。"[①]朴老怀着对家乡的深情厚爱，避词之短，扬曲之长，诉说对家乡的无限情怀。

从这首曲中，我们不难看出，朴老面对家乡的日新月异的变化发出由衷的高兴。虽然在过去亲人们受到不公平的待遇，但那些不愉快的往事都已经过去。眼前的"千重山色，万顷波光"，身在如诗如画的家乡山水中，纵然老宅沉入湖底，"抑又何伤"？只叹息自己老矣！今后还能为家乡做出多少贡献呢？诗人扪心自问，展现出一个游子热爱家乡的博大胸怀。这胸怀跃然在世人面前，难道不是对每一个有良知的人的鞭策鼓舞吗？

诗人对家乡深情的关爱，表明了一个游子对家乡建设美好未来的憧憬！无论今后还有几分余热，诗人也要把最后一点力量奉献给家乡。这是何等高尚的人格魅力，这是何等的人间大爱！

王国维在《宋元戏曲考·自序》中说："唐之诗，宋之词，元之曲，皆所谓一代之文学，而后世莫能继焉者也。"朴老回乡时间之短，竟创作了 8 首诗词曲。每一首都能体现出我们这个时代最强的音符，都具有中国特色社会主义之文学形式的"后世莫能继焉者"。

这充分说明了每一个时代之文学，对后世的影响除了自身元素之外，也离不开后人的诠释和笺解。这是一个反复阐释、不断增益经典的过程，也打下了一个时代独特的烙印。朴老回乡以诗词曲的形式，恰好抒发了对家乡亲人的热爱，带着无限的眷恋，表达了对乡情温馨的牵挂。

这种感发，正如叶嘉莹在《说汉魏六朝诗》中所讲："不但自然界的物象可以引起感发，人事界的'事象'也能引起感发；不但你自己的事情可以引起感发，别人的事情和古人的事情也可以引起感发。"[②]因此可以说，朴老回乡的诗词曲的感发都寄托了对古人以及逝去的亲人的追忆，对家乡的深情关怀。

---

① 转引凌郁之：《文章辩体序题疏证》，北京：人民文学出版社，2016 年版，第 317 页。

② 叶嘉莹：《说汉魏六朝诗》，北京：中华书局，2015 年版，第 15 页。

朴老虽然离开了我们，但他回乡诗词曲情怀的感发，飘荡在缕缕浓郁的乡愁中，展示出一代诗词大家不朽的风范。

（赵朴初研究学者）

《片石集》里理宏纤

苟　君

1961年作家出版社为赵朴初出版《滴水集》，1978年人民文学出版社为赵朴初出版《片石集》，两书问世间隔17年。《片石集》作品起始时间1950年12月到1977年，涉及政治、宗教、历史题材和对外交往、各地纪游等，内容和体裁都非常丰富。这期间发生了“文化大革命”，在不堪回首的岁月里，赵朴初尽可能地保持一个诗人的风雅、一个知识分子的良知、一个宗教领导的虔诚，敢于冲破“左”的思想束缚。赵朴初一生创作了大量的诗词曲，《片石集》诞生于那个特殊年代，顾书名思其义：一片之石自有一片之贞心！

一、套曲和散曲的成功

《片石集》共收诗、词、曲274首，其中套曲和散曲30首，相比于诗词，数量算少，但是每首的篇幅长，给人耳目一新的感受。赵朴初处在世界形势和国家形势都发生巨变之际，新问题、新事物纷至沓来，新观念、新思想应该怎样入诗？显然很难从传统的词汇中找到适当的表达方式，但是古典诗歌五、七言体裁到今天已经延续了两千多年，在古典文学后起之秀词、曲里，也都能看到五言、七言的成分占了很大的比重。“曲”和“词”本来都与音乐、舞蹈相结合，后来也脱离了音乐、舞蹈，成为案头欣赏的一种文学作品。赵朴初对套曲和散曲的成功运用，说明为“借古开今”寻找途径起到了示范作用。

针对古典诗歌里最后诞生的品种“曲”，赵朴初认为曲开始与音乐、舞蹈结合作用于舞台，必须深刻刻画各社会阶层的人情世态，逼真地反映各种人物的神气、口吻，因之可以更自由地使用一切能够达到预期效果的表现手法，而不受正统教条的限制，例如，所谓尖新、刻薄、泼辣、俚俗等等，在诗词里被视作瑕疵，而在曲里往往被认为是精彩之笔；曲不仅在句型上突破五言、七言诗的整齐单调，而且突破了词的字数限制，可以自由使用衬字，甚至调型上也相当灵活，突破了“词调”的句数限制，许多曲调的句数可以顺着旋律的往复而自由增减伸缩。散曲是指一调独立的“小令”，套曲是指数调组合的“套数”。“小令”可以是单章，也可以联章；“套数”可长可短，可多可少，可以同调叠用，可以异调组合，可以适应各种题材、各种时需，或即兴小品，或鸿篇巨制，作者根据自己的需要发挥。

赵朴初的散曲和套曲作品主要是反击当时国际上的反华势力，反对侵略古巴、越南等国，反对修正主义和霸权主义，以及批判林彪和“四人帮”。用“曲”作为声讨的工具，足见其嬉笑怒骂、泼辣尖锐、痛快淋漓的风格。最能代表这类作品的有《鬼三台》《雁儿落带过得胜令·击落 U-2 飞机》《不是路·题漫画美国商船出洋记》《依样葫芦·克里姆林宫留魂》《故宫惊梦·江青取经》。作品中不拘一格，正话反说，挖苦讽刺、嘲笑咒骂当时那些反派人物。

曲这种形式在《片石集》里，也有作为正面歌颂之用的作品，如《凯歌还（自度曲）·读毛主席词二首敬作》《永难忘（自度曲）》《得胜令·欢呼华主席、叶副主席为硬骨头六连题词》等，深深地表达了对领袖的崇敬之情。

二、在特殊时期尽量保持诗的风雅

在颂扬崇拜领袖、英雄的时代，大家为了表达自己的内心感情，往往是热度很高，但方式简单、内容粗浅，喊口号似的！赵朴初与同时代的诗人一样，皆以诗歌服务于政治和社会，依然保持了作品的风雅，他以经史子集为材料，感时代之变迁。如 1957 年《观埃及古代文物四首》其中之一：“藏舟故事由来久，出土钟彝莫或先。漫教羲和夸六辔，人家争坐太阳船。”《庄子》有藏舟于壑的故事，典出《庄子·内篇·大宗师》：“夫藏舟于壑，藏山于泽，谓之固矣，然而夜半有力者负之而走，昧者不知也。”后用“藏舟”比喻事物不断变化，不可固守。或许出土的商周钟彝不算人类最早的。羲和是中国神话中太阳神之母的名字，有神人羲和六龙驭日的故事。金字塔前发掘得一巨舟，为杰俄普王殉葬之物。古埃及人信奉死者将复活，并乘船升入日宫，故以船殉葬，名曰“太阳船”。中国上古时代，有很多美丽的神话故事，它们大气磅礴，离奇瑰丽，充满了神秘色彩，与古埃及神话一样典雅大气。

1959年5月21日,北京人民艺术剧院首演《蔡文姬》。赵朴初观演《蔡文姬》剧有作三首,如第三首《快活三带过朝天子四换头》:“左贤王拔剑砍地,镇日价女哭儿啼。进门来惨惨凄凄,出门去寻寻觅觅。千里,万里,处处是伤心地。胡笳做弄蔡文姬,怨绪哀弦难理。遣使何为?赎身何意?我道曹公差矣!谓中郎有遗书,有女儿能诵记,只消得寄个纸笔。睦邻大计,更要将心比他意。常通声气,频传消息,何如认个亲戚?和吐番的唐太宗,和乌孙的汉武帝,都比你,有主意。”“曹操是一个很有本事的人,至少是一个英雄。”(鲁迅《魏晋风度及文章与药及酒之关系》)东汉末年,豪强群起割据,连年混战,民不聊生,曹操雄才崛起,“挟天子以令诸侯”,经过几十年的征战,终于统一了中国北方,促进了生产力的发展,在历史上有进步作用。赵朴初在曲里也指出曹操的历史局限性。早在1954年毛泽东主席于秦皇岛北戴河开会时创作的《浪淘沙·北戴河》一首词:“萧瑟秋风今又是,换了人间。”虽然赵朴初的曲晚于毛主席的词,但表达了崇敬领袖、同心追寻理想的精神共鸣!

“文革”结束后,赵朴初听说邓小平已回到了北京,非常高兴。1977年8月,他在友人家看到赖少其画的《万松图》,立即在空白处挥毫写下了著名的长诗《题万松图》:“着意画万松,夭矫如群龙。千山动鳞甲,万壑酣笙钟。中有一松世莫比,似柳三眠复三起。眠历冬云八表昏,起舞春风亿人喜。喧天爆竹是心声,共助松涛争一鸣。枝扫氛霾光焰焰,骨凌霜雪铁铮铮。为梁为栋才难得,老不图安身许国。日月光华华岳高,愿松长葆参天色。”以“似柳三眠复三起”喻三落复三起,呼唤邓小平出山。

在《片石集》里还有一些词曲涉及书画、金石、京剧。当时社会正“破四旧”,在那个特殊年代,这些词曲十分难得,如1960年1月《玉楼春·观赵荣琛演〈荒山泪〉》,上阕“红旗飘处换人间,听诉当年犹血沸”,描述时代的烙印;下阕“倾怀一吐却无声,千丈游丝天外坠”,抓住了程门青衣唱腔的特点。

赵朴初的诗词曲除了写大人物,也写普通群众,如《记巢湖农民语》《公共汽车女售票员画赞》等。在当时,他的作品就得到普遍好评,周总理曾说:“作家协会应当吸收赵朴初先生为会员。他在文学、诗词方面都有很高的造诣,而且很有名气。”夏衍评其“行文恬淡,诗也如此,他不用慷慨激昂和轰轰烈烈的词,同样能激励人”。今天是一个全面开放的时代,分析《片石集》不能离开历史背景。与同时代的诗人相比,“古为今用”的成功尝试,赵朴初无疑是佼佼者。最后,摘录赵朴初诗句作结尾:“广长舌相现文殊,维摩合受辩才诮。思想能不落恒蹊,文章岂屑饤饾为?勤向源头斟雅俗,待看充实生光辉。”

(重庆师范大学客座教授)

试论赵朴初诗词创作思想与创作实践

方承明

赵朴初是名重当代的诗词大家。本文试从赵朴初先生诗词创作思想和创作实践这两个角度，管窥赵朴初先生的诗词艺术。

一、赵朴初的诗词创作思想

赵朴初先生对诗词创作中的立意、改革和创新，在理论上有许多新的见解，对当代诗词界影响很大。这些见解，集中地体现在他于1976年写的《毛主席致〈诗刊〉函发表二十周年纪念座谈会献词》里，诗曰："十二年前春尚寒，陈总一日招我谈。谈及主席曾有言，文艺改革诗最难，大约需时五十年。我于诗国时偶探，乍闻此语震心弦。其后屡试复屡颠，稍识其中苦与甜。再与此信相细参，始知至理确不刊。两公均已谢人间，今我不述将谁传？诗重思想质领先，由来体式随时迁。今日与昔判天渊，旧型那足供回旋？新诗为主势必然，顾瞻道路尚漫漫。牧歌民谣诗本源，浑金璞玉需雕镌。抒情摹态有偏全，协声造语分粗妍。有如冶铁成锋铦，锤淬动须百与千。文章华国事更艰，孰能计日收真诠？五言七言起建安，八代方得睹开元。矧今世界变空前，期以四纪非迟延。际此青黄待接联，旧诗亦可供蹄筌。暂借旧碗盛新泉，更存薪火续灯燃。毕竟格律太拘牵，谬种须防误少年。欣逢嘉会抚遗笺，光焰万丈辉文坛。启示分明在耳边，浅见敢以质高贤。方今恶草喜锄芟，妖雾扫空天地宽。革命事业看风抟，回荡万里助文澜。行见百花开满园，推陈出新新又翻。诗境无穷山外山，愿随志士共登攀。"

认真研读，细细体会赵朴初先生的这首长诗，基本涵盖和概括了他的诗词创作指导思想，体现在以下三个方面：

(一)诗重思想质领先,由来体式随时迁

“诗重思想质领先”这句话颇耐人寻味,它大概有两层意思。一层意思是诗词创作要重视它的思想性,要重视诗词的立意。在赵朴初先生看来,诗词创作如果没有思想,没有主题,或者说,思想不健康、主题不明确的作品就不是好作品。关于作品的思想性,是一个讨论了很久的问题,孔子早就说:“诗可以兴,可以观,可以群,可以怨。”兴观群怨,就是诗人的思想寄托。戏剧家汤显祖在《答吕姜山书》中说:“大凡作诗,先须立意。意者,一身之主也。”写诗填词总要表达一种情感、一种观点、一种主张、一种思想。喜怒哀乐、爱恨情仇、忧国忧民、建功立业、报乡报国,甚至怀才不遇、孤高自许、不同流俗、思乡怀人、离愁别恨、怀古幽思等思想感情都可以入诗。正因为诗词有思想性,所以《毛诗序》认为诗能够“正得失,动天地,感鬼神”,尤其是立意高远的诗词所具有的教化作用是不可低估的,所以历代王朝都把诗词用来作为“经夫妇,成孝敬,厚人伦,美教化,移风俗”的思想武器。而那些无病呻吟之作,有的虽有华丽的辞藻、不俗的语句、光鲜的外表,实际内容却空洞无物,经不起推敲。没有思想、没有内涵、没有灵魂的作品,对社会无益,对读者有害,只能是白白地浪费笔墨和纸张。只有那些有感而发的作品,即使是描绘自然风光、花鸟虫鱼都可以教育人民,净化风气。如赵朴初先生 1994 年在海南岛所作《天涯海角口占》:“不知何处有天涯,四季和风四季花。为爱晚霞餐海色,不辞坐占白鸥沙。”不仅把眼前美景——和风、鲜花、晚霞、海色描绘得如在目前,而且表达了作者珍爱生命、珍爱自然、珍爱白鸥、珍惜生活的美好情感。

另一层意思是诗词的“质”,这里“质”应该指的是诗词的质量,可引申为诗词创作的艺术性。赵朴初先生在这里没有介绍诗词创作的艺术,也没有必要对诗词创作的艺术性做具体介绍,因为这首是写给毛主席致《诗刊》函发表二十周年纪念座谈会上的献词,与会者基本上都是诗词领域里的高手,所以他无须介绍。诗词作品,不仅要有思想性,还要有艺术性,任何一件好作品,都是思想性和艺术性相统一的。赵朴初先生在这里实际上是想告诉我们,思想性和艺术性都是非常重要的、第一位的东西。

关于体裁,赵朴初先生则认为,体裁是一个历史范畴——“由来体式随时

迁”，它随着时代的变迁而变迁，发展而发展。无论是借助于中国文学史还是西方文学史，都可以证明赵朴初先生的观点是正确的。任何一种文学体裁都有一个兴起、发展及演化的历史过程。每个时代都有适合本时代人民大众口味和审美情趣、适合本时代现实生活的文学体裁，春秋战国时期的四言诗、汉代的赋、魏晋南北朝时期的五言七言、隋唐时期的格律诗、宋代的词、元代的散曲、明清时期的小说，民国以后兴起的新诗，都是在当时那个特定历史时期形成的。赵朴初先生以为，“矧今世界变空前”，何况我们现在这个世界的变化是空前的呢？赵朴初先生在《片石集·前言》中说：“当世界形势与国家形势都发生着空前巨变之际，新事物、新问题纷至沓来。外界刺激之强烈，个人感受之深刻与内心思绪之复杂，不仅是前人未道，并且还是前人所未知。许多心情，许多概念甚至很难从传统辞汇中找到适当的表达方式，于是在诗歌中内容与形式之间就出现了圆凿方枘、互不相入的情况。”旧的诗歌越来越难以适合不断变化发展的新时代，旧体诗必将被新体诗所代替，但是，新体诗的形成、发展和定型，不可能在短时间内就能完成。“新诗为主势必然，顾瞻道路尚漫漫”，还要经历一个漫长的历史过程。这个过程要多长时间，毛主席认为起码要50年，到现在看来，50年也解决不了问题。毛主席所说的50年已经过去了，新诗还没有定型，还没有被广泛地接受。在这种情况下，我们就不应当简单地否定和放弃旧体诗，“际此青黄待接联，旧诗亦可供蹄筌”。在新体诗还没有定型的青黄不接之际，“还是采用人民原已熟习的传统的诗体，即诗词曲的形式，先解决群众需要的问题，并借此提高一般群众对诗歌语言的接受水平，同时通过实践，检查在古典诗歌中究竟有哪些是还可以继承或可以借鉴的东西，为创造将来新诗格局寻找途径。尽管有‘新瓶旧酒’之讥……”也就是说，新体诗没有定型之前，古体诗词还可以继续发挥它的作用。通观赵朴初先生的诗词集，绝大部分作品是以传统的诗词曲等旧形式写的，是所谓“旧诗”，却又可称为时代新声，诗中跳动的是新时代的脉搏。在他的笔下，各个时期的国内外时事，大量的新事物、新思想都写入了他的作品之中。他以实践证明：适应我国文字语音的性质和特点及民族审美习惯的传统诗词曲，在新时代是“可供蹄筌”的。当然，赵朴初先生并没有满足于可供蹄筌的旧体诗，而是对新的体式也进行了艰苦的探索，除了作新体诗之外，还对旧体诗词曲进行改造。他在《片石集·前言》中说:“我尝试着自定调式、自定调名,姑且名之曰‘自度曲’……至于这种无律之曲,非曲之曲,是否也可以就叫做一种体诗呢?到了80年代,还仿照日本俳句首创了汉俳诗体,并且这两种新的诗体,已经被广大人民群众广泛地接受和认同。”

(二)牧歌民谣诗本源,浑金璞玉需雕镌。有如冶铁成锋铦,锤淬动须百与千

赵朴初先生用历史唯物主义的观点阐明了诗歌来源于生活,来源于人民大众。上古时期,人们在生产劳动过程中,或因劳累、或因恋爱、或因高兴、或因痛苦、或因灾害、或因猛兽、或因洪水、或因信仰、或因宗教等等,需要表达情感,需要宣泄愤懑,在此基础上产生的一种富有韵律、富有感情色彩的语言形式,这就是牧歌或民谣的雏形。这种来自生活、来自生产活动的东西,是最原始、最朴素的东西,不经过艺术家的打磨,也称不上艺术品。所以,在赵朴初先生看来,诗人们要深入生活,从生活中找素材,从人民群众中找鲜活的材料,到人民群众中去寻找牧歌民谣,并对这种牧歌民谣进行打磨加工,才能够创作出人民群众喜闻乐见的文学作品。

(三)暂借旧碗盛新泉,更存薪火续灯燃

从文学发展的规律来看,新体诗代替旧体诗是历史的必然,至于什么时候能够代替,看来需要相当长的历史时期。新诗很难在短时间内取得重大突破,很难在短时间内定型和得到广大人民群众的认可。在这样一个历史时期,我们不可能因为新诗没有定型就停下笔来,就不创作,就不写诗,我们当然可以在新诗园地里耕耘探索。“暂借旧碗盛新泉,更存薪火续灯燃”,形象生动地揭示了内容与形式的关系。赵朴初先生多次说“旧瓶装新酒”是可以的。诗的优劣主要看内容。“如果内容新的话,形式也就呈现新的色彩;如果形式新,而内容很陈腐,那么披着一件新装,也就黯然失色了。”

他在中国作家协会鲁迅文学院讲课时说:“我认为,我们要尊重,要继承,要发扬的是应当从《尚书》《诗经》以来三千多年源远流长的民族诗歌传统。我们诗歌的改革和创造只有在这基础上发展起来,否则不能够期望会有什么

成就。”同时他又指出：“每个民族的语言都具有它的特征，即它的语音、语调等等。我国的古典诗歌开始是四言、五言，发展到七言诗，长短句的词，元明以后的曲。这些东西大多都来自民间大众之中，它的音调和谐是人民大众在无意识当中取得的，经过一段时间的沿用慢慢成为定式。”“我们需要尊重这种形式的存在，不要随便地否定。简单地说它是习惯势力，这种匆匆地轻率地加以否定，不是科学的态度，对于新诗的发展也没有益处。”赵朴初先生对于中国传统的古体诗词与新诗的关系的论述是很精辟的，既承认古诗的优良传统，又鼓励年轻人去探索新诗。他自己也曾用新诗的形式写过一些作品。

二、赵朴初的诗词创作实践

赵朴初一生创作了大量的诗词作品，陈邦炎主编的《赵朴初韵文集》是到目前为止最权威、收集最全面的一个本子，收集了赵朴初从 1927 年到 1999 年的作品 1985 首。该书按照时间顺序把作品分为四个阶段：1927 年—1949 年为第一个阶段，1950 年—1965 年为第二个阶段，1966 年—1976 年为第三个阶段，1977 年—1999 年为第四个阶段。这四个阶段，是我国四个重要的历史时期，也是赵朴初先生一生四个重要的历史阶段。虽然赵朴初先生在这四个历史时期的生活状况、政治地位各不相同，但是，他的 1985 首诗词真真切切地记录了我国在这四个历史时期波澜壮阔的历史画卷。

赵朴初先生在 1961 年 10 月创作的《金缕曲》中，对他的诗词创作实践做了一个基本的概括，词曰：“奖许惭文藻。几曾能、蝉清旧曲，莺流新调？浅涉藩篱唐与宋，偶试元人令套。知变化、鲲鹏有道。雅什民谣相会处，认前途、要把榛芜扫。忘鄙拙，且研讨。江山无尽供吟稿。十年来、荡胸五岳，骋怀八表。万紫千红争烂熳，不弃凡花小草。敢道是、时言乐笑。滴水傥能呈海味，庆东风、鼓吹何辞闹？谨拜手，愿承教。”这首词是研究赵朴初先生诗词创作实践的非常重要的作品，他从体裁、题材和使命三个方面用艺术的形式呈现了他的诗词创作实践。

1. 从体裁上看：“浅涉藩篱唐与宋，偶试元人令套。”其实，这 1985 首作品的体裁可以分为诗、词、曲、汉俳等四大类。其中诗又可分为古体诗，包括三言诗、四言诗、五言诗、六言诗、七言诗、歌行体、铭、赞、颂等等；格律诗，包括七律、七绝、五律、五绝等等;还有新体诗。词又可分为有词牌的词和自定词牌的词,赵朴初先生将后者称为"自度曲"。

下面就每一种体裁分别举一个例子进行说明:先看古体诗,古体诗一般又叫"古风",形式比较自由,不受格律的束缚,不拘对仗、平仄,押韵较宽,篇幅长短不限,句子有三言、四言、五言、六言、七言体和杂言体。唐代以后,三言诗、四言诗很少见了,而在赵朴初先生的作品中,三言、四言都有。

三言诗,如1960年9月创作的《织巾吟》,越南阮氏明开烈士就义前,裂衣为线,织一巾遗其幼女。今藏河内革命博物院中。"一件衣,裂千片。一片布,抽千线。片片心,心不变。线线情,情不断。织成巾,光灿灿。遗幼女,永相念。母成仁,儿长健。儿将来,福无限。视巾上,花枝艳。海可枯,石可烂。祖国魂,终不散。身上衣,手中线!"这首三言诗表现了革命烈士阮氏明开就义前的从容和思念幼女的情怀。

四言诗,如:"生固欣然,死亦无憾。花落还开,水流不断。我兮何有,谁欤安息。明月清风,不劳寻觅。"表现了作者豁达的情怀和生死观。

五言诗,如1972年1月写的《陈毅同志挽诗》:"殊勋炳世间,直声满天下。刚肠忌鬼蜮,迅雷发叱咤。赖有尧日护,差免跖斧伐。众望方喁喁,何期大木拔。岂徒知己感,百年一席话。恸哭非为私,风雨黯华夏。"表现了陈毅同志"刚肠忌鬼蜮,迅雷发叱咤"的革命精神。

六言诗,如《一九七八年秋应太湖县文化馆之嘱,为〈长河文艺〉创刊号题词》:"攀科学之高峰,溯真理之长河,开百花之芳园,扬革命之洪波,托衷情于片纸,望故乡而高歌。"短短六句话,表现了作者热爱家乡,希望家乡尽快繁荣富强的游子之情。

七言诗,如《毛主席致〈诗刊〉函发表二十周年纪念座谈会献词》(见前)。

歌行体,是古体诗的一种,为南朝宋鲍照所创,明代文学家徐师曾在《诗体明辨》中对"歌""行"及"歌行"作了如下解释:"放情长言,杂而无方者曰歌;步骤驰骋,疏而不滞者曰行;兼之者曰歌行。"它的篇幅可短可长,保留着古乐府叙事的特点,把记人物、记言谈、发议论、抒感慨融为一体,内容充实而生动。声律、韵脚比较自由,平仄不拘,可以换韵。赵朴初先生创作的歌行体有《骊山行》《新北邙行》等。如《新北邙行》:"我来北邙山,不见古人墓。黄土何累累？云是开渠路。田畴望无尽，深沟纵横布。锄锸高下舞，邪许如潮怒。待看四月初，洛水迈高步。清流来滚滚，不舍昼与暮。昔为旱云冈，今为水稻库。孰知山川改，只在一指顾？莫种白杨树，种桃千万株。举杯邀明月，明月照沟渠。沟沟映红颜，渠渠跃青鱼。村村庆丰收，户户传欢呼。寄语地下人，万古应自娱。”

铭，是一种刻在器物上用来警诫自己、称述功德的文字，后来成为一种文体，如刘禹锡的《陋室铭》。刻在摆件上，放在书案右边用以自警的铭文叫“座右铭”。刻在石碑上，叙述死者生平，加以颂扬追思的，叫“墓志铭”，如韩愈的《柳子厚墓志铭》。朴初先生所作的铭如《仲弘同志遗砚铭》：“守其贞心，发其至性。此石堪师，传世无尽。”

颂，以颂扬为目的的古体诗，特点是情调激扬、风格精练、诗行的长短不一和诗节形式复杂。赵朴初先生所作的颂如《道元禅师德法灵迹碑颂》：“卓卓禅师，法海神龙。早参尊宿，禅教兼通。梯航入宋，访道天童。身心脱落，得法长翁。传衣太白，建刹伞松。正法眼藏，演义开宗。七百年后，德泽弥隆。云仍联袂，来礼遗踪。立碑献颂，永仰高风。”

赞，以赞叹为目的的古体诗，其特点同样是情调激扬，抒发赞叹之情。赵朴初先生所作的赞如《荣叡大师赞》：“矫矫叡师，卓起东陆。倾心弥天，绍愿长屋。十年唐土，行坚志笃。诚感法宗，气惊群俗。屡遘蝇藩，再蹶蛟窟。中道舍身，遐方委骨。形谢精存，山川吐馥。智炬东流，命终不辱。功施两邦，永灿朝旭。勉我后人，追彼前躅。”句句都在称赞荣叡大师。

引，这种诗歌体裁，篇幅较长，音节、格律一般比较自由，形式有五言、七言、杂言。比较著名的有李贺的《李凭箜篌引》，刘禹锡的《秋风引》等等。赵朴初先生所作的引如1962年5月写的《金轮引·电车女驾驶员》：“转金轮比下了武则天，跨明驼赛输了花木兰。你看她轰轰闪闪奔雷电，稳稳端端掌舵盘。循环双线牵，往复千街远。这一站，那一站，载行人日日千千万，夸不尽车如流水长安道，别忘了多谢辛勤驾驶员。”

七律，赵朴初先生写的七律如《毛主席挽诗二首》：“忽播哀音震八方，人间方望晚晴长。悲逾失父嗟无怙，杞不忧天赖有纲。永耀寰瀛垂训诲，群遵正道是沧桑。乱云挥手从容渡，万古昆仑耸郁苍。”“当年立志拔三山，终见神州奋翮翰。更遣风雷驱鬼蜮，普教天地为回旋。人心早有丰碑在，真理争从宝藏探。满月中天瞻圣处，遗言永忆勖登攀。”

七绝，赵朴初先生写的七绝如《过瓯江》云：“欹帆侧桅夺中流，人立波涛怒打头。阔水高山千里过，更乘风浪下温州。”此诗写景传神，意象瑰奇，诗中塑造了一个在狂涛怒卷、动荡险恶之中，操心自守，屹立船头，敢于直闯千山万水、乘风破浪的人物形象，读之令人精神振奋。

五律，赵朴初先生所作的五律如《游灵岩山，呈谢孝思暨诸同志》：“欣随谢公屐，重上吴王台。湖山观意态，林木感兴衰。梵呗断还续，慈鸟散复来。柳条见春色，画景逐云开。”

五绝，赵朴初先生所作的五绝如《为〈文化交流〉创刊题》：“一言芬若桂，四海气如兰。珍重交流意，千秋万国欢。”

新体诗，赵朴初先生做的新体诗不多，如1988年5月为国际护士节作的《敬献白衣大士》：“是你的眼，注视着众人的病患。是你的手，拔济着众人的苦难。在人们的生命关头，你负起千钧重担。在炮火中救死扶伤，你献出自己的血汗。敬礼啊，白衣大士，你的伟大的心，你的无私的胆，你的崇高的志愿。国家不会忘记你，人民不能忘记你，你是我们最信赖的伙伴，你是我们学习的模范。”

词，赵朴初先生所作的词如1952年作的《清平乐·围棋，赠陈将军》：“纹枰对坐，谁究棋中味。胜固欣然输可喜，落子古松流水。将军偶试豪情，当年百战风云。多少天人学业，从容席上谈兵。”这首词，上片观棋，下片议棋，把陈毅将军丰富的精神世界、高尚的道德情操写得如此丰满。

曲，赵朴初先生对曲的创作，情有独钟。曲兴盛于元，到明清直至民国已步入衰境，现代很少有人作曲了。赵朴初先生独树一帜，把曲从厄运中拯救出来，使曲这种艺术形式得到了新生。赵朴初先生认为：“曲可以广泛地运用各种词汇。新的词汇、新的表达方法运用到曲当中，不觉得有什么别扭。比较而言，在诗中、词中就难于这样了。”赵朴初先生做了很多曲，如1971年写的两首《反听曲》：“听话听反话，不会当傻瓜。可爱唤做‘可憎’，亲人唤做‘冤家’。夜里演戏唤做‘旦’，叫做‘净’的恰是满脸大黑花。‘圣明’的皇帝偏偏称‘孤’道‘寡’，你说他这是谦虚还是自夸？君不见‘小小小小的老百姓’却是大大大大的野心家！哈哈！”“听话听反话，一点也不差。‘高举红旗’，却早是黑幡一片从天降。‘公产主义’，原来是子孙万世家天下。大呼‘共诛共讨’的顶呱呱，谁知道，首逆元凶就是他！到头来，落得个仓皇逃命，落得个折戟沉沙。这件事儿可不假，这光头跟着那光头去也！这才是，代价最小、最小、最小，收获最大、最大、最大！是吗？！”这两首曲把那些窃国弄权的奸佞小人、跳梁小丑、满口说假话的骗子描写得惟妙惟肖，跃然纸上。

自创的词——自度曲，如 1990 年 9 月 30 日回故乡寺前所作的《自度曲》：“老大始还乡，惊见人天尽换装。喜学舍工房，新兴穷镇，茂林佳橘，旧日荒冈。更雄心、三年五载熙湖，绿遍东西南北方。神驰远景无疆。尽尽情领受，千重山色，万顷波光。不教往事惹思量。任故宅水深千尺，抑又何伤？问还余几多光热，报我乡邦。”

汉俳，由赵朴初创制。中日邦交正常化之后，1980 年 5 月 30 日，中日友好协会首次接待以大野林火先生为团长的“日本俳人协会访华团”。当时日本诗人还送来松尾芭蕉、与谢芜村、正冈子规等历代俳人的诗集。在两国诗人欢聚一堂之际，赵朴初老先生诗兴勃发，参考日本俳句十七音，依照中国诗词传统的创作声法、韵法、律法等特点，即席赋汉俳三首：

上忆土岐翁，囊书相赠许相从。遗爱绿荫浓。

幽谷发兰馨，上有黄鹂深树鸣。喜气迸俳人。

绿荫今雨来，山花枝接海花开。和风起汉俳。

赵朴初先生在注释中说：“俳句，是日本诗体之一。每首三句，共十七音节，首尾各五，中七。又每首均须点出季节。奈良东大寺清水公照长老近在宴会上诵其在扬州所作俳句，译员口译其意，余依俳句格律改为汉文云：‘遍地菜花黄，盲目圣人归故乡。春意万年长。’此余为俳句之始。用汉文写俳句，或是余首创，余名之曰汉俳。所不同于日本俳句者，余所作，句句有韵，而日本俳句则无是也。”由此可知，汉俳是赵朴初先生按照日本俳句首创的诗体。

2. 从题材上看，赵朴初诗词中所用的题材，他在《金缕曲》中是这样说的：“江山无尽供吟稿。”“万紫千红争烂熳，不弃凡花小草。”赵朴初先生知识面宽,生活面广,国内政治、国际风云、人民大众、领袖人物、国际友人、宗教信徒、亲朋好友、名山大川、名城古寺、琴棋书画、松兰石竹、凡花小草、政治斗争、经济建设、军事文化、牧歌民谣、山歌俚语、生老病死无不进入赵朴初先生的诗词当中,其题材之广泛,古今罕见。《赵朴初韵文集》主编陈邦炎先生在《编读〈赵朴初韵文集〉散记》一文中将赵朴初先生的1985首诗词从内容上划分为七个方面:(1)为时、为事而作的篇什,如《哀辛士》《某公三哭》《悄悄非官关多病》《凤凰晒翅》《观杂技二首》等等;(2)咏史、论文、评艺之作,如《云南博物馆观担当和尚画》《答沈伊默先生所著(二王书法管窥)相赠》《读〈庄子〉十一首》等等;(3)表述佛教文化、阐述佛教教义之作,如《拟寒山二首》《玄中寺法会,和高阶珑仙长老二首》《一九五七年国庆节,和无文禅师》等等;(4)表达友情、亲情、乡情之作,如《相见欢》(柳丝遍城沟)《咏天华谷尖茶》《返故乡太湖作》《哭鸣初姊》以及诸多悼念诗;(5)纪事、纪行之作,如《黄浦江头送行》《如果泰戈尔还在》《汉俳十首·为中日邦交正常化十周年纪念作》等等;(6)写景咏物之作,如《浙东纪行诗五首》《忆江南五首·峨眉山纪游》《邓尉观梅》《钱塘江观潮》等等;(7)题赠酬答之作,如《次韵答龙榆生先生见寄》《题〈田汉诗词选〉四首》《题〈王昆仑诗集〉五首》等等。

体裁和题材的关系问题,就是我们通常说的内容和形式的关系问题。对于这个问题,毛泽东《在延安文艺座谈会上的讲话》中说:"我们的要求则是政治和艺术的统一,内容和形式的统一,革命的政治内容和尽可能完美的艺术形式的统一。"赵朴初先生在创作诗词,对题材和体裁的选择、搭配上是非常讲究的,根据题材选择体裁。一般来说,有什么样的题材,就选择相配的体裁,如果是非常庄重的包括纪念、哀悼之类的内容,赵朴初先生一般都选择古体诗或近体诗,使内容和形式完美地统一在作品之中。如在哀悼毛泽东主席、周恩来总理和其他几位老革命家的作品中,赵朴初先生要么选择七律,要么选择五古,使作品显得格调高古、庄重、哀伤。1976年新年刚过,中国大地迎来了一个寒冷哀伤的春天。1月8日,周恩来总理病逝,举国悲痛。赵朴初先生立即用五古写了一首挽周总理的诗:"大星落中天,四海波澒洞。终断一线望,永成千载痛。艰难尽瘁身,忧勤减龄梦。相业史谁俦?丹心日许共。无私功自高,不矜威益重。云鹏自风抟,蓬雀徒目送。我惭驽骀姿,期作铅刀用。长思教诲恩,恒居唯自讼。非敢哭其私,直为天下恸。”伟大的革命家朱德委员长逝世后,赵朴初先生又用五古作挽诗一首:“春初读公诗,意深而味永。笃信导师言,丹心见耿耿。电视近传真,雍容气深稳。谓当享期颐,孰知变俄顷。中宵噩耗传,万眼终夜醒。回思创业艰,老辈存已仅。堪伤一载余,叠见众星陨。峨峨井冈山,巍巍杨家岭。长庚傍日明,大旗凌霄炳。史垂不朽功,人勉征程迥。绕床想英烈,无语泪如绠。”这两首哀诗,情深意切,如泣如诉,读之使人哀伤,闻之使人肠断。

而对于那些非常喜庆的题材,如观看歌舞晚会,赵朴初先生1950年12月兴高采烈地填词一首《浣溪沙·和毛主席民族歌舞晚会词》:“铜鼓芦笙响彻天,轻裾长袖舞翩跹。歌声齐唱大团圆。　民德如今敦友爱,军威海外又喧阗。五星旗指万夫前。”锣鼓喧天,喜气洋洋,气氛热烈,字里行间充满了欢乐之情。

写给小朋友的作品则用更加别致的体裁,显得特别轻松愉快。如《赠依蓝小友》:“闻汝有意要我诗,记起汝母插队归来时。曾有小词相勉读书破万卷,望汝将来成就能倍之。尔之外祖吾好友,好友之孙犹吾孙。愿汝身长健,学问日日新,德行日日增。汝方在小学,我已耄耋人。虽是耄耋人,志气犹轩腾。还思看汝鹏飞日,无尽川流世世情。”这是一首勉励小朋友的作品,似诗非诗,似词非词,似曲非曲,但语言亲切,如和风细雨,润物无声,令人爱不释手。

80年代以后,赵朴初先生在与日本人交往中所创作的作品以汉俳居多。俳句是日本人喜闻乐见的诗歌形式,赵朴初先生以汉俳相赠,深得日本人民的欢迎,拉近了中日感情,为中日邦交正常化做出了突出贡献。

尤其是散曲,赵朴初先生用得得心应手。在喜庆之中,散曲显得格外喜庆和热烈;在对敌斗争中,它却成了战斗的武器,似投枪,似匕首,语言犀利,嬉笑怒骂、痛快淋漓,前面所说的《某公三哭》就是典型代表作。在对国际敌对势力的斗争中,他还选择过新体诗,如《如果泰戈尔还在》这种形式,对国际反动势力进行了无情的批判。

3.创作诗词的使命——滴水傥能呈海味,庆东风、鼓吹何辞闹——甘当新中国的吹鼓手,甘当中国共产党的吹鼓手。赵朴初先生是伟大的爱国主义者，一生追求进步，探索真理，孜孜以求，矢志不移，始终坚定地拥护中国共产党的领导，与中国共产党风雨同舟，亲密合作。从抗日战争开始，就积极响应中国共产党的抗日救亡号召，积极组织抗日救亡宣传活动，组织妇女支前，动员和掩护青壮年奔赴前线，把经过培训的千余名中青年难民，分批送往皖南新四军总部参加抗战。抗战胜利后，积极参加争取民主、反对内战、解救民众的爱国民主运动。新中国成立后，积极建言献策，团结各界人士，尤其是佛教界人士积极参加社会主义现代化建设，为中国人民解放事业和社会主义建设事业，做出了不可替代的卓越贡献。新中国成立后，赵朴初先生甘当新中国的吹鼓手，甘当中国共产党的吹鼓手，他豪情满怀地写下了许多歌颂中国共产党、歌颂新中国、歌颂社会主义现代化建设、歌颂广大劳动人民的诗词曲。如1950年写的《浣溪沙·和毛主席民族歌舞晚会词》，1958年作的《新北邙行》《黄鹤来谣，为武汉大桥作》，1959年作的《普天乐二首》《柳营曲·参观全国劳动改造罪犯工作展览会》《普天乐三首·国庆十周年献词》《满庭芳二首·为人民大会堂作》《西江月·参观密云水库工程》，1960年作的《喜春来二首·迎一九六零年》《普天乐二首·中缅边界条约签订志庆》《骊山行》《百字令·延安礼赞》，1961年作的《天香引·访韶山》《普天乐二首·中国共产党成立四十周年祝词》《国庆颂》等等。让我们一起来欣赏赵朴初先生1977年作的《四海欢·十届三中全会新闻公报发布之夕喜作》。1977年7月22日晚，新闻联播播出了十届三中全会的公报，北京城到处响起了鞭炮声，赵朴初先生在当晚随即作诗一首《四海欢·十届三中全会新闻公报发布之夕喜作》："春节家家储爆仗，都为今朝大鸣放。虽云花在意中开，却是喜从天上降。璇玑照座天枢亮，荆棘锄根禾黍壮。天安门外动欢声，八万万人心所向。"7月23日，赵朴初先生在全国政协庆祝大会上朗诵，并作说明："今年春节前，几乎家家都买了不少爆竹，贮藏起来，都是为今天用的。不仅北京如此。最近，有人从安徽来，说那里也是家家贮藏爆竹，等邓小平同志恢复职务的时候放。可是，万里同志到了安徽，安徽人就放起来了。合肥街上堆了一寸多厚爆竹灰。我问：'爆竹不是放完了？'回答是：'不，还留了一半。'"赵朴初先生的朗诵赢得了经久不息的掌声。1976年清明，人民群众在天安门前悼念周恩来总理，"四人帮"以血腥手段进行疯狂镇压，赵朴初先生不顾艰难的处境，毅然决然地写下了《木兰花令·芳心》:“春寒料峭欺灯暗,听雨听风过夜半。门前锦瑟起清商,陡地丝繁兼絮乱。　人间自古多恩怨,休遣芳心轻易换。等闲漫道送春归,流水落花红不断。”在那个黯淡无光、欲哭无泪的日子,赵朴初先生把强压在心底的悲愤,通过这首词委婉隐晦地表现出来,这首词被人民群众广泛地传抄。赵朴初先生的一身正气赢得了广大人民群众的敬重和爱戴。

总之,赵朴初先生在诗词创作领域里所做的探索是成功的。学习赵朴初先生,读赵朴初先生的诗词,是我们太湖学子义不容辞的责任和义务。我以为学习赵朴初先生的诗词,至少有以下几点好处:1.赵朴初先生的诗词就是一部中国20世纪的史诗,学习赵朴初先生的诗词有助于我们更进一步了解中国20世纪波澜壮阔的历史,了解新中国所发生的翻天覆地的变化,有助于我们进一步了解我国人民在中国共产党领导下,建设新中国、战天斗地、改造山河的革命精神和革命干劲。2.赵朴初先生的诗词是赵朴初先生人格魅力的写照,学习赵朴初先生的诗词有助于我们进一步了解和感受赵朴初先生的心灵、性情、胸怀、操守和风范,感受赵朴初先生伟大的人格魅力。3.学习赵朴初先生的诗词,有助于我们进一步学习赵朴初先生生命不息、学习不止的治学态度和刻苦学习的精神。最后,让我们用赵朴初先生1996年11月写的《九十述怀》来作为本文的结尾:“九十犹期日日新,读书万卷欲通神。耳聋不畏迅雷震,言笑能教远客亲。曾助新军旗鼓振,力摧谬论海天清。千年盲圣敦邦谊,往事差堪启后生。”这就是赵朴初先生,这就是我们学不尽的赵朴初先生。

(安徽省太湖朴初中学退休教师)

赵朴初诗词中的国际友人

方族文

赵朴初与许多著名的国际友人有着长期而真挚的友谊。他的诗词中所承载和饱含的是对国际友人的尊崇、赞美和讴歌。

1. 列宁。作为一个有国际主义情愫的中国诗人，赵朴初对无产阶级革命导师列宁一直心怀景仰和崇敬。

是何意态凛如生，俯首倾身礼列宁。
日日来朝群接踵，从知功德感人深。

——《过莫斯科·谒列宁墓》(1957 年)

从摩肩接踵来瞻仰的人群中，诗人感知了无产阶级伟大领袖的光辉业绩和崇高精神与美德的力量。

2. 胡志明。胡志明主席是越南人民的伟大领袖，也是中国共产党和中国人民的老朋友。胡主席有着深厚的中国情结。他熟谙中文，尤爱古诗，亦善赋诗，与赵朴初有多次交往。赵朴初十分推崇胡主席的诗。他将胡主席在中国出版的《狱中日记诗抄》不知读了多少遍。1972 年 11 月，他在《人民日报》上发表了对此书的读后感。他尤其喜爱胡主席的那首《看千家诗有感》："古诗偏爱天然美，山水烟花雪月风。现代诗中应有铁，诗家也要会冲锋。"这是胡主席明确宣示的革命文艺工作者的文艺观，是不同于以往诗家传统创作思想的全新理念。赵朴初与之一拍即合，十分赞同。他称胡主席的这本"诗抄"是"长留天地间的有铁之诗，这对有志于社会主义诗歌创作的人应该说是十分有益的指针和借鉴"。为了表示响应胡主席的倡导，他写成《奉题〈狱中日记诗抄〉》绝句：

卷地破关飞怒焰，人民呼吸起雄风。

诗中自有铮铮铁，好教凶顽识刃锋。

他不仅赞美了胡主席的文艺观，也对胡主席的诗歌所表现出的战士情怀、革命本色给予了热情的歌颂和礼赞。他也觉得一个革命诗人，不仅要会提笔写诗，还要会拿枪战斗，诗要能表现出血与火的战斗生活和人民的英雄豪气！

3. 卢蒙巴。1961 年 2 月，刚果民族独立运动领袖、刚果共和国总理卢蒙巴在其政权被帝国主义支持的反动政府推翻后遇害，赵朴初闻讯含悲忍痛作《满江红·悼卢蒙巴》(1961 年)：

怒气干云，痛志士、终为碎玉。十七亿、人潮澎湃，我仇我辱！名器早知沦盗贼，生灵竟见供荼毒。虎狼心、扼杀肯迟疑，初生犊？

冲冠发，呕心曲。驱寇虏，图匡复。看一人倒下，万人争赴。野火千山烧不尽，东风万里吹新绿。听高歌、胜利属人民，何须卜？

非洲远离中国万里，但心怀正义与同情心的战士赵朴初与刚果人民的心是息息相通的。他用他的如椽之笔写诗作为匕首、投枪，刺向敌人，宽慰非洲兄弟，鼓舞他们“万人争赴”，去争取“东风万里吹新绿”，他深信“胜利属人民”。多少年之后，刚果人民真的重新获得了独立。

4. 苏加诺。赵朴初对一向与中国友好的印尼总统苏加诺也很友善，二人在交往中建立了深厚的友情。1965 年 3 月 16 日，赵朴初率中国佛教代表团访问印尼，苏加诺接见了他，二人谈了许多宗教方面的话题。苏加诺丰富的宗教知识，让赵朴初十分钦佩。同年 10 月，苏加诺在一次政变中被废黜，1970 年又在软禁中郁郁而终。对这位曾倡导召开万隆会议和为促进亚非人民团结反帝事业做出过重大贡献的民族独立运动战士，赵朴初一直怀着敬仰的心情。他惊闻苏去世的噩耗，内心殊深轸念，噙泪作《闻苏加诺逝世》(1970 年)一首：

斯人竟以幽忧死，遗恨能波四海心。畴昔万隆千载盛，只今泗水一棺陈。海枯石烂星仍运，亚雨非风日更新。豪气雄谈多可忆，梦回前席问无神。

当年豪迈倜傥的总统，而今只见横在泗水地上一具棺木。想到自己访印尼时，苏加诺曾向他提出了诸如“佛教徒为何信无神”等很多深刻而有趣的问题，如今也成了永远的回忆，他感慨万端。他对苏的“幽忧死”遗恨满腔，深表同情；他缅怀万隆会议的盛况与巨大作用，他深信，任凭海枯石烂，亚非拉人民争取民族解放和民族独立的斗争不可阻挡，这是历史必然！因此，他乐见“亚雨非风日更新”。他追忆与苏的多次交往与深厚友情，而苏的博识与开朗性格常常萦绕于他的脑际，值得永远怀念。

5.杜波依斯。1959年2月22日，是美国著名的学者、黑人运动领袖和世界和平战士杜波依斯91岁生辰。杜作为世界和平理事会理事，1959年曾来中国访问，对华友好。诗人曾参与接待，并与其结识，相交甚欢。诗人对他一向十分敬重与钦佩，也可谓是心灵息息相通的老朋友。老朋友寿诞，诗人当然要贺之以诗。于是他吟道：

铁肤银鬓九十一，积健为雄恒不息。
林肯坠绪叹茫茫，民主和平钦努力。

——《寿杜波依斯九十一生日》

诗人深怀无产阶级国际主义情结，在诗中倾吐了对黑人运动领袖的赞美。同时，他以诗为匕首和投枪，刺向帝国主义恶势力，表示对蓬勃兴起的美国黑人争取民主自由的正义斗争的坚决支持。

6.路易·艾黎。赵朴初与新西兰著名的世界和平战士、作家、诗人、中国人民的老朋友路易·艾黎有着深厚的友谊。从20世纪20年代末起，路易·艾黎就来到中国，在上海参加了国际性的马列主义小组。抗战中，他撰写了大量宣传中国人民抗日斗争的文章，同时为援助党领导下的人民游击战争提供大量的军用物资。当时赵朴初亦在沪从事抗日救亡工作，与路易·艾黎过从甚密。新中国成立后，路易·艾黎又为宣传新中国、发展新中国与新西兰及各国人民友谊做出了重要贡献，曾受到毛泽东、周恩来、邓小平等领导人多次会见。1982年，路易·艾黎85岁寿辰，北京市政府授予他“荣誉市民”称号。1985年，甘肃省政府授予他“荣誉公民”称号。1987年12月，他在北京病逝时，邓小平为他题字：“伟大的国际主义战士永垂不朽。”同年，《纪念路易·艾黎文集》，赵朴初为本书题写书名。1984年1月5日，路易·艾黎87岁寿诞，作为十分敬重他的老朋友，赵朴初欣然参加了中国笔会中心为艾翁举行的诗歌朗诵会，并在会上即席赋诗：

友情久试雪霜寒，破浪同舟五十年。

举盏视翁诗笔健，千花怒放万人欢。

诵罢当场作白话译解如下：

我们的友情经过了长时期的考验，在霜里，在雪里。破浪乘风，同舟共济，已过半个世纪。大家举起酒杯，祝诗翁的诗笔，越老越健。怒放着千千万万的花朵，赢得千千万万人的欢喜。

诗虽短，情至深。字里行间足见他与艾翁非同一般的战斗友谊和两位老诗友之间心灵的息息相通。

7. 西哈努克。从 20 世纪 50 年代起，赵朴初与中国人民的老朋友、柬埔寨人民爱戴的国王西哈努克就建立了长期的诚挚友谊。1955 年，时任中国佛教协会副会长的赵朴初陪同来访的西哈努克亲王参观了北京的广佛寺，并向其赠送了 1400 年前到访中国的柬高僧陀罗等的 9 部佛经。亲王无比高兴。回国后即派胡达法师率团访华，受到了毛主席的接见，赵朴初陪同在座。后来，赵朴初率团访柬，亲王陪同他共度“送水节”，并将火炬交予赵朴初点燃灯火。赵在感动之余连写了 5 首诗以记其盛。70 年代初，柬埔寨朗诺、施里马达等发动政变，废黜西哈努克，致其有国难返。中国共产党伸出援助之手，接纳了西哈努克，并帮其在北京成立流亡政府，全力支持他抗美救国。在这段最艰难的岁月中，赵朴初出于尊敬、同情，全心支持西哈努克的爱国正义事业，多次前往寓所看望西哈努克，尤其是亲王母亲病逝北京时，赵朴初顶着“文革”中自己被“打倒”的压力，设法按柬国的南传佛教传统，帮其在灵光寺佛牙舍利塔前设置露天火葬台，从而顺利完成了老太后遗体的火化葬礼。这使亲王十分感激。后来，柬埔寨取得了抗美救国的最后胜利，中国政府又热烈欢送老国王返回祖国。1989 年，时任中国外长钱其琛访柬，钱外长深知赵朴初与西哈努克的密切关系，即请他为老朋友西哈努克题字，作为国礼赠送给老国王，以增强两国人民的传统友情。赵朴初当即挥毫泼墨，题写了雄浑厚朴而又刚柔相济的三个字：“和为贵。”其中寓意深藏，不仅饱含佛家慈悲为怀的文化意蕴，而且也寄托着中国人民对刚从苦难中获得新生的柬埔寨人民的深切希望。望他们能团结各方，同舟共济，为打造一个全新的柬埔寨而奋斗。西哈努克见到老朋友如此珍贵的墨宝,不由双手合十,连连作揖。

8.大西良庆。赵朴初从20世纪50年代初起,同日本佛教界和文艺界进行了广泛接触,与广大佛教界领袖人物和著名文化界人士建立了良好而深厚的个人友情。可以说,日本是赵朴初朋友最多的国度。

京都清水寺长老大西良庆是赵朴初的莫逆之交。20世纪60年代,一向主张中日友好且目光远大的大西良庆,以80多岁高龄组织了一次“日中不战之誓”签名活动。他亲自拿着签名簿站立街头请人签名,最终签成了厚厚的一大本。来华时,他将这本承载着日本民间对中国的友好感情的签名簿送给了赵朴初,令朴老十分感动。1982年,赵朴初访日。108岁的大西良庆握着他的手说:“我留着有限的岁月等待着你。中日两国佛教界的友好,不仅有利于两国人民,也有利于世界。”这位高僧圆寂前10天,还为清水寺大讲堂撰写楹联,上联是“光风千里来”,并嘱咐弟子,下联等赵朴初来寺时请他续对。赵朴初到访清水寺,立马作对下联:“妙法一音演。”1982年,赵朴初曾奉大西良庆长老之意出过一上联“竹影扫阶尘不动”,长老对的下联为“月穿潭底水无痕”,不仅极工,而且音韵铿锵,意蕴悠远。

1981年10月21日,是大西长老108岁生辰,日本称之为“茶寿”。赵朴初作汉俳二首致贺:

烂漫四时花,奉献卢仝七碗茶。清赏是仙家。

春色又秋光,清水禅房日月长。佛寿自无量。

——《汉俳二首·敬祝大西良庆长老茶寿之庆》

1982年春,朴老又一次访日。这次他与陈邦织女士同行。同往常一样,他又专程去京都探望大西长老。长老见到首次晤面的陈邦织,十分高兴。致词中提议以茶代酒,共祝中日友好长存。赵朴初当即又作汉俳五首以纪其盛:

一、山茶特地红,三年不见见犹龙。华藏喜重逢。

二、茶话又欣同,深感多情百八翁。一席坐春风。

…………

3月24日,赵朴初离开京都。大西长老坚持冒雨到寓所为赵朴初夫妇送行。为感谢长老厚意,在去鹿儿岛的途中,赵朴初又作汉俳二首:

山海两邦情。为我三年一出门。离恨有难胜。

潮音往复回，嘱我三年一定来。此约重崔嵬。

——《汉俳二首，将离京都赴鹿儿岛，大西长老亲至旅馆送行》

大西毕竟是期颐老者，他嘱赵三年后一定来，或许他有某种预感——自己将不久于人世。果真，三年刚到，长老真的远去了。赵朴初风尘仆仆赶到京都清水寺吊唁这位为中日友好做出卓越贡献的大西长老。

9.大谷莹润。大谷莹润是日本又一德高望重的高僧。他又是日中佛教交流恳谈会会长，一生为中日两国友好奔走，尤其是为促成日本奈良唐招提寺日本特级国宝鉴真坐像到中国探亲巡展做出了重要贡献。1955 年，赵朴初代表中国佛教界前往广岛参加禁止原子弹氢弹会议，在东本愿寺与其结识。赵朴初对其敬重有加，在长期交往中建立了深厚友情。1955 年 11 月，日本筑地本愿寺的中山理理称要将二战时被劫持到日本的玄奘部分顶骨送往中国台湾。赵朴初代表中国佛协于 11 月 19 日去电京都东本愿寺大谷莹润等法师并转中山理理，要求尽力阻止此事，终于得到日方积极回应，双方进行了很好合作。这当中，大谷长老做了大量工作。1961 年初，他与大西良庆等组织了声势浩大的“日中不战之誓”签名活动。1963 年 3 月 15 日，大谷长老率“中国劳工殉难者名簿捧持团”到访中国，把中国在日殉难劳工 27000 多人的名册送交中国红十字会。他还特意到扬州访问了鉴真故居法净寺(后恢复原名“大明寺”)，并发表了热情洋溢、影响深远的演讲。1963 年 9 月 29 日是唐代高僧鉴真圆寂 1200 周年。就在这一年，中日双方商定举行隆重纪念仪式，中佛协主席赵朴初与日本佛教界领袖大谷长老分别代表两国鉴真纪念委员会，商定在扬州建立鉴真纪念堂，该工程于 1974 年竣工。

赵朴初对这样一位一身正气、爱憎分明的日本长者打心眼里敬佩，多次向其赠诗，如 1960 年 6 月所作一首七言诗：

虎狼之心不知止，伥鬼之行不知耻。

冲开瘴雾震雷音，竖起脊梁真佛子。

扶持正气健为雄，群力何难制毒龙？

莫道黑风吹浪险，已看朝旭照天红。

——《寄赠大谷莹润长老》

该诗是赵朴初闻听大谷长老为促进中日友好，反对日本军国主义势力复活而主持正义，毅然宣布退出日本执政党自民党的消息时所作。该诗体现了他对大谷长老的正义之举的钦敬和支持，表达了他对日本军国主义势力的鄙视和揭露，也昭显了他对日本人民的正义斗争充满着厚望。

1973 年 5 月 25 日，大谷长老西逝，赵朴初当即向其家属发去唁电，对这位一生致力于中日友好事业的老朋友的逝世表示沉痛的哀悼。

10. 庭野日敬。庭野日敬是日本立正佼成会的开祖。他一如既往坚持中日友好，多次来华访问，赵朴初与其关系密切。1974 年，庭野到访中国，促成了中日宗教代表团出席在美国普林斯顿举行的第三届世宗和会议(前两届因“文革”，中国未参加)。1985 年 5 月，庭野和平财团授予赵朴初“庭野和平奖”。1987 年 8 月，赵朴初赴日参加世界宗教史上首次宗教首脑和平大会。会后，庭野邀赵朴初到立正佼成会所在地长野县第一立花山——穗高别墅小住。同住的还有日本天台座主山田惠谛，三人一起谈《法华经》，一起植树，十分融洽。赵朴初深受这一兄弟友好气氛感染，吟诗道：

众生是树根，诸佛是花果。

三年待再来，相看你他我。

他写的是自己种下的辛夷树三年后将开花，这预示着中日两国佛教界和人民之间的友情之花将一同绽放。

次日晨，赵朴初起早散步，一路风景如画，他诗兴又起：

晨行寻别道，画里几人家。

门前流清泉，院中多好花。

——《八月十六日二首》

赵朴初在别墅住了 9 天，身心俱爽。临别时，他亲书一绝：

难得浮生十日闲，起居绝不让神仙。

问余别后心何似，梦里花庄海外天。

——《一九八七年八月访日杂咏七十九首》

他吟咏的不仅是在别墅度过的难得的清闲，更多的是表露了对庭野日敬等日本友人深情厚谊的感激和对中日两国人民友谊日增的欣慰。

此外，赵朴初还同日本宗教界的山田惠谛、藤井实庄、西川景文、远藤证圆、大西真兴、稻冈觉顺、大河内隆弘、森本孝顺、大岛恭隆、吉田健三、大谷光真、吉村孙三郎、井本农一、菅原惠庆等近百位朋友保持着良好的友谊。赵朴初还同日本文学艺术界的著名作家、画家和表演艺术家建立了长期友谊。其中著名作家有白土吾夫、井上靖，画家有东山魁夷，戏剧表演艺术家有清水正夫、河原崎长十郎等。因篇幅所限，不一一赘述。

赵朴初生前担任过中国国际友人研究会副会长、中日友协副会长，参与了我国许多外事活动，结识的国际友人也很多。写入他诗词中的还有韩国卢泰愚总统、日本桥本首相及印度、尼泊尔、缅甸、越南、朝鲜、锡兰（今斯里兰卡）、荷兰、泰国等国的各界友人。这些诗篇或描绘当地风光、名胜，或歌颂祝愿中外人民友谊，都浸润着他滚烫的爱心和绵厚的兄弟情谊。从这些诗词中，我们完全可以看出，赵朴初不愧为中国人民的友好使者，不愧为以博大精深的中国文化和博大的胸怀维护、捍卫、讴歌世界和平的先驱。他参与培育、亲手浇灌的中国人民和世界各国人民的友谊之花将越开越艳，世代不衰！

（赵朴初研究学者）

明月清风永怀欣欣意

——论赵朴初诗词曲艺术

吕小明

如何探研赵朴初诗词曲，是下笔之前就反复思考的问题。我们若只是像研读古人作品那样去研读赵先生作品，就会少了时代气息、时代风貌。如果只是写一般赏析文章，就会失之肤浅，失之片面。因此，必须把他的作品放入时代大潮中，放入他人生坐标系里，方能使研究深入完整。

赵朴初有独特的人生高度、阅历深度和涉猎广度，反映到他的诗词曲作品中，同样具有超出常人的高度、深度和广度。不妨从这“三度”来研读他的作品，立体呈现其诗词曲的精神风貌、情感脉络与思想境界。在这个体系中去体验其艺术形象的多姿、手法的多样、风格的多彩，从而对他的诗词曲有更全面的了解。必须指出的是，这里的高度、深度和广度本就是他诗词艺术的组成部分。还必须说明，在探研赵朴初诗词艺术时，这高度、深度与广度是不能分割开的。研究“一度”必牵动其他“两度”。在具体作品中总是较完美协调地显现出高度、深度与广度，并存着各种艺术手法。因而在分开探研某一方面时势必带有主观的侧重性，下面就分而探之。

一、赵朴初诗词曲艺术的高度

赵朴初出生书香门第，自幼受到良好教育，酷爱诗词及书法。早年从事过经济工作，一段时间主要从事佛教和社会救济工作。1938 年后，任上海文化界救亡协会理事，中国佛教协会秘书、主任秘书长。在新中国成立前，赵朴初积极地参与抗日救亡运动，保护难民，暗中支援新四军，为革命事业做出了独特贡献，也极大丰富了他的人生经历。

纵观先生生平，从热血青年时“独上高楼，望尽天涯路”，不断地追求真理，追求光明，“衣带渐宽终不悔，为伊消得人憔悴”，直到“蓦然回首，那人却在、灯火阑珊处”，成为共产党亲密朋友，进入国家领导人行列。一路走来，心中装着国家和人民。他是谦谦君子，也是人民公仆，具有高品位、高素质、高情操、高境界。他的人生高度决定了他的思想认识高度，而这种思想认识高度必然提升他的诗词作品的高度。我们来看具体例子：

（一）家国情怀提升的高度

他于1951年春节写过一首《清平乐·观〈江汉渔歌〉史剧》。剧中故事发生在南宋时期，金国南侵直逼汉川，江夏危急；当时的汉阳太守曹彦约力排投降论，组织民间豪杰共同抗金，团结了秀才赵观及杨幺旧部党仲升，并得到渔民阮复成集结江汉渔户协助，军民联合抗击侵略者，终解汉阳之危。这是具有深刻含义的史剧。

词是这样的：

神州禹迹。多少英雄血。百战风霜心似铁。赢得昆仑屹立。

今朝喜气何多。无边壮丽山河。收拾千年公案，来听江汉渔歌。

显然，这首词没有刻意地描写演出场面，也没重复叙述剧中故事。上片纵写五千年绵绵不断、英雄辈出的历史风云；下片横写新中国成立之初万象更新，人人欢悦的和平气象，把宏大而壮美的画卷展现在读者的面前。

何以有如此椽笔？探其因，在于先生有丰富深厚的人生经历和根植入心骨的家国情怀。先生目睹了旧中国受人侵略的深重苦难，也看透了国民党的无能与腐败，深深感受到中国共产党的伟大与无私。新中国的成立，他心情愉悦，壮志升腾，积极地投入新中国建设事业中。才华带着心中情丝喷涌而出，鲜亮而宏丽。此次观剧正好给了他一个情感的出口，成就了这首小令的浪漫风神。

当然，只有家国情怀是填不成词作的。诗词作品不是主观空想的空中楼阁，而是由高超的语言艺术构筑的。这首词虽然始终没离开观《江汉渔歌》史剧这件小事，却思飞天地外，把五千年的历史画卷和充满生机的现实画卷一并打开在读者面前。

大与小何以能如此协调呢？就在于词人活用典故，充分发挥语言的张力。我们具体来看：众多历史人物中只单举大禹，因大禹治水，“禹迹”自可代指江河，切合剧中之情境，放得远又收得回。结句虽是直接点明江汉渔歌，但又未给“江汉渔歌”四字加书名号。这是独具匠心的处理，让“江汉渔歌”四字有三重含义：其一是指所观史剧本身，既呼应前面“禹迹”，又点题；其二是突出“听”剧中所唱的渔歌，暗扣英雄事迹可歌可泣；其三是更广泛的意义，与前几句结合起来就鲜活地展现新中国成立后人民无比欢悦，中华大地欣欣向荣，到处莺歌燕舞的新时代风貌。从而成就了词的大格局。一首小令把平常的观剧感想，提升到史诗般的高度，这就是家国情怀与绝妙语言共同作用的结果，真正地达到了“取神题外，设境意中”的艺术效果。

（二）精细入微放大的高度

我们来读他的《蝶恋花》：

南国风光忘岁暮。怒绿欢红，赶上和春住。梦起庄周犹栩栩。满园蝴蝶为君舞。底事斑斓浑似虎。应是英雄，魂魄化虫羽。百战精忠光旧土。飞飞故绕相思树。

词前有小序曰：“作家协会同人参观湛江农垦，小休海滨。冰心梦见蝴蝶，起视园中群蝶乱飞，翅皆黄黑，斑斓如虎文，因名之曰虎蝶，余为作小令以志之。”

显然，这是一首写日常生活中遇到的小事：由梦见蝴蝶，到见蝴蝶纷飞，从而引起词人吟咏虎蝶。这首词所咏之物微小，而表意甚大。给读者以曲径深幽处突见大通途之感，由写小事升华为一首英雄主义的赞歌。妙的是，词人将微小低度放大拔高，形成巍峨高度，竟一点也不失真，且行笔仍圆润流畅。

首句是对大自然的直说：南国岁暮时节也如春。紧接着就是“巧”：有人小休梦见蝴蝶就真见到虎斑蝶。再就是由“眼见”到“联想”：从蝶翼羽上的虎斑之形联想到背上刺字的英雄岳飞，虽大出人意料却又在情理之中，实现了由低度向高度的艺术大跨越，让现实主义与浪漫主义结合得天衣无缝。真是大家手笔。

还应指出的是，这首词还反复巧用对比：岁暮萧瑟与怒绿欢红对比；庄周梦与冰心梦对比；百战精忠与飞飞故绕对比；斑斓浑似虎与精忠报国刺字（暗显）对比；旧土与相思树对比。正是这些对比与“怒”“欢”“百战”等词的精练运用，使这首词艺术性更臻完美。

（三）纯洁心灵托起的高度

看他的《浣溪沙》：

诸相真来幻影观，恍疑梦到佛生前。奇光异彩激心泉。

只为深悲捐大欲，争看满月照中天。皈依歌呗遍人间。

词作之前小序曰：“在新德里观释迦传影戏，台前设白幕，幕后演戏，以灯光射背景与人物于幕上，变化神奇，叹为希有。”

词作先营造出一种如梦如幻、奇光异彩的意境，这意境能直达心泉，激起涟漪，从而引起心灵的共鸣。紧接着作者又循心路而行，指出奇美怡人的意境，是佛用他的前生争取来的。又是如何争取到的呢？原来是舍弃人生大欲望，换来了佛怀大慈悲。作者用一轮“满月照中天”的比喻表达出来。

这首小令凝集了他对佛的深刻认识。佛不是天生的，“佛之初”与“人之初”并无异样。不同的是佛知舍得，舍弃大欲望，从而拥有大慈悲。佛法无边其实就是慈悲无边。朴初先生是佛教人士，对佛教有极深的研究。联想到先生大力倡导“人间佛教”，就能更好地理解这首词了。

如此博大的思想能在一首小令中得到如此完美的演绎，是因为他的心灵纯洁无尘，让心灵天空与自然天空融合，美好的思维无阻碍地升华，使大机缘、大手笔、大智慧得到大汇集，从而达到了高妙的艺术境界。这种高度是心灵托举的高度。“只为深悲捐大欲，争看满月照中天”是词中最重要处，也是最动人处。对仗工稳，高亮恢宏，风姿奇绝，天人合一，使人惊叹。

二、赵朴初诗词曲艺术的深度

人生的高度往往是由人生的深度决定的。朴初先生自小受到传统儒家思想的教育，后又长期从事佛教工作，得以对佛法、佛经、佛理做深入全面的研究，因而儒心佛骨达到了深度融合。又由于他不断追求真理，对于道家的“道法自然”同样有深刻认识、透彻理解。朴初先生对儒、释、道三家都有深刻认识与体验，其融合程度会超出我们的想象，从而形成了他独特的人生深度，反映到诗词作品中，就大大强化了其思想深度。下面对这方面做些探讨。

（一）大慈悲下的哲理深度

我们先来看一个有趣的故事：1958 年，赵朴初陪同毛主席接见外宾，主席问：“你们佛教有没有这么一个公式啊，赵朴初即非赵朴初？”又说：“那么就很奇怪了，……先肯定后否定。”赵朴初答：“不是先肯定后否定，是同时肯定同时否定。”主席即指着他对旁人说：“这个‘和尚’懂得辩证法。”

主席的这句评价实际是做了两方面肯定：其一，赵朴初是具大慈悲的佛教人士；其二，赵朴初是懂得辩证法的哲人。而赵自己说的“同时肯定同时否定”就显出赵对辩证法运用的灵活性。同时否定同时肯定会派生出更多更广泛的含义。下面还是用他的一组《忆江南》来说明一下。

其一

四月二日，星云法师招宴于雨花精舍四首（星云法师奉母于南京购置住宅，名雨花精舍）。

香积饭，风味胜龙华。妙供喜迎慈母笑，孝行今见法王家。眷属是莲花。

其二

四月五日，星云法师来辞行，明日将经上海南旋。

来不易，沧海远浮天。不尽恩情申孺慕，无穷行愿种悲田。七日念千年。

其三

谈般若，持诵袭唐音。不减不增诸法相，有声有色大心人。善护未来因。

其四

谈化度，方便有多门。龙女不难成铁汉，辨才亦可学金人。总是大悲心。

粗看这几首小令觉浅显，但只要细读都知其含义深刻，同时充溢着大智慧、大慈悲。

其一是就星云法师奉母购宅之事而感发，把奉孝与奉佛辩证统一起来了。出家人不等于不理人间正道，“申孺慕”与“种悲田”并不冲突。喜迎慈母笑，无碍法王家，眷属也是佛界莲花。

其二则把短暂与久远辩证统一了，七日念千年。也把不尽恩情与无穷行愿归于一统。

其三则把过去与未来、继承与发展、诸法相与大心人、持诵与善护都辩证地融入一词中。

其四则把量变与质变、事物的正反面、内因与外因等辩证地归入化度之中。

这几首小令行文通达，对仗工稳，善于把抽象转化为形象。虽然短小却具有很深的文化底蕴，充分体现了大慈悲下的哲理深度。

(二)大智慧下的史观深度

历史是过去了的事件，对历史事件的认识则仁者见仁，智者见智，仁智者则仁智同见也。赵先生对文姬归汉这一史事有他的灼见，我们来读他的《鹧鸪天·观演〈蔡文姬〉剧有作》，词如下：

玉珮明珰望俨然。骊歌肠断草原天。忍抛稚子三千里，换得胡笳十八篇。

家再破，梦初圆。中郎志业几分传。和亲肯遣王姬嫁，毕竟唐文汉武贤。

对于文姬归汉，史学家一般认为：曹操胸怀大度，爱惜人才，舍重金以求贤，是值得肯定与赞美的。而朴初先生却觉得曹操格局不大，不及唐文汉武贤。为何？词句告诉我们，为“换得胡笳十八篇”，“忍抛稚子三千里”，不合人伦情理也！前有汉元帝时王昭君出塞和亲匈奴，使匈奴同汉朝半个世纪和好。后有唐代文成公主和亲吐蕃，生活了近40年，一直备受尊崇。朴初先生认为，如果曹操不强求文姬归汉，而加大文化交流，与匈奴深度融合，那将更美好。以“家再破”换得“梦初圆”是令人痛心的，不是最佳选择。而对于蔡文姬，与一双儿女生离死别，该是何等的肝肠寸断！朴初先生以慈悲为怀，当然反对曹公这么做。他同时写的一首元曲有类似的立意。其曲如下：

观演《蔡文姬》(调寄《快活三带过朝天子四换头》)

左贤王拔剑砍地，镇日价女哭儿啼。进门来惨惨凄凄，出门去寻寻觅觅。

千里，万里，处处是伤心地。胡笳做弄蔡文姬，怨绪哀弦难理。遣使何为？赎身何意？我道曹公差矣！谓中郎有遗书，有女儿能诵记，只消得寄个纸笔。

睦邻大计，更要将心比他意。常通声气，频传消息，何如认个亲戚？和吐番的唐太宗，和乌孙的汉武帝，都比你，有主意。

相比较，曲写得更有力度、更直接、更形象。试想，如果真能穿越，他定会向曹丞相建议，化两难之选择为圆两梦之完美。作为中国人民保卫世界和平委员会副主席的他，反复写这类历史题材是特有深意的，是告诉人们，记住战争造成的人世悲剧，要珍爱和平，维护民族大团结。

(三)大格局下的情感深度

我们先来拜读先生写于1999年11月92岁生日时的作品。作品中先生自注：生日时甘、豫、宁、沪、皖皆有函电致贺，且良辰喜值。词是这样的：

临江仙·九十二生日，赋答诸亲友

病室偏饶春色，好花流入如川。良辰喜值二千年。嘉音西北至，美意迓东南。

深重四恩难报，犹思贾勇余年。敢将退笔写华笺。不辞歌下里，随兴乐当前。

先生以写实的手法描述92岁生日这天的情况，送花人川流不息，东南西北贺电如云。又值佛教传入中国二千年，作为虔诚于佛教的他怎能不格外开心呢？这种喜悦之情溢于言表，虽是冬日的病室，竟也盈满春色(这春色也不是凭空而说的,是真实的,因为送花人川流不息)。春色之后又连用好花、良辰、喜值、嘉音、美意这些极富感情色彩的美词,有效地烘托了喜庆气氛,写实中洋溢着温馨浪漫。体现出深度的情感互动,他对世人感恩,世人自然对他感情至深。

上片着力于描述了生日之美好气氛,下片方托出写这首词的目的:告诉家人与亲友要不断地回报四恩。何为四恩?先生自注曰:“四恩者,谓父母恩、众生恩、国家恩、三宝恩。”“三宝”是佛宝、法宝与僧宝。可以说,先生的一生都在回报这天下无处不在的四恩。更难能可贵的是,92 岁的老人也不忘自我激励一下:“犹思贾勇余年。敢将退笔写华笺。”

三、赵朴初诗词曲艺术的广度

(一)人生经历形成的广度

我们常常把杜甫的作品称为诗史,这是因为杜甫诗具有现实主义的特色,诗中记载着他那个时代的历史风云。同样,赵朴初先生的诗词也记载着他生活时代的许多重大事件,同样具有诗史的风范。又由于他是社会活动家,接触面极为广泛,无疑其作品远远超出了一般人作品的广度。

我们来读下面这首词:

百字令·宋庆龄主席诞辰一百周年纪念献词

音容如在,望故宅江山,明星长耀。志业屡经磨难试,不改忠贞怀抱。救国兴邦,殚思竭力,筹运恒多妙。百年历史,堪钦身与创造。

昔年游行追从,春申江上,胜会初迁到。曾荷亲题书绛色,嘉勉更兼慰劳。永世难忘,倾囊相助,旋转正当急要。沉思往事,烛光和泪相照。

词用语雅美,用情真诚,表达了对宋主席的无限崇敬。对她的品德、功绩做了高度评价,是艺术水平很高的长调。朴初先生在“嘉勉更兼慰劳”句后有如下注释:“一九四五年,保卫中国同盟会址迁沪,改名中国福利基金会,余有缘襄助经始事功。宋主席曾亲笔致书奖勉,用古铜色墨水书英文。”又在“旋转正当急要”后有注释:“一九四九年,上海解放前夕,余发起组织上海临时联合救济委员会。宋主席以福利基金会所有救济物资及工作人员包括智囊人士相助，赖以收容战区涌入市内农民，救济安抚全市贫民、游民，协助恢复战后工农生产。”

这两件事通过作品及注释反映出来是很有价值的，让后人了解民主人士之间的真诚友谊，也透露了他们为解放上海所做出的伟大贡献。

赵先生作品中，有很多反映的是他参与的国家大事、佛教界的大事、涉外事务，当然也有日常生活的小事。对于这些事，赵先生为读者着想，大都有小序或注释，让人读起来方便，体现了他的慈悲为怀的品德。如果研究者把赵先生这类作品归集探研，对全面了解先生作品的广度有很大意义。

（二）丰富知识扩充的广度

前面提到赵先生从小受到良好教育，他天资聪颖，勤勉好学，博闻强记。对中华传统文化的方方面面都有涉猎。更重要的是他不只是向书本学习，还能细心地观察自然，从日常生活和社会活动中获取知识。他奔走于祖国各地与友好国家，获取知识的渠道很多。更可贵的是他虚怀若谷，虚心向人民学习，博采众长。他对自己广博的知识总能灵活运用。

首先体现在他作品用典纷呈，且贴切准确又具有发散性。许多典故运用还注明了来龙去脉，知其然也知其所以然。

临江仙·访劳山太清宫

一路波光照我，海风送上劳山。曾闻幽趣绝人间。上清未到，已试碧虚寒。

遍抚唐榆汉柏，洞天小梦千年。道人微笑指庭前。耐冬无恙，异史忆留仙。

这里的“耐冬”，先生特意做了注释：“耐冬为张三丰手植。《聊斋志异·香玉》故事中之绛雪，即指此耐冬花。”一个植物交代得如此清楚，纵横联系，真是才杰也。在他作品中这样的注释比比皆是。

其次体现在他能对所掌握的知识灵活运用上。他善于迁移思维，既给人以启迪，又引入新意。我们来看他的《浣溪沙·咏佛香花》：

水晕鹅黄上素衣。清馨时度一丝丝。香严自是佛前宜。

微笑早参言外意，嘉名今入箧中诗。落英拈起海天思。

这首词写得柔雅如飞仙，温馨入心脾，咏之物不但合其实际，而又超然灵动，乃神来之笔。先生自注云："岭南有花，玉洁而微含黄晕。香味略如栀子，而无其烈，俗呼之为'鸡蛋花'，嫌其俚而不切。余去夏在锡兰曾见此花，落时五瓣连蒂而下，锡人多拾以供佛，称其树为'庙树'。因此易名'佛香花'，作小词以纪之。"

原来，此花原不叫"佛香花"，而称"鸡蛋花"，是先生根据所掌握的知识，综合考虑而赐予的美雅之名。无疑体现了先生善于运用知识、迁移知识的能力。

（三）勇于创新开拓的广度

不妨先来看看赵朴初为他的《片石集》所写的《前言》，对传统诗词曲他有较系统的论述：在我们所处的时代，"新事物、新问题纷至沓来。不仅是前人所未道，并且还是前人所未知。许多心情，许多概念甚至很难从传统辞汇中找到适当的表达方式，于是在诗歌中内容与形式之间就出现了圆凿方枘、互不相入的情况。"那么应该怎么办呢？所以他又有这样一个设想："可否还是酌采人民原已熟习的传统的诗体，即诗、词、曲的形式，通过实践，检查在古典诗歌中究竟有哪些是还可以继承或可以借鉴的东西，为创造将来新诗格局寻找途径。"

这些话明白地告诉人们，诗歌要在继承中发展，要创出新格局、新途径，要赋予时代精神，要展现时代风貌，总之要与时俱进。

对于诗词曲，赵朴初都有很高建树。但三者比较，对词的贡献大于诗，对曲的贡献大于词。对于诗与词他都在继承的基础进行了创新。他写过带有古味的新诗，创过新词牌，写过不少自度曲。对于曲，他做了大量开拓性工作，入曲题材大大拓宽，使曲的境界大大提升。他有一首《金缕曲》涵盖了他对诗词曲的理解及写作体会。

词前有自序："王昆仑同志为文谈余诗词，章孤桐先生为拙稿题诗，皆奖饰过当，感其鼓励之意，赋此答谢。"

奖许惭文藻。几曾能、蝉清旧曲，莺流新调。浅涉藩篱唐与宋，偶试元人令套。知变化、鲲鹏有道。雅什民谣相会处，认前途、要把榛芜扫。忘鄙拙，且研讨。江山无尽供吟稿。十年来、荡胸五岳，骋怀八表。万紫千红争烂漫，不弃凡花小草。敢道是、时言乐笑。滴水傥能呈海味，庆东风、鼓吹何辞闹。谨拜手，愿承教。

这首词实际上是他对传统诗词曲有关论述的另一种表达方式，词中肯定了多种形式并用的价值取向，也表达了追求创新的情怀。这是一首思想性与艺术性双佳的作品，值得我们反复学习与领会。

下面我们来欣赏一下朴初先生所写的惊动世界的一组曲《某公三哭》。当时是20世纪60年代，中苏论战，美苏争霸，中印不和。有“三尼”之说：美国总统肯尼迪，苏共第一书记尼基塔·赫鲁晓夫，印度总理尼赫鲁。先发生了肯尼迪遇刺身亡，赵朴初写了《尼哭尼》；然后是尼赫鲁去世，赵朴初又写了《尼又哭尼》；待勃列日涅夫把赫鲁晓夫赶下了台，赵朴初又写了《尼自哭》。1965年初，苏联部长会议主席柯西金将要访华，毛泽东说：“柯西金要来了，把这组散曲公开发表，给他当见面礼。”毛泽东将原来的标题《尼哭尼》《尼又哭尼》《尼自哭》，分别改为《哭西尼》《哭东尼》《哭自己》，又写了“某公三哭”四个大字作为总标题，让《人民日报》发表，作为礼物送给柯西金，天下争相传诵。

尼哭尼

【秃厮儿带过哭相思】我为你勤傍妆台，浓施粉黛，讨你笑颜开。我为你赔折家财，抛离骨肉，卖掉祖宗牌。可怜我衣裳颠倒把相思害，才盼到一些影儿来，又谁知命蹇事多乖。

真奇怪，明智人，马能赛，狗能赛，为啥总统不能来个和平赛？你的灾压根儿是我的灾。上帝啊！教我三魂七魄飞天外。真个是如丧考妣，昏迷苫块。我带头为你默哀，我下令向你膜拜。血泪儿染不红你的坟台，黄金儿还不尽我的相思债。我这一片痴情呵！且付与你的后来人，我这里打叠精神，再把风流卖。

尼又哭尼

【哭皇天带过乌夜啼】掐指儿日子才过半年儿，谁料到西尼哭罢哭东尼？上帝啊！你不知俺攀亲花力气，交友不便宜，狠心肠一双拖去阴间里。下本钱万万千，没捞到丝毫利。实指望有一天，有一天你争一口气。谁知道你啊你，灰溜溜跟着那个尼去矣。教暗地心惊，想到了自己。

“人生有情泪沾臆”。难怪我狐悲兔死，痛彻心脾。而今后真无计！收拾我的米格飞机，排练你的喇嘛猴戏，还可以合伙儿做一笔投机生意。你留下的破皮球，我将狠命地打气。伟大的、真挚的朋友啊！你且安眠地下，看我鞠躬尽瘁，死而后已。呜呼噫嘻！

尼自哭

【哭途穷】孤好比白帝城里的刘先帝，哭老二，哭老三，如今轮到哭自己。上帝啊！俺费了多少心机，才爬上这把交椅，忍叫我一筋斗翻进阴沟里。哎哟啊咦！辜负了成百吨的黄金，一锦囊妙计。许多事儿还没来得及：西柏林的交易，十二月的会议，太太的妇联主席，姑爷的农业书记。实指望，卖一批，捞一批，算盘儿错不了千分一。哪料到，光头儿顶不住羊毫笔，土豆儿垫不满沙锅底，伙伴儿演出了逼宫戏。这真是从哪儿啊说起，从哪儿啊说起！

说起也希奇，接二连三出问题。四顾知心余几个？谁知同命有三尼？一声霹雳惊天地，蘑菇云升起红戈壁。俺算是休矣啊休矣！眼泪儿望着取下像的宫墙，嘶声儿喊着新当家的老弟，咱们本是同根，何苦相煎太急？分明是招牌换记，硬说我寡人有疾。货色儿卖的还不是旧东西？俺这里尚存一息，心有灵犀。同志们啊！努力加餐，加餐努力。指挥棒儿全靠你、你、你，耍到底，没有我的我的主义。

这一组曲真个是尖新、刻露、俚俗、泼辣。妙语连珠，文不加点，一气呵成。

当时具有无与伦比的现实意义，今天看来也具有深远的历史意义。若能穿越到曲最兴盛的元朝，也定然是盖帽之作、顶级之玉。在散曲发展史上，这组曲一定是光芒四射的典范。

四、结语

综上所述，赵朴初先生的诗词曲，是20世纪中国文学芳园中的奇葩，是诗歌长链上闪亮的明珠，是思想性与艺术性相结合的典范。其极大地丰富了中华诗词文化的宝库。他的求索与创新精神永远值得我们学习，是我们今天的诗词写作的光辉榜样。

在与时俱进的今天，我们仍然要沿着先生探出的道路前行，诗词创作仍然要在继承中求发展。对于传统诗词曲艺术，我们要“走得进去”，拥抱其博大精深；也要“走得出来”，开创适应新时代的富丽辉煌。

（安徽省太湖县电大工作站工作人员）

朴老的拜石精神永远激励着我们

方加法

1990 年 9 月下旬，金风送爽，阳光灿烂。一天，乡人互相传播一个振奋人心的喜讯，我们敬爱的赵朴初副主席要回故乡视察了！古老的寺前河、幽静的寺前街，一夜之间沸腾起来了！

9 月 30 日上午，一辆普通的小车，缓缓开进简陋的寺前区政府，乡亲们像过年一样迎接这位远道而来的亲人。

当时的寺前区，经济还十分落后，连一间像样的会客室都没有，区里无奈选择当时全区仅有的寺前供电所新建的一幢两层办公楼接待朴老及其夫人一行。

在这栋小楼二楼简陋的会议室中，朴老听取了寺前区委、区公所的汇报，对家乡取得的变化感到欣慰，特别是对家乡在文化教育、交通建设等方面取得的成就感到由衷的高兴，对家乡人民仍处于贫困状态表示莫大的关心。听过汇报后，应区领导的请求，朴老即席题诗一首："桑田沧海一弹指，六十四年归故乡。地理人文惊八变，山情水意共天长。"如今，这首寄托着朴老对故乡一片深情和无限希望的诗篇，在熙湖大地上广为传颂。

为帮助故乡人民早日摆脱贫困，朴老高瞻远瞩，把着眼点首选在教育上，当即提出捐款两万元，在寺前区范围内设立"拜石"奖学金，激励故乡学子发愤学习，努力成才。后来奖学金数额逐年增加至 20 万元。这笔捐款在 20 世纪 90 年代初可是一笔不小的数额啊，当时我们的月工资才几十到百来元，在我们区内万元户也还是屈指可数啊！它是朴老从自己的生活中千方百计节省出来的。寄托着朴老对故乡的一片深情和无限希望！

当时，我在寺前中学任校长，对此情此景有最深切的感受。

"拜石"奖学金设立后，区公所专门成立了"拜石"奖学金评审委员会，将朴老的捐款作为固定基金存入银行，每年取其利息作为奖金，对全区中小学在升学考试中取得优异成绩的莘莘学子，和在中小学教育教学中取得优异成绩的中小学教师予以奖励，专门召开隆重的授奖大会，颁发荣誉证书。奖金数额虽然不是很多，但朴老的这种精神却极大地激励了广大青少年和从事教育教学的老师们，他们都以能获得“拜石”奖学金为莫大的荣誉，刻苦学习，努力成才，不辜负朴老的殷切期望。寺前教育已形成一股强劲东风，激励着广大的师生。

在“拜石”精神的鼓舞下，寺前教育开启了一个辉煌的时代，每年中考都取得喜人的成绩。以当时的寺前中学为例，我们一个仅有八千左右人口的小乡，升入太湖中学的学生人数在当时全县各乡镇中学中，年年名列前茅，有的年份竟能高居榜首。这在县教育局是有案可查的。这不能不说朴老的精神是一种强大的动力，当然也与老师们在朴老精神的感召下付出的辛勤劳动和智慧是分不开的。

教育上取得的成绩，不仅赢得家长的一片赞赏和社会各界的充分肯定，也得到各级领导的重视。1993年9月，县区领导赴京向朴老汇报“拜石”奖学金发放及成果情况，朴老对家乡教育事业的发展成果十分满意。当寺前区领导汇报寺前中学师生想请朴老为学校题写校名时，朴老十分高兴地亲笔题写了“寺前中学”四个金光闪闪的大字，并署名“赵朴初题”，为故乡人民留下了传承千秋万代的宝贵财富。

当县区领导说要在寺前开展一些活动来颂扬和感谢朴老时，朴老不同意。经县区领导一再请求，朴老将他写的三言诗《拜石赞》诗稿交给他们，并说“你们要留点纪念的话，可在附近校园里立一块‘拜石碑’”，并一再强调他自己出材料费。1994年1月，以太湖县人民政府名义设立的首块“赵朴初拜石纪念碑”巍然耸立在寺前中学的校园里，成为寺前中学最为醒目的一道亮丽风景！寺前中学的师生员工朝朝暮暮目睹朴老的题诗，感受朴老的深切关怀，为他们的学习、工作和生活增添了无穷的动力。当时，寺前区文化站余传明同志要我写一篇解读《拜石赞》的文章，我即欣然受命，写下了题目为《高尚的情操，宽广的胸怀，坚强的性格，宝贵的精神——读赵朴初副主席〈拜石赞〉的点滴体会》的短文。

当时的《寺前河报》，只不过是文化站自办的宣传橱窗，我把这篇文章交给余传明同志，传明同志用毛笔一字一句地抄在纸上，贴到橱窗里，就算发表了。

出于对朴老的崇敬和感激，我一直保留着底稿。现在，我把它抄录出来，以表达我对朴老深深的思念之情。全文如下：

全国政协副主席赵朴初先生十分关心故乡人民和故乡的发展，尤其特别关心故乡的教育事业，自一九九〇年九月以来，先后捐款十万元（注：后增加至二十万元），设立“拜石”奖学金，以促进故乡学子发愤成才。九三年九月，又题写《拜石赞》诗一首并书赠故乡人民。诗曰：

不可夺，石之坚。天能补，海能填。不可侮，石之怪。叱能起，射无碍。其精神，其意态，俨若思，观自在。友乎师，石可拜。

赵老先生不仅是我们国家的高级领导人，而且是一位著名的社会活动家、学者和诗人。他对佛学、文学及书法的研究均达到高深的境界，享誉世界。拜读他的《拜石赞》，深受启发和教育。

这首诗文辞流畅典雅，意境高深隽永，耐人寻味。“不可夺，石之坚”，诗的首句就开宗明义高度赞美“石”的坚强品质，一个“坚”字，把石的本质、个性、意志画龙点睛地描绘出来。俗话说，三军可以夺帅，匹夫不可夺志。全诗以“不可夺”开篇，高度赞美石的铮铮铁骨。这种坚如磐石的性格和意志，正是我们中华民族顽强不屈的伟大精神的象征。

“天能补，海能填”，诗人在这里巧妙地运用了女娲补天、精卫填海两个典故，概述了石的巨大作用。据古书记载：“往古之时，四极废，九州裂，天不兼覆，地不周载。……于是女娲炼五色石以补苍天……”“精卫，鸟名。本是炎帝之少女，名曰女娃。女娃游于东海，溺而不返。故变成鸟，名曰精卫，常衔西山之木石，以填东海。”这两则故事均表现了古代劳动人民同大自然作斗争的英雄气概和战斗精神。诗人笔下之石，上能补天，下能填海。崇敬之情，岂不油然而生？

“不可侮，石之怪。叱能起，射无碍”，这是石的独特性格。一个“怪”字，出神入化，表现出“石”的与众不同。对待人民，对待人民的事业，任劳任怨，俯首甘为孺子牛。对待敌人、对待强暴，则不屈不挠，不可欺侮，玉可碎而不可改其质。

“其精神，其意态，俨若思，观自在”，这四句用拟人化手法将“石”人格化，并达到佛的境界。“石”虽然那样坚强、伟大，但又是那样善良、慈悲，其精神和意态，看上去仿佛一尊救苦救难的观世音菩萨。赞美了“石”所具有的高尚的情操，宽广的胸怀。功高而不自居，伟大貌似平凡，令人肃然起敬。

“友乎师，石可拜”，诗人将石引以为师为友，并对其表示出深深的崇拜之意，点明主题，诗人的感情也达到高潮。

诗中突出一个“赞”字，这是诗人对中华民族不屈不挠、不畏强暴的顽强性格的赞美，是对为中国革命和建设事业毕生奉献的无产阶级革命家献身精神的赞美，是对古往今来一切为了中华民族的生存、发展和繁荣而终生奋斗的所有志士仁人的优良品质的赞美。同时也体现了诗人普惠众生、慈悲为怀的人间佛教思想。

读这首诗，我深切地感受到赵老先生笔下之石，其实也是他老人家的高尚情操、宽广胸怀、坚强品质、不朽精神的生动写照。

在反对国内外敌人的斗争中，诗人始终站在人民大众一边，作中国共产党的亲密朋友，积极投身于人民的解放事业。在社会主义现代化的建设事业中，诗人团结和带领宗教界人士，积极投身于祖国的建设和发展，积极宣传党的宗教政策，广交朋友，广结善缘，赢得国内外宗教、文化界的高度赞誉。特别令人难忘的是，朴老作为全国政协副主席，日理万机，但当他得知故乡人民遭受特大洪水灾害之时，慷慨拿出个人积蓄，捐款十万元，帮助故乡人民恢复生产，重建家园。同时还积极为灾区募捐，在党和政府的关怀下，故乡人民很快就战胜了灾害，渡过了难关。古老的寺前河为有这样一位忠诚的赤子感到无比的骄傲和自豪！……

我每读一次朴老的这首诗，都会有新的感受，新的教益，总是能从其中获取无穷的力量和美的熏陶。这是朴老赠给我们的一笔取之不尽、用之不竭的精神财富。

今天，当我们伫立在花亭湖畔的万年冲里，肃立在慈祥伟岸的朴公像前，瞻仰朴公的慈容，回忆朴公回乡的幸福时刻，悠悠往事，思绪万千，崇敬之心，千言难述。我们将永远铭记朴公的大恩大德。我们必须学习和弘扬朴公爱国爱民的崇高思想和坚强品质，在中国共产党的领导下，尽己所能，为早日实现中华民族的伟大复兴做出自己应有的贡献！

（安徽省太湖县诗词书画学会会员）

略论赵朴初诗词中爱和平及爱祖国的情怀

邹　相

赵朴初一生追求进步，探索真理，孜孜不倦，矢志不移，同时，他还工于诗词，笔耕不辍，留下了《片石集》《滴水集》等诗词曲作品集。在赵朴初创作的近两千首诗词曲作品中，有大量反映出其爱和平、爱国、护国、报国的作品。让我们一起见证宗教领袖、一代伟人赵朴初爱和平、爱祖国的情怀。

一、赵朴初的诗词中充满了对和平的向往与祝福

赵朴初在多首诗词作品中，讴歌和平，有对人类幸福安康的祈福与祝愿。

临江仙·越南杂咏

处处奇峰迎面起，无穷迭巘层峦。碧波流去又回环。海为山里海，山是海中山。

喜见东风今作主，宾朋异国同欢。相携如梦对奇观。待看邀世界，共赏下龙湾。

这首词写于1960年9月，赵朴初受越南保卫世界和平委员会盛情邀请，参观下龙湾，当时还有日本和非洲的友人一同游玩。在词中，作者描写出了越南下龙湾风景的独特与壮观。和异国友人一起游玩下龙湾，如梦如幻一般，让作者觉得非常高兴，并发出“待看邀世界，共赏下龙湾”的豪情壮语。从中可以看出，作者对和平的热爱，希望世界大同，希望世界各国的人民都能成为好朋友。

思佳客

大漠吟开万里云。高原踊振九天尘。骈阗百族歌民主，胜会千秋启治淳。

邀满月，聚群心。卿云赓罢奏南薰。人间自有钧天乐，万卉争妍四海春。

这首词作于1980年9月，当时国家政治经济正值迅速发展时期，全国人民齐心创伟业。在词中，作者以“百族歌民主”“千秋启治淳”来歌颂祖国的民主与发展。在词的下阕，作者以“邀满月”“聚群心”来呼吁全国上下齐心协力、万众一心，最终实现“四海春”的和平与稳定。这正是作者对和平的向往与祝福之情！

题画鸽，赠亚洲宗教者和平会议

昭昭古训，亚洲之光。
皇皇诸圣，于此发祥。
良朋咸集，好鸟待翔。
和平之音，普开十方。

这首诗写于1981年11月。当时赵朴初随中国宗教代表团一行应邀出席1981年11月7日至11日在印度新德里召开的“亚洲宗教者和平会议”（简称“亚宗和”）第二届大会。在诗中，作者颂扬了印度与中国皆是文明古国，通过“亚宗和”大会，让中印两国民众看到了和平的光明，这样的和平之音，也必将传播到世界各地。

临江仙·题学文同志《东瀛展望》文集

夜读新编驱梦寐，喜君才调无伦。文章经济数家珍。丹砂和点漆，万户又千门。

善与人交交有道，相知期广期深。不忘前事勉来今。和平遵大道，万世结芳邻。

这首词作于1985年7月，时值吴学文先生的《东瀛展望》一书出版发行之际。吴先生毕业于日本陆军士官学校，担任过新华社国际部记者、编辑。这本书主要论述了中日两国之间的交往以及中日关系。在词中，赵朴初高度评价了吴学文先生的文才，回忆了他们之间的友谊。作者以“和平遵大道，万世结芳邻”为结束语，寄托了对中日和平友好的期望，希望中日两国世代友好。

调寄散天花·天坛大佛造像工程序曲

天伞天衣霭霭云。天花飞彩雨，遍氤氲，天坛为座极高旻。人天齐仰望，紫金身。

愿力三年必有成。大心回象运，庆重兴，待观宝相转金轮。和平祈护念，万千春。

这首词作于1986年9月，当时赵朴初在香港出席宝莲禅寺天坛大佛造像合约签字仪式，有感而作。在词中，作者对天坛大佛充满了期待，坚信它必将宝相庄严、摄受信众。作者以“和平祈护念，万千春”作为结尾，就是希望香港的民众要永葆和平的念想，时时刻刻为祖国的和平与统一做贡献。

江南好二首·登峨眉山金顶

金绳道，上界俯层云。四上峨眉初到顶，群峦围绕一峰尊。待放大光明。

华藏寺，金顶喜重兴。安得普贤行愿力，咸兴平等大悲心。世界永和平。

这两首词写于1988年6月，作者登上峨眉山金顶后，心生欢喜，在描写金顶的殊胜时，赞叹普贤菩萨的大行愿力。作者在词的末尾，发出“世界永和平”的期望，希望世界人民能永享和平之光，远离苦厄。

二、赵朴初的诗词中充满了对祖国的热爱与眷恋

“苟利国家生死以，岂因祸福避趋之”，这是民族英雄林则徐爱国的真实写照。而作为著名的社会活动家，作为振兴佛教的功勋，赵朴初一生爱国爱教，奔走呼吁，在其诗词作品中留下了热爱祖国、报效祖国、奉献祖国的感人诗行。

浣溪沙·和毛主席民族歌舞晚会词

铜鼓芦笙响彻天，轻裾长袖舞翩跹。歌声齐唱大团圆。

民德如今敦友爱，军威海外又喧阗。五星旗指万夫前。

这首词作于1950年12月。为新中国的成立，毛泽东主席作诗词多首以庆贺。作为爱国主义者的赵朴初，也拿起手中的笔，与毛主席奉韵唱和。在

词中，作者浓墨重彩地渲染出中华儿女庆祝国家统一、团结团圆的盛况，并指出民风越来越好，人民军队雄姿英发，伟大的祖国一定会繁荣昌盛。而在词的末尾，作者以“五星旗指万夫前”寓意中华民族大团结、祖国的山河统一，这正是作者爱国主义情怀的彰显和流露。

百字令·延安礼赞

欣奔驰道，望迎前一塔，延安来到。山上延园遥指点，山下延河微笑。洞吐虹霓，树喧猿鸟，想见风云闹。英雄儿女，归心天下多少。

争话薪胆坚心，江河浩气，岩穴神州小。旋转乾坤无尽愿，终把魔氛尽扫。下笔飞龙，燃犀烛怪，一卷人争宝。循墙抚案，壮心腾跃云表。

这首词作于1960年11月，为赵朴初诗词中的代表作品。在词的上阕，作者描述了延安革命旧址的风貌，发出“英雄儿女，归心天下多少”的慨叹。在下阕，作者指出中华儿女卧薪尝胆，齐心协力，终于将乌烟瘴气、欺压百姓的“魔氛”一扫而光。在结尾，作者以“壮心腾跃云表”来表明自己愿意为国奉献、鞠躬尽瘁的决心。这首词充分体现出赵朴初热爱祖国、讴歌祖国的高尚情怀。

四海欢·十届三中全会新闻公报发布之夕喜作

春节家家储爆仗。都为今朝大鸣放。虽云花在意中开，却是喜从天上降。

璇玑照座天枢亮。荆棘锄根禾黍壮。天安门外动欢声，八万万人心所向。

这首词写于1977年7月22日，即十届三中全会发布公报的第二天。赵朴初得知公报发布后，心情尤为激动。这份公报巩固和发展了粉碎“四人帮”的伟大胜利成果，从政治上、思想上和组织上为召开党的第十一次全国代表大会做了充分准备。在词中，作者以家家户户春节放鞭炮，来预示国家又迎来了新的发展契机；以天安门外人人欢喜，来讴歌十届三中全会的意义深远。词中表现的作者的欣喜与欣慰皆是其爱国情怀的凸显。

忆江南·为《台声》杂志创刊五周年作

声相应，两岸仰停云。筹笔频宣天下计，乡音遥系故园心。待赏合家春。

这首词作于1987年12月，赵朴初专为《台声》杂志创刊五周年而作。《台声》杂志创刊于1983年，为中华全国台湾同胞联谊会主办的国家级中文核心时政月刊，旨在"服务台胞乡亲，关注两岸新闻，搭建交流平台，促进和平统一"。在词中，作者盛赞《台声》杂志在维系两岸关系上做出的努力和取得的成绩，以"乡音遥系故园心"来呼吁台湾同胞，要记得思念祖国和亲人。在结尾提出"待赏合家春"的愿望，就是希望台湾能早日回到祖国母亲的怀抱，同胞们能相聚成为一家人。

归字谣·庆祝香港回归

归。百载阴霾逐浪飞。香水海，共仰五星旗。

华。吾土庄严还到家。港人治，玉振紫荆花。

这首词作于1997年7月，时值香港回归祖国之际。作者按捺不住内心的喜悦之情，认为香港的回归驱散了百年阴霾，香港的民众终于和祖国的同胞们一起仰望五星红旗。作者认为，港人治港是伟大的创举，只要是利于国家统一、民众安定的，都是好的方式。从中可以很直观地看出，作者对祖国的无比热爱之情。

赵朴初一生爱国护教，追求和平与正义。细品赵朴初的诗词作品，从中体味他热爱和平及热爱祖国的情怀，情不自禁地被其感染、感动，心生无尽的温暖与祥和。

（少林寺官网主编，《禅露》杂志执行主编）

汉俳之父赵朴初

李德明

中国和日本文化交流源远流长。史载汉武帝时代，日本朝野就开始派人到中国来，学习中国文化，学习中国诗歌。千百年来，不少日本人学习汉字，用汉字学写中国诗歌。有些人居然写得很好。据说，日本每个村落都有用汉字书写的诗歌，并以此为荣。可是在学写宋词时，却碰到难处，常撞南墙，写得不伦不类。但他们决不罢休，继续探索。直到17世纪松尾芭蕉等人的出现，发生大逆转。他们总结吸取学习中国绝句的成功经验，分析研究学习宋词失败的教训，采纳模仿明清时期坊间出现的"三句半"诙谐幽默、滑稽搞笑的审美趣味，从日本实际出发，对日本诗歌大胆改革创新，创作了日本特有的诗歌新体裁——俳句，又叫"俳谐连句"等。松尾芭蕉本人创作了大量的日本人喜闻乐见的俳句，成为日本一代俳圣。

这一下可轰动了日本整个诗坛。俳句历经三百多年而不衰！岂止不衰？是越来越繁荣。由于它篇幅短小，易写易记，人们都喜爱创作、背诵它；由于它言简意赅、回味无穷，获得人们的普遍青睐；由于它诙谐幽默，甚至调侃搞笑，让生活增添乐趣，受到日本各界人士的广泛欢迎。三百多年来，日本几乎所有大报，每天头版，都留有一定版面，刊登几首俳句，使当天生活充满诗情画意、哲理乐趣。

20世纪中日邦交正常化后，兴起了中日文化交流的高潮。1980年5月30日，中日友好协会在京接待了以大野林火为团长的日本俳人协会访华团。他们带来了松尾芭蕉（日本俳圣）、与谢芜村、正冈子规等历代俳人的诗集。参加接待的时任中国佛教协会会长的赵朴初先生，诗兴大发，他参照日本俳句十七音，改为汉字十七字，仍用俳句五、七、五句式，当场写了三首短诗：

（一）上忆土岐翁，囊书相赠许相从。遗爱绿阴浓。

(二)幽谷发兰馨,上有黄鹂深树鸣。喜气迓俳人。

(三)绿阴今雨来,山花枝接海花开。和风起汉俳。

根据赵朴初先生第三首诗末句“和风起汉俳”,专家、学者们,就把赵老的诗定为汉俳了。这样,赵朴初先生就是中国文学史上第一位写汉俳的诗人,也是第一位把汉俳定型的人(十七字,五、七、五句式)。由此,我们说赵朴初先生是汉俳之父,实至名归,毋庸置疑。

汉俳的诞生立即得到中日两国文艺界的认同。中国一度出现了汉俳热。1981 年 4 月,林林和袁鹰应日本俳人协会的邀请,访问日本,并在日本《俳句》杂志上发表了《架起俳句和汉俳的桥梁》一文。汉俳也随之向世界定名,正式成为一种韵文体裁。当年中国《诗刊》第六期也公开发表了赵朴初、林林等人的汉俳。1982 年 5 月 9 日《人民日报》也发表了赵朴初、钟敬文等人写的汉俳,引起了当时中国诗坛的注目。

1997 年 5 月,由林岫主编的《汉俳首选集》公开出版。这是中国汉俳第一次结集出版。

2005 年 3 月 23 日,中国汉俳协会成立。有些省、市(如长春)也成立了汉俳协会。汉俳相关出版物也日渐增多。《汉俳诗人》是由湖南长沙创办的刊物,是发表汉俳作品和发表汉俳理论文章的阵地。同时还有汉俳作品陆续结集出版。

赵朴初等老一辈诗人积极创作汉俳,一批年轻的同志更是积极参加汉俳的创作和研究。汉俳一登上中国文坛,就以崭新的姿态出现在世人面前。日本出版的《现代俳句·汉俳作品选集》,也充分证明了日本文学界对中国汉俳的认可。随着改革开放的深入发展,汉俳也要发展、壮大,为实现中国梦,继续发挥正能量。

今天,我们在研讨赵朴老诗词的时候,千万不要忽视、忘却赵朴老对汉俳的伟大、不朽的贡献!赵朴初先生是名副其实的汉俳之父!

(安徽省太湖中学退休教师)

山情水意共天长

——试论赵朴初诗词的家国情怀

吴义恒

细味品读赵朴初先生的诗词，我们不仅强烈感受到他渊博的知识修养、高超的艺术技巧、坚韧的创作毅力，更感受到他深厚的家国情怀。他热爱祖国、热爱人民、热爱家乡、热爱时代的炽烈之情，渗透到每一首诗词之中，给人以深深的感染，令人由衷地敬仰。

对祖国和时代发展进步倾情赞颂。凡逢元旦、春节、国庆节、中秋节、中国共产党诞生日、中国人民解放军建军节等重大节庆之际，正是他创作诗词的良机。如 1980 年 1 月 1 日，他激情赋诗："放眼风云观世界，洪波涌起新年代。不辞险阻与艰难，长征万里雄心在。学业天人日日新，无穷智力勇兼仁。良朋四海看携手，共为人间保太平。"（参见《赵朴初韵文集》第 277 页）1961 年国庆之际，他在列举共和国重大建设成就后，欣然写道："举世倾心翘首，事业前人未有。睦邻更见芳徽，四海弟兄朋友。尽多阔水高山，征途岂惮艰难？战胜天公鬼母，普教天下欢颜。"（参见《赵朴初韵文集》第 109 页）字里行间饱含着对祖国的热爱和期待。1965 年国庆节，他分别以"风星云雷，山河原田，工农兵知，亲朋同欢"十六字为每首首字，写了 16 首十六字令。其情其景令人感动。（参见《赵朴初韵文集》第 149 页）赵朴初先生对国家每一个重大建设成就也极力讴歌，创作了大量精美的诗章。特别是他多次到改革开放的前沿视察，对所取得的辉煌成就，更是深情赞颂。1992 年 6 月，他借为弘法寺佛像开光之际，再次视察深圳，创作了 11 首诗词。《喜赞深圳》："南天阊阖八方开，快意雄风海上来。群向梧桐山上望，移星换斗喜多才。"（参见《赵朴初韵文集》第 591 页）其欢欣之情溢于言表。

对祖国大好河山热爱有加。因工作需要，赵朴初的足迹遍布祖国的名山大川、城市乡村、基层一线。每到一地，他都不辞辛劳，以大手笔留下一首首脍炙人口的诗篇。其数量非常多，质量更是上乘。1977年4月，他到河南视察，赋诗4首，写《红旗渠》："久闻红旗渠，今始喜得见。劈开太行山，引漳入林县……乾转与坤旋，何事不可办？我来倍感奋，顿觉腰脚健。红英汇流处，登高俯银汉。举手礼英雄，纵目红旗遍。事业新又新，满天霞彩焕。"（参见《赵朴初韵文集》第246、247页）既朴实、富哲理，又具真情实感。1992年9月，他参加在兰州举行的首届中国丝绸之路节庆祝大会，题咏21首。其中，他散步黄河边，赋诗道："散步黄河滨，默念黄河恩。孕育我民族，黄河是母亲。何以报亲恩？视汝寸草心。此心无穷尽，誓待黄河清。"（参见《赵朴初韵文集》第597页）抒发了他的挚爱之情。

对家乡人民倾情关爱。赵朴初先生虽少小离家，但对家乡事业的发展和人民的幸福始终挂在心上。不仅对家乡经济发展、基础建设、脱贫攻坚、文化教育事业等方面的重大事项牵肠挂肚，极力排忧解难，而且对家乡所取得的建设成就格外关注。1986年12月，他收到两斤太湖特产天华谷尖茶，非常高兴，深情品尝，马上写成一绝《咏天华谷尖茶》，题赠太湖县："深情细味故乡茶，莫道云踪不忆家。品遍锡兰和宇治，清芬独赏我天华。"（参见《赵朴初韵文集》第434页）1990年9月17日至10月5日，他回故乡安徽合肥、九华山、黄山、安庆市、太湖县等地考察，创作了24首诗词，首首饱含情愫。30日中午，他在太湖县寺前镇（原寺前区）午餐时即席作："桑田沧海一弹指，六十四年归故乡。地理人文惊八变，山情水意共天长。"（参见《赵朴初韵文集》第541页）他还特作《返故乡太湖作》（自度曲）："老大始还乡，惊见人天尽换装。喜学舍工房，新兴穷镇，茂林佳橘，旧日荒岗。更雄心、三年五载熙湖，绿遍东西南北方。神驰远景无疆。尽尽情领受，千重山色，万顷波光。不教往事惹思量。任故宅水深千尺，抑又何伤？问还余几多光热，报我乡邦？"（参见《赵朴初韵文集》第543页）读来真是字字珠玑，情真意切，催人泪下。

对优秀国家领导人和基层先进人物特别钦敬。赵朴初先生对毛泽东、周恩来等老一辈无产阶级革命家怀有格外崇敬之情，平生为他们创作了大量诗词。这也从侧面体现了他深厚的家国情怀。1976年，周恩来总理、朱德委员长、毛泽东主席先后去世，他均写了挽诗，并作长篇《永难忘》（自度曲）。他写道："庆国庆，更悲伤，念缔造艰难，痛导师长往。仰功勋高过昆仑上，感德泽汪洋东海广，忆言教永耀环球比太阳。驽骀敢抱追尘想，迟暮坚持换骨方。为人民，还存报效涓埃望，闻号召，意深长，化悲痛为力量。"（参见《赵朴初韵文集》第232页）通篇贯穿对老一辈革命家的怀念之情和对国家命运的思考。赵朴初先生对基层一线的先进模范人物的热爱也不亚于对领袖人物的赞誉。他曾写诗词赞美电车女驾驶员、公共汽车售票员、刘胡兰、雷锋、王杰、王进喜等一线工人和英模人物。他写《如梦令》二首夸赞铁人王进喜，其中一首："顶着北风怒吼，震得地球三抖。一钻九泉飞，海大油田到手。知否？知否？奇迹古来未有。"（参见《赵朴初韵文集》第179页）声情并茂，令人荡气回肠。

对邪恶势力横眉针砭。对祖国、对人民的一往情深，必然对邪恶势力切齿憎恨。这也是赵朴初诗词的一个显著特点。在这方面虽然篇章不多，但分量重，反映出赵朴初先生的坚定立场和对祖国和人民的热爱。抗战时期，针对蒋介石的残暴和不抵抗政策，他撰写了杂诗10首；1961年3月，针对印度反华势力的嚣张气焰，他撰写自由诗《如果泰戈尔还在》；1962年，针对蒋介石猖狂叫嚣，他撰写《如梦令・嘲反攻大陆》；1963年11月至1964年11月，针对国际反动势力，他撰写《某公三哭》。他以非常犀利的笔锋和精湛的艺术，对邪恶势力无情地贬斥，发挥了其他政论不可替代的作用。特别是《某公三哭》，受到毛泽东主席的高度欣赏，在《人民日报》发表后，轰动了全国，在国际上也引起了很大反响。他对林彪、江青反革命集团的倒行逆施早有察觉，撰写了多首诗词曲进行鞭挞，充分表现了不惧邪恶、积极维护人民利益的英雄气概。

此外，赵朴初先生在对外交往、国家宗教事业的发展等方面，特别是为佛教文化建设，做出了重大贡献。他经常参加重大外事活动，多次出访苏联、印度、印度尼西亚、日本、韩国、泰国、越南等国家，每到一地，他都以诗作记录了自己的足迹和心声，体现了心系祖国和人民的伟大胸怀，把祖国和人民的利益与世界人民的利益紧紧连在一起。

赵朴初先生的诗词从多个方面体现出的家国情怀，究其内在的根源，一是他怀有一颗赤子之心。从1949年直至1999年，赵朴初先生就国庆节所作的诗词多达数十首，足以表达他的心迹。1990年9月底，他回故乡太湖县时庄严宣称:"中国是我的父母之邦,太湖是我的父母之乡,我是太湖的儿子!"(参见《太湖的儿子赵朴初》第23页)胸中有祖国和人民,特别是不忘故乡这个源,笔下必然翻涌壮阔波澜。诗依从情而产生,而情又是由他的赤子之心生成。这也体现了他诗词艺术的本质。二是他具有崇高的思想境界。诗缘情,更言志。在他心目中,祖国和人民的利益至高无上,自己的一切言行,包括诗词创作,都服从和服务于祖国和人民的利益。因此,他无论是就重大题材的诗词创作,还是风、云、雨、雪以及"抟煤球""捡煤核""大扫除"等小题材的诗词创作,都表现出了非凡的思想内涵和超群的艺术效果。三是受中华优秀文化的熏陶。赵朴初先生毕生勤奋好学,博览群书,尤其是对中华优秀传统文化,包括诗词进行了深入研究,并长期不辍地耕耘和创新,写出那么多精品力作。仅运用的词牌至少达百种。这既说明他中华文化知识的渊博,更说明他思想受熏陶之深,其诗词的家国情怀与中华文化的根和魂一脉相通。

学习赵朴初诗词,是我们学习赵朴初先生的一个重要方面。而学习赵朴初诗词,不仅要学习他的创作艺术,更要学习他的创作情怀,学习他崇尚伟大的奉献精神。这样,才能提高站位,大有作为。这也是我们做人、作诗词的本质要求。

(安徽省太湖县人大原副主任)

赵朴初的韵文创作

荀德麟

一、朴老韵文作品体现了爱国利生、世界和平的主旨

首先,赵朴老始终高举爱国、爱教两面大旗,创作了不少爱国主义诗篇。他经历了抗日战争、解放战争,见证了新中国各个历史发展阶段,见证了波澜壮阔的革命和建设。他唱出了一个爱国者的心声、情怀。抗日战争时期,他公开发表的诗词作品虽然不多,但多为表达抗日爱国、拥护中国共产党的精品力作。如1938年送上海战区优秀青少年及难民收容所干部经温州前往皖南参加新四军时,他豪情满怀地写下《黄浦江头送行》:"挥手汽笛鸣,极目楼船远。谈笑忆群英,怡怡薪与胆。雄风舞大旗,万流归浩汗。同弯射日弓,待看乾坤转。"①

在他的抗日爱国诗篇中,有很多是对国民党搞反共摩擦、同室操戈、萁豆相煎的激愤与揭露之作。1941年初作的《哀辛士》曰:"岂能北辙又南辕?无北无南八表昏。信有修能遭众嫉,竟教积毁铸沉冤。鸱枭在室悲弓折,魑魅甘人可理论?逼窄江南容后死,弥天泪雨望中原。"②这首诗可与周恩来的"千古奇冤,江南一叶。同室操戈,相煎何急"相映证、相媲美。作于同年的《杂诗十首》也是其揭蒋、刺汪,抒发抗日情怀的代表作。1942年作的《雨雪》云:"雨雪雨雪亦既甚,朔风卷地万口噤。重裘覆首心不温,一夜枭声愁到枕。

① 《赵朴初韵文集》卷一,第2页。

② 《赵朴初韵文集》卷一,第3页。

出门惘惘欲何适？有鸟向人骄其翅。市中梨橘罗眼前，归家但觅萝菔食。”①透过刺蒋刺汪的主旨，我们也感受到了侵略战争的风霜雨雪强加给广大民众的灾难，以及诗人自身的痛苦与激愤。

对新中国社会主义建设所取得的伟大成就，赵朴初总是给予热情的讴歌。如1958年的《新北邙行》《黄鹤来谣为武汉大桥作》《卧龙湖》《记巢湖农民谣》，1959年的《国庆十周年献词》，1961年12月《西江月·湛江湖光农场》《西江月·湛江青年运河》，1962年1月的《访海南红光农场》，等等。即使在“文革”时期，他对于社会主义建设所取得的伟大成就，依然由衷歌颂。如1970年4月作《贺新星·为我国第一颗人造地球卫星作》，1975年写的《西南行杂诗》57首，则大多是对“文革”建设成就的热情肯定，其中又以《成昆铁路》8首、《攀枝花》3首为代表。十一届三中全会以后，赵朴初先生为改革开放的新时代而纵情欢呼，写下了《八十年代献词》。1981年8月，国家出台了新时期宗教政策，他写下了感慨万千的名作《贺圣朝》：“番番阵阵花经眼，随风万点。年时哀乐，梦中潮汐，起来寻遍。维摩推枕，文殊挥剑，壮心难遣。骤添生意，问谁敌得，这枝红艳。”②

赵朴初先生一生致力于维护世界和平的事业，有“20世纪伟大的和平使者”之誉。他创作了相当数量旗帜鲜明的维护世界和平的诗篇。如1956年3月访问佛教发源地印度，写下《印度纪行杂诗》24首；1957年12月至次年1月，访问四大文明古国之一的埃及，写下《埃及纪游诗》19首；1960年作《访缅杂咏十四首》《越南杂咏八首》《普天乐二首·中缅边界条约签订志庆》；1961年作《如梦令二首·印度漫写》《寿阳曲六首·斯里兰卡纪游》《天净沙五首·柬埔寨杂咏》；1965年访问印度尼西亚，作《鹧鸪天》《百字令》《西江月》《相见欢》《桂殿秋》词5首，等等。这期间，面对20世纪60年代的世界反华逆流，他认定中国共产党、社会主义新中国的外交政策。为此，他写下了著名的《某公三哭》，可以说，这是朴老维护世界和平诗篇的代表作。在改革开放新时期，他于1980年元旦所作《八十年代献词》，依然倾吐了为保卫世界和平而不

① 《赵朴初韵文集》卷一，第7页。

② 《赵朴初韵文集》卷五，第319页。

辞艰难险阻的宏愿:“放眼风云观世界,洪波涌起新时代。不辞险阻与艰难,长征万里雄心在。学业天天日日新,无穷智力勇兼仁。良朋四海看携手,共为人间保太平。”①

由赵朴初先生发起的中日两国佛教文化交流,打开了中日民间外交的大门,为恢复中日邦交正常化奠定了基础,并为中日关系的健康、稳定发展做出了重要贡献。他为此创作了大量诗词曲作品,如 1955 年,他以民间佛教文化交流使者的身份访问日本,就写下了《访问日本杂诗二十首》。1960 年作《寄赠大谷莹润长老》《浪淘沙》《日本人民大游行颂》《水仙子》《一半儿四首》。1961 年作《与日本佛教友人谈时事,为拈一偈》,偈云:“魔军犯佛时,佛现五狮子。群丑惊破胆,崩角争逃死。设使尔时心彷徨,不现狮子而现羊。金刚座任狐兔据,安有千载菩提场?百折千回心不退,无畏方能施无畏。伏虎降龙号大雄,保卫和平此为最。”②这是针对中印自卫反击战的。1961 年 8 月作《寿阳曲七首 · 东行杂咏》。1963 年 3 月作《梦扬州 · 访鉴真故居》,8 月作《鹧鸪天 · 出席第九届广岛世界大会后游灵仙山》。此间写下的《西江月 · 八月十六日薄暮,由日本归国,飞行中作》云:“仰视苍苍无尽,俯窥无尽苍苍。红云万朵太平洋,疑泛莲花池上。笑语纷来隔座,怒涛犹忆扶桑。降魔且战百千场,会看人天改样。”③1963 年 10 月作《唐鉴真大和尚纪念碑颂并序》。1964 年 4 月 7 日作《西江月 · 日本慈觉大师示寂 1100 周年,为占此偈为赠》,写下“灵山昔日莫疑猜,记取恩情代代”的宏愿 。1964 年 4 月 9 日作《转应曲二首》赠日本二老,同年在赠日本高僧菅原惠庆长老的《采桑子》中写下“沧海能填,子子孙孙不尽缘”的诗句。1965 年作《西江月 · 新年寄贺日本友人》。1972 年 9 月作《相见欢 · 周总理欢迎田中首相宴会上作》。1973 年仲夏作七律《谢西川景文长老惠赐手杖》《贺大西良庆长老白寿》。1978 年 4 月作《应邀参访日本诸山,大西良庆长老赐诗欢迎,次韵奉和三章》,此行另有四首交往诗作。他这方面的最后一首诗作,是 1998 年住院治疗期间,于 7 月 1 日写的《赠日中友好宗教恳话会访华团》,时年已 92 岁。

---

① 《赵朴初韵文集》卷五,第 277 页。

② 《赵朴初韵文集》卷三,第 105 页。

③ 《赵朴初韵文集》卷三,第 130 页。

综观《赵朴初韵文集》，有半数以上作品是涉及佛教的，体现了爱国利生、维护世界和平、建设人间净土的思想。从这些作品中可以看出，赵朴初先生为人类进步、世界和平，特别是日中友好事业，奉献了毕生的智慧、才华和力量。

二、朴老韵文作品洋溢着与时俱进的高超智慧

赵朴初创作了不少与时俱进的政治诗篇。如1975年1月作《八声甘州·第四届全国人民代表大会》。1975年2月作《乐新春》（自度曲），其中有两句："准备着，当武器听工农调遣，登舞台与世界周旋。一弦一柱不虚弹，永随着毛主席光辉路线。"[①]1977年2月，作套曲《字字双》，鞭挞江青。1980年3月作《读〈中共十一届五中全会关于为刘少奇同志平反的决议〉志感》等，都具有一定的代表性。

然而，赵朴初的政治诗是坚持原则的，违心的话基本不说。1966年至1976年的"文化大革命"中，有关政治题材的诗歌他写得很少，有1971年3月作的政治讽刺诗《反听曲》《反听曲之二》。还写了不少咏史诗，主要是对历史的反思，对历史人物的评价等。

三、朴老韵文创作的革新主张展示了平和圆融的精神境界

作为诗词界的名家耆宿，赵朴初先生的韵文创作具有很高的艺术成就，有不少为人熟知、众口传颂的篇章。

对于中华传统诗词的革新，早在清朝末年，黄遵宪、陈三立等已经作了一点革新的尝试，推出"同光体"。新文化运动中，胡适等人又提出了语体新诗的主张，索性抛弃旧形式，想要从根本上彻底改革我国诗歌，以至于迄今尚有不少人还在为之而苦苦探索。

赵朴初先生也主张对中华传统诗词进行必要的革新。但是，他既不主张

① 《赵朴初韵文集》卷四，第204页。

太过恋旧，也不主张毫不顾忌格律，更反对诗歌的“不韵症”。

他的诗歌革新主张主要体现在《片石集·前言》中。赵朴初认为，诗歌革新“要做到既是全新的，又是大家熟习的；既是现代的，又是适合民族口味的；既是通俗易懂的，又是经过琢磨锻炼的。确实不是一件容易事”。[①] 他根据毛泽东《在延安文艺座谈会上的讲话》精神，对于新旧诗体都曾做过若干尝试。“实践的结果，使我还是逐渐倾向于多采用我国诗歌的传统形式，即五、七言的‘诗’，长短句的‘词’，和元明以后盛行过一时的‘南北曲’。我觉得这不完全是出于个人偏好，更不是出于厚古薄今或倒退保守，而是从实践效果中初步得出的一个假设性的结论。”[②]他认为，传统诗词曲的格式、韵律，是中华民族语言特征的集中体现，不能随意捐弃。

赵朴初先生认为，社会在发展，语言有演变，因此，“格律可以突破，可以推翻，但推翻之后又必须有新的格律取而代之，而此新格律的形式，仍然要根据语言的特征，仍然要经过酝酿孕育的阶段，并且谁也没有把握何时可以诞生，更不用说长大成年了”[③]。所以，赵朴初不主张飞跃式、断崖式突破，而主张渐进式革新。

在诗歌创作实践上，他写的传统诗词，一是尽可能写得浅显易懂，使之产生“蝉清旧曲，莺流新调”的效果。在这方面《赵朴初韵文集》中有大量的作品可以印证。

二是更注重在元曲与民谣基础上的体裁创新，所谓“浅涉藩篱唐与宋，偶试元人令套。知变化、鲲鹏有道。雅什民谣相会处，认前途、要把榛芜扫”[④]。他创作了不少自度曲，如著名的《某公三哭》。可以说，目前诗词界日益壮大的自度曲作者群，都或多或少地受到赵朴初先生众口传颂的自度曲作品的启发。即使是语体新诗的探索性作品，也迥然不同于时下的那些新得离谱、离奇的诗。朴老的《小虹速写》是这样写的：“起劲跑来，报一件稀奇事。哥哥居然要结婚，‘像啥个样子’。小辫摇摇，再扳扳手指，倒不如‘捞几个探亲假’，

---

① 赵朴初：《片石集·前言》。

② 赵朴初：《片石集·前言》。

③ 赵朴初：《片石集·前言》。

④ 《赵朴初韵文集》卷三，第109页。

才两年一次。问哥哥的爱人啥等身材，两手比来比去，比得像一棵大白菜。……十分聪明一分呆，可喜成年稚气依然在。谈往事，笑呵呵，说‘爸爸顶坏’。难得人人不见怪，动不动，‘贼腔来’。”①完全口语化的叙事诗，创新腔的自度曲，具有非常高的艺术水准，是创新的范本。

三是在创作题材上，注意写小人物、小事件，即所谓“不弃凡花小草”。《小虹速写》当然是典型一例。此外，1962 年创作的《金轮引·电车女驾驶员》《公共汽车女售票员画赞》也属此类。《金轮引·电车女驾驶员》：“转金轮比下了武则天，跨明驼赛输了花木兰。你看她轰轰闪闪奔雷电，稳稳端端掌舵盘。循环双线牵，往复千街远。这一站，那一站，载行人日日千千万。夸不尽车如流水长安道，别忘了多谢辛勤驾驶员。”②

赵朴初先生认为：“在我国古典诗歌中，五、七言这一体裁的历史特别长，持续绵延近二千年，有盛有衰，但从未中断，直到今天仍然活在一些作者的笔下和广大群众口头，从古典文学中后起的词曲里，从发自民间的山歌、俗曲、鼓词、唱本里，都可以看出五、七言的成分隐然占有很大的比重 。这一事实，我觉得不应忽视。简单地用‘民族惰性’或‘习惯势力’把它一笔撇开，匆匆否定，不是科学态度，也无助于新诗的创立。”“‘词’毕竟突破了五、七言整齐单调的框框，易于取得圆转流利的效果。并且牌调数量极大（总数上千，常用的上百），捡择的余地很宽。”③

赵朴初先生认为，作为诗歌品种，“曲” 有不少优点。第一，比较接近现代人的情感与语言；第二，可以更自由地使用一切足以取得预期效果的各种表现手法与风格，而不受正统教条的束缚；第三，不仅在句型上突破了“诗”的整齐单调，并且突破了“词”的字数限制，可以自由使用衬字，甚至突破“词调”的句数限制；第四，既有一调独立的“小令”，又有数调组合的“套数”，可以适应各种题材、各种时地的需要。同时，“曲”也有一些“曲律”过严，所以需要改革。赵朴初从 1959 年开始写曲，以“曲”来庆祝党的生日和国庆大典。1963 年，写出了《某公三哭》。他在创作实践中体会到：在传统各种诗体中，“曲”是

---

① 《赵朴初韵文集》卷三，第 151 页。

② 《赵朴初韵文集》卷三，第 122 页。

③ 赵朴初：《片石集·前言》。

最能容纳那种嬉笑怒骂、痛快淋漓、泼辣尖锐的风格的。[①] 经过一段时间的尝试，赵朴初先生自定调式、自定调名，创作了一系列的“自度曲”作品。

综上所述，赵朴初先生关于诗词曲创作的革新主张，同样展示了平和圆融的佛家精神境界。而他成功的创作实践，更为其革新主张提供了强有力的佐证。

“路漫漫其修远兮，吾将上下而求索。”赵朴初先生在《片石集·前言》中说：“只要我们遵循毛主席文艺思想的指引，顺应文学发展的规律，运用民族语言的特征，联系群众，集合足够人力，发挥各自所长，共同协作，辛勤垦殖，那么新中国诗歌园地中总有一天是会开出新异鲜艳的花朵来的。”目前，中华传统诗歌复兴繁荣的景况，不正好印证了赵朴初先生的思路与期待吗？

（江苏省诗词学会副会长）

① 赵朴初：《片石集·前言》。

试惟古调为今用，更煦和风起汉俳

——试论朴老韵文之继承与创新

余　翔

赵朴初先生（以下简称朴老）是名重当代的韵文大家。“到处逢人说朴初，朴初才调总难如。岂惟古调为今用，更爱高吟伴旅途。‘竖起脊梁真佛子’，‘逍遥今始见鹏图’。鲜明爱恨成新句，叹服平生此业余。”这是王昆仑先生 1961 年发表在《文艺报》的一首七律。这一年朴老的《滴水集》出版，收录诗、词、曲 180 多首。而其后 40 年，朴老又“蝉清旧曲，莺流新调”，写下了更多佳作。2003 年，陈邦炎先生主编的《赵朴初韵文集》，就收录了朴老从 1927 年到 1999 年创作的各体韵文 1985 首、对联 279 副。这些作品从体裁上可以分为诗、词、曲、汉俳等四大类。其中诗又可分为古体诗、格律诗和新诗。古体诗包括三言诗、四言诗、五言诗、六言诗、七言诗、歌行体、铭、赞、颂等等；格律诗，包括七律、七绝、五律、五绝等等。词则短长皆备：短的有《如梦令》《忆江南》等单片的小令，长的有《沁园春》《满庭芳》等百字以上的长调，所用词牌有 30 多个。曲既有小令，也有散曲，还有套数；所用曲牌近 20 个。另外，特别值得提出的是作者还独创了“自度曲”。从内容来看，可以说是包举宇内，囊括自然，“万紫千红争烂漫，不弃凡花小草”不仅是记录朴老漫长的世途和心路历程的生活画卷，也连接为展现 20 世纪 30 年代起 70 年间政治风云的历史长卷。大至世界风云、国家大政（如《刮地风三首·咏风暴》《七律·闻中共中央一九七六年十月七日两项重要决定喜赋》《毛主席致〈诗刊〉函发表二十周年纪念座谈会献词》等），小至鸟兽虫鱼、花卉木石（如五言古诗《友人赠玫瑰花》、七言古诗《题万松图》、七言绝句《咏天华谷尖茶》等），都来笔底，托物寄意，蔚为大观。至于咏叹史迹（如《读〈韩非子〉七首》《读史杂诗十五首》），讴歌新事（朴老写过歌颂雷锋、王杰、铁人王进喜等英雄人物和讴歌工农兵知的作品)，纪游踪、描锦绣(访问国内各地与出访日本、印度、埃及、缅甸、越南、斯里兰卡、柬埔寨、印尼、朝鲜、尼泊尔、泰国、韩国等地都有组诗记述全部行程、全部活动，如《印度纪游十首》《埃及纪游十二首》《西南行五十五首》《忆江南五首·峨眉山纪游》《天涯海角口占》等)，更是涉笔成趣，意气风发。

但陈邦炎先生指出："此集非全集，盖在朴初先生长达七十余年的创作生涯中，历经世变，而他对所作又不注意录存，其间散佚的作品难以在此次结集工作中尽收，仍有不少遗珠散在海内外各地，实难求其全。且朴初先生不愿留存其不称心意之作，晚年曾思对《滴水》《片石》两集所收篇什加以删汰。故此集之编，本不以编成全集为目标，对所收集到的作品，包括《滴水》《片石》两集已收之作，并非不加别裁，悉数收录。应该说，此次问世的是一部选集。但此选集又不以编成精选本为目标，以广收宽选为原则，力求收录、保留尽可能多的篇什。"

因此，朴老的韵文修为可谓如大地之广袤、如海洋之无疆。后学如我，不揣浅陋，从继承与创新的角度来试谈其创作，以加深对朴老韵文的学习与欣赏。

朴老对中国古代诗歌文学钻研甚深，积学甚厚。他出生于四代翰林之家，父母、叔伯、兄弟、姐妹大多能咏会唱，其母陈仲瑄女士有很高的文学修养，能作诗填词，写过不少诗词和剧本，基本都遗失了。只有中年时写过的一本语言优美、诗意盎然的剧本《冰玉影传奇》被朴老的姐姐赵鸣初录藏，得以留下。(1997年，在陈仲瑄女士辞世50周年之时，朴老将《冰玉影传奇》编印了若干册，分赠亲友。2003年，在陈仲瑄女士诞辰120周年之际，朴老家乡太湖县政协翻印了包括《冰玉影传奇》和朴老所著《片石集》《滴水集》《佛教常识答问》的一套四本书作为内部资料，我有幸得到了这套四册带硬函套的大作。在谈及写诗的因缘时，朴老总是谦逊地说："幼年时，由于家庭和环境的关系，胡乱读过一些古诗，逐渐受到感染，发生了兴趣。年龄稍长，渐懂世事，用诗歌语言表达内心感情的愿望不禁油然而生。这也许就是古人所谓'言之不足，故嗟叹之，嗟叹不足，故咏歌之'的意思吧！"因为家学渊源，朴老一生所作除《如果泰戈尔还在》《敬献白衣大士》等少量新诗外，主要是传统诗词。但在继承借鉴传统诗歌创作形式及语言技巧等问题上，朴老始终以改革为己任，勇于探索，勇于实践。

我们先来说继承吧。在群星璀璨的古代诗歌史中，朴老说他最崇敬和喜爱的诗人，“前有屈原、陶渊明、王维、杜甫，后六代（指宋辽金元明清）有苏轼、元好问、龚自珍、敬安（八指头陀）”。特别是对杜甫的“入世情”和“忧国忧民”、东坡的“无穷境”，朴老总有很多话题。在朴老诗中，多处可见借用杜甫诗句或诗意的佳句。朴老说他读东坡在海南儋州时所作的《新居》诗，最感动的就是“短篱寻丈间，寄我无穷境”二句。“东坡顿悟到宇宙无穷无尽而人生有限有尽，所以他即使面对艰难困苦也能守贫于静，随遇而安。东坡说‘寄我无穷境’，是将有限人生托寓于诗境无穷之中，诗境无穷，精神也无穷了，所以东坡有‘我如镜中物，镜坏我不灭’的句子”。为此，朴老自命斋室曰“无尽意斋”，一则谓“报众生恩，报国家恩，报三宝（佛法僧）恩”无穷无尽；二则谓修德积学无穷无尽。因为此斋名与清初诗人厉鹗（号樊榭）的斋名相同，又俱乞借“无尽意菩萨”之名而来，所以 1996 年冬他作《次韵和友人贺九十生日诗》其三曰：“普贤行愿锡斋名，敢与前贤（即厉鹗）试比伦。万劫千祇无尽意，香花供圣供凡人。”

从诗体看，朴老无体不试。五言、七言，自不必说，如他的茶禅诗中有五、七言各一首：“七碗受至味，一壶得真趣。空持百千偈，不如吃茶去。”“阅尽几多兴废，七碗风流未坠。悠悠八百年来，同证茶禅一味。”这两首诗皆化用唐代卢仝的“七碗茶”诗意，引用唐代高僧从谂禅师“吃茶去”的禅林法语，体现茶禅一味的意旨，自然贴切，生动活泼，空灵洒脱，饱含禅机，为世人所广为传诵。如 1960 年 9 月创作的《织巾吟》用三言的形式精确地表现了越南革命烈士阮明开就义前的从容和思念幼女的情怀：“一件衣，裂千片。一片布，抽千线。片片心，心不变。线线情，情不断。织成巾，光灿灿。遗幼女，永相念。母成仁，儿长健。儿将来，福无限。视巾上，花枝艳。海可枯，石可烂。祖国魂，终不散。身上衣，手中线！”而四言偈诗“生固欣然，死亦无憾。花落还开，水流不断。我兮何有，谁欤安息。明月清风，不劳寻觅”更是其心性、情怀之所寄，展现了朴老豁达通彻的风骨。他的歌行体、铭、赞、颂等也都写得笔调清劲。

朴老填词更是走笔自如，颇见声情应合之妙。如《清平乐·围棋赠陈将军》云：“纹枰坐对，谁究棋中味？胜固欣然输可喜，落子古松流水。将军偶试豪情，当年百战风云。多少天人学业，从容席上谈兵。”书赠将军，以兵喻棋，自见匠心。“胜败乃兵家常事”，棋亦如是。“落子古松流水”，既写棋院环境，又写人的心境，颇富意蕴。“多少天人学业”，棋道有通于天人之际，亦妙语也。作者就这样从一个小小的角度，生动地再现了儒将陈毅的风度。而1964年，赵朴初陪日本佛教界人士西川景文、大河内隆弘二位长老雨中游西湖，所赋的《应转曲》二首，也是别出心裁，词曰：“好友，好友，隔海飞来携手。不辞湿透毡鞋，花港苏堤去来。来去，来去，更赏一盘春雨。”“闲望，闲望，何似琵琶湖上。轻舟伴着山神，岸上樱花笑人。人笑，人笑，冲破云罗雾罩。”《应转曲》一名《调笑令》，原本是一种游戏的歌词，词中作为转折的二言句，起着和声的作用。日本人称唐粉（食品粉丝）为春雨，当日席上有此菜，“更赏一盘春雨”，一语双关，又指湖上春雨。“山神”也是一语双关，不仅指湖畔青山，“山神”还是日本人对妻子的谑称，如汉语之“河东狮”，寓又爱又畏之意。作者拈来入词，使人感到亲切、有趣，而“岸上樱花笑人”与舟中倩人巧笑相互辉映，构成了一幅美丽轻快的图画。

或许因为其母亲的大作《冰玉影传奇》中运用了大量的曲吧，朴老对曲情有独钟，谱写了大量的曲，赋之以新内容、新语言、新神采，使之获得新的生命力，激活了沉寂已久的曲。在中国浩瀚的诗史上，当诗词的黄金年代过后，曲便随之崛起。但由于曲的兴盛时期大部分正处在我国封建社会趋向腐朽阶段，社会将曲的名声败坏了。曲在我国传统文学中一向被贬为“市井小令”，甚至，被贬为不登大雅之堂的“淫词”和“小道”，官修正史往往不肯赐予一席之地。而朴老历史地、辩证地研究了曲崛起及发展的社会因素和文学因素，分析了它的长处和不足。朴老认为“曲不仅在句型上突破了诗的单调齐整（仅指典型的五、七言），也突破了词谱的限制”，“许多曲调的句数可以顺着旋律的往复而自由伸缩增减”，故更能方便现代诗人表情达意。另外，曲可以单行，也可以数调合一，组成“套数”，犹如组诗。套数可长可短，可多可少，可以异调组合，也可以同调迭用（以“前腔”或“幺篇”表示）。“作者可以随自己的方便，或作速写式的即兴小品，或作畅所欲言的鸿篇巨制，伸缩幅度很宽，可以适应各种题材、各种时地的需要。”朴老认定是社会败坏了曲，并非曲败坏了社会。因此，在新的历史条件下，首先必须对曲的内容加以改革，破除曲不可写高雅之事、庄重之物的陈腐观念，使其以崭新的面貌出现在诗坛上，成为时代的新曲。于是，朴老用曲来庆祝党和国家的大典，赞颂英模的光辉业绩，描写祖国社会主义建设的壮观景象，讴歌人民群众的火热斗争。总之，一切庄重典雅的大事件、时代的大主题，只要是诗人有所感的，便尽可能入曲。《万年欢·一九六二年国庆颂》《天下乐·国庆献词》等都是对国庆的热情而庄严的颂词。“倾长川，普劝酒。来天风，放歌喉。红旗飘，光华日月耀神州。夸儿女，降龙伏虎气吞牛。立峰头浪头，听山讴水讴，宣嘉猷壮猷，分清流浊流，判人谋鬼谋，报新仇旧仇，喜英俦俊俦，遍亚洲非洲。十四年，显出了回天身手。堪笑那，小丈夫，言之丑，妄将腐鼠吓鹓雏。休、休、休！你不见拔山倒海，换斗移星，功勋几见前人有？你不见，东西南北，黑白棕黄，俺这儿天下皆朋友。”全曲仅一百七十几个字，语言凝练，节奏和谐。寥寥几笔画出了普天同庆、万民共欢的盛况，作为起兴之笔。然后便盛赞中华儿女的“伏虎吞牛”之气概，又总结了历史的经验，放眼世界风云，内容可谓丰富也。虽有诙谐文笔，可总体上显示出典雅庄重之风，寓庄于谐、活泼而深沉。在摹写典雅庄重之事的同时，朴老又充分发挥曲在内容上的广泛而自由地摄取各种题材的特长，借景抒情，咏物抒怀。《百花令·与民主促进会同人游园》就是借写与同人共览百花的良辰美景，歌颂党的统战政策英明正确。“桃花泼着满林血；梨花照着一庭月；辛夷花张着万盏灯；丁香花洒着半天雪；海棠花，风冠压得腰肢折；紫荆花，赤霞烧得珊瑚裂；牡丹花在候着缺，逗引着红茎绿叶。更有不知名的花儿，满地锦茵重叠。没多时转绿回黄，猛来了无边春色。”在朴老笔下，百花各具神态，以不同的风姿供人们欣赏。这正是民主人士，在党统一战线政策的感召下，八仙过海，各显其能，为社会主义出力的形象写照。“东风一例唱来，怎有这般差别？百般差别，却又是一般喜悦。”结尾四句，含蓄深沉，道出了民主人士的共同喜悦之情。诗人在这里既发扬了旧曲善写自然风物之长，又赋予时代的新意，脱俗出雅，老曲新意。朴老还认为：“在传统的各种诗体中，‘曲’是最能容纳那种嬉笑怒骂、痛快淋漓、泼辣尖锐的风格的。”“尖新、刻露、俚俗、泼辣等等，在‘诗’与‘词’里是被视为瑕疵，引为禁忌的，在

‘曲’中则不仅容许,反而认为‘出色当行’。这确是一不小的解放。”因此,朴老的曲也不乏正音若反、长歌当哭、嬉笑怒骂之作。曾受到毛泽东主席的高度赞赏、轰动一时的《某公三哭》,就是这方面的一个范例。诗人反话正说,语言诙谐,风格泼辣,尽管此曲也带着时代的印记,但仍不失为朴老曲中的上品。

朴老更大胆突破旧框框,创造“自度曲”。“自度曲”的创试,用朴老的话说,是“自寻方便之门”。曲,跟词一样,在古代是必须依照曲调咏唱的,其后,曲和词的音乐性逐渐消亡,在“词、曲失唱”之后,词曲家便依调填写词曲,增强其文学可读性而不太顾及配乐了。所以,朴老在探索中,“渐渐又产生如下一种想法:既然不再是为‘配乐’而写曲,既然撇开了种种为‘合乐’而制定的传统曲律,那么又何必一定非沿用传统‘曲牌’不可呢?于是我尝试着自定调式、自定调名,姑且名之曰‘自度曲’”。自度曲,古代又称“自制曲”,源起西汉,《汉书·元帝纪赞》记载过“元帝多材艺,善史书,鼓琴瑟,吹洞箫,自度曲,被歌声,分刌节度,穷极窈眇”之事。古人的“自度曲”,指曲家自己制腔(调)、自己填词,如姜夔就作过“自度曲”《扬州慢》。朴老说:“我略施其变,革其当革,只作词,不制腔,自定调名,自己方便,也方便大家欣赏。”朴老作“自度曲”大多即兴而发,似信手拈来,却气格高致。70年代所作《乐新春·弦鸣万众欢》《凯歌还·读毛主席词二首敬作》《冰轮引·贺冰心寿》《永难忘·国庆颂》等,或开阖爽快,或屈曲洞达,或妍深和婉,或沉雄骀宕,皆长窈短折,自成断续吞吐之妙。90年代所作《自度曲·书赠太湖县人民政府》更堪称其代表作。“老大始还乡,惊见人天尽换装。喜学舍工房,新兴穷镇,茂林佳橘,旧日荒冈。更雄心、三年五载熙湖,绿遍东西南北方。神驰远景无疆。尽尽情领受,千重山色,万顷波光。不教往事惹思量。任故宅水深千尺,抑又何伤?问还余几多光热,报我乡邦。”这首“自度曲”不仅充分表达了朴老重又踏上家乡土地激动的心情,更透彻地展示了一名赤子宽厚而博大的情怀——朴老少年时在家乡生活了10年时光,13岁赴上海求学,20岁时,曾利用暑假回过一次家。此后由于世事纷纭,亲人离散,他几乎与家乡失去了联系,而由于国家建设的需要,朴老故宅被淹没于花亭湖水深千尺之中,且由于历史的原因,亲人也受到过一些不公正的待遇。但朴老“不教往事惹思量”,只思忖“还余几多光热，报我乡邦”。

此外，在传统的格律诗词的创作中，朴老提出了“暂借旧碗盛新泉，更存薪火续灯燃”“衣衫岁岁翻新样，岂可笔无时代诗”等颇有开拓性的见解，并给出了“严声宽韵”的主张——指辨(平仄)声从严，用韵从宽(譬如诗用词韵)。“严声宽韵”的主张在诗界影响很大，至今仍有不少诗人在践行着，也确实为很多初学诗者开辟出一条可亲可行的门径。

1980年，朴老创辟了汉俳新诗体。《赵朴初韵文集》第一卷共收录汉俳80首，时间跨度是从1980年5月至1982年9月。朴老第一首汉俳是1980年4月21日的宴会上意译清水长老俳句而写出的。《赵朴初韵文集》中没有录入，但文集第一组五首汉俳诗下有朴老自注云：“俳句，是日本诗体之一。每首三句，共十七音节，首尾各五，中七。又每首均须点出季节。奈良东大寺清水公照长老近在宴会上诵其在扬州所作俳句，译员口译其意，余依俳句格律改为汉文云：‘遍地菜花黄，盲目圣人归故乡。春意万年长。’此余为俳句之始。用汉文写俳句，或是余首创，余名之曰‘汉俳’。所不同于日本俳句者，余所作，句句有韵，而日本俳句则无是也。”因此，林林先生说：“古代汉诗是输出的，现代汉俳是引进后由中国诗人再创造而成的。”汉俳因中日文化交往的历史因缘，借用了“俳”字古名，但汉俳既非中国古代的“俳谐体”(俳谐体是以戏谑取笑的言辞所作诗文的总称，在律式、字数和句式方面没有任何限定)，也明显有别于日本俳句(日本俳句不用韵、不究平仄、专注季语)，是当代诗坛百花园中的一株新花。

汉俳问世之前，中国诗人知有日本俳句，著名学者俞平伯先生在1922年《诗》创刊号上曾撰文说“日本亦有俳句，都是一句成诗。可见诗本不见长短，纯任气声底自然，以为节奏。我认为这种体裁极有创作的必要”，但声过即寂，没有一位应声而起去创作汉语“俳句”(17字音)的诗人。虽然在20年代中国诗坛兴起的“短诗热”中，汪静之的《惠的风》、何植三的《农家的草紫》，以及潘漠华、冯雪峰等人的《春的歌》等诗集中的短诗，都注重表现瞬间感觉，竭力追求俳句般的凝练简洁，但也只能说是受了日本俳句篇幅短小和某些创作特点的影响，而不能算是汉语的“俳句”。近现代也有不少留学日本的学者试用日语创作日本俳句，但未见有人想到创辟汉俳。1980年5月30日，中日友好协会首次接待以大野林火先生为团长的“日本俳人协会访华团”，日本诗人送来了松尾芭蕉、与谢芜村、正冈子规等古代俳人的诗集。两国诗人欢聚一堂，席间朴老诗兴勃发，口占三首：“上忆土岐翁，囊书相赠许相从，遗爱绿阴浓。”“幽谷发兰馨，上有黄鹂深树鸣，喜气迓俳人。”“绿阴今雨来，山花枝接海花开，和风起汉俳。”这三首汉俳写得隽永、贴切，引起了较大的反响，而当天在宴席上，林林先生也即兴创作了两首汉俳《迎俳人》。

但事实上，应该把朴老、林林、公木等先贤并列为创辟汉俳之人。因为有资料显示：1980 年 4 月，公木先生作为中国作家代表团秘书长，与团长巴金、副团长冰心，团员艾芜、草明、邓友梅、杜鹏程等一起访问了日本。4 月 16 日在日本长崎，公木即用日本俳句的形式写了一首长诗《别清水正夫》，如：“逢君又别君，桥头执手看流云，云海染黄昏。（第一章）”“河汉清且浅，流云轻轻扬白帆，飘去又飘还。（第三章）”“知己坚弥真，艺术与诗赋精神，环球若比邻。（第九章）”这样看来，公木、朴老都是在 1980 年 4 月中下旬写下了第一首汉俳，说明日本俳句在中国经过长期的流传、酝酿、成熟，至 1980 年在诗歌界已经到了瓜熟蒂落、水到渠成的结果期了。而公木于 1980 年 3 月 1 日于北京所创作的《俳句》（“喜读五中全会公报，感赋拟俳句二十章”），如“把历史真实，再还给真实历史：刘少奇同志！（第一章）”“历史的良心，容不得半点迷信，权威等于零。（第十一章）”等，缺少汉俳固有的情致，只能算短诗。

1981 年 4 月，林林和袁鹰应日本俳人协会之邀访问日本，在日本《俳句》杂志上发表《架起俳句与汉俳的桥梁》一文，“汉俳”亦随之定名。当年《诗刊》第六期公开发表了朴老、林林、袁鹰等人的汉俳，并定义：“汉俳（汉式俳句），是中国诗人在同日本俳句诗人文学交往中产生的一种新的诗体。参照日本俳句十七音（五七五）的形式，加上韵脚，形成一种三行十七字的短诗，近似绝句、小令或民歌。它短小凝练，可文可白，便于写景抒情，可深可浅，可吟可诵。”1982 年 5 月 9 日《人民日报》也发表了朴老、钟敬文等人的汉俳，中国诗坛为之注目，自此汉俳便由破土萌芽开始逐渐蔓及南北，不但受到愈来愈多的中国诗人（邹荻帆、李芒等前辈诗人都纷纷加入到汉俳创作的行列）的青睐，有了上千人的创作队伍，而且英国、澳大利亚、西班牙、新加坡、日本等国喜爱汉文化的诗人也开始试作汉俳。《人民文学》《中国风》《九州诗文》等刊物也为汉俳提供了发表的园地。1987 年春，为庆祝日本比睿山延历寺开山 1200 周年，朴老又作了五首汉俳。8 月初，应日本天台宗 93 岁的山田惠谛长老之邀，朴老赴日参加庆典活动，出席了十八国世界宗教首脑会议和“日中友好三山（比睿山、天台山、五台山）法会”。会后，日方在比睿山文殊殿前安排了“赵朴初先生汉俳碑揭幕典礼法会”。朴老的“千二百年来，东西相照妙莲开，比睿与天台”等五首汉俳镌刻于石，这不仅是中日两国佛教徒致力于和平友好的见证，也是朴老“架木为桥诗笔先”，以诗书通好芳邻思想结出的又一友谊之果。

随着汉俳的创作热潮逐渐升温，1991 年香港诗人晓帆出版了世界上第一本汉俳诗集《迷朦的港湾》，1995 年北京大学出版社出版了林林的汉俳集《剪云集》，这是中国内地第一本个人汉俳集。此外，值得一提的是，国务院原总理温家宝也曾口占过汉俳。2007 年，温家宝对日本进行“融冰之旅”，访问期间，就作过一首汉俳：“和风化细雨，樱花吐艳迎朋友，冬去春来早。”2010 年 5 月 30 日，温家宝抵达东京。在当晚日中友好七团体和侨界四团体为温家宝举行的欢迎晚宴上，温家宝又即席作汉俳一首：“融冰化春水，雨过青山分外翠，大地生葳蕤。”因此，朴老创辟汉俳无论在中日文化交流史还是在中国诗歌史上，都功德无量。

最后，让我用一首小诗来结束此文吧：诗情曲意信拈来，更度新文创汉俳。讽喻随心臻化境，清风明月洒人怀。

（安徽省作家协会会员）

“诗境无穷山外山，愿随志士共登攀”
——试论赵朴初“自度曲”对新诗体探索的杰出贡献

詹乐元

赵朴初先生不仅是著名的社会活动家、爱国宗教领袖，还是享誉海内外的著名诗人。他创作的诗歌，尤其是旧体诗词曲赋，表现了深厚的文化底蕴和娴熟的韵律技巧，风靡神州，远播海外。

在诗歌领域，赵朴初是一位勇于探索、敢于创新的大家。他对诗词的改革和创新，在理论上有许多新见解，对当代诗词界影响很大。在实践上推陈出新，将“自度曲”这种古老的诗歌形式赋予了全新的生命。他的作品既有传统文化深厚的底蕴，又具有鲜明的时代特征，是当代诗坛的艺术珍品，尤其是他的“自度曲”，开当代风气之先，为中华优秀传统文化的传承与创新提供了实体范例。

一、“自度曲”是一种古老的诗歌体式

“自度曲”是在旧有曲调外，自行谱制新曲，也就是通晓音律的词人，自撰歌词，又能自己谱写新的曲调。相当于当代的周杰伦、汪峰等音乐人，他们既能自写歌词，又能自制曲谱，独立完成一首歌的音乐创作。

“自度曲”历史比较悠久。《汉书・元帝纪赞》载：“元帝多材艺，善史书，鼓琴瑟，吹洞箫，自度曲，被歌声，分刌节度，穷极窈眇。”这是文献中最早提到的“自度曲”这种诗歌形式，可见汉代“自度曲”创作较为普遍，连皇帝都喜爱这种诗歌形式。

清代徐釚《词苑丛谈》记载：“唐主尝制小词云：‘曾宴桃源深洞，一曲舞鸾歌凤。长记别伊时，和泪出门相送。如梦，如梦。残月落花烟重。’此庄宗自度曲也。”（《词苑丛谈・体制・庄宗自度曲》）。唐庄宗也是一位文艺范，帝王

深情本就难得，更难得的是他还能“自度”作品传唱多情。

宋代有不少词人，都深通音乐，他们作了词，便自己作曲，故词集中常见有“自度曲”。旧本《姜白石词集》第五卷，标目云“自度曲”，这里所收的都是姜白石(姜夔号白石道人)自己创作的曲调，第六卷标目云“自制曲”，其实就是“自度曲”。柳永、周邦彦等精于音律，他们的词集中都有不少自度曲，但并不都标明。柳永的《乐章集》按照宫调编辑，姜夔的“自度曲”都有小序。

“自度曲”亦称“自度腔”。张仲举《虞美人》词序云：“题临川叶宋英《千林白雪》，多自度腔。”也有称“自撰腔”的。张先《劝金船》词序曰：“流杯堂唱和，翰林主人元素自撰腔。”苏东坡和作的序亦云：“和元素韵，自撰腔，命名。”这是说，《劝金船》是他们的朋友杨元素自己作的曲调，《劝金船》这个调名也是杨元素取定的。自度曲有时亦称“自制腔”。例如苏东坡《翻香令》词小序云：“此词苏次言传于伯固家，云老人自制腔。”又黄花庵云：“冯伟寿精于律吕，词多自制腔。”

赵朴初先生的“自度曲”有别于古人，是一种全新的诗歌体式。

赵朴初先生说：“经过一段时间的尝试，受到了许多同志的鼓励，愧感之余，觉得应该倍加努力，不负大家的属望，所以继续摸索下去，渐渐又产生如下一种想法：既然不再是为‘配乐’而写曲，既然撇开了种种为‘合乐’而制定的传统曲律，那么又何必一定非沿用传统‘曲牌’不可呢？于是我尝试着自定调式、自定调名，姑且名之曰‘自度曲’。”他又说：“‘自度’一词也来自古人，不过古人的‘自度’，指的是自己制腔，自己作词，而我则仅作词，不制腔，原因是自己并非音乐家，只是一名为新诗歌探索道路的工作者而已。至于这种‘无律’之曲，非‘曲’之曲，是否也可以就叫做一种体诗呢？自己没有任何把握，只好留待人民和时间来作鉴定了。”

以上只是他的谦逊之词，实际上，他的“自度曲”对传统的诗歌形式(包括传统的“自度曲”)做了大胆的改革，进行了有益的探索，为促进诗歌的发展寻找到了一条可行的道路。

二、赵朴初“自度曲”鲜明的个性特征

“自度曲”烙上了赵氏诗词深深的印迹，具有鲜明的个性特征。

赵朴初自度曲作品公开发表的不多,不包括已标明“套曲”“散曲”的作品,累计六首(即《乐新春》《凯歌还》《冰轮引》《永难忘》《自度曲·书赠太湖县人民政府》《自度曲·香港回归》),但内容涵盖方方面面,政治事件、缅怀领袖、新生事物、热爱祖国、热爱故乡、朋友情谊、心得体会等等。(他有不少的韵文作品没有标明体裁,又别于诗词曲格律的,我认为应该统计到自度曲系列。)

下面选取他的三首“自度曲”,共同欣赏。

乐新春(自度曲)

1975年2月

琴瑟筝笙等古乐器,以改革后音量扩大数倍,能于广众之中作激昂奔放之新声。春节前曾聆演奏,百花齐放,推陈出新,实为我国音乐史上一大盛事。喜作此曲,以当新春之颂。

可怜那伯牙琴只为子期弹,却不料今日弦鸣万众欢。恨当年高山流水知音少,几曾知低抹轻挥听者难。今日呵,满堂倾耳听高山,莽昆仑摩天屋脊车轮转;回头流水听潺潺,红旗渠劈山引出源泉远远,抛去了千秋幽怨,万古缠绵;赢得了革命战声奔指下,翻天旗影耀灯前。这才是,真正的更张改——更张改弦。三千年的琴瑟筝笙,重新英发青春焕。准备着:当武器听工农调遣,登舞台与世界周旋。一弦一柱不虚弹,永远跟毛主席光辉路线!

这首自度曲共24句,195字(包括标点,下同),平仄通押用韵,一句一韵,或两句一韵,或四句三韵。

用“高山流水知音少”的典故开头,指出了现时的音乐是为劳动人民演奏,同时引申歌颂改天换地的红旗渠为民造福的伟大“命脉”工程,是高山是流水,受益者是人民群众,人民大众就是知音。中间用反复“更张改——更张改弦”,或渲染气氛,或加强语气,从而起到强化作用。同时还用对仗手法增强诗词的音乐美,表意凝练,抒情酣畅,增强诗歌外在形式美。最后突出重点,“一弦一柱不虚弹,永远跟毛主席光辉路线”。这是赵朴初公开发表的第一首自度曲,主题是:百花齐放,推陈出新,文艺要为人民服务。同时我们看到，这首自度曲有对比，有对仗，有述，有议，有期望，有方向，意境高雅，音韵和谐，既有传统诗词的韵味，又有白话诗的晓畅，雅俗共赏，体现了革命的思想内容与传统的艺术形式达到完美的统一，现实主义与浪漫主义的统一。

凯歌还(自度曲)

——读毛主席词二首敬作

1976年1月

九万里远迎红日，卅八年重上黄洋。一丘一壑旧行藏，千姿百态新模样。燕舞翻来山岳晃，莺歌唤起风雷荡，水潺潺，流不尽绝妙好文章。

新词一出百花放，看四面八方欢畅，听亿口同声吟唱。一唱胸襟顿开豁，三吟天地为低昂。遍人寰，熊熊烈火连云旺，猎猎红旗到处扬。人心壮，举头北斗明方向，登高更有高峰上，便九天揽月，也只平常。

可笑那，苍蝇硬壁昏头撞，麻雀流尿滚屁忙。哎呀声不断，拼命要逃亡。仙山琼阁痴心望，馋舌头大念和平咒，空锅底胡吹牛肉香。耍花枪想把车轮挡，贼心虚乱撒漫天谎。骗死人命债不须偿。总有一天要还账，害人虫能混几多长！

君不见，四海翻腾，五洲震荡，正天翻地覆慨而慷，更红雨随心翻作浪。梦寥廓，意飞扬，信诗心万古腾光，祝诗人万寿无疆。

这首自度曲是朴老学习毛主席两首词的心得体会。全诗共43句，311字，平仄通押，一句一韵，或两句一韵。

“水潺潺，流不尽绝妙好文章。”“登高更有高峰上。”“梦寥廓，意飞扬，信诗心万古腾光，祝诗人万寿无疆。”歌颂毛主席，歌颂共产党，歌颂社会主义新中国。这首自度曲百分之七八十的句子是化用毛泽东的诗词，非常自然流畅，不见斧凿痕迹。非有高超的语言驾驭能力而不能为也！此首自度曲中的对仗、排比更多，感染力更强。

自度曲·书赠太湖县人民政府

1990年10月

老大始还乡，惊见人天尽换装。喜学舍工房，新兴穷镇，茂林佳橘，旧日荒岗。更雄心、三年五载熙湖，绿遍东西南北方。

神驰远景无疆，尽尽情领受，千重山色，万顷波光。不教往事惹思量，任故宅水深千尺，抑又何伤。问还余几多光热，报我乡邦？

这是朴老回到阔别64年的故乡时谱写的“自度曲”，共18句，111字，为平声韵，一句一韵，或两句一韵。

从这首词中，我们不难看出，面对家乡日新月异的发展，他由衷地高兴，不愉快的往事已经过去，没有悲伤，没有责怨。只是叹息自己年事已高，问自己还能为魂牵梦绕的家乡做些什么。多么豁达的情怀，既有“人间活佛”的慈悲，又有游子报答家乡的赤诚。

此作充分体现了赵朴初对故乡情比海深，对家乡日新月异的变化感到欣慰并充满希望(参见倪强、黄成林:《赵朴初传》，第425～431页)。经典的句子有:“千重山色，万顷波光。”宽广的胸怀有:“不教往事惹思量，任故宅水深千尺，抑又何伤。”报效家乡的愿望有:“问还余几多光热，报我乡邦?”

赵朴初六首“自度曲”，仄声韵一篇，平声韵一篇，平仄通押四篇，最长的429字，最短的57字。在平仄、用韵上，传承了中华传统优美的声调、语调习惯，抑扬顿挫，轻重和畅。常用排比、对仗，使语句互相映衬，意义互相补充，具有形式美，并且读起来音响和谐，有回环往复的韵味，增强了艺术效果。无论篇幅长短，表现手法的多少，都能反映诗歌的特征要素:诗歌高度的概括性，生动的形象性，强烈的抒情性，鲜明的音乐性。善于抒发对理想的热烈追求，常用夸张手法，语言热情奔放，想象瑰丽神奇。同时，注重按照生活本来的样子精确细腻地描写现实，真实地反映人民的生活与追求。

通过分析，笔者认为:新诗体自度曲形式与内容相统一，谋篇布局不受诗词格律的限制，力求新的诗歌意象，句式对仗自由。相邻两句字数相等的句子可用对仗，也可以不用对仗;对仗不要求平仄相对，且像词一样允许同声、同韵、同字相对。体式灵活多样，不必像格律诗词一样有固定格式，无须“克隆”。声韵和谐，吸收了民歌精华，历史上的民歌都押韵。赵朴初自度曲押韵非常宽，一首用一韵，一句一韵，多句一韵，平声韵、仄声韵、平仄通押均由作者自定。用何种韵，也由作者自选。也没有“挤韵”“撞韵”之忌讳。

赵朴初自度曲作为一种诗体，自有它的规律与特点:1.革命的思想内容与传统的艺术形式达到完美的统一;2.现实主义与浪漫主义相统一;3.没有格律限制,同时在艺术手法上,篇幅长短根据内容的需要,力求精干,句式长短相间,律句穿插,排比、对仗自由组合;4.平仄协调,声韵和谐;5.既不失古诗词曲的典雅,又有白话诗的明快;6.具有清新鲜活、生动活泼、通俗易懂、雅俗共赏的特点。

赵朴初自度曲是在国际、国内发生重大事件,对社会、对个人情感触动很大的情况下创作的。作品内容也与古人自度曲有别,古人的自度曲写的是风花雪月,无病呻吟;赵朴初自度曲关注的是国家大事,贴近生活。

三、赵朴初"自度曲"创作的历史背景

要了解赵朴初"自度曲"创作的历史背景,就有必要简略回顾近现代诗歌发展史上三件大事:一是晚清时期的"诗界革命",二是五四新文化运动,三是毛泽东诗词及诗歌理论的公开发表。这三件事均对现当代诗歌的发展产生了深远的影响。

我国诗歌从《诗经》开始,经过汉乐府、唐诗、宋词、元曲……到了清朝末年,古诗词特别是格律诗的创作已日益僵化,似乎走向穷途,诗词领域急需一场大变革。

中日甲午战争后,面对日益深重的民族危机,资产阶级维新派在文学领域也发出各种改良的呼号。戊戌变法前后,以黄遵宪、梁启超为代表的诗人和文学改革家,发起了一场"诗界革命"运动。他们提倡以"旧风格含新意境"进行诗歌创造,主张按照当代的物质文明和精神文明来开辟诗的境界。

"诗界革命"冲击了长期统治诗坛的拟古主义、形式主义倾向,要求作家努力反映新的时代和新的思想,这些在当时都起了解放诗歌表现力的作用。但是,梁启超等强调保持旧风格,这又束缚了手脚,使得它只是旧瓶装新酒,在中国古典诗歌的改革上虽有进步,却进步不大。

1919年的五四新文化运动在提倡新文学上是有大功劳的。五四运动高举科学、民主的大旗,吹响了思想解放的号角。但是它也有片面性。在批判封建主义的同时,把传统文化中许多好的东西也一股脑否定掉了,旧体诗词在当时就是被重点否定的对象。1919年秋,胡适在《谈新诗——八年来一件大事》中认为:文学革命的关键在于"文体解放",要废除文言文,创造"国语文

学——活的文学”。既然旧体诗和文言文分不开,它当然要被废止。他主张写诗要“不拘格律、不拘平仄、不拘长短,有什么题目,做什么诗,诗该怎么做,就怎么做”。他特别抨击唐以来的近体诗:“五、七言八句的律诗绝不能容丰富的材料,二十八个字的绝句绝不能写精密的观察,长短一定的七言、五言绝不能委婉表达出高深的理想与复杂的感情。”显然,在相当一部分人看来,旧体诗词不能进入新文学的殿堂。

五四时期的诗歌革命虽然纠正了古代诗歌特别是格律诗的局限性,但使现当代诗歌创作走向极端,从大胆革新走向全盘否定。五四之后,旧体诗词虽仍拥有为数不少的爱好者,但它已不被视为文学的正宗。五四以来的新文学史,在讲到诗歌时,一般都只讲新诗,不讲旧体诗。1949 年以后,在“中国现代文学史就是新文学发展的历史”观念的统治下,“旧体诗”从“现代文学史”的叙事中几乎消失了。

旧体诗词曲真的完全没有生命力吗?应该全盘否定吗?中国的诗歌创作该走向怎样的发展道路?毛泽东的诗词创作和他的诗歌理论做出了很好的回答。

1957 年 1 月,《诗刊》创刊号发表了毛泽东诗词 18 首。1963 年人民文学出版社推出的《毛泽东诗词选》,收入诗作 37 首。从当代诗歌发展的维度分析毛泽东诗词,具有积极的深远的历史意义。

毛泽东诗词是在古体诗词创作受贬斥、受歧视、受压制的大背景下出现的,对于中国诗歌来讲,它起码有以下两点重大的历史意义:一是它以强大的思想感召力和艺术魅力,以成功的艺术实践,宣告了诗词过时论的破产;二是它完成了传统诗词从古典到现代的过渡。在毛泽东之前,龚自珍、林则徐、黄遵宪、丘逢甲、鲁迅、柳亚子、郁达夫……许多诗家都在运用传统形式表现现代生活上进行了努力,取得了各自的成绩,而集大成、登高峰者,则是毛泽东。他的诗词是传统向现代过渡的典范。

毛泽东的诗词见解,主要是对诗词发展道路和创作规律的看法。他的诗论很多,但最具代表性的是 1958 年 3 月在成都中央工作会议上的讲话。那次讲话提出了中国诗歌的出路问题,他说:“我看中国诗的出路恐怕是两条:第一条是民歌,第二条是古典,这两方面都提倡学习,结果要产生一个新诗。现在的新诗不成型,不引人注意,谁去读那个新诗?将来我看是古典同民歌这两个东西结婚，产生第三个东西。形式是民族的形式，内容应该是现实主义与浪漫主义的对立统一。”他的这次讲话，提出了民歌、古典、新诗并举的中国诗歌的发展道路，并强调与期待在古典和民歌基础上发展新诗，同时阐发了新的诗体要具有民族形式，要运用现实主义与浪漫主义相结合的创作方法。毛泽东的这一论述，对于诗歌创作有重要的现实意义，更具有深远的历史意义。

综上所述，赵朴初“自度曲”创作的背景就是：新诗还不够成熟，传统诗词在经历曲折后重获新生，诗词要改革的呼声一浪接一浪。赵朴初先生就是这样一位诗词传承与改革的探索者和践行者，他的诗词理论和实践同样具有广泛的影响和深远的意义。

四、赵朴初新体诗探索的历史意义

谈到旧体诗词的“发展”和“改造”，一个不可回避的问题，就是诗体创新问题。

赵朴初先生在诗词新体式方面做了有益的探索。

他在《片石集·前言》中说过：“五四以后，有人又提出了语体新诗主张，打算索性抛弃旧形式，从根本上彻底改革我国诗歌。不少人曾为此从各方面付出过可贵的劳动。可是，诗与文究竟不同，诗歌与口语差别更大。要做到既是全新的，又是大家熟习的；既是现代的，又是适合民族口味的；既是通俗易懂的，又是经过琢磨锻炼的；确实不是一件容易事。因之在五四后的新文学中，诗歌的成就，较之其他领域，如散文、小说、戏剧等等，总觉得差着一筹。我由于个人爱好，对于所谓新旧这两种诗体都曾作过若干尝试，而结果则都不大理想。新事物、新情感、新思想，是否可以入诗？如果可以，应当如何写？旧形式是否还可以用？如果可用，应当如何用？这些都是常在脑筋里盘旋的问题。后来反复体会毛主席《在延安文艺座谈会上的讲话》的精神，才拨开了头脑里的疑雾，打通了心上的茅塞，才能鼓起继续探索的勇气，并增加了较大的信心。”

他又说：“诗歌与散文有一个很大的差别，就是诗歌要求有节奏，有韵律（不是韵脚），这是只有适当地运用每个民族的语言特征（即语音、语调等等）

才能取得的。语言特征是一个民族在社会生活发展过程中自然形成的，可以随时代的迁流而变化，但绝不能硬性割断或任意强加。过去各种诗体，大致都起于民间，其音调之和谐总是先由人民大众于无意中取得，经过一定时间不自觉地沿用，著为定式，这就产生了所谓的'格律'。格律可以突破，可以推翻，但推翻之后又必须有新的格律取而代之，而此新格律的形式，仍然要根据语言的特征，仍然要经过酝酿孕育的阶段，并且谁也没有把握何时可以诞生，更不用说长大成年了。而同时，人民又是随时都迫切需要诗歌的，'精神食粮'是一个颇为形象化的'隐比'。在全新的、比较成熟了的、能够得到广大群众真正喜爱欣赏的诗歌形式产出之前，应该怎么办呢？所以我又有这样一个设想：可否还是酌采人民原已熟习的传统的诗体，即诗、词、曲的形式，先解决群众的需要问题，并借此提高一般群众对诗歌语言的接受水平，同时，通过实践，检查在古典诗歌中究竟有哪些是还可以继承或可以借鉴的东西，为创造将来新诗格局寻找途径。尽管'新酒旧瓶'之讥，在所难免，但主观愿望还是想依主席'古为今用'的方针，做一点'推陈出新'的工作。"

赵朴初在全面准确分析我国传统平仄音韵以及诗词曲艺术形式的利弊后，从"形式是民族的形式，内容应该是现实主义与浪漫主义的对立统一"及"诗词要发展要改革"的构想着眼，创作了"自度曲"。因为此种"自度曲"非常符合"形式是民族的形式，内容应该是现实主义与浪漫主义的对立统一"的特征。

这就是赵朴初探索新体诗的初衷或动力，是有历史担当的。以赵朴初《毛主席写给〈诗刊〉的信发表二十周年纪念座谈会献词》的诗句为证："际此青黄待接联，旧诗亦可供蹄筌。暂借旧碗盛新泉，更存薪火续灯燃。""行见百花开满园，推陈出新新又翻。诗境无穷山外山，愿随志士共登攀。"

在诗词改革创新问题上，只要我们坚持创造性转化和创新性发展，坚持辩证唯物主义和历史唯物主义，秉持客观、科学、礼敬的态度，取其精华、去其糟粕，扬弃继承、转化创新，不复古泥古，不简单否定，不断赋予新的时代内涵和现代表达形式，不断补充、拓展、完善，使中华民族最基本的文化基因与当代文化相适应、与现代社会相协调，产生更多更好的歌颂新时代、弘扬正能量的诗歌作品。

赵朴初创作的"自度曲"既不同于高度自由的新诗,又有别于古人的"自度曲"。他用自由的"曲"的形式表现新的诗歌意象。他对古诗词革新内容与创新形式,使得古老的诗词曲在当代焕发出新的生机。赵朴初是继毛泽东之后当代古诗词创作与创新的又一集大成者,其功甚伟!

(赵朴初研究学者)

诗词篇

浣溪沙·赵朴初

丁　纯(安徽安庆)

一

早把诗心共佛心，全身一滴志堪寻①。锵然似带海潮音。

明月如凝光欲满，虚空无尽愿犹深。清芬流世梦同斟。

注：①赵朴初《滴水集·序》引释迦牟尼语："要使一滴水永远不干，莫如把它放进大海里去"，"尝一滴水而知大海之味"。

二

出世犹存入世心，慈悲如映旷胸襟。湖山叠叠袅禅音①。

流水落花皆自逸，清风明月不劳寻②。已将大爱化甘霖。

注：①赵朴初故里太湖是中国佛教禅宗发祥地。②赵朴初临终诗偈曰："花落还开，水流不断。明月清风，不劳寻觅。"

仰慕朴初

马福民(云南大理)

仰慕朴初德品猷，诗词曲赋俱刚柔。
《某公三哭》惊寰宇，翰墨题书播九州。
学养太湖深百丈，禅源寺宇壮千秋。
谦和慈善人皆敬，一座丰碑矗碧楼。

咏赵朴初六世祖赵文楷

王　珑(安徽太湖)

攻书游宦结山缘，霞壁烟峰竞望天。
远岫铺青文藻茂，紫宸宣榜鼎元贤。
中山国内扬清使，石柏山房蕴锦篇。

遽殁山西兵备道，白云绕墓忆当年。

瞻仰安庆世太史第感怀

王　珑（安徽太湖）

人文一脉誉宜城，照眼光华典雅盈。
四代翰林辉盛事，百年墨韵壮江声。
拿云襟抱斯台启，滴水精神彼岸行。
览胜驰怀无尽意，心香缕缕久燃情。

缅怀朴老风犹在

王世群（安徽太湖）

正气超然赤子心，暮年犹觉本乡亲。
详参经卷修为厚，领悟禅宗谛义真。
泼墨挥毫扬国粹，抒情触景铸诗魂。
传承蔚起人文秀，且向高贤报好音。

咏朴老

王同路（河南平顶山）

大师泰斗笔如椽，抱朴初开写善缘。
成佛静心修佛法，度民仗义托民天。
等身著作凝经典，立体碑林列坐禅。
传世《某公三哭》令，圆融子集[①]驾飞泉。

注：①指赵老的《滴水集》《片石集》等诗词作品。

赞赵朴初老先生

王仲春（安徽太湖）

一花一叶一重天，朴老心香结九莲[①]。

山峦禅池风恋影，人间佛教度高贤。

注：①指赵朴初文化公园里半月池中的九朵莲花。

游文博园有感

王全再（安徽潜山）

一眸古典缩精华，水榭亭台映彩霞。
汉瓦无心环碧浪，秦砖有意绕人家。
长河落日园中见，大漠孤烟景里拿。
领事帅哥情似酒，导游倩妹貌如花。

敬悼朴公

王宇蛰（安徽太湖）

纬地经天一伟猷，三兴[①]硕迹灿金瓯。
巍巍铜像高千尺，赫赫声名贯九州。
善目慈眉云里笑，真才实学史中留。
神州各界尊贤圣，诗颂春光赋唱秋。

注：①即兴禅、兴政、兴文萃。

画堂春·游太湖

王丽娜（上海徐汇）

清流叠翠趁东风，弄晴且悟从容。白描山水爱天工，此乐无穷。
湖景新光无限，抒怀禅意重重。浅深春色万千中，谁赋情衷？

状元故里漫寻诗

王启平（安徽太湖）

禅湖波咏思乡曲，双凤山吟朴老词。
花落还开腾活力，水流不断涌生机。

人间佛教诚多幸，天下众生信少迷。
风雅寺前疑入画，状元故里漫寻诗。

满江红·游朴初文化公园

王松乔（安徽太湖）

一代宗师，双凤地[①]，风清气爽。安息处，柏环松绕，紫薇花放。半月池中莲蕊吐，万年冲里禅心酿。立铜身，厚德载丰碑，千秋仰。

生平展，功绩亮；诗笔动，乡音漾。悟圆融、度化孽根魔障。报效家邦倾热血，振兴佛道称灵匠。慰忠魂，法雨润神州，声威壮。

注：①指朴翁的墓葬地双凤尖。

临江仙·赞颂赵朴初先生

王和畅（安徽太湖）

朴老功丰名不朽，当年热助军猷。曾倾智勇救神州。惠风昭日月，正气感寰球。

深爱乡邦扶正义，毕生执着追求。兴禅扬善载千秋。编书存宝典，立志护金瓯。

再拜赵朴初陵园

王啸林（安徽太湖）

慈缘今又逢，拾级万年冲[①]。
翠柏枝犹劲，丹枫色愈浓。
缅怀金缕曲，顶礼玉华宗。
此别文魁府[②]，青天日照峰。

注：①即赵朴初先生树葬地。②即状元府。赵朴初先生六世祖赵文楷为嘉庆年间状元。状元府位于赵朴初陵园西侧，系按赵朴初先生在寺前河的旧居重建，内设赵朴初先生生平陈列室。

贺全国赵朴初诗词研讨会暨“朴初故里 禅源太湖”诗词大会

王啸林(安徽太湖)

心香敬奉拜吟旌,菊月群贤聚小城。
文博园中讲坛满,花亭湖畔梵音清。
鸿篇锦绣研经典,雅韵珠玑扬激情。
盛世勿忘弘国粹,欣看九域共繁荣。

参观寺前状元府

王锦州(安徽太湖)

青砖黛瓦马头墙,徽派规模府第香。
鉴古能知文楷墨,观今更爱朴初章。
诗书笃习传家久,德孝诚怀继世长。
毓秀钟灵因宝地,一门四代翰林郎。

访赵朴初状元府

王熙明(安徽太湖)

状元府第最堂皇,未近楼台书已香。
屡届文章魁榜首,几家世代踞京邦。
求知报国千秋颂,立说兴禅万古扬。
喜看寺前龙虎幔,科场不逊旧锋芒。

与太湖诗友相会

王婉丽(江苏徐州)

人生何处不相逢,况在诗乡二月中。
八皖山川春有意,小城烟雨韵无穷。
心萦赤壁黄梅曲,梦绕亭湖杨柳风。

浣月西江歌待续，归来只叹太匆匆。

谒朴陵

牛松胜（安徽安庆）

自度度人参透禅，人间佛教毕生缘。
奉行众善消诸恶，利乐中和汇百川。
护法传经功盖世，挥毫泼墨笔如椽。
往身树葬寺前镇，双凤依依守万年。

赵朴初先生回故乡视察

方加法（安徽太湖）

九九[①]秋光分外新，寺前河畔播佳音。
山欢水笑迎耆宿，叟舞童歌接贵宾。
拜石基金滋学子，扶贫善款惠黎民。
千秋传诵“乡邦”句，一脉深情万里春。

注：①指一九九〇年九月。

沁园春·赵朴初颂

方加法（安徽太湖）

少小离家，求学江南，立志乡邦。以满腔热血，图存抗敌；一身浩气，救死扶伤。传播文明，弘扬真理，追逐光明拓八荒。晨曦里，展如诗画卷，德著名扬。

青春灿烂辉煌，为社会和谐昼夜忙。引高僧大德，传经解惑；贤人学子，刺股悬梁。著作丰盈，精神不朽。明月清风万代长。情何禁，看神州大地，百卉飘香！

敬谒赵朴初陵园

方明海（安徽安庆）

驱车百里太湖行，敬谒先贤朴老陵。
雕像巍巍天地立，遗篇耿耿鬼神惊。
《某公三哭》诗无敌，健笔频挥字有声。
忠骨铮铮归故里，寺前山水慰英灵。

沁园春·怀念赵朴初先生

方承明（安徽太湖）

妙笔生花，翰墨堆云，震古烁今！借新泉旧碗[①]，歌吟华夏；繁花小草，诗献黎民。极目重湖，骋怀八表，滴水涓涓片石新。蓁芜扫，更传薪播火，抱朴修身。

长怀四众深恩，布法雨慈云惠世人。自身修五戒，心存十善，教人向佛，济困扶贫。彪炳千秋，流芳百世，暮鼓晨钟送梵音。追明月，引佛光普照，万里同春。

注：①朴老在《毛主席致〈诗刊〉函发表二十周年纪念座谈会献词》中有“暂借旧碗盛新泉，更存薪火续灯燃”句。

参加全国赵朴初诗词研讨会暨“朴初故里 禅源太湖”诗词大会感赋

方承明（安徽太湖）

飘香金菊傲晴空，华夏诗朋忆朴翁。
心系禅源观圣态，踪追故里继文风。
毗卢舍那因缘在，般若波罗彼岸通。
揭谛宣传唯我愿，白云望断效飞熊。

游安徽太湖花亭湖

玉智念(广西南宁)

一洞一泉凝紫气,两山两寺灿禅光。
自然美景人陶醉,韵入相思化梦香。

缅怀原佛教协会会长赵朴初先生(新韵)

艾绍喜(陕西西安)

太湖漱玉济风流,千古人杰冠九州。
浸墨片石集雅韵,润毫滴水写银钩。①
未盘莲座菩提性,勤奉庙堂黎庶忧。
大爱衣钵知有继,素心宽厚自春秋。

注:①赵朴初先生有诗词集《片石集》《滴水集》,其《宽心谣》传颂甚广。

太湖县

左会斌(安徽合肥)

禅源出太湖,法相有还无。
慧可发祥地,朴初净业书。
花亭观自在,狮子饮屠苏。
万载屏荆楚,江淮绮丽珠。

文博园

左会斌(安徽合肥)

太湖文博园,上下五千年。
妩媚花亭水,依稀皖府烟。
神龙嗟首尾,雄主整坤乾。
禅到初心见,永结幸福缘。

寺前镇谒朴公墓

石庆元(安徽太湖)

万年冲里伴云栖,绝代诗家亿众思。
明月清风无觅处,长歌一曲怅依依。

满江红·太湖获全国诗词之乡荣誉称号感赋

石庆元(安徽太湖)

大别西来,千峰秀,风光如画。曾孕就,几多词客,几多贤达。唐宋名儒留胜迹,舍田寒士登科甲。承文脉,更有朴翁诗,传天下。

龙山上,吟帜插。韵海里,云帆挂。看熙湖苑圃,万枝花发。育美燃情扬国粹,抒怀言志歌华夏。更明日,锦簇上林春,莺声恰。

敬瞻朴老宝像

石必中(安徽太湖)

宝像庄严立寺前,慈眉善目眺湖烟。
吹澜迭出通禅韵,展臂传开醒俗篇。
欲觅真经参朴老,争寻世谛拜先贤。
虔诚礼敬心宁静,得遇机缘好悟莲。

偕太湖诗友游花凉亭水库有作

石秀华(安徽安庆)

碧水微风漾,深山众鸟鸣。
亭湖无世俗,诗苑有精英。
雅颂舟中客,风骚域内名。
涟漪如翡翠,正合濯吾缨。

禅湖之恋

石昌荣（安徽太湖）

碧水青山百里绵，藏鱼飞鸟戏湖间。
晨钟暮鼓萦禅寺，愿做耕夫不羡仙。

南歌子·谒朴翁树葬墓

石志和（安徽太湖）

片石铺经路，慈心献禅宗，一腔热血洒无穷。正果功成荣归、万年冲。
征雁哀灵骨，霜风挽朴翁，千山万木尽悲容。滴水声声和应、寺门钟。

瞻仰赵朴初先生陵园

韦文华（安徽太湖）

园陵高处一凭栏，到此谁能不动颜。
一世声威驰九域，毕生德泽垒千山。
喜将光热输龙裔，笑为乡亲策马鞍。
自有高天悬日月，千秋肝胆照人寰。

禅湖之恋

卢小应（安徽太湖）

静影怡人落镜湖，翻开白浪箭船呼。
沿途尽览群峦秀，兼道濒临一岛孤。
水阔能容溪涧小，山幽方引圣僧儒。
禅灵拜别凡心淡，浊世趋炎视若无。

谒赵朴初故居

叶　静(安徽岳西)

江浪滔滔逐夏来,天台里巷瑞花开。
翰林门第骈灵蝠,世太家风拂寿槐。
物我同春千古秀,江山如画一园魁。
大师应是人间佛,八皖堪歆旷代才。

过太湖怀赵朴初先生

叶兆辉(重庆荣昌)

荆楚江淮入眼频,支筇来看皖南春。
山间云霁鸟多语,湖面风微波似鳞。
一曲诗歌推独步,千秋衣钵冠群伦。
翰林宅邸光芒旧,蔚启禅源与世新。

赵朴初先生故里游

叶金生(江西九江)

山川秀美景难收,仰慕先生故里游。
日夜太湖歌俊杰,禅源流远泽神州。

参观赵朴初陵园

叶梅青(安徽太湖)

肃穆峥嵘处,苍松翠柏中。
白云环伟像,绿水护丛林。
佛界灵经在,文坛妙笔存。
长怀拜石会,铭记故乡情。

赞太湖人才辈出

田　昆(安徽太湖)

锦绣家园享盛名,山重水绕彩云蒸。
龙盘虎踞状元出,燕舞莺歌博士生。
四代翰林光史册,一乡善士展儒风。
兰宫桂殿钟灵秀,俊彩星驰太邑城。

访寺前

田书华(安徽太湖)

今与骚朋访寺前,眼帘山水景中天。
诗吟古镇声声雅,画展新村色色鲜。
栀子花开香百里,禅师德教颂千年。
乡民不把春光负,谱就人间富裕篇。

缅怀朴公

田光达(安徽太湖)

生平事迹啸清风,踏遍山川几万重。
书法一流书大爱,漫山红叶鉴初衷。

亭湖秋影

吉少华(安徽太湖)

山色千重水映鸥,波光万顷已惊秋。
寒蛩楚楚鸣佳树,大雁依依亮丽喉。
湖里乾坤留夏妙,寺中钟鼓带时悠。
群峰染黛云出岫,百舸争流隐绮洲。

瑶华·怀念朴公(步朴公原韵)

吕小明(安徽太湖)

近日读诗词大家叶嘉莹先生《赵朴初与我的诗词交往》一文,很受教益。对朴老步嘉莹先生之《瑶华》倍觉喜欢与敬仰,二位大师之词都具有很高的艺术价值。喜欢之余也兴起而步之,以拙作怀念先生。

生无尽意,逝亦欣然,又何图铭记?神聪早发,天命定,缘合禅音诚谛。经风历雨,且随步,寒凝霜地。有宽怀,容纳悲欢,笃志深思通几。

质诚能铸坚贞,昔战火纷飞,救亡渊水。肝肠许国,多少事,常与黎民同泪。谦谦君子,难掩是,风标昭世。向素笺,笔底行云,顷刻诗涛掀起。

谒赵朴初墓

吕小明(安徽太湖)

一

梦见慈容灿似春,冬寒未阻叩心门。
知君已做灵山佛,滴水人间洗泪痕。

二

隐居山野对阴晴,轻掬湖波洗月明。
鸾凤倾前歌翠岭,杜鹃知趣改悲声。

参观赵朴初文化公园

吕庆红(安徽太湖)

苍苍竹树映湖光,袅袅禅音染菊黄。
双凤山前怀圣哲,清风明月永流芳。

人文重镇寺前游

朱生仪(安徽太湖)

夏日乘车抵水乡,松风拂面鸟飞翔。
茫茫林海千年寺,渺渺花湖万顷光。
朴老含情归故里,状元奉旨渡重洋。
欣逢诗界筹鸿业,襟袖还留翰墨香。

赞佛图寺

朱生济(安徽太湖)

何处飞来宝塔峰,许多墨客赞词穷。
天门险窄千神就,地洞幽深万物容。
白练悬飘冬夏异,晨经诵省昼夕同。
休闲避暑人文地,胜景蓬莱在此中。

游太湖海会寺

朱立平(安徽无为)

白云峰上雾茫茫,玉带桥边响水长。
林木深幽隐古寺,晨钟声里忆初唐。

花亭湖感怀

朱芳森(广西桂林)

百里起烟岚,倾情于皖南。
千重山滴翠,万顷水深蓝。
鹭隐情人岛,禅源狮子庵。
身临仙境里,悟觉自通谙。

咏太湖

朱海清(湖南衡山)

太湖山水实称奇，旖旎春光展靓姿。
鱼跃舟摇波乱影，花香鸟语柳飘丝。
传经弘法人常盛，扬雅吟风我自怡。
泉下赵公知道否？定挥翰墨赋新诗。

金缕曲·缅怀赵朴初先生

朱曙光(安徽滁州)

我佛慈悲了。望江流，襟吴带楚，水天缥缈。云鹤青鸾争鸣处，一派仙音袅绕。翰林府，金光高照。佛子轮回今又是，算人间，此处宜居好。天柱侧，景观妙。

劫波渡尽春来早。庙堂上，清风两袖，坚贞不老。荣辱相忘依然著，诠释沧桑正道。夕照里，登高远眺。滴水成渊滋片石，坦荡时，无怨还无恼。杨柳净，大鹏鸟。

赞太湖

任　正(山西吕梁)

晋熙千载笑春风，毓秀钟灵禅寺丰。
峻岭巍巍山叠翠，长河浩浩水萦红。
一门高第多英俊，百里诗乡尽雅翁。
互唱渔歌霞晚照，花亭湖畔醉霓虹。

一片禅心咏太湖

刘　杰(安徽寿县)

一片禅心咏太湖，花开五叶九州殊。

名人辈出传佳话，游客流连醉画图。

浣溪沙·朴初故里寺前镇

刘　晓(江苏南京)

栀子桃花扮寺前，山情水意奏和弦。春茶撷翠白云边。
石塔涵虚千岭秀，琼楼听夜一支禅。潺湲流韵读英贤。

浣溪沙·太湖女

刘　峰(河北吴桥)

不爱红花爱浪花，太湖深处有人家。轻松一网锁云霞。
意态双眸深有韵，嫣然一笑断无邪。随风香屑总来些。

赞赵朴初

刘泽华(安徽石台)

百年巨匠一先师，佛国精英人共知。
引吭高歌自度曲，即兴吟唱哭三尼。
书成贝叶垂风范，德润菩提立口碑。
爱国情怀传后世，花亭湖水起涟漪。

古皖太湖谣

刘战生(安徽安庆)

一

碧浪万重山谷中，亭前天镜倒千峰。
此湖境与名皆实，堪比东吴何不同?

二

借得青山展大观，一园回溯五千年。

熙湖博览炎黄史，更喜今朝尧舜天。

禅湖之恋

刘爱民（安徽太湖）

禅宗源发地，西晋驻宗师。
慧可留僧迹，真身授道词。
一花开五叶，二祖削千丝。
湿地公园景，名扬海外知。

禅湖之恋

刘慧霞（安徽太湖）

美美亭湖一朵莲，经书万卷尽藏山。
问心何必佛前往，碧水青山处处禅。

咏花亭湖（新韵）

刘蕴之（河南洛阳）

平湖风日好，柳叶一舟行。
燕点花前水，香飘岛上亭。
钟鸣祛世虑，茗品瀹心清。
归去梦犹在，粼粼侧耳听。

戊戌深秋访太湖怀赵朴初先生十唱

刘麒子（广东汕头）

一

太湖秋色似春光，锦绣山川鱼米乡。
人物风流多俊彦，方舆史籍每传扬。

二

共赞名贤赵朴初，才情满腹赞非虚。
神州万里扬文脉，口吐珠玑笔作书。

三

当代英才出太湖，爱民爱国一鸿儒。
政经佛学中西贯，青史垂名世楷模！

四

先生自幼太湖居，英发少年喜读书。
平生立下鸿鹄志，壮心永在不忘初！

五

慷慨书生赴激流，敢将心血献神州。
披荆斩棘求真理，喜见东方旭日浮。

六

民进声名早已闻，立场坚定扫妖氛。
先生无愧英雄汉，搏浪迎风作领军。

七

光扬佛说传精粹，汉学珠联入细微。
悟彻禅机因爱国，缅怀此日尚依依！

八

胜迹名山佳话多，大雄宝殿共观摩。
先生墨迹传千古，赞颂长随岁月过。

九

诗词朴老世同钦，中有爱民爱国心。
唱和联吟多获益，佳篇百读感犹深！

十

结谊忘年廿二春，世间无物喻深情。
人天别写断肠句，诗作纸钱意最珍！

花亭湖

齐玉锁（安徽桐城）

奇峰簇拥接云端，坝起禅湖兴大观。
杏眼温泉临幻境，玉龙瀑布入瑶坛。
情人岛醉痴男女，橘子洲香仙凤鸾。
月亮湾中风不语，嫦娥寻梦枕沙滩。

参加全国赵朴初诗词研讨会暨“朴初故里禅源太湖”诗词大会感怀

齐玉锁（安徽桐城）

花亭秋水垂天际，啸引四方文客滞。
玉镜连生山弄春，博园长望祖留谜。
禅参大地佛心开，笔向银辉圆月呓。
若问千家何所思，得闲雅趣吟明细。

赵朴初颂

齐周梦(安徽安庆)

一

堪舆宝地养高人,始认禅机识大音。
闹市红尘嗤以鼻,风轻月白看浮云。

二

飘零南北几经年?客住京华思故园。
白发萧骚情款款,归乡梦里也心甜。

三

活水灵山种玉乡,幽明组合协阴阳。
千年百代今收获,一出偏区炫八荒。

花亭湖礼赞

闫自忠(安徽界首)

熙州名胜誉西东,山色水光云气融。
万顷碧波禅趣远,松烟竹霭映霞红。

文博园即笔

闫自忠(安徽界首)

斑斓磅礴一文园,千古风华蔚胜观。
满目琳琅阅不尽,蜚声华夏冠中天。

行香子·太湖

江　源(安徽安庆)

水秀山清，时运蒸腾。游文博、穿越漫行。花亭水阔，禅寺钟鸣。看时风正，民风净，古风呈。

崇文悠久，辈出精英。领僧众、朴老功成。石楠传记，朱子诗名。但人文灿，诗文秀，佛文兴。

踏莎行·朴老颂

江静文(安徽安庆)

情系苍生，胸怀丘壑。立身处世心常乐。温馨故土念难忘，济民不惜倾囊橐。

风韵书香，墨流笔落。慧门造诣尤渊博。辅时议事见丹忱，诗文无愧千秋作。

临江仙·谒赵朴初陵园

许桂初(安徽太湖)

燕舞风和春日丽，青葱簇拥层峦。平湖远望浪涟涟。朴翁铜像处，肃立仰英贤。

大德千秋成典范，文坛果硕花繁。禅宗博学誉人寰。诗乡挥妙笔，创建屡争先。

咏太湖

许维勇(重庆永川)

障屏荆楚势吞吴，襟带江淮两不孤。
慧可禅宗传福地，朴翁故里出鸿儒。
寻根文博春秋梦，摇橹花亭滟潋湖。
碧水青山书盛世，乘风破浪展宏图。

忆江南·花亭湖

孙　伟(安徽滁州)

花亭好,山水景妖娆。岭色万重云影秀,波光千顷玉容娇。尤忆梵音飘。

怀念朴老

孙友来(安徽太湖)

翰墨书香震五洲,禅心善举惠全球。
青山依旧人何在?亮节高风万古留。

赞朴老

严学海(江苏南京)

少小离家走八方,华头始得返山乡。
胸中莲蕊多殊彩,笔底佳词有异芳。
一片丹心扶梓里,无边苦海驾慈航。
清风明月闲云意,德范昭昭是久长!

恭题赵朴初文化公园

苏　俊(广东高州)

朴公陵下绿生烟,柏护松围气浩然。
叶落静闻风扫地,花开解听鸟谈禅。
菩提顿悟心尘净,法界频参月印圆。
示现维摩①应一笑,望中依旧好山川。

注:①指赵朴老被誉为当代维摩诘。

谒西风禅寺

苏仲权(广东东莞)

林深传古寺,鸟静见鸣泉。
卓锡留禅杖,西风荐佛缘。
一花开五叶,中国化千年。
暮鼓晨钟路,台阶野蕨鲜。

沁园春·太湖

李　睿(安徽合肥)

八皖珍珠,一枕青山,环抱百川。醉花亭湖畔,白沙翠筱;西风寺外,碧水长天。明月之湾,佛图石刻,秀逸朝岚暮霭间。盘桓处,是飘香翰墨,华夏名传。

悠悠问祖寻源,看文采风流聚一园。叹扬辉溢彩,梦回上苑;追飞蹑影,思越千年。古树琪葩,琼楼玉阙,付与黄梅妙曲弹。升平世,把宏图再绘。

自度曲·抱琴①

李　林(北京)

林壑幽深处,何人得得寻?但留考槃②迹,不见抱琴僧。
钟声已随流水至,未劳洗耳听潮音,双峰正裁云。

注:①此文当成于1993年,为答谢赵朴老所作。赵朴初曾咏“峨眉第一胜景”——“双桥清音”曰:“来寻处,不见抱琴僧。且任客心洗流水,不劳挥手听清音,拄杖仰停云。”余得其意境而做此自度曲,当时颇得朴老嘉许也。②即弹琴也,出自《诗经》,形容高士独来独往。

鹧鸪天·禅源太湖

李支柱(天津东丽)

一方宝地话禅源,佛宗文化溯千年。花亭湖美如仙境,狮子山奇似洞天。
游古迹,洗温泉,鸿儒荟萃好休闲。层峦叠翠多姿态,物阜民丰伊甸园。

考察太湖诗乡创建工作有感

李文朝(北京)

皖西诗教耀明珠,寻宝取经来太湖。
朴老遗风扬雅韵,稚童新梦绘宏图。
诗台建起连天咏,网站开通动地呼。
硕果深情迎远客,冰心一片满琼壶。

访寺前

李孝改(安徽太湖)

向往名山访寺前,峰回路转白云边。
西风古刹藏仙阁,世外桃源入梦牵。

朴老赞

李树喜(北京)

沃土深深植慧根,佛心道义契无痕。
独家墨宝九州看,记取诗魂和国魂。

过寺前镇怀朴老

李根华(安徽太湖)

一镇佳山水,风华孰比伦。
山涵千嶂月,水养满天云。
钟磬余音远,茶禅入味真。
高怀吟拜石,磊落见精神。

访太湖状元府

李葆国(北京)

天开一鉴碧眈眈,奇岫凌云出皖南。
慈忍法门应不二,文通宅第右其三。
流光在在知和气,懿德如如曜佛龛。
禅苑欣传状元佩,莲花犹向翠湖探。

朴初故里魅力新

杨　威(新疆石河子)

魅力太湖美梦圆,崭新时代艳阳天。
赶超不落人间后,跨越敢为天下先。
经济腾飞谋骏业,人文荟萃谱鸿篇。
乘风破浪酬奇志,勇立潮头永向前。

鹧鸪天·纪念赵朴初诞辰一百周年

杨林琦(安徽安庆)

众仰花亭一大鹏,荫笼华夏享殊荣。立身佛教驱狼虎,爱国情怀铭汗青。
呼统一,护和平,追求真理为民生。诗书政绩人皆颂,彪炳千秋如日明。

水调歌头· 赵朴初颂

杨泽林(安徽安庆)

躬身促民主,奔走济苍生。温慈仁爱,雾迷津渡点明灯。爱国钟情笔下,爱教诵经口上,大事总清醒。行走人间世,矢志保和平。

披肝胆,同甘苦,共辱荣。频传佳话,弘善佛法宅心诚。滴水入融大海,海浪翻卷千丈,礁石显峥嵘。道德文章在,千古一精英。

清平乐·读朴初诗集思太湖

杨学敏(天津)

大湖追梦,辽鹤归仙洞。丽句清词如浪涌,胜似三唐两宋。
诗坛拂面春风,绵延文脉兴隆。故里田田翠盖,一花五叶香浓。

朴初故里太湖美

杨祖文(重庆璧山)

谁把湖周巧剪裁,瑶池仙境此间开。
波光鲈鲤嬉霞彩,堤岸田畴招宝财。
齐力才人承古韵,同心风物靓新台。
方观一角缤纷地,便觉三星入梦来。

画堂春·朴初故里展新颜

肖德飞(湖南临武)

晴川秀水美江淮,一花五叶灵开,琼楼幽境胜蓬莱,旖旎康哉。
魅力太湖鼎治,文人雅士丰才,辉煌灿烂眼收来,盛世抒怀。

春游太湖西风禅寺

时玉维(黑龙江大庆)

山色转葱翠,春来意渐新。
扁舟犁碧水,高塔抱青筠。
石刻三生悟,禅参一味真。
磬传空境里,余响荡红尘。

桃源胜境颂太湖

吴天启(安徽无为)

古树参天曲径幽,响崖飞瀑石穿流。
桃源胜境寻仙迹,隐世修心自可留。

谒赵朴初先生故居

吴月英(山西朔州)

久慕菩提儒雅篇,摩挲壁上起云烟。
九州纸贵因三哭,百姓颜开即四禅。
养气当从宽处想,为官能把众生怜。
慈航渡罢津梁倦,留得丰碑海岳悬。

朴初故里太湖美

吴文凯(福建德化)

襟带江淮草木荣,风光旖旎久扬名。
烟波浩渺云霞美,岛屿骈繁莺燕鸣。
山映湖中鱼上树,舟行镜面柳摇晴。
人文鼎盛多才俊,画意诗情四季萦。

颂朴翁

吴世和(安徽太湖)

丰碑镌刻美湖边,一代宗师出寺前。
遍访名山留足迹,弘扬佛法贯云天。
儒林望重诗书绝,故土情深翰墨妍。
家国襟怀昭日月,挥毫写尽洛阳篇。

临江仙·访赵朴初故居

吴永和(湖北鄂州)

世代书香夸大宅,恢宏几进厅堂,鸟声穿透木花窗。门楣金匾古,廊壁篆烟长。

故里长怀禅领袖,诗书妙笔文章。《某公三哭》韵飞扬。高风昭后学,清节自轩昂。

谒朴老墓

吴伟华(安徽太湖)

森森树色墓云平,敬意千重肺腑生。
雨润万方思大德,亭湖浩浩静无声。

忆赵朴老

吴志贵(安徽望江)

苦海慈航菩萨心,诗书艺绝布灵音。
人间佛教圆融策,法界师徒唱到今。

望海潮·缅怀赵朴老

吴秀梅(安徽太湖)

少离桑梓,追师负笈,遥临黄浦江头。求索进阶,诗书饱读,侠肝义胆相酬。睿智善忠谋。素心弘佛教,为国分忧。亮节凌云,一生功德耀春秋。

慈怀亦抱风流。叹才情广博,词曲妍柔。翰墨溢芳,楼台挂匾,文坛书苑争修。儒雅毓苍遒。凭渊云笔力,誉满神州。更贵襟怀若谷,令懿范长留。

贺全国赵朴初诗词研讨会暨“朴初故里禅源太湖”诗词大会

吴家春(安徽岳西)

益友相邀醉一瓯,携花两朵共登楼。
黄梅漫座琴声爽,金桂盈庭律韵悠。
筵上恨无奇巧笔,人前难搏大江流。
禅源盛会藏龙虎,云涌风生颂晚秋。

少年游·忆赵朴初先生

吴福润(安徽安庆)

乘船约伴到寺前,朗日祭先贤。先生爱教,终生行善,当代一诗仙。
百年长寿不曾有,爱国誉千年。泼墨挥毫,家山写遍,佛祖笑开颜。

读《赵朴初诗词选抄》有感

何士祥(安徽安庆)

捧读华章倍觉新,禅心佛语净凡尘。
燃犀洞悉人间事,高贤风格万年祯。

鹧鸪天·祝贺太湖县诗词书画学会成立三十周年

何怀玉(安徽霍邱)

结社扬骚绚太湖,雕龙咏凤费功夫。开山大斧无禅祖,指路明灯有朴初。
推六进,助三扶,诗乡创建展宏图。同心勠力兴文化,卅载新桃换旧符。

沁园春·太湖五千年文博园秋游即景

何怀玉(安徽霍邱)

历史人文,山水园林,饱览景区。聚中华百坊,炎黄二帝,五千廊道,龙马双驱。华夏爱情,神州佳著,国际诗林诱鸟鱼。瞻名馆,喜灵魂洗礼,漫步通衢。

兰香桂馥宜居。有亭台楼阁,小桥流水徐。乐根雕石刻,健身修性,科普教育,增素强躯。三教齐弘,九流并溯,法讲骚扬道德趋。文明递,继优良传统,圆梦华胥。

登龙山

何大胜(安徽太湖)

龙山斜插一支峰,影荡湖波映碧空。
鹰绕西风①凌广宇,龙腾古刹贯长虹。
渔歌阵阵船船满,汽笛声声路路通。
四景②争辉千载颂,熙湖百业竞繁荣。

注:①指鹰嘴峰和西风禅寺。②指太湖四景:龙山夜雨、马路西风、法华方竹、玄妙古松。

参加全国赵朴初诗词研讨会暨“朴初故里禅源太湖”诗词大会

余　浩(安徽宣城)

深秋有幸太湖行,一路高歌客棹轻。
赏石观雕评画艺,游园穿道乐人生。
心随佛寺千般净,眼望禅湖百事明。
满腹情怀增妙语,书传微信尽闻声。

西江月·朴初故里醉禅湖

余　翔(安徽安庆)

天衬万重秋色,水涵千古柔情。人间美景聚花亭,滋养几多百姓。
玉鉴灵光闪耀,西风钟磬常鸣。清风明月息还生,佑我圣湖炳炳。

春到太湖

余建军(湖北孝感)

盎然春意物华新,瑞气烟光出水滨。
柳眼含情留远客,桃腮倚醉绽香唇。
路宽处处堪驰辔,源阔人人可问津。
蝶舞蜂飞莺恰恰,太湖三月倍精神。

踏莎行·咏赵朴初故里

谷元朋(山东临沂)

拥抱青山,放歌绿浦。仙乡就在云深处。鹤归初地锦霞飞,客随文脉追澜去。

几杵钟声,万重心树。每开诗思因禅悟。人逢此景总倾怀,太湖留下惊魂句。

咏朴初故里太湖

辛德迟(安徽太湖)

朴老家园别有情,秋高气爽碧云深。
千重山色千般景,万顷波光万点金。
人杰地灵人荟萃,物华天宝物丰殷。
诗情画意游文博,圣迹禅踪二祖寻。

破阵子·缅怀赵朴初

汪　萍(安徽安庆)

一代宗师远去,魂归故里山冈。报国忧民人敬仰,大德高风誉八方。皈依佛法彰。

祖上清廉积德,翰林四代留芳。尤敬先贤延墨气,儒雅书生绣锦章。后昆接慧光。

梧叶儿·聆听林峰会长诗词讲座有感

汪　萍(安徽安庆)

苍山翠,丹卉馨,骚客聚兰亭。心神定,炼字经,似明灯,学问深、诗词细评。

西江月·游花亭湖

汪长才(安徽安庆)

满载一船笑语,平铺十里波光。花亭湖上竞帆樯,卷起层层细浪。

耄耋心情未老,晚年尤唱斜阳。太平盛世乐安康,铭记党恩浩荡。

唐多令·谒朴老陵园

汪长才(安徽安庆)

秋色染晴岚,轻舟挂锦帆。逐浪行,快若梭穿。柳下系舟停未稳,情急切,足登先。

德泽布人间,忠魂归寺前。久凝眸,朴老陵园。不尽哀思昂首望,托明月,借长川。

赞朴初公

汪先锋(安徽太湖)

朴公心系民,德望世人钦。
圣洁标三界,精诚报四恩。
翰墨留乡梓,诗书示后昆。
功勋荣佛土,万世溢芳馨。

缅怀朴老

汪华盛(安徽太湖)

尊崇大愿善良心,启化黎民报四恩。
不用拜神风雨顺,人间佛教暖如春。

鹧鸪天·赵朴初礼赞

汪国伦(四川南充)

禅意翩翩荆楚屏,人才辈出朴公生。求真一世成骄子,学富五车瞻曲星。
倡正义,爱和平,强权敢与抗还争。风雷三哭毛钦赞,调笑声中百万兵。

沁园春·朴初故里太湖美

汪雪廷(安徽太湖)

蔽楚屏荆,襟带江淮,魅力太湖。赏千年文博,窥斑知豹;九龙瀑布,溅玉飞珠。夜雨西风,古松方竹,誉满吴中四景殊。情人岛,可休闲寄兴,住宿餐鲈。

繁华不减姑苏。惊接汉狮山步云衢,更状元府第,辉煌气派;禅宗陵墓,宏伟规模。海会林幽,观音殿净,险峻嵯峨数佛图。弥陀寺,引商通皖鄂,如火如荼。

赞颂赵朴初

汪焰明(安徽太湖)

胸宽环广宇,叶落寺前河。
浓墨描山水,慈心息干戈。
为民倾热血,报国谱新歌。
千古音容在,名言醒世多。

鹧鸪天·瞻仰赵朴初陵园

汪焰明(安徽太湖)

巍峨群山接苍龙,祥云瑞气万年冲。亭湖碧水映明月,吉地辉光护朴公。
广植竹,遍栽松,菩提树下继禅风。四时花果香飘远,一代宗师百世崇。

江南曲·太湖春

沈　煜(安徽合肥)

雨润长河,风吹玉树,春光不到无情处。青山叠翠水流香,小楼如笋烟云幕。
文博园中,朴初故里,传承经典开新路。花亭湖上赛茶歌,黄梅一曲神州赋。

次赵朴老《天涯海角口占》

宋　伟(安徽肥东)

天涯一笑即无涯,法雨均沾椰树花。
五指削成千仞壁,年年端坐浪淘沙。

赵朴老诞辰110周年有寄

宋　伟(安徽肥东)

梵呗声声度远林,洗天明月许追寻。
满笺爱字风摇影,百岁慈缘佛印心。

到有无中参圣境，从兴废处觅高吟。
金身何以寺前植？水奏弦弹皆法音。

禅湖之恋

宋学凯（安徽太湖）

林间古刹映灵湖，碧水千舟画里铺。
梵曲钟声常绕耳，禅心广愿万民呼。

天净沙·读朴老诗文

张　勇（四川射洪）

有如九皋鹤鸣，有如陈酒香醇，真个诗坛极品。清词雅韵，叫人常读常新。

诗乡太湖怀赵朴初

张克复（甘肃兰州）

文化大师融古今，诗书儒释各精臻。
求真行善爱家国，佛教重兴第一人。

参加全国赵朴初诗词研讨会有感

张克复（甘肃兰州）

仁心礼义永遵奉，尽力倾情自在行。
至远至高兼道进，心灯熠熠任纵横。

谒赵朴初陵园

张克复（甘肃兰州）

花亭湖畔万年冲，翠嶂巍巍伴朴公。

圆满融通情不老，长青松柏百花红。

登晋熙楼

张克复（甘肃兰州）

晋熙楼上瑞光流，丽水明山风色幽。
灿灿文华耀千古，禅源圣境放歌讴。

花亭湖上

张克复（甘肃兰州）

碧水飞艇卷浪花，秀山琼岛影摇斜。
千娇百媚赏难尽，再入禅源拜释迦。

游西风禅寺

张良俊（安徽安庆）

西风禅寺隐山腰，游客摩肩似浪涛。
步步攀登身腿倦，心诚岂畏庙堂高。

读《赵朴初诗词选抄》有感

张国钧（安徽安庆）

参禅礼佛净心灵，悲悯为怀度众生。
捍卫和平为己任，清风明月照园陵。

行香子·题朴初故里太湖狮子山禅院

张春桂（湖南衡阳）

古刹生春，香客如云。看诸生，一拜千钧。行崇善德，普渡迷津。塑心之觉，经之魅，佛之尊。

聆听梵呗，钟鼓晨昏。慕慈航，法沐乾坤。凡间景仰，参拜真身。教浑人醒，愚人智，懒人勤。

赵朴初先生颂

张信旨(安徽天长)

禅缘应佛开，定是转如来。
身浸菩提泽，汗淋慈善垓。
三尼酣翰墨，九律渡尘埃。
得拜先生府，革心明镜台。

水调歌头·赞赵朴初

张德新(黑龙江齐齐哈尔)

一世缀珠玉，椽笔铸精神。汉唐融入襟抱，天地透殷勤。开卷凝涵岁月，琢句褒扬英烈，梦想著经纶。家国蕴豪迈，境界正无垠。

颂初心，歌愿景，咏雄浑。情思已动，史海文脉任耕耘。描绘黄河韵致，领略长城气势，善美最清醇。大写新时代，平仄暖如春。

花亭湖泛舟

陆本领(安徽五河)

列座客初齐，催开发动机。
山朝窗口聚，船向水心移。
湖狭渔村近，峰高雁阵低。
吾身今过此，莫问武陵溪。

谒赵朴初先生墓

陆本领(安徽五河)

教首寂初圆,来依双凤眠[1]。
松清宜待月,山静好听泉。
一世因诗癖,千秋布佛缘。
声名传海外,流誉故乡天。

注:①赵朴初先生墓位于双凤山。

游朴初故里西风禅寺

陈为群(安徽宿松)

闻道西风寻古寺,翻山越岭佛光开。
法门斗拱飞禅韵,福地经声扫祸胎。
几杵疏钟心感应,一泓悬瀑水优哉。
身临其境还原我,绿影婆娑荡碧埃。

游西风寺步韵赵文楷

陈为群(安徽宿松)

深山寻古寺,兴致比顽童。
拾级高天外,观光薄霭中。
林泉飞野水,岩洞涌凉风。
禅味知多少?归途日影红!

纪念赵朴初

陈兰香(安徽安庆)

寺前镇上曼陀罗,梵唱声声祥瑞多。
朴老往生归故里,禅心默化即弥陀。

奉行众善消诸恶，倡导和平止干戈。
一点佛心为百姓，无疆大爱度娑婆。

途经皖地朴初故里太湖县有寄

陈光文（江西修水）

夜雨龙山说太湖，蔚然俊杰满才都。
而今溯古寻禅处，韵起黄梅胜浙苏。

禅林怀念朴初会长

陈光华（湖南湘潭）

鸿篇捧读仰精神，爱国忠民满纸春。
铜磬声声穿夜幕，僧尼长念领班人。

忆《某公三哭》发表

陈剑克（新疆乌鲁木齐）

曲鞭抽打水中獒，举止惊呆世上猱。
雅似蘑菇云又是，略同功德一般高。
师承鲁迅文风正，自习齐璜胆气豪①。
报炒鱿鱼才播出，人间便赞曝三咷②。

注：①鲁迅，痛打落水狗的倡导者；齐璜，齐白石曾在日本鬼子的眼皮下画螃蟹并题字：使人信有酒，怜你腹无肠。看你横行到几时？②炒鱿鱼，喻卷铺盖走人；三咷即三哭。

春忆赵朴初先生

妫海霞（辽宁鞍山）

云笺月笔太湖诗，佛法禅源故里词。
遥念朴初春舞墨，风捎绝句寄长思。

游朴初故里花亭湖

苟　君(重庆)

西风寺隐流,岁月静三秋。
涎缕疑云缀,雁人灵爽留。
空遥黄绿树,浪泛碧兰舟。
宇宙黛蓝染,无尘六合游。

参加全国赵朴初诗词研讨会

苟　君(重庆)

欢喜参禅前世儒,鹫台盛会赖传珠。
须弥芥子乘教化,大小人天显性无。
香茗山钟诗骨透,花亭泽畔字魂涂。
维摩滴水华严界,片石法衣追太湖。

纪念赵朴初先生树葬十四周年

范良来(安徽太湖)

群峦叠翠万年冲,明月清风伴朴翁。
生死欣然随佛意,德音依旧贯霓虹。
知恩济世乡情重,拜石传薪俊彦璁。
放眼禅源山水绿,新程策马更从容。

减字木兰花·纪念赵朴初先生

林　岫(北京)

一

诗书三昧,《片石》堪惊陶谢辈。一勺汪洋,《滴水》清醇意味长。
虚怀若谷,会得风云襟独馥。大笔如椽,勘透莲花玉版禅。

二

节标兰芷，四海声名同仰止。架木成桥，通好芳邻意气豪。
敲金戛玉，惬志鉴真灯更续。诗雨花开，管领和风起汉俳。

赵朴初塑像前感恩

林斗山（安徽潜山）

秋高气爽醉心田，瞻仰宗师到寺前。
家国情怀昭日月，风骚雅韵颂时年。
慈航普度传千载，美德弘扬著万篇。
恩泽乡邦奔富路，河山壮丽慰先贤。

朴初故里太湖吟

林锦城（广东汕头）

朴初故里太湖吟，大别山南绕月魂。
佛境飞灵花雨韵，禅源悟慧鼓钟音。
江淮点化斟星斗，荆楚圆融乐水云。
一滴水中尝海味①，善心祈愿有缘人。

注：①赵朴初《滴水集》自序："释迦牟尼佛曾说，尝一滴水而知大海之味。"

缅怀朴老

欧阳乐蓬（安徽太湖）

四代簪缨翰墨家，康民济世愿无涯。
神州有痛凭慈爱，圣教无方长善芽。
一自菩提昭大觉，千秋明月证莲花。
先生虽去因缘厚，悟得禅机著法华！

怀赵朴初先生

罗　伟（上海）

圣贤事业五千年，唯凭仁心一脉传。
佛事空嗟成绝学，禅诗谁复作新篇。
清风朗月包元气，流水浮云返自然。
若以阴功论等级，想君已晋大罗天。

奉和梁东先生原玉赞赵朴初诗词研讨会胜利闭幕

金长渊（安徽合肥）

翰林四代破天荒，誉满人寰播四方。
太邑钟灵毓秀地，承前启后美名扬！

水调歌头·花亭湖采风

金长渊（安徽合肥）

才别庐州府，今又上灵山。秋高气爽相会，携手访禅源。一代宗师故里，四世翰林门第，文脉庆承传。漫步寺前镇，湖岸上游船。

云空净，林木翠，水波蓝。诗情画意，都在水驿岭峰间。久仰西风禅寺，更立观湖亭畔，浑忘在人间。但得长居此，修道好参禅。

赴太湖参加全国赵朴初诗词研讨会感赋

金长渊（安徽合肥）

读赵曾经四十秋①，常吟雅韵乐悠悠。
前贤片石甘铺路②，侪辈涓埃愿润畴③。
沾惠诗家得启迪，乐观吟苑庆丰收。
欣然前赴熙湖会，欲览风光更上楼！

注：①读赵，犹言读杜。清代学者浦起龙曾著有对杜甫诗歌解读的专著《读杜心解》。②指朴老的《片石集》《滴水集》等诗词集。③指本人曾出的三卷本《涓埃集》（韵语、文薮、诗谭）。

游朴初公园

周光非（安徽太湖）

园内流光动，当头日影圆。
春风吹柳岸，野客醉湖边。
小草鲜无比，青山翠可怜。
麒麟[1]真有幸，长伴朴公眠！

注：①地名，朴老树葬地又名麒麟冲。

禅湖之恋

周旺根（安徽太湖）

群峰倩雾舞晨曦，丽日挥金洒水湄。
祖母绿涵千里雨，映山红献万年诗。
东土有缘天就塔，西风无碍凤来仪。
别传会得拈花笑，圆满庄严七宝池。

咏禅源太湖

周金锋（江苏南京）

云影山光秀，莲香水不禁。
禅声盈古道，佛影隐丛林。
广种菩提树，勤修众妙音。
太湖观自在，见性亦明心。

朴公颂

周学应（安徽太湖）

慈善为怀抱赤忱，初心不改为华人。
枪林瑟瑟传真理，弹雨纷纷救难民。

佛教传扬臻化境，仁心广植乐耕耘。
高风亮节涵千古，朴老精神启后昆。

禅湖之恋

周姜民（安徽太湖）

慧可狮山开佛法，亭湖碧水映禅台。
西风拂竹晨钟远，夜雨滋松暮鼓来。

缅怀赵朴初先生

周瑞杰（广东揭阳）

太湖邹鲁古连今，禀赋虔诚佛法寻。
普济众生登彼岸，常怀社稷立丹心。
菩提有意澄清净，明镜无尘照远深。
铁骨留枝藏睿智，凡间典范竟同钦。

朴初故里太湖颂

郑生福（安徽安庆）

太湖置县越千年，山水钟灵出众贤。
慧可仙踪弘佛法，状元墨迹叩皇天。
朴初故里新风树，国学诗乡美俗延。
一派禅源繁茂地，万般意兴涌心田。

踏莎行·游朴初故里花亭湖

孟国田（安徽固镇）

柳隐斜桥，花铺香径。飘飞雨湿山前杏。乘舟随意戏清波，两三栖鹭悠闲并。

云绕琼楼，风摇帘影，一盘明月湖中映。凭栏畅饮醉朦胧，翻疑身入瑶台境。

花亭湖秋意

赵立新(安徽太湖)

层林遍染色千重,佛日禅源恰恰逢。
凤逗湖边开影靓,龙行宫外逸云彤。
浪舟飞溅亭台鹭,莲座萦回寺院钟。
物阜天华舒望眼,金风吟绎几从容。

有感于赵朴初先生题署中华诗词

赵兴运(河南洛阳)

字字千钧力,复兴诗国风。
题签昭众目,逸韵媲霓虹。
擎帜高山仰,歌吟热浪雄。
期刊彰墨宝,辉映五洲红。

寺前镇谒赵朴老灵台

宣奉华(北京)

家山高卧乐林栖,明月清风忆哲思。
挥手松筠禅定处,寺前落日正依依。

花亭湖见闻有感

宣奉华(北京)

一自花亭破浪游,此生难忘太湖舟。
云山八面开锦绣,岚雾半帘掩蜃楼。
狮子山前敲律韵,牛头渚上听歌讴。
文章信是千秋业,更待诗声靓五洲。

禅湖之恋

胡太华(安徽太湖)

一湖碧水映云天,翠竹摇风古寺前。
佛语梵音愁忘我,流连不返挽松烟。

怀念赵朴初(新韵)

胡为娜(安徽安庆)

明月清风梵呗音,山河垂泪忆贤臣。
传经向善众生度,护法修心五戒遵。
滴水①诗香情入海,登山②笔润墨成金。
丹心未许俗尘染,济世莲台见佛身。

注:①《滴水集》是朴老诗集名。②登山是朴老的一幅书法作品前面两个字。

佛光明月照禅湖

胡为娜(安徽安庆)

晋熙宝地嵌明珠,烟雨飘然有若无。
风逐兰舟冲浪远,云裁波影翠岚浮。
远瞻灵骨栖双凤①,近仰莲台坐朴初。
造福苍生同筑梦,佛光明月照禅湖。

注:①朴老树葬之山名双凤山。

鹧鸪天·颂赵朴初

胡邦元(安徽太湖)

巨像凌空气势雄,丰碑永驻万年冲。游人瞻仰尤钦佩,骚客讴吟分外恭。
歌朴老,忆音容,禅光普照九州隆。志存高远心慈善,报国忧民一佛翁。

赞朴老

胡邦松(安徽太湖)

朴老禅乡一代贤,音容笑貌忆心间。
闲云野鹤游寰宇,明月清风澄昊天。
缕缕乡情系梓里,巍巍功德赋诗篇。
墓旁银杏千秋茂,忠骨铮铮故土眠。

咏太湖

胡志毅(甘肃兰州)

一

慕名久仰太湖春,水色山光各半分。
烟绕青峰藏古寺,霞邀白鹤戏流云。
天工巧铸蕤葳景,文苑诚招络绎宾。
借得东风催化雨,诗旗猎猎耀乾坤。

二

南天一角太湖清,奕代人文灿古城。
进士状元曾迭出,书家骚客几丛生。
佛门有记赵公①德,梅苑无忘马氏②名。
薪火传今情未已,弘扬国学举高旌。

注:①指赵朴初先生。②指黄梅戏表演艺术家马兰。

浣溪沙·朴初故里禅湖美

姜　华(安徽太湖)

暖日亭湖雨后新,浮云落水鲤为邻。红妆弄影靓芳春。
舟楫乘风山若动,杜鹃夹岸灿如焚。群芳邀斗美乡村。

拜谒赵朴初陵园

姚凤岚(安徽安庆)

九秩昭昭日月光，人生一卷绽辉煌。
丹青翰墨含风雅，道德文章寓意长。
片石芸编情韵逸，禅心佛国爱缘扬。
归来玉骨青山伴，看取云天赤帜张。

沁园春·朴初颂

姚新华(安徽太湖)

赵氏名流，太邑文魁，祖籍寺前。倚才思聪颖，风华盖世，宏图远大，德誉经天。抗日奇功，招兵募款，正义弘扬报国篇。精而博，擅诗书六艺，泰斗高贤。

门徒岂止三千？海内外云游广结缘。为侨胞友谊，东南论道，边疆稳定，西北参禅。人间佛教，求真向善，普度慈航志亦坚。荣归里，促乡邦焕彩，屡谱雄篇。

水调歌头·朴初故里呈新貌

姚新华(安徽太湖)

美美花湖水，莽莽大龙山。舟车诉说奇迹，高铁已通联。各界扶贫致富，学府遴贤拔萃，著就大成篇。物业昌隆势，环保净三边。

好谋划，长发展，纳群言。图强务本，繁荣贸市热空前。横竖街衢交汇，远近霓虹相映，歌舞动心弦。遍地诗潮涌，画卷接云端。

山情水意太湖美(新韵)

贾　毅(陕西西安)

古木青青烟霭腾，闲来信步忘归程。
阁栏环翠竹如戟，山障悬图瀑似屏。

浪里无争兰桨缓，花间有守大堤平。
馨香可煮情难却，愿挹朝霞餐露红。

缅怀赵朴初先生

袁人瑞（上海崇明）

太湖春暖草离离，璀璨文光山水奇。
居士才高留《片石》，洛阳纸贵《哭三尼》。
圆融佛性勤传道，缱绻慈怀乐布施。
我到禅源先顿首，心香一瓣献宗师。

禅湖之恋

袁森林（安徽太湖）

一湖春色好，万户夕阳中。
赵府经年事，吟余荡晚风。

游朴初故里花亭湖

钱奕和（安徽桐城）

禅风流古寺，弦月卧湾前。
万顷波光秀，千重山色妍。
气清舒肺腑，果硕味香甜。
景点连成串，珠明华夏天。

忆朴老（古风）

徐玉成（北京）

初拜尊容见慈祥，精神矍铄柔中刚。
举止敏捷矫健姿，辩才无碍维摩仿。
虚怀八表纳百川，圆融四海和万邦。

无私忘我高着眼，厚德悲愿双流芳。

朴老诗词(古风)

徐玉成(北京)

诗词曲赋信手拈，笑谈吟唱自成篇。
挥毫泼墨皆至宝，送友赠朋广善缘。
繁忙多有妙辞出，闲暇不觉赋诗难。
日积月累两千首，惊雷和风兼参禅。

一代文宗造化奇

殷嘉楼(安徽太湖)

朴老雄文惊禹甸，神来妙笔写三尼。
横生妙趣毛公赞，一代文宗造化奇。

纪念赵朴初先生

郭　彬(安徽安庆)

一

喜见清风慰落英，缅怀圣像寄深情。
壮观开国诗坛上，闪烁元勋不朽名。

二

一生俭朴真高洁，两袖清风别紫宸。
八邑乡亲频觐仰，朝暾夜月慰仁人。

读朴初诗词感吟

郭永栋(福建上杭)

一瓣心香寄太湖,清泠词赋比醍醐。
珠玑满卷妙难喻,粒粒怡神胜点酥。

瞻仰朴公陵

唐本靖(天津)

玉像莲台势不轻,陵山为忆大才名。
临书已得苏公笔,向善总施菩萨行。
政界元勋敲律句,学坛巨擘掌和平。
千年银杏无多语,万叶如今铺满城。

西江月·咏赵朴初先生书法

唐西川(安徽太湖)

点若明珠耀眼,竖如劲竹凌空。横呈吐瑞过江龙,撇捺弯钩似凤。
章法清奇俊朗,形神宽博从容。书家八法妙相通,坚挺犹增庄重。

鹧鸪天·咏朴初故里太湖县

唐秀玲(吉林伊通)

大别山中第一湖,重峦叠翠嵌明珠。千年且忆禅宗地,百载犹思赵朴初。
集雅客,孕鸿儒,诗人多在此欢娱。流传多少清新句,旖旎风光山水呼。

朴初故里太湖颂

黄　勇(山西太原)

鸟瞰安徽赞太湖,琳琅满目落盘珠。
屏封荆楚风光地,襟带江淮惬意途。

佛教禅源人气旺，朴初故里美声殊。
书香飘逸扬华夏，逐梦征程赶浙苏。

怀念赵朴初大师

黄玉庭（江苏徐州）

菩萨情怀寄意稠，跋山涉水遍神州。
松泉潋潋心怀静，禅路长长竹韵幽。
曲径花香晨雾远，清风寺影晚霞收。
传经路上诗千首，奇石无言风骨留。

浣溪沙·题赵朴初纪念园雕像

黄玉庭（江苏徐州）

未了慈怀系大千，清魂归处伴松烟。心将甘露洒人间。
两卷禅诗邀竹影，八方奇石寄心缘。春风拥抱立青山。

参加全国赵朴初诗词研讨会

黄丽新（福建福州）

一

一日驱驰到太湖，滕王阁畔少踟蹰。
此行不为追科技，欲与时贤论朴初。

二

少时偏爱郁达夫①，老至情钟赵朴初。
今日花亭湖上望，集联忽忆鹳山书②。

注：①余曾两赴郁达夫故乡浙江富阳。②鹳山纪念郁曼陀、郁达夫之“双烈亭”上，有赵朴初集郁氏兄弟诗句所书柱联：“莫忘祖逖中流楫，同领山亭一钵茶。”

三

诗心长共悲心发，释贵超然情贵深。

清水融盐苏句好，苍虬当日度金针[①]。

注：①陈曾寿（苍虬）曾指导青年赵朴初："学佛以解脱为贵，作诗以不解脱、极黏滞为贵。如果写诗带着禅的意念，就要像苏东坡那样，如同清水稍微加一点盐，恰到好处。"

四

日餐山色与波光，向晚高吟共一堂。

明月清风无尽意，溯源应自在乡邦。

"朴初故里 禅源太湖"感赋

黄国林（安徽五河）

追思朴老太湖行，感悟禅源去俗情。

琢句雕章扬正气，文明承继惠民生。

访赵朴初故里感赋

黄昌振（海南海口）

万顷太湖水，文风一脉传。

禅宗开境界，书道悟尘寰。

清气萦胸臆，真情绕笔端。

先生存厚德，吾辈仰高山。

柳梢青·游花亭湖

黄贻裳（安徽安庆）

碧波微浪，淡烟轻笼，花亭湖上。斜照穿云，水宽天阔，扁舟飘荡。

寺前镇里清幽，记得否、大师豪放。纪念碑林，慈祥雕像，眼前雄壮。

纪念赵公朴初

曹艳林(安徽太湖)

禅师讳朴初,近代一鸿儒。
宝典毫端续,华章腹内储。
为民谋大计,济世作中枢。
博爱千秋颂,功勋载五湖。

太湖县诗钞

梁　东(北京)

一

一自岚光映古苔,寺前风物带霜开。
雁行上击九千里,为有飞鸿翥日来。

二

丰碑远映太湖波,门巷青青芳草多。
十丈灵犀通九界,功崇佛国耀关河。

三

大道多容林下风,家山犹是翠微宫。
百年诗刻当传世,千古水云不计功。
每遣禅心开慧眼,频传法雨寄深衷。
闲来小令论书剑,一鹤排云上紫穹。

忆赵朴初先生

笪久明(安徽桐城)

本自禅源地,缘生一味茶。
慈心通佛性,妙手托莲花。

文博留青史，书题奕大家。
青山归宝相，法度已无涯。

花亭湖

笪久明（安徽桐城）

造化钟灵地，拈花笑有缘。
看山皆佛座，照水即壶天。
泽润江同力，光明月共圆。
瑶台春不去，沉醉直疑仙。

过佛图寺①

琚跃武（安徽桐城）

嵯峨幽静小蓬莱，缭缭梵音林壑回。
几片白云披巨石，九层柱塔近仙台。
祖师洞是神工琢，天就门应鬼斧裁。
僧驾大鹏传偈语，佛图五叶一花开。

注：①佛图寺位于风景秀丽、人杰地灵的太湖寺前镇，又名大尖山，亦称嵯峨寨，佛图山素有“小蓬莱”之誉。佛图寺不但是外来僧人在太湖县所建的首座佛教寺院，也是太湖县乃至江淮地区有文字记载的首座佛教寺院。披云石、天柱塔、祖师洞、天就门，皆为该寺景点。

题“朴初故里 禅源太湖”

程天来（安徽太湖）

山川秀色趣绵长，处处诗情画意彰。
古宅新楼飘晓韵，朝霞夕照焕荣光。
万千风雅人才众，多少儒流翰墨香。
朴老功勋尤卓绝，禅心撰著耀文昌。

西江月·赞朴公

程正社(安徽太湖)

爱国兴邦领袖,倡仁扬善高贤。朴翁睿智谱禅篇,宽博襟怀可见。
书法堪称大匠,文章载满云笺。慈航普度惠人间,黎庶争相祭奠。

颂赞赵朴初

程立乔(安徽太湖)

淡墨细磨留暗香,总将瘦笔写贤良。
一腔热血酬宏愿,满腹经纶著锦章。
佛教弘扬千古颂,丹心报国万民扬。
禅乡有幸伴忠骨,青史传存永溢芳。

禅湖之恋

程志刚(安徽太湖)

林深藏刹古,碧水映蓝天。
漫步龙山路,风栖方竹边。

咏“朴初故里 禅源太湖”

程侃生(安徽潜山)

朴初故里谱华章,楚尾吴头共呈祥。
大爱心胸怀世界,倾情手足惠乡邦。
英贤筑就康庄路,圣哲垂成柱国梁。
佛寺莲花呈宝路,风光旖旎共天长。

寺前参拜朴老陵园感赋

程侃生(安徽潜山)

登阶拾级拜英贤，胜地灵冲卓寺前。
墓座青山龙片石，面朝绿水凤双尖。
阿罗密叶持三界，般若伽蓝护九天。
渡尽人间愚顽俗，凡尘洁净绽慈莲。

巫山一段云·赵朴初文化公园

程源红(安徽郎溪)

后靠青山嶂，前依秀色湖。清明正气玉丹庐，佛界誉明珠。
松竹峰岚翠，梅兰桃李姝。爱心一片寄琼壶，品德立高梧。

江城子·朴初故里太湖美

程源红(安徽郎溪)

芊芊一色碧连天，水云间，绿含烟。秀色盈眸，禅意铸方圆。十里画廊凝浩瀚，华夏远，五千年。

花亭湖畔米粮川，鹤飞旋，蟹儿欢。别墅新村，博士状元田。时代晴空深有梦，承紫气，再添贤。

缅怀赵朴初先生

程福星(安徽东至)

花亭湖畔万年冲，高卧文宗一代雄。
绿水青山怀敬意，苍松翠柏仰元忠。
音容宛在千秋颂，仁德长为众庶崇。
今伴如来施雨露，故乡各业倍兴隆。

游朴初故里花亭湖

储昭时(安徽安庆)

九转车行现重限,平湖高峡自天来。
千峰环绕青屏合,一艇横飞玉镜开。
岛上垂纶牵暖日,亭边寻鹤访寒梅。
偷闲且做渔人梦,不信迷津问不回。

禅湖之恋

舒和结(安徽太湖)

一

一湖碧水荡轻舟,圣地禅源客涌流。
朴老灵前千众拜,情人岛上万人游。

二

亭湖波荡万山幽,起伏峰峦画里投。
李杜二仙留翰迹,禅源引领世人游。

禅　湖

鲁甲胜(安徽太湖)

龙山坝锁水成湖,袅袅梵音有若无。
电力波成鱼果稻,禅风道雨化真儒。

鹧鸪天·赞朴翁

鲁加明(安徽太湖)

一代宗师是圣贤,名扬四海五洲天。精深博大通今古,脱俗超凡拯大千。
通佛学,著鸿篇,兴邦振教立场坚。功高日月垂千古,光耀神州历万年。

寺前缅怀朴老

鲁后孚(安徽太湖)

毓秀钟灵地,禅光降寺前。
兴邦怀朴老,建国忆先贤。
赤子言身教,文坛诗画传。
衷情乡梓里,绩著伟功笺。

访寺前

鲁献中(安徽太湖)

峰峦迷望眼,绿柳影婆娑。
重镇资源好,新乡产业多。
驱车先哲墓,击水寺前河。
约得香花岛,怡情又放歌。

晋谒赵朴初陵园

谢清泉(安徽安庆)

追思朴老恋乡心,拜谒陵前忆哲人。
《三哭》鸿篇惊鬼魅,一挥巨笔卷风云。
翰林四代垂青史,佛国千秋沐厚恩。
灵骨宜然归故土,家山有幸托精魂。

缅怀赵朴初先生

路文胜(安徽太湖)

少小离家治学忙,奔波沪浙救危亡。
追求真理精神贵,播撒文明德艺香。
仁爱广施心是佛,慈航普度愿无疆。

四恩教诲垂天地，一代宗师惠泽长。

禅湖之恋(中华新韵)

路乐平(安徽太湖)

青山环抱水云间，鱼戏清波翠鸟翩。
百里禅湖春意盛，八方游客总心牵。

鹧鸪天·朴公颂

詹书生(安徽太湖)

一代明贤是朴公，乡邦长仰万年冲。松青柏翠殷勤护，石磊台高无限崇。
星灿灿，月溶溶，禅花佛果沐清风。行云流水书家笔，诗韵千秋入昊空。

一剪梅·纪念朴公

詹书生(安徽太湖)

总是襟怀意未休。岁月峥嵘，风雨同舟。乡情党谊系禅心，入世当歌，出世当讴。

佛教圆融大众牛，一代名贤，千载回眸。生花妙笔证菩提，满纸清新，满目清遒。

朴老精神

詹先芹(安徽太湖)

铮铮傲骨气凌云，尘尽珠光照众心。
厚爱胸怀忧国运，深情眉眼恋乡音。
慈悲作筏通三教，般若为门报四恩。
广种福田赢善果，文章道德润新人。

追　思

詹诗纯(安徽太湖)

朴老诗词烁古今,迎新斥旧奋笔耕。
龙山夜雨斯人醉,马路西风志士馨。
拄杖凝思精句汇,挥毫饱著奇文生。
任凭岁月掩尘去,难改大师故土情。

拜谒赵朴初陵园感怀

蔡长宁(安徽太湖)

朴老真容惜未逢,铭心拜石孝慈浓。
无量功德宏禅愿,君在仙宫第几重。

水调歌头·题太湖县花亭湖兼怀赵朴初

蔡浩彬(广东东莞)

山岫远含黛,春水净如空。曾疑淮左佳处,似与太湖同?上见呢喃雨燕,下有潜游鱼鳜,百载悟禅钟。涧侧瀑流响,天外落霞红。

过花亭,穿竹径,访莲宗。得缘到此,浮生长愿忘穷通。历尽人间辛苦,奉献终身心力,朴老似清风。相与期来日,归去意从容。

临江仙·缅怀赵朴初先生

阚新兰(安徽滁州)

明月清风禅音谛,仁心义胆齐天。慈悲为善挚情连。救亡于水火,泼墨向炎寒。

探索真理书鸿志,高标昭世凝丹。花开花落亦超然。素笺参妙法,忠魄骋人寰。

怀念朴老先生

操太平(安徽太湖)

龙山朝暮沐仙霞,毓秀钟灵出大家。
爱国何须分党派,怀仁不乏有袈裟。
诗篇赢得毛公赞,书法招来墨客夸。
促进和平倡友善,谊联世界爱中华。

二祖弘法狮子山

操礼端(安徽安庆)

禅师慧可隐狮山,面壁葫芦誓破关。
渴饮清泉鹰作伴,饥餐野果虎同眠。
芒鞋涉水敲冰过,锡杖扶崖担月攀。
弘法传宗千古颂,一花五叶妙连环。

咏太湖

薛亚勋(陕西延安)

环湖叠嶂近天宫,翠影灵光玉鉴中。
狮子山头遗法宝,葫芦洞内隐仙翁。
千秋画境禅儒道,百里文林雅颂风。
喜看龙山腾碧宇,渔歌荡漾钓奇功。

登九华山怀赵朴初先生

戴炳南(福建龙岩)

太湖三万六千顷,一渡仙槎杳不知。
入世维摩能演法,超尘李白漫传诗。
水流不尽参禅后,花落重开悟道时。
遥礼蓉峰云作海,祇园月影几回移?

踏莎行·谒赵朴老墓园

范诗银

幻眼开花，踏风流水。一枝一滴依声美。相拈一笑笑情真，相逢一掬知何岁。

词句时光，曲辞风味。轻吟细读曾神会。痴心无可问归痕，只堪向梦听珠佩。

诗友步韵奉和范诗银会长《踏莎行·谒赵朴老墓园》

在"全国赵朴初诗词研讨会暨'朴初故里 禅源太湖'诗词大会"吟诗晚会上，中华诗词学会常务副会长范诗银登台亲自吟唱《踏莎行·谒赵朴老墓园》词一阕，各地诗友纷纷步韵奉和。为纪念吟诵晚会之盛况，现特精选部分和诗如下：

蔡长云(安徽太湖)

德望承天，中流击水。长眠双凤陵园美。曾经老大故乡行，别辞翁媪千秋岁。

拜石修禅，耐人寻味。轻吟手泽初知会。福田广播出疆关，皖山皖水人钦佩。

王　珑(安徽太湖)

黛抹遥岑，碧凝秋水。归来信有湖山美。烟霞满纸涤缁尘，禅心佛态侔星岁。

肃唱抒怀，清吟留味。橙黄橘熟迎嘉会。月明故里伴高弦，长传德范昭衿佩。

方加法(安徽太湖)

手捧丹心,怀装净水。清风明月天然美。人间佛教播桑田,三江四海无穷岁。

观赏秋光,品尝禅味。京畿泰斗齐相会。熙湖他日展宏图,感今思昔当衔佩!

方国礼(安徽合肥)

金桂清香,深秋碧水。湖光山色真丰美。花环诚献仰高风,精神与世同增岁。

融佛弘儒,法书知味。文坛禅界师朋会。此番拾级话传承,慈航尽善徒孙佩。

方承明(安徽太湖)

翠柏苍松,名山佳水。朴翁故里山河美。新朋旧雨仰慈颜,万年冲里千秋岁。

滴水微珠,海洋滋味。一方片石心神会?长留薪火助灯燃,新泉旧碗人钦佩。

石庆元(安徽太湖)

一

朴老开翁,仁山智水。苍穹挺拔青松美。百年风节砺丹心,长歌华夏千秋岁。

数卷诗书,九州诵味。禅机圣教唯心会!熙湖韵海起新潮,中流击楫多衿佩。

二

云逐青山,鸥浮碧水。渔歌樵唱禅乡美。春来千垄秀嘉禾,秋收万户吟丰岁。

人爱时髦，物存古味。新风遗韵相融会。莲湖蓬岛灿黄栀，靓姑潮妇鸣珠佩。

三

礼佛参禅，游山戏水。花枝酒盏[1]千般美。竹窗月影几行书，朝云暮雨忘年岁。

人有真情，世多膻味。开心最是诗朋会。欲除蝇虎铸清平，与君一借将军佩。

注：①明代唐寅《桃花庵歌》中有“但愿老死花酒间，不愿鞠躬车马前。车尘马足富者趣，酒盏花枝贫者缘”“车尘马足显者事，酒盏花枝隐士缘”等句。

石必中（安徽太湖）

且赏禅山，又亲佛水。寺前小镇禅缘美。人文厚重筑新篇，菩提叶下千秋岁。

朴老精神，梵家真味。慈航中外机缘会。情关故里驻英魂，万年神韵唯君佩！

石德润（安徽太湖）

满野秋芳，一湖碧水。寺前河畔风光美。慈航新渡为瞻依，诗心相印忘年岁。

母土禅源，书香盈味。古今儒释堪融会。万年冲里柏青青，丰碑高矗隆铭佩。

吕小明（安徽太湖）

菊艳黄花，溪流清水。秋光无限秋声美。灵山万里接禅源，人间佛界同年岁。

尘世心灯，仙家风味。诗书妙理共神会。庙堂别后伴菩提，亭湖明月作环佩。

吕国庆(安徽太湖)

玉树开花,高山流水。慈祥善念心灵美。远方诗友汇情真,追怀朴老千千岁。

庙宇禅光,清真滋味。佛光普照星辰会。仙人在上可知行,禅源太祖人钦佩。

李根华(安徽太湖)

落笔生花,悟禅临水。去来只道家山美。但从拜石说因缘,何妨度曲忘年岁。

风里时光,雨中滋味。青松翠柏能融会。初心且共日东升,复随月魄衔华佩。

李彩凤(安徽太湖)

隐隐青丘,悠悠碧水。他乡那得家乡美。禅源不觉两千年,人间易过山中岁。

绝代英流,几番滋味。峥嵘时节风云会。一灯燃亮百千灯,江声远动秋兰佩。

杨彩琴(安徽太湖)

墓地鲜花,人文风水。一山一脉平添美。鞠躬尽瘁显情真,忠魂永在知年岁。

过往时光,依然回味。倾心朴老皆神会。弘扬正气善留痕,和谐社会缘珠佩。

吴世长(安徽太湖)

故土情缘,熙湖山水。万年冲里丰碑美。苍松翠柏伴英灵,慈光普照千千岁。

禅佛深求，诗文细味。圆融四海祥云会。魂牵黎庶秉初衷，高怀亮节人钦佩。

吴世和(安徽太湖)

湖上浪花，寺前山水。林园墓地风光美。慈悲典范五洲誉，功勋显赫千秋岁。

诗苑清香，菩提韵味。骚人墨客诚相会。书家造诣有谁齐？宗师一代人钦佩。

吴秀梅(安徽太湖)

背倚家山，面朝湖水。悠然最是风神美。慈怀长系众生灵，禅茶细品真三昧。

拜石深情，吟诗隽味。流传中外高人会。万年冲里驻英魂，青松翠柏摇衔佩。

吴国平(安徽太湖)

佛土禅音，高山流水。寺前妙曲声声美。名人更甚恋乡愁，从来未有忘年岁。

落叶归根，耐人寻味。欣偿夙愿宗魂会。名垂百世总留痕，精神不朽传钦佩。

吴潘华(安徽太湖)

两袖清风，一湖碧水。仁慈孝德精神美。拂尘积善苦劳心，始终如一千秋岁！

博爱情怀，包容意味。胸装天下心神会。苍生有幸谢隆恩，三山五岳皆钦佩。

何怀玉(安徽霍邱)

二祖禅源,一湖秋水。松云叠彩山川美。人间百载见沧桑,文章道德淹年岁。

梦里功名,诗中韵味。虚空万象应知会。堆花酹酒岂招魂?泉声鸟语如鸣佩。

汪　萍(安徽安庆)

野卉飘香,清风拂水。层林尽染风光美。丰碑矗立接云端,朴翁返梓忠魂慰。

画里慈容,诗中韵味。参禅悟道因缘会。采风研讨敬先贤,无疆大爱皆钦佩。

汪焰明(安徽太湖)

吉地佳城,青山绿水。苍松翠柏安然美。石阶如磬涌泉声,丰碑不朽传新岁。

丽日慈云,清词韵味。普天墨客欣相会。鲜花凭吊寄衷情,诗书佛道真精粹。

张学年(安徽太湖)

种善萌花,净心明水。修身戒欲千秋美。人间洒福数君真,回眸万里情萦岁。

禅悟玄机,佛空三昧。勤耕学海心灵会,精神无价史留痕,可堪拜石清风佩。

苟　君(重庆)

字寄禅山,诗藏玄水。栉梳大地云霞美。跳珠幻变透参差,怀人谁与吟空岁。

弦外之音,无言之味。花亭神爽殊途会。清泉润面显灵光,人间雅俗明琼珮。

范良来(安徽太湖)

华夏奇葩,奇山秀水。三吟三唱和云醉。魂牵梦绕故乡寻,长空雁叫添年岁。

难舍时光,无穷回味。文坛雅士金秋会。清风明月是翁痕,禅源太邑承恩霈。

金长渊(安徽合肥)

妙笔填词,行云流水。一音一韵和谐美。聆听台上放歌吟,文华浸润忘年岁。

神往湖光,心驰禅味。八方文友今相会。采风研讨并交流,花亭湖畔鸣环佩。

周旺根(安徽太湖)

吴楚名山,东南佳水。这番更觉风情美。万年冲内觐慈颜,九三石级千秋岁。

"故宅"云烟,禅茶滋味。扣舷意趣凭谁会?洞仙歌罢玉壶清,大千草木皆衔佩。

周晓传(安徽太湖)

烂漫山花,清澈湖水。菩提树下风光美。修行悟道历沧桑,慈悲向善忘年岁。

书画诗词,大家风味。情凝拜石精魂会。初心已了播佳音,高歌一曲皆钦佩。

胡邦松(安徽太湖)

古邑奇葩,寺前丽水。陵园肃穆深秋美。凝眸远眺物华新,诗光词影怡情醉。

忠骨长眠，劲松常翠。胸怀家国终无悔。仙踪足印永留痕，清风明月长相会。

姚新华（安徽太湖）

远望园花，近观池水。神工造物天然美。虔诚拜石悟经音，轻松访友逢今岁。

赏景舒情，吟词知味。亭湖聚雅骚朋会。禅乡迓客有诗钟，文风骀荡人钦佩。

唐西川（安徽太湖）

艳菊摇金，朗阳照水。朴翁墓地园林美。铜身慈面望神州，民殷国富千千岁。

墨宝无瑕，诗篇有味。引招雅客频来会。毕生建树永流芳，倡仁扬善齐钦佩。

盛文广（安徽太湖）

椽笔生花，一廉如水。慈眉善目精神美。四恩懿德播芳名，谁知众哭庚辰岁！

异域风情，老家风味。胸襟豁达能融会。禅心佛骨豆萁才，五湖四海皆钦佩。

程立乔（安徽太湖）

妙笔生花，禅乡乐水。高贤韵赋吟声美。清词丽句意情真，青山含笑添新岁。

国粹传承，新诗寻味。笙歌唱响群英会。开翁典范誉神州，人文荟萃皆精粹。

路文胜(安徽太湖)

霭霭青山,粼粼碧水。禅湖百里风光美。八方文友寺前来,万年冲里燃情醉。

家国襟怀,诗书三味。文章道德千秋岁。儒风法雨广圆融,人间佛教周天惠。

詹书生(安徽太湖)

佛地禅花,松涛流水。一来一往因缘美。身前生后亦情真,慈容善貌留年岁。

翰墨时光,诗书声味。吟哦片石神相会。清风明月可寻痕,寒山楚寺鸣琼佩。

詹乐元(安徽太湖)

德泽重洋,光明滴水。诗词翰墨同精美。清风明月岂无痕,高山仰止无疆岁。

品望千秋,茶禅一味。东西南北咸融会。和平世界可追求,人间佛教皆钦佩。

蔡长宁(安徽太湖)

情寄青山,魂牵碧水。来兮归去家山美。襟怀赤子报乡邦,孝慈拜石难忘岁。

未见真容,且吟诗味。清风明月苏辛会。仙宫寻觅可安然,花开花落今人佩。

赵朴初赋

吕小明(安徽太湖)

吴头楚尾,山翠水清。千古禅源,万象纷呈。藏龙栖凤,辈出隽英。今赋斯人，日月之精，清末秋序，诞于宜城。名号朴初，眉宇宽宏。行止儒雅，表里贤明。人间暂住有九十三载矣，赢天地不朽之名。溯朴翁远祖，乃宋室皇族；寻赵府先贤，有文楷魁元。椿恩彤，生性敦厚；萱陈慧，心慈秀媛。童年天真，乐在家园。寺前河里戏龙，青山碧水滋神秀；天柱山前揽月，乡风家声沐和暄。

少年出落潘安貌，饱读诗书气质华。远赴沪上，闹市放眼观世界；就读东吴，书山求索登高阶。风华正茂，受孙中山思想引领；才情奔放，得关䌹之提携恩怀。致力实业，为民族图振兴；执掌慈善，为中华谋和谐。

淞沪抗战，虽不能挥刃迎敌；弹雨穿行，却有义舍命救人。报童稚声，穿街裂巷，“赵朴初菩萨再世，侠肝孤胆护难民”。感时局之危艰，寻救国之道路。召唤青年乘长风，密送皖南新四军。是共产党之益友，为新中国建奇勋。家事国事天下事，事事竭力；政界佛界艺术界，界界躬亲。亮节凌云，居庙堂显位，为社稷而废寝；襟怀若谷，受运动冲击，信真理而愉殷。主席赞思维辩证，风度翩翩；总理称国家宝贝，碧玉真真。

七岁童儿，曾持竹挑丝，救蜻蜓于蛛网；一生慈怀，总以诚服众，扬佛义于人间。吊古寻因，慧可避难晋熙，弘达摩禅宗于乱世；追思知果，朴初盈誉华夏，兴“人间佛教”助尧天。主张宗教服务于社会，内促和谐，外促和平；提倡佛性根治于人心，家兴多福，国兴多贤。鲜活时空，菩提扶春色；普度众生，正气凝心田。

挥手风云涌，圈点尘寰纷飞梦；伏案神思起，吟哦古今不了情。用渊云之笔力，写变幻之阴晴。诗承李杜朝阳出，词步苏辛夜月明。《滴水》甘滋滋，《片石》亮晶晶。《某公三哭》刺如剑快，《总理挽诗》情引泪倾。史册千秋，高歌风流人物；江山万里，漫咏春色华英。谦称“摸索者”，继承传统开新境；自封“探路人”，跋涉荒漠举旗旌。睿智生妙韵，玉宇奏和声。

诗情如虹凌天际，香砚似海养云龙。心中和风绕兰亭，案上香气立裘钟。三千题匾扬盛景，十万卷轴展熙雍。平和大方，纳自然之神气；古朴端正，得禅道之从容。布局和美通天意，走笔精湛现神踪。泱泱大国，馆阁高悬奉作宝；莘莘学子，法帖常临敬为宗。圣迹千秋毓秀，恰似春山树青青；玉墨万古流芳，当如碧水波溶溶。

漫漫征程，朴初渐变朴老矣。人间君子，世外仙俦。无憾远去，懿范长留。亲躬尽瘁兮，国记丰功亮史册；水流不断兮，民忆深恩誉九州。海撒骨灰黄浦口，树葬舍利家山丘。望明月兮，能见慈容笑；听清风兮，如伴贞魂游。莫道安息，邀约玉帝论书画；勿言休歇，当随佛祖共唱酬。心系苍生兮常回首，佑我华夏兮耀寰球。

嗟夫，伟哉朴公！名垂青史。赋之难尽，诗结兹文。诗曰：

人之初出状元家，朴实何妨玉质嘉。
翰墨香中通圣典，菩提树下捻兰花。
倾心国是赢三立，挥手诗书耀八遐。
明月清风无憾意，欣然六宇步云霞。

赵朴初公园赋

刘　晓（江苏南京）

沐庄严之灵岳兮，仰巍峨于双凤；临浩瀚之花亭兮，寓妙善于十方。万顷烟波，荷雄才以扛鼎；千重山色，凭慧眼而流光。觅仙踪而拾级，索林径而荣芳。咏山情于水意，承恩德于禅乡。送目山河，白云肃穆，争流百舸，明月满怀，雅筑宗师之圣境；回眸峰岭，嘉木茂丰，笑容千古，清风一杖，合龙福地之津梁。大观风水之宝地，蔚起文化之熙阳。千秋俎豆，万古诗行。

予观夫胜地太湖，人杰地灵，山川焕彩，百里涵虚。赵家遗韵，俊才鸿儒，莲花笔下，品格朴初。人间佛教，怀慈悲于奔走；爱国情怀，融友谊得真如。肝胆相照，至真至诚，和平唱响，振铎而呼。会友赋诗，品味天华之茗；知恩乐善，圆融佛手之珠。伏案批文，睿智于禅宗思想；挥毫泼墨，灵秀于天地法书。题词寄语，意重心诚，酬学拜石，陶铸楷模。花落还开，托衷情于片纸；水流不断，寄桑梓于画图。

嗟夫天下欢颜兮，乃平生之抱负；心头夙愿兮，望故土之兴昌。阅禅源而感慨，至于经典；究漫妙而思维，然自无常。遗韵悠悠，因寓凤毛麟角；文风浩浩，惟兴水榭山堂。美哉寺前，朴老故居，山崇其祖，水润康庄。根深而木秀，林郁而燕翔。母兮吾土，造物以赐地灵，仁者风情，雨露而润和祥。高山仰止，德泽悠香，精神永驻，源远流长。